Mayrhofen
Großvenediger
Dreiherrensp.
Brenner
St.Jakob
Ahrn tal
Hochfeiler
St.Johann
Pfitscher Tal
Sand
Tauferer
Tal
Pfunders
Mauls
Vals
St.Georgen
Bruneck
Reischach
Gader tal
Brixen
Toblach
Innichen
Puster tal
Klausen
Villnöß
Drei Zinnen
Heiligkreuz-
kofel
St.Ulrich
Gardenazza
C.Scotoni
Auronzo
Lang-
kofel
Schlern
Sella
Rosengartensp.
Fassatal
Marmolada
Álleghe
M.Pelmo
Moéna
M.Civetta
Canale
San Martino

Menschen – Berge – Abenteuer

Friedl Mutschlechner • Einer geht immer voraus

»Zu keinem Bergsteiger
hatte ich so viel Vertrauen
wie zu ihm.« *Reinhold Messner*

FRIEDL MUTSCHLECHNER

Einer geht immer voraus

Mit Beiträgen von

Reinhold Messner, Hans Kammerlander,
Gregor Demetz, Hans-Peter Eisendle,
Brigitte Kammerlander, Jul Bruno Laner,
Hermann Magerer, Dr. Oswald Oelz, Christian Rier,
Marianne Mutschlechner
und anderen

BERGVERLAG ROTHER

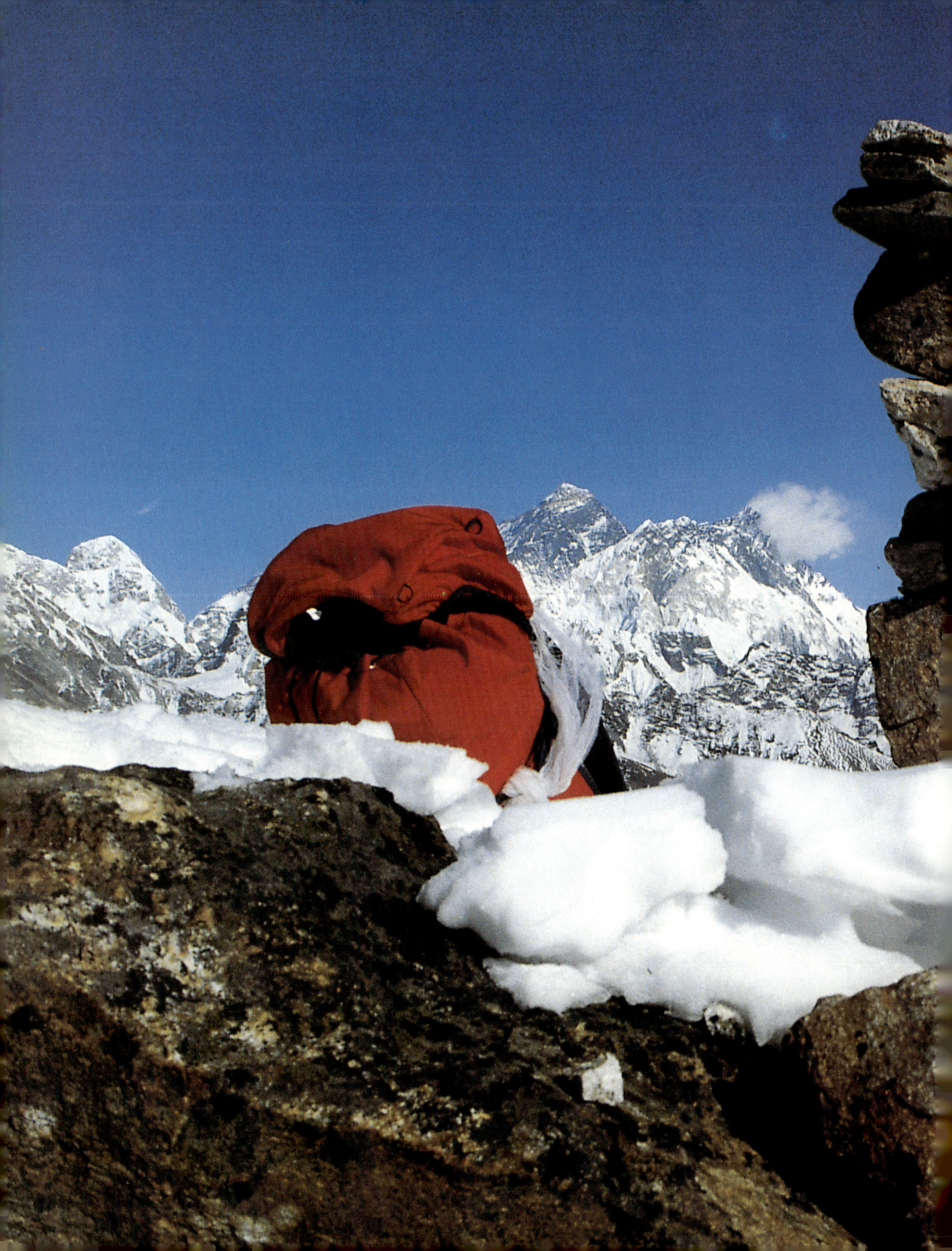

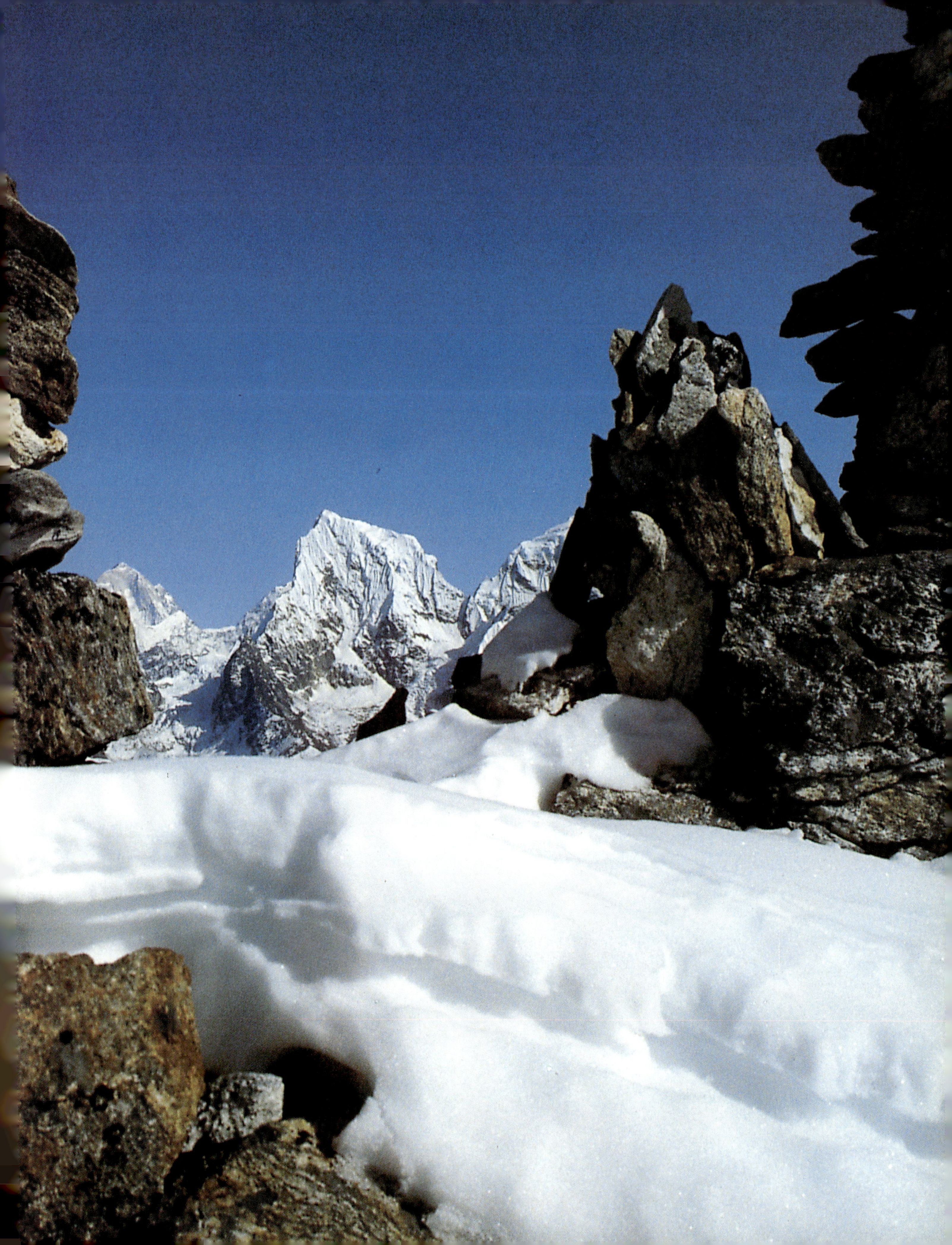

Inhalt

Reinhold Messner
Einer geht immer voraus — 13

Wege zum Berg

Stationen meiner Kindheit — 20
Die ersten Schritte bergwärts — 25
Pepi Agstner
»Hilfe!« — 28
Sturm und Drang — 30
Und wenn die Nebel steigen... — 36

Vom Hobby zum Beruf

Marianne Mutschlechner
Bergsteigen – sein Leben — 42

Hans Kammerlander
Rivalen in der ›Lacedelli‹ — 46

Hans-Peter Eisendle
Wie ein Nurejew der Senkrechten — 50

Hermann Magerer
Bergführer mit Leib und Seele — 52

Freunde und Gäste erzählen
Friedl – der alpine Lehrmeister — 56

Wege in die Welt

Reinhold Messner
Wir waren Unseresgleichen — 69

Ein Traumstart – die K2-Expedition — 72

Dr. Oswald Oelz
Reise zum Dach der Welt: Shisha Pangma — 86

Jul Bruno Laner
Der Teufelsgeiger — 92

Kantsch – An der Schwelle des Todes — 96

Wieder am Anfang — 114

Dhaulagiri – Scheitern am ›Weißen Berg‹ — 118

Makalu – Gipfelglück mit Reinhold und Hans — 126

Joachim H. Türnau
Friedl, ›Fuchur‹ und ›Die unendliche Geschichte‹ — 138

Trekking – Therapie für Geist und Körper — 140

Manaslu – Tragödie am ›Berg der Geister‹

Marianne Mutschlechner
Kein Weg zurück — 148

Christian Rier
Gesang der Geister — 154

Hans Kammerlander
Die Tragödie am Manaslu — 158

Gregor Demetz
Carlo – Ende einer Zukunft — 180

Brigitte Kammerlander
Vorahnung im Basislager — 182

Reinhold Messner
Einem Freund anvertraut — 189

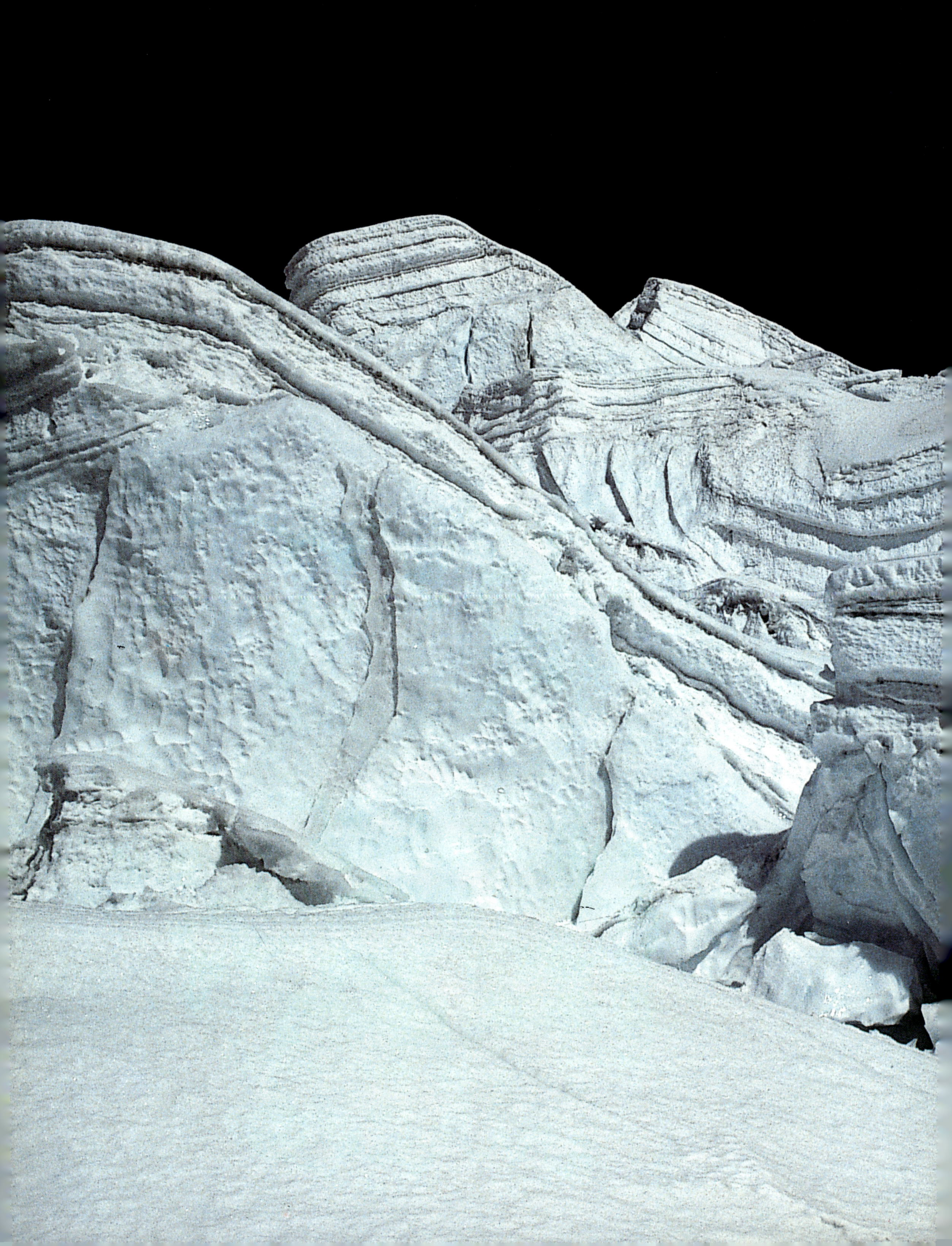

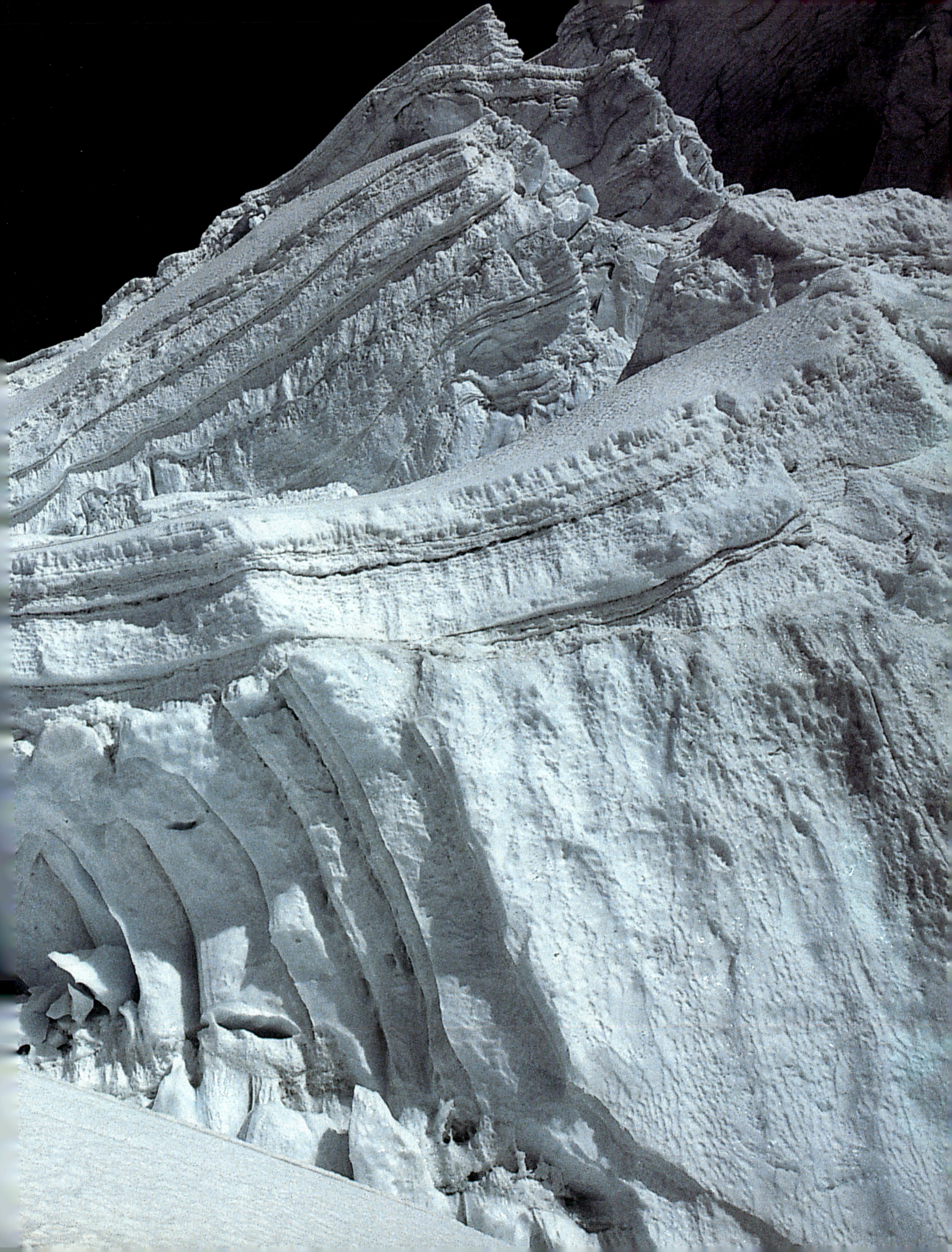

Marianne Mutschlechner, Sekretärin, geb. 1949 in Bruneck. Seit 1969 mit Friedl befreundet, 1974 geheiratet. Hat keine hohen Berge bestiegen, nur den Weg dorthin etwas geebnet; möchte die Erinnerung an ihren Mann mit diesem Buch lebendig erhalten.

Brigitte Kammerlander, geb. 1963, lebt in Ahornach bei Sand in Taufers/Südtirol. Seit zwei Jahren mit Hans verheiratet, hat ihn auf mehreren Expeditionen bis ins Basislager begleitet. Sekretärin und Koordinationsexpertin der Alpinschule Südtirol.

Jul Bruno Laner, Publizist, geb. 1939, lebt in Bozen. Trat besonders als Autor von Dokumentarfilmen und Theaterstücken hervor. War mit Friedl Mutschlechner bei Messners »barocker« Cho-Oyu-Expedition mit, aber auch in der Heimat gern und lange bei frohen Anlässen mit ihm zusammen.

Hermann Magerer, Münchner, geb. 1935. Seit 1975 verantwortlicher Redakteur der Bergsteigersendung »bergauf – bergab« im Bayerischen Fernsehen.

Pepi Agstner, geb. 1948, lebt in Bruneck. Jugendfreund – hat mit Friedl zusammen die Liebe zu den Bergen entdeckt.

Joachim H. Türnau, Starnberg, geb. 1946. Direktor in der Bayerischen Landesbank. Allround-Bergsteiger, teilte mit Friedl die Liebe zu Nepal.

Reinhold Messner, geb. 1944 in Villnöß/Südtirol. Gilt als berühmtester Bergsteiger und Abenteurer unserer Zeit. Stand als erster Mensch auf allen 14 Achttausendern der Welt.

Hans Kammerlander, geb. 1956 in Ahornach. Extrembergsteiger (8 Achttausender), Bergführer und Skilehrer, Buchautor, Vortragsredner und – last, but not least – Leiter der Alpinschule Südtirol.

Hans-Peter Eisendle, Sterzing, geb. 1956. Zunächst Kunstlehrer, seit 1979/80 als Berg- und Skiführer in der Alpinschule Messner (heute Alpinschule Südtirol) tätig. Zählt seit vielen Jahren zur absoluten Sportkletter-Elite; mehrere Expeditionen.

Dr. Oswald Oelz, »Bulle« genannt, geb. 1943. Professor an der Universitätsklinik in Zürich. Einer der gefragtesten Expeditionsärzte und Forscher im Bereich der Höhenmedizin. Gipfelerfolg auf 3 Achttausendern, viele weitere Expeditionen zu den höchsten Bergen der Welt.

Christian Rier, geb. 1963, lebt in Kastelruth. Ist seit seinem 15. Lebensjahr in den Bergen unterwegs, fiebert jeden Sommer der nächsten Skitourensaison entgegen; Spezialität: Winterbergsteigen. Aktiver Bergrettungsmann.

Gregor Demetz, geb. 1961 in St. Ulrich/Gröden. Berg- und Skiführer, Skilehrer. Dolomitenliebhaber mit einem Dutzend Erstbegehungen. Langjähriger Seilpartner von Carlo Großrubatscher – in den Dolomiten wie auf Expeditionen.

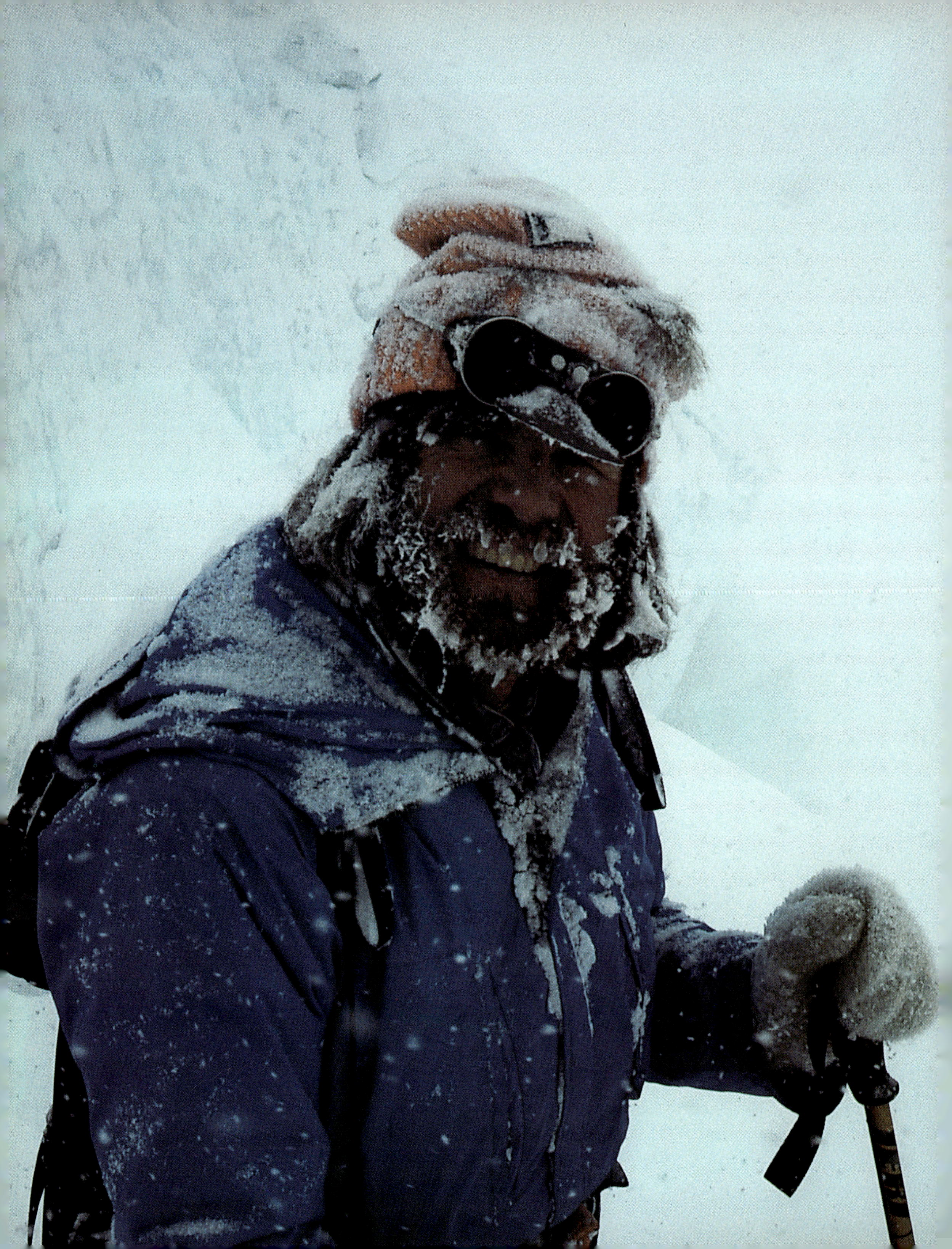

Reinhold Messner

Einer geht immer voraus

Wir waren alle da. Unter einem riesigen Nadelbaum mit weit auskragenden Ästen hockten wir mit unseren Trägern und tranken Bier. Die Monsunnebel zogen das Tal herauf und bald würde es regnen. Es war Ende Juni und im Westen von Bhutan. Nach einem mehr als vierwöchigen Fußmarsch durch Dschungel, Bäche und Berge waren wir angekommen. Jetzt warteten wir auf den Jeep, der uns nach Pharo ins Hotel bringen sollte. Seit Wochen schon waren wir nur im Regen gegangen und immer in Begleitung von Trägern, Pferden, Yaks. Wir hatten den ›Yeti‹, dem ich an der Grenze zu Tibet auf der Spur gewesen war, zwar nicht gefunden, aber doch viel über die entsprechende Legende erfahren. Ich war müde, ziemlich dreckig und zufrieden. Langsam trockneten unsere Kleider, obwohl es schon wieder zu regnen angefangen hatte, draußen vor dem Dach unseres Baumes. Monsun.

Mit dem Jeep kam auch die Zivilisation. Pegma, eine überaus attraktive Bhutanesin, holte uns ab. Vorher aber wurden wir mit Kaffee, Momo und Krapfen verwöhnt – Backwerk, das ich von der Südtiroler Bauernkost her kannte.

Meine erste Frage galt Paul. Paul Hanny, der mich auf meiner Bhutanreise begleitet hatte und krank geworden war, mußte ausgeflogen werden. »Wie geht es ihm?« »Gut, er hat sich erholt und ist seit zwei Wochen wieder daheim.«

Erleichtert atmete ich durch, genoß die Mitbringsel von Pegma. Wir waren wochenlang ohne Kontakt zur Außenwelt gewesen. »Da ist aber eine schlechte Nachricht für Sie«, sagte Pegma, »ich weiß nichts Genaues, aber ein Freund von Ihnen ist tot.« »Wer?« »Ich weiß es nicht, Paul hat davon erzählt. In Nepal ist ein Unglück passiert, ein Freund von Ihnen kam nicht zurück.« »Wo?« »Im Himalaya, an einem Berg.«

Mein Gehirn kombinierte rasch. – Wer von meinen Freunden war im Himalaya unterwegs? Es mußte die Manaslu-Expedition sein! Aber wer war tot? Wie? Wo?

Persönlich kannte ich nur einige wenige der Südtiroler Bergsteiger, die im Frühling 1991 mit Hans Kammerlander zum Manaslu aufgebrochen waren. Hans war ein Freund von mir – aber Hans kam nicht um! Nicht am Manaslu! Ich kannte Hans genau, hatte oft seine Kaltblütigkeit gegenüber Gefahren erlebt. Friedl noch weniger! Friedl Mutschlechner aus Bruneck, mit dem ich einige meiner frechsten Expeditionen überlebt hatte, weil er so besonnen war, konnte nicht tot sein! »Da gibt es einen Brief für Sie, zwei Südtiroler Bergsteiger müssen gestorben sein«, platzte Pegma in mein aufgeregtes Grübeln. »Wo ist er?« »Im Büro oder im Hotel in Pharo.« »Wir fahren!« befahl ich.

Der Reihe nach ließ ich mir die Mitglieder der Südtiroler Manaslu-Expedition durch den Kopf gehen. Friedl kam nicht in Frage. Hans mit seinem Instinkt für Gefahren auch nicht. Wer von den anderen konnte verunglückt sein? Im Hotel lag ein Zettel von Paul. Wie eine Nachricht von einem anderen Stern. Ein junger Grödner Bergführer war am Manaslu abgestürzt, Friedl Mutschlechner vom Blitz erschlagen worden. Das war jetzt schon Wochen her und trotzdem nicht wahr. Ich blieb ganz ruhig. So unglaub-

Reinhold Messner im Schneesturm am Kantsch. Die Expedition zum dritthöchsten Gipfel der Welt zählte zu seinen schwierigsten und gefährlichsten Unternehmungen.

lich klang diese Nachricht. Wenn es einen lebendigen Bergsteiger für mich gab, dann Friedl. Er war mir so gegenwärtig, Teil von mir, daß er nicht tot sein konnte. Ich empfand ihn intensiv neben mir: mit seiner Ruhe, seinem Witz, seinem Selbstverständnis. Hundert Bilder gingen mir durch den Kopf: Friedl im Schneesturm, auf 8000 Meter, am Kantsch, wie er auf mich wartete, Verzweiflung und Hoffnung in seinen Augen. Die Hoffnung, die ich brauchte, um durchzukommen. Friedl, der immer den geraden Weg ging. Friedl auf der Hintergrathütte, spät am Abend, zwei Gläser Wein und schmale Augen, die mich jünger werden ließen. Damals hatten wir uns entschlossen, seine Hattrick-Idee in die Tat umzusetzen: Drei Achttausender im Rahmen einer einzigen Expedition.

Friedl war nie ein Mitläufer gewesen. Wir waren Unseresgleichen und wir vertrauten einander. Friedl war kein Schönfärber, er war Realist.

Unter der senkrechten Sérac-Zone am Kangchendzönga zögerten wir lange. Wir waren zu zweit und die Wand über uns fast 3000 Meter hoch. Die Welt sah so gefährlich aus wie nie zuvor in unserem Leben. Wir schauten uns an. Wir schauten hinauf ins glitzernde, grüne Eis. Wir schauten auf die tonnenschweren Trümmer, die von dort oben herabgestürzt waren. »Wollen wir's trotzdem versuchen?« fragte ich. »Warum nicht?« »Und wer geht voraus?« »Einer geht immer voraus«, sagte Friedl trocken und stieg die Blankeisfläche schräg nach rechts aufwärts.

Wir schafften die Nordwand des Kantsch, den Shisha Pangma im Schneesturm und den Makalu zusammen. Wir blieben Unseresgleichen. Auch wenn mich Friedl wegen meiner Wurstigkeit manchmal schimpfte, wir blieben Freunde. Als er später nicht mehr mitmachen wollte bei meinen verwegenen Spielen, schrieb ich dies seiner Professionalität zu und nicht meinem Anderssein.

Friedl war Bergführer mit Händen und Seele. Einer der beliebtesten im Alpenbogen. Und professionell, überlegt. Da drückte sich einer durch sein Bergsteigen aus und holte sich seine Eindrücke in den Ber-

Je weiter und je höher die Berge, desto näher rückt man zusammen. Friedl Mutschlechner und Reinhold Messner im Zelt am Kantsch-Eisbruch.

Achttausender-Besteigungen sind nur selten von Schönwetter begünstigt. Gerade bei Schlechtwetter ist ein guter Zusammenhalt gefragt. – Friedl Mutschlechner und Reinhold Messner in einem Höhenlager am K2.

gen. Er konnte Erfahrungen weitergeben und Zweifler mitreißen.

Wie gerne hätte ich ihn wieder bei mir gehabt: in Patagonien, in der Antarktis, in Grönland. Friedl blieb bei seinem ›Nein‹. Ich wußte, daß seine Familie dagegen war. Ich wußte, daß er mehr gewissenhafter Bergführer als ehrgeiziger Profibergsteiger war. Trotzdem, einen besseren Partner konnte ich mir nicht vorstellen.

Marianne, seine Frau, war während der Manaslu-Expedition nach Nepal gereist. Sie war ihm entgegengegangen. Endlich! Wie oft hatte es sich Friedl gewünscht: nicht bloß abgeholt, nein, verstanden zu werden.

Er soll nicht zurückgekommen sein, stand da auf einem Blatt Papier in meiner Hand. Ich ging aus dem Hotel, ohne einzuchecken, ohne mich um die anderen zu kümmern. Ich ging hinaus ins Land. Die Sonne war durchgekommen. Allerorts sangen Vögel in den Bäumen. Es war warm und die Menschen, denen ich begegnete, waren heiter, neugierig – alles war selbstverständlich. Man war daheim.

Friedl konnte nicht tot sein, so gegenwärtig war er mir, so nahe wie oft in den vergangenen 15 Jahren, in denen wir zusammen und getrennt geklettert waren. Auch wenn er nicht dabei gewesen war, er gehörte zu meinen Begleitern. Er gehörte zu meinen wenigen Freunden.

Froh darüber, daß er es gewußt hatte, setzte ich mich unter einen Baum. Und während die Vögel sangen, die warmen Sonnenstrahlen mein Gesicht trafen, weinte ich mir die Schmerzen aus dem Leib. Ohne Trauer. Friedl war da und Friedl wird mein Freund bleiben. Solange ich lebe. Er ist nur wieder einmal vorausgegangen. Einer geht immer voraus.

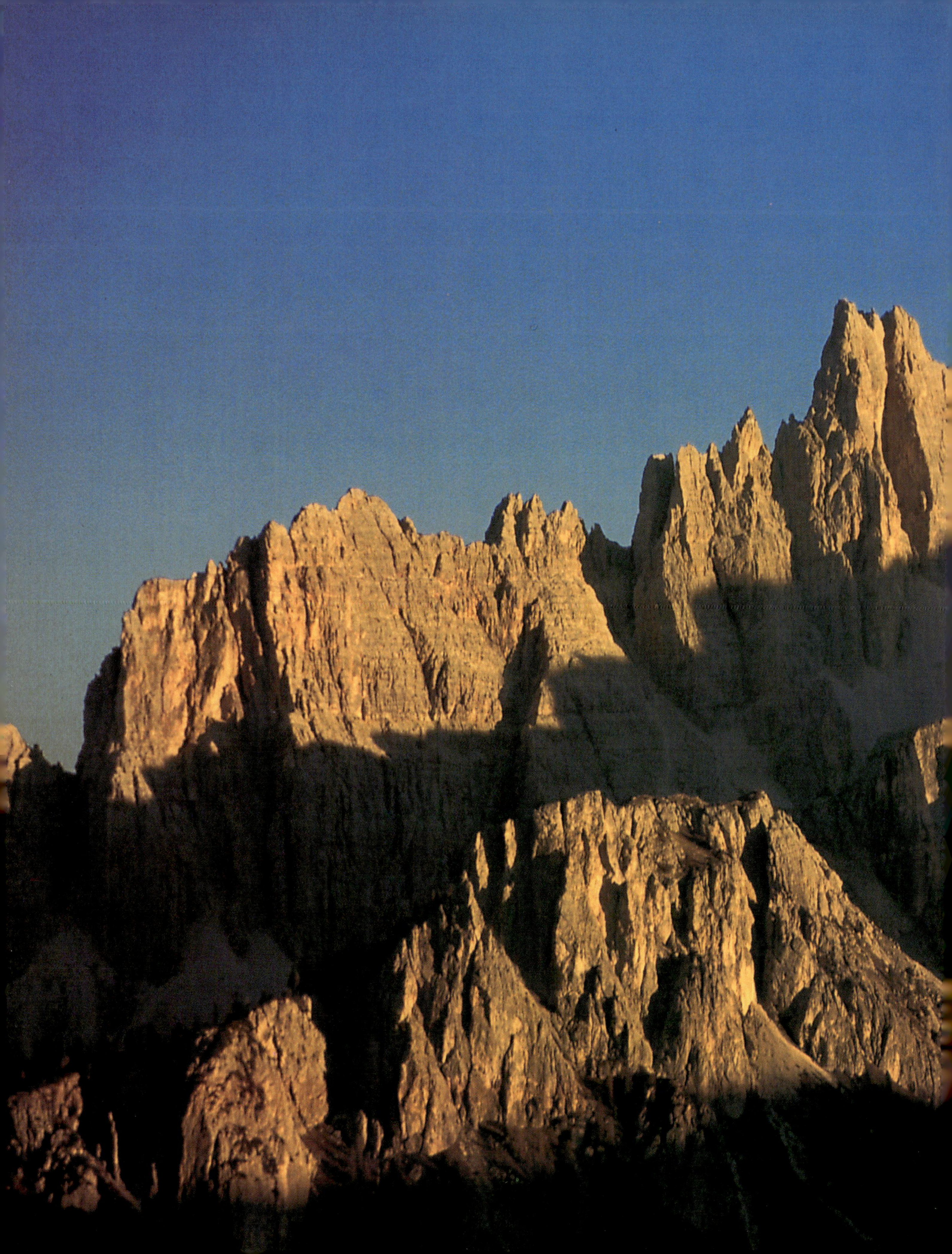

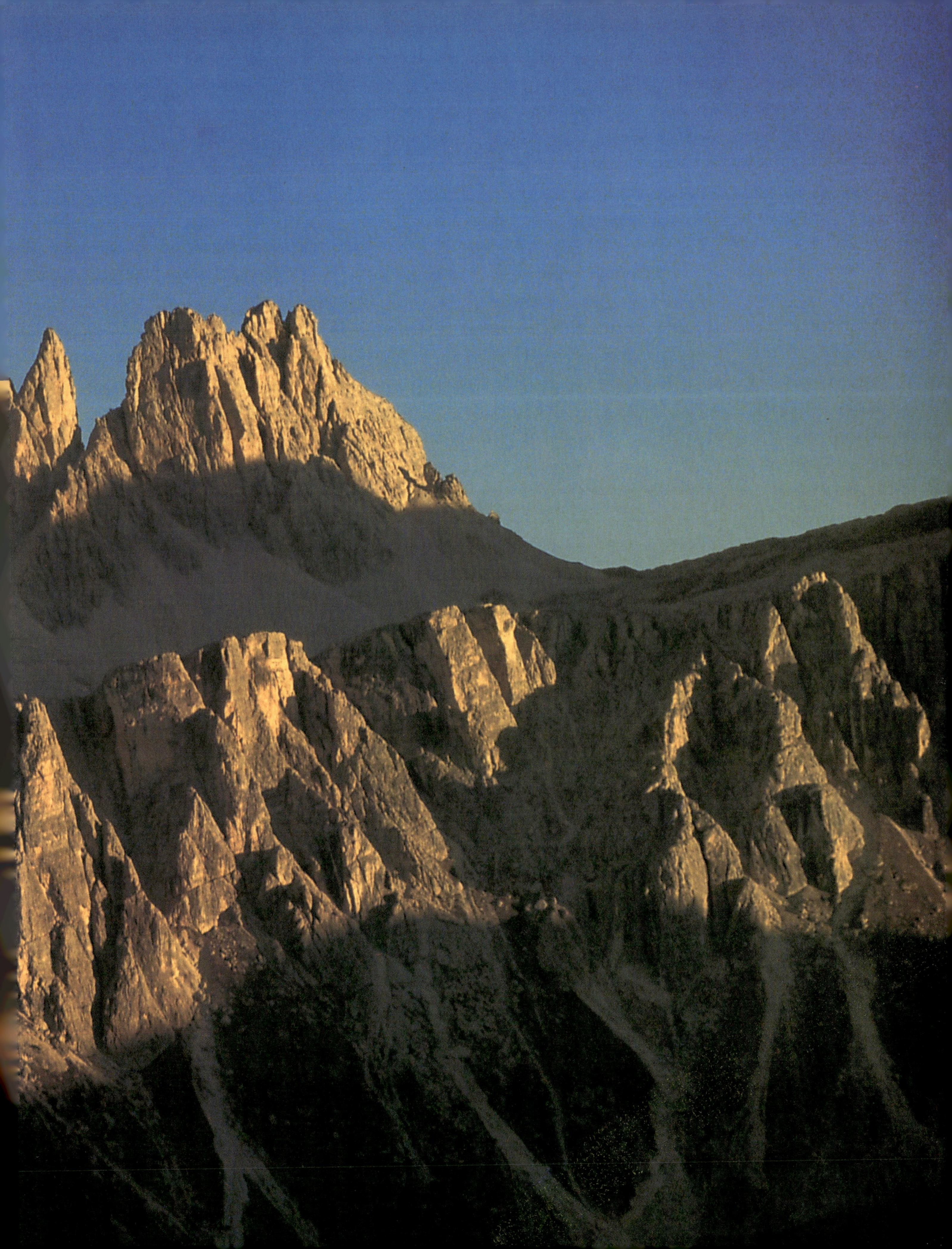

Auszug aus dem Tourenbuch (1966 – 1969)

Jahr	Tour	Gebiet	Grad	
1966	Überschreitung der 5 Hornspitzen und durch das Firndreieck auf den Großen Möseler	Zillertaler Alpen	III	60°
1967	Kleine Zinne – Gelbe Kante	Sextener Dolomiten	V+	A0
	Hochgall Nordwand	Rieserfernergruppe	55°	
	Große Cirspitze – Via De Francesch	Puezgruppe	VI	A1
	Piz de Ciavazes – Castiglioni (3. Begehung)	Sella	V+	A0
1968	Tofana di Rozes – Tofanapfeiler	Tofana	VI+	A2
	Große Zinne Nordwand – Hasse/Brandler	Sextener Dolomiten	VI–	A2
	Rotwand Westwand – Konzilweg	Rosengarten	VI+	A3
	Cinque Torri – Franceschi	Nuvolaugruppe	VI	A2
1969	Westliche Zinne Nordwand – Schweizerweg	Sextener Dolomiten	VI	A3
	Westliche Zinne Nordwand – Franzosenweg	Sextener Dolomiten	V+	A3
	Rotwand SW-Wand – H.-Buhl-Gedächtnisführe	Rosengarten	VI	A2
	Purtschellerturm – Südkante	Rosengarten	VI+	A3
	Große Zinne Nordwand – Pellesier	Sextener Dolomiten	V	A2

Wege zum Berg

Stationen meiner Kindheit

Unser täglich Brot

Mit einem großen Korb auf dem Rücken, der ihren Kopf um einiges überragte, ging meine Mutter jeden Tag um 4 Uhr früh in die nahegelegene Stadt, Brot zu holen, das sie dann in unserem Heimatdorf Dietenheim (Ortsteil von Bruneck) verkaufte. Sie hatte nur zum Teil eine feste Kundschaft und die Bauern, die ja selbst Brot buken, kauften sehr unregelmäßig. Es kam schon vor, daß sie einen weißen Wecken zu wenig hatte; da mußte dann eines von uns Kindern früher aus den Federn, die zwei Kilometer zum Bäcker laufen und das Gewünschte im Eiltempo zum Kunden bringen.

Mutter beklagte sich nie; im Gegenteil, sie machte diese Arbeit gerne und hat es dem Pfarrer nie verziehen, als er sie an einem Sonntag nach der Nachmittagsandacht am Friedhofsausgang ansprach. Ob dieses Geschäft so einträglich sei, wollte er wissen, daß sie ihre Kinder allein lassen muß, die allesamt in der Schule nichts leisten. Es wäre besser, sie würde sich mehr darum kümmern. Das tägliche Brot verdiene ich damit, wollte sie sagen, brachte aber kein Wort über die Lippen. Ihre Kehle war wie zugeschnürt. Vater stand wortlos daneben und schaute den Pfarrer zornig, ja fast haßerfüllt an. Dann packte er die Mutter unsanft beim Arm und schob sie grußlos an ihm vorbei. Beide spürten die Wut in sich hochsteigen und zugleich auch die Ohnmacht, diesen Zustand nicht ändern zu können. ›Das tägliche Brot für die ganze Familie zu verdienen kann doch nicht weniger wert sein, als den Kindern in der Schule zu einer besseren Note zu verhelfen.‹ Wie tief mußte dieser Vorwurf meine Mutter verletzt haben; sie, die für andere gewaschen und Kuchen gebacken hat um Kleider für uns einzutauschen, damit wir finanziell über die Runden kamen. Zugegeben, bei uns war um die Mittagszeit meist kein Krümelchen mehr zu finden, und abends, wenn Vater von seiner Arbeit als Tagelöhner hungrig nach Hause kam, waren wir längst schon im Bett, manches Mal ohne Essen, weil es sonst für ihn nicht mehr gereicht hätte. Natürlich haben wir das nicht mitbekommen und glaubten, es wäre die wohlverdiente Strafe für irgendeinen Ungehorsam oder Streit, den wir nur schon wieder vergessen hatten.

Das waren herrliche Momente... An einem Sonntagnachmittag bei Anna (links) und Martha (rechts) wird der kleine Friedl mit Kuchen verwöhnt.

Wir schliefen alle in einem Raum; die Einrichtung hatte Vater selbst zusammengezimmert. Auf der linken Seite der ›Schlafstube‹ rauchte ein alter Bauernofen aus allen Fugen. Unter der schmalen Ofenbank hatte mein älterer Bruder sein Bett, das des Nachts ähnlich einer großen Schublade herausgezogen wurde. Die Lagerstatt für die Schwestern war etwas breiter, dafür mußten sie auch zu zweit darin schlafen. Zwischen dieser und dem Ehebett bot ein wuchtiger Kleiderschrank mit einer Ablage für den Sonntagshut meines Vaters und zwei Schubladen an der Unterseite Platz für alle unsere Habseligkeiten. Mein Gitterbett befand sich am Fußende des Ehebettes und – um den letzten Winkel im Raum auszufüllen – stand hinter der Zimmertür eine Nähmaschine, der Stolz meiner Mutter. Wie schnell und sauber sie damit unsere Wäsche flickte und neue Hosenböden einsetzte. Das müßte ihr erst jemand nachmachen! – Sie ist seit frühester Kindheit stark sehbehindert und kann nur Umrisse erkennen. Und trotzdem schaffte sie alles, bis aufs Knöpfe annähen, ohne fremde Hilfe.

Nebenan in der Küche war außer dem nötigen Hausrat auch Vaters Hobelbank untergebracht. Die Küchentür war ein Tor und führte geradewegs ins Freie. In der Erntezeit, wenn der Bauer das Heu einbrachte, erzitterte unsere Wohnung unter den schweren Pferdefuhrwerken, die über uns in den Stadel rollten, und aus allen Ritzen rieselte feiner Staub.

Unter dem Apfelbaum vor dem Haus hatten wir Platz zum Spielen und Herumtoben. Mehr jedoch reizte uns der kleine Bach auf der anderen Seite des Weges. Daneben stand ein altes Faß, zur Hälfte in die Erde eingegraben, in dem Wasser zum Waschen aufgefangen wurde.

Eines Nachmittags im Spätherbst – ich war zwei Jahre alt, erinnert sich meine Mutter – saß sie auf der Bank vorm Haus und strickte aus bunten Wollresten einen Pullover. Ich spielte am Bach und ließ meine Schiffchen – dürre Blätter – von ihm forttragen. Mutter beobachtete mein Tun aus den Augenwinkeln so gut sie konnte. Plötzlich gewahrte sie heftige Bewegungen. Mehr ihrem 6. Sinn folgend lief sie rasch zu mir hinüber und erkannte mit Schrecken, daß ich kopfüber in der bis zum Rand mit Wasser gefüllten Benzintonne steckte. Sie packte mich bei den Füßen und schüttelte das ganze Wasser aus mir heraus. Ich spuckte und schrie aus Leibeskräften, bis ich schließlich ganz erschöpft im Grase lag. Ich glaube, der Schrecken sitzt mir heute noch in den Knochen und die Scheu vorm Wasser ist mir geblieben.

Stolz präsentiert Friedl seinen Kommunionsanzug – vor dem neugebauten Haus in Bruneck.

Auf Besuch

In mühevoller Arbeit haben sich meine Eltern nach Feierabend mit Hilfe einiger Handwerker in der Stadt ein kleines Häuschen gebaut. Uns Kindern hat es da überhaupt nicht gefallen. Wir liefen oft schon in der Früh über die Felder zu unserer alten Wohnung und kehrten erst vor Einbruch der Dunkelheit nach Hause zurück. Die Mutter hatte bald ein Einsehen mit uns und verstand unser ›Heimweh‹ nur zu gut. Sie kochte deshalb allmorgendlich das Mittagessen vor und gab es uns mit. So konnten wir beruhigt bis zum Abend wegbleiben. Nach und nach gewöhnten wir uns dann doch an unsere ungeliebte neue Umgebung, bis eines Tages mein Leben eine glückliche Wende nahm.

Weil wir im neuen Haus mehr Platz hatten, die alten Gewohnheiten und Einschränkungen aber dieselben blieben, konnte ein Zimmer vermietet werden. Martha, die Tochter eines bekannten Großbauern, hatte eine Lehrstelle als Näherin in der Stadt gefunden und bei uns Kost und Logis. Von Anfang an hatte sie mich lieber als meine Geschwister, und an einem Wochenende durfte ich sogar mit ihr auf den Hof. Sie würde mich schon am Montag wieder mitbringen, versicherte sie und meine Eltern hatten nichts dagegen. Voller Erwartung trippelte ich mit meinen kurzen Beinen, die in grobgestrickten Sokken und viel zu großen Stiefeln steckten, neben ihr her. Sie bemühte sich, kleine Schritte zu machen, damit ich nicht zu schnell ermüdete. Bei ihr zu Hause wurde ich von allen freundlich aufgenommen. Anna, Marthas ältere Schwester, schaute mich immer wieder verstohlen an, ohne ein Wort zu sagen. Später wußte ich, daß sie da schon heimlich Maß genommen hatte für den wunderschönen ›Sarnerjanker‹, den sie mir dann strickte und den daheim alle maßlos bewunderten. Mit richtigen Hirschknöpfen und Enzian und Edelweiß entlang der Knopfleiste. Ich konnte es nicht genug auskosten, plötzlich im Mittelpunkt zu stehen.

Anna erwartete mich von da an jedes Wochenende mit unbändiger Freude und hatte mich bald so sehr ins Herz geschlossen, daß sie mich eines Montags nicht mehr mit zurück gehen ließ. Das soll Martha mit meinen Eltern regeln, sagte sie. Es gab nicht viel zu regeln. Meine Eltern waren froh, daß der Bub so ein Glück hatte – »Essen und Wohnen und gutes Wasser – dir geht nichts ab«, meinte Vater – und ließen der Anna ausrichten, es wäre schon in Ordnung und bis zur Einschulung dürfte ich bleiben.
Die zwei Jahre wuchs ich auf dem Hof auf wie ein eigenes Kind. Anna war vernarrt in mich und hätte mich am liebsten ständig an ihrem Schürzenzipfel gehabt. Wenn der Bauer das Getreide in die Mühle brachte, durfte ich vorne bei ihm auf dem Fuhrwerk sitzen. Darauf war ich besonders stolz. Überall genoß ich kleine Privilegien und ich zeigte mich dankbar, indem ich allen eifrig zur Hand ging.

Als im Spätherbst der Schneider ›auf die Stör‹ kam, um die ganze Familie für den Winter einzukleiden, bekam natürlich auch ich ein neues Lodengewand. Den passenden Hut dazu mußte Martha aus der Stadt mitbringen. Das war schon das Höchste, was ich mir erträumt hatte, und meine Freude kannte keine Grenzen. Den mußte ich unbedingt meiner Mutter zeigen. Bei der nächsten Gelegenheit besuchte ich sie, und heute bekommt sie noch leuchtende Au-

Friedl (mittlere Reihe links) im Kreis seiner Schulfreunde, »Am Graben« in Bruneck.

gen und schwärmt davon, wie schön ich damals war mit dem Hut und der schneeweißen Flaumfeder drauf.

Weggehen

Der zweite Sommer war vorüber und unaufschiebbar war der Tag, an dem ich mich von liebgewonnenen Menschen und Tieren trennen mußte. Ich glaubte, der Abschiedsschmerz würde mich umbringen. Wenigstens bräuchte ich dann auch nicht mehr in die Schule gehen. Die fand ich sowieso überflüssig.
Irgendwie hatte ich die Trennung dann doch überlebt und fand mich am nächsten Tag auf der Schulbank wieder. Was man da plötzlich alles gefragt wurde und wissen sollte! Und zu Hause auch noch schreiben... Ich beschloß, dies schleunigst zu ändern. Tags darauf trödelte ich zu Hause so lange herum, bis die anderen sich auf den Weg gemacht hatten. Ich folgte ihnen nur bis zur ersten Wegbiegung und schlug dort die entgegengesetzte Richtung ein. Eine Weile versteckte ich mich hinter einem Bretterstapel, dann deponierte ich meine Schultasche und schlenderte gemächlich, die Hände in den Hosentaschen, auf die nahegelegene Baustelle zu.

Wie zufällig stand ich da herum, obwohl ich insgeheim darauf brannte, daß mich einer der Maurer bemerkte und zu irgendwelchen, in meinen Kräften stehenden Handlangerdiensten gebrauchen konnte. Es klappte! Während ich interessiert die laufende Mischmaschine anstarrte – mir wurde dabei schon ganz schwindlig – pfiff ein kleiner, rotgesichtiger Bauarbeiter nach mir. Den Kübel da drüben sollte ich mit Wasser füllen, deutete er. Eifrig kam ich seiner Aufforderung nach. Es folgten weitere ›Aufträge‹, die ich alle zu seiner Zufriedenheit ausführte. Nahm ich wenigstens an, sonst hätte er mir nicht zur Brotzeit einen Schluck Wein aus seiner Flasche gegeben. Wie angenehm das wärmte! Um die Mittagszeit holte ich meine Schultasche aus ihrem Versteck und ging auf einem Umweg nach Hause. Ich hatte nicht einmal ein schlechtes Gewissen, schließlich hatte ich ja heute etwas Nützliches getan. So ging es am nächsten und am übernächsten Tag und ich dachte schon, das Thema Schule wäre für mich erledigt. Leider dachten nicht alle so. An die konkreten Folgen kann ich mich allerdings heute nicht mehr erinnern.

In den folgenden Jahren verbrachte ich die Sommer- und Ferienmonate auf einem Bauernhof, wo ich für Unterkunft und Verpflegung arbeitete; und das nicht wenig.

Zu meinem großen Leidwesen durfte ich im dritten Herbst nach dem Almabtrieb nicht zu Hause bleiben, sondern nur die Schultasche holen – die Bauersleute wollten mich von nun an auch im Winter ›behalten‹. Das Weggehen – auch wenn es nur einige Kilometer waren – fiel mir sehr schwer. Weg von der Mutter, die mir in den Stunden des Zusammenseins so viel geben konnte. Mit ihrem unverwüstlichen Humor und ihrer Güte hat sie alles erträglicher gemacht. Trotzdem, früh mußte ich lernen, hart zu mir selbst zu sein.

Der Winter war streng, die Arbeit war es ebenso. Vor der Schule mußte ich im Stall helfen, beim Füttern, Ausmisten, Melken... Es ging sich oft schwer aus, daß ich pünktlich zum Unterricht kam; nicht selten ging ich gar nicht hin. Probleme wegen des Fernbleibens verhinderten die Bauern im allgemeinen mit einem Stück Butter für den Lehrer oder, wenn's hoch herging, mit etwas Fleisch, sobald geschlachtet wurde. Am Schlachttag wurden Pfarrer und Lehrer meist gnädig gestimmt und manch erhobener Zeigefinger ließ sich so am schnellsten aus der Welt schaffen.

Soviel hatte ich bald begriffen, daß die Arbeit immer zuerst kam, leben gleichbedeutend mit arbeiten war. Daß sich das Miteinander nur auf die Arbeit bezog; geredet wurde – wenn überhaupt – nur das, was direkt mit der Arbeit zu tun hatte. Worüber hätten sie sonst auch reden können, die Bäuerin, ihr Bruder, der den verstorbenen Bauer, und ihr Sohn, der den Knecht ersetzen mußte, und die alte ›greisliche‹ Magd.

In der Dorfschule von Reischach, die ich jetzt besuchen mußte, wurde mir nichts geschenkt. Anfangs war ich oft Zielscheibe für Bosheiten und Gespött, wie wahrscheinlich überall, wenn ein ›Neuer‹ – noch dazu aus der Stadt – kam. Ich fraß die ganze Wut in mich hinein, manches konnte ich dann bei der Arbeit wieder auslassen.
Eines Tages fand ich im Schuppen ein Stück Eisenkette, grade so groß, daß ich es in meinem Hosensack unterzubringen konnte. Bekanntlich reichten damals die Taschen fast bis zu den Knien und konnten das ganze Hab und Gut eines Buben aufnehmen. Als wieder einmal einer der größeren Mitschüler gemein zu mir wurde, zog ich wortlos die Kette aus der Tasche und schwang sie drohend vor seinem Gesicht. Von da an hatte ich meine Ruh.

Um Lichtmeß – bei den Bauern allgemein der Zahltag – bekam ich von der Bäuerin etwas Geld und durfte damit auf den Markt gehen. Hocherfreut schlenderte ich vor den Verkaufsständen auf und ab. Diejenigen, die Haushaltsgeräte feilboten, betrachtete ich besonders aufmerksam. Kessel und Pfannen in allen erdenklichen Größen, Suppenschüsseln und Blechteller, nein, für meine Mutter wollte ich mich nach etwas ganz Besonderem umschauen. Nach langem Suchen entdeckte ich ein zierliches Glasschüsselchen und malte mir aus, wie gut darin die Marmelade vom Sonntagsfrühstück aussehen würde. Vorsichtig drehte ich meine Münzen in der Tasche hin und her; ob sie wohl reichen? Der Händler beobachtete mich geduldig; endlich zeigte ich auf das Begehrte. »Wieviel?« Ich war ganz aufgeregt und schickte ein Stoßgebet zum Himmel, daß es für mich erschwinglich sein möge. Glücklich lief ich nach Hause. Die Freude meiner Mutter war groß, meine sicher noch größer.

Beim »Hauser« in Reischach verbrachte Friedl Mutschlechner einige Jahre seiner Kindheit.

Je weiter der Nachmittag vorrückte, desto mehr hoffte ich insgeheim, wenigstens einen Tag zu Hause bleiben zu dürfen. Immer stiller und kleiner wurde ich hinterm Küchentisch; meine Mutter hatte es sicher schon längst gemerkt. Sie rief nach meiner Schwester, die bereits mit Jacke und Mütze für mich zur Tür hereinkam, als hätten sie es vorher so abgesprochen. Ich bin sicher, es war so. Um mir das Weggehen etwas zu erleichtern, begleitete mich meine Schwester ein gutes Stück des Weges. Die Beine schwer wie Blei, einen Kloß im Hals, stolperte ich wortlos neben ihr her. Als wir ungefähr die Hälfte der Strecke hinter uns hatten – es dämmerte bereits – blieb sie stehen und ich wußte, jetzt wird sie umkehren. Ohne mich umzudrehen ging ich weiter, verbissen mit den Tränen kämpfend. Sie rannte mir wieder nach und mußte sich nun gehörig anstrengen, um mit mir Schritt halten zu können. Der Weg zog sich in die Länge, ich war ungemein dankbar dafür. Nach und nach beruhigte ich mich wieder; ihre Begleitung tat mir wohl, auch wenn wir kein Wort miteinander redeten. Das Grundstück ›meines‹ Bauern kam in Sicht und ich brachte es sogar über mich, sie zur Umkehr aufzufordern. Ein kurzer Gruß und unsere Wege trennten sich.

Oft bin ich in der folgenden Zeit noch von zu Hause weggegangen; es war immer schwer für mich, auch wenn die Besuche später nicht mehr so selten waren. Dieses Weggehen empfand ich in meinem ganzen Leben wie einen inneren Zwang. Ich konnte es mir selbst schwer erklären, was mich ständig hinausgetrieben hat; sicher, die Ziele waren verlockend, aber manchmal glaube ich, ging ich nur deshalb weg, weil das Heimkommen so unwahrscheinlich schön war. In solchen Augenblicken schwor ich dann jedesmal, mich nie mehr von zu Hause zu trennen – und war dazu schon wieder bereit, sobald sich die nächste Gelegenheit am Horizont abzeichnete.

Die ersten Schritte bergwärts

Endlich war sie vorbei, die Zeit der harten Arbeit und der lästigen Schulpflicht. Ich war 15 Jahre alt, als ich in die Stadt zurückkehrte und eine Lehrstelle als Hydrauliker in Bruneck antrat. Vater hatte diesen Beruf für mich ausgewählt und mich in derselben Firma untergebracht, in der mein älterer Bruder Franz bereits seit zwei Jahren arbeitete. Es gefiel mir von Anfang an, mit den Gesellen auf der Baustelle zu arbeiten. Alles war neu, wir waren viel unterwegs, und die Zeit verging wie im Fluge. Ja, ich fühlte mich frei wie ein Vogel, schwerelos: Wenn man spätnachmittags das Werkzeug gereinigt und zusammengeräumt hatte, war plötzlich noch viel Zeit für alles Mögliche; und an den Wochenenden nicht arbeiten zu müssen, keine Kühe melken, keine Schweine füttern, keinen Stall ausmisten – herrlich, ich konnte endlich meine eigenen Wege gehen.

Schon 1964, als ich mit meinem Bruder Hans in den Sommermonaten auf der Michlwirtalm arbeitete, spürte ich, daß die Berge ringsum neben harter Arbeit noch viel mehr zu bieten hatten, und unternahm in den freien Stunden manch schnellen Abstecher zu den Gipfeln der Umgebung.

Im Frühjahr trafen wir uns nach der Arbeit am Aufhofener Kofl. An diesem Übungsfelsen bei Bruneck erlernten wir den Umgang mit dem Kletterseil und den Haken.
Bald darauf nahm mich Rudl mit auf die Große Zinne. Der Aufstieg war auch hier nicht das Problem – im Gegenteil, ich konnte es immer kaum erwarten, bis er »Stand« schrie und ich nachkommen durfte. Einmal oben, wollte ich nicht mehr hinunter. Rudl wußte bald nicht mehr, wie er es anstellen sollte, mich zum Abstieg zu bewegen. Schließlich habe ich mir die nötige ›Schneid‹ mit einem halben Liter Wein angetrunken.

Rudl und ich beim Aufstieg zur Rötspitze-Westwand. Es war eine meiner ersten Eistouren. Rudl war mir ein erfahrener und umsichtiger ›Lehrer‹, der nicht nur gut motivieren konnte, sondern auch alles Wichtige wie den Umgang mit Steigeisen und Eisschrauben zu vermitteln verstand.

Als Rudl von unserer glücklichen Heimkehr von der Cirspitze hörte, meinte er, das wäre ein triftiger Grund zu feiern. Wir ließen uns nicht lange bitten. Gleich am folgenden Tag machten wir uns also auf den Weg zur Oberwielebacher-Alm. Den Wein hatten wir zwar selbst hinaufgeschleppt, aber nicht alleine getrunken. In feucht-fröhlicher Stimmung ließen wir jeden Vorübergehenden an unserer ›Auferstehungsfeier‹ teilhaben.
Das »Dreigestirn« Friedl, Rudl und Pepi (von links).

Das tat ich anfangs mehr zum Zeitvertreib; schließlich konnte es einem jungen Burschen wie mir nicht genug sein, tagaus tagein immer nur Kühe zu melken, diese auf die Weide zu treiben, Heu einzubringen, den Stall auszumisten und nach dem Rosenkranz ins Bett zu fallen.

Die ersten richtigen Bergtouren aber startete ich im Jahr darauf, als ich in den Kolping-Verein Bruneck eintrat. Hier fand ich endlich eine Clique von Gleichaltrigen und Gleichgesinnten, und hier entwickelte sich die Freundschaft zu meinen Kletterkameraden Pepi, Rudl und Willi. Bald darauf auch zu dem etwa sieben Jahre älteren Lois. Ich wurde Mitglied bei der Bergrettung; zwei Jahre später in der Hochtouristengruppe Bruneck, für die man schon einen beachtlichen Tourenbericht vorlegen mußte.

Mit dem Klettern begann auch die Zeit des ›Einkaufengehens‹: Sobald das Frühjahr nahte und die letzten Schneereste von den Wänden abgetaut waren, machten wir uns ans Werk und sammelten die im Herbst liegen- oder hängengelassenen Seile, Karabiner, Schlingen und sonstigen Ausrüstungsteile ein – nach der Devise »Wer was findet, dem gehört's«. Die Ausbeute war zwar nicht groß, aber unsere bescheidenen Einkünfte erlaubten uns keine großen Sprünge, und so waren wir froh um jedes Teil, das uns das Begehen der schwierigen Routen erleichterte oder gar erst ermöglichte.

Im Winter traf ich mich mit meinen Freunden jeden Sonntag nach der Frühmesse am Ortsausgang; in voller Tourenausrüstung. Meine ersten Ski waren 2,10 Meter lang, die Schuhe hatte ich mir am Stegener Markt erstanden. Sie waren aus demselben Material wie die Gummistiefel, die ich früher für die Stallarbeit hatte. Die größte Errungenschaft aber waren meine Gamaschen. Als ich zum erstenmal damit aufkreuzte, schmunzelte Rudl – er war einige Jahre älter und bergerfahren. Warum er sich so amüsierte, verstand ich erst, als sich beim Gehen die kleinen Haken immer wieder ineinander verhängten und ich bei jedem zweiten Schritt stolperte. Er sah sich meinen aussichtslosen Kampf eine Zeitlang an, bis er mir den guten Rat gab, die Gamaschen an der Außenseite zu schließen.

Eines aber hatten wir alle schnell gelernt: was sich für einen zünftigen Berggeher gehörte. Wenigstens einer von uns hatte deshalb immer eine Flasche Wein im Rucksack, die dann bei passender Gelegenheit – in der Hütte oder auf dem Gipfel – die Runde machte. Dabei war es gar nicht so einfach, allwöchentlich dieses köstliche Getränk aus dem Haus zu schmuggeln: Jedesmal, wenn ich frühmorgens den Hahn des Weinfasses im Keller öffnete, quietschte es ganz erbärmlich – ein Wunder, daß mich mein Vater niemals beim Abfüllen überraschte. Nur Mutter konnte etwas davon ahnen, kam es doch hin und wieder vor, daß ich meine Freunde Pepi und Willi nach einer allzu ›genußreichen‹ Skitour mit in unser Haus brachte. Nach einem schwarzen Kaffee waren sie dann so weit ausgenüchtert, daß sie sich wieder nach Hause trauen konnten.

Ähnlich verhielt es sich mit dem Rauchen. Es peinigte uns kein unstillbares Verlangen nach Zigaretten, und unser Pfeifchen machte uns nicht zu Genußmenschen – aber ein »ganzer Kerl« hat nun mal gewisse Erwartungen zu erfüllen. Auch wenn ihm hinterher sterbenselend war.

Die beiden »schlauen Füchse« Pepi (links) und ich. Eines Tages hatten wir tatsächlich Fuchsmützen auf. Im Hintergrund Willi.

Unsere gemeinsamen Skitouren verliefen eigentlich immer ohne Zwischenfälle. Nur einmal, bei der Abfahrt vom Schönbichl, erwischte Erich nicht mehr die Kurve und stürzte so schwer, daß wir ihn mit einem Schlitten zurück nach Bruneck bringen mußten. Aufgrund meiner Erfahrung beim Holzziehen führte ich den Schlitten, die anderen standen hinten auf den Kufen.

Zur Ausrüstung eines (guten) Bergsteigers gehörte unseres Erachtens eine Pfeife. »Mit so einem Pfeifl rastet man halt richtig aus«, war unser üblicher Spruch nach dem Berg Heil am Gipfel. Na ja, gerastet haben wir wohl mehr, weil wir bequem sitzen konnten. Vom Pfeiferauchen war uns hinterher meistens sterbensübel.

Pepi Agstner

»Hilfe!«

Der Auftrieb war groß, der Geldbeutel schmal, die Erfahrung gering. Aber alles kein Grund, um nicht samstags und sonntags unterwegs zu sein. Im Winter mit den Skiern, leider immer auf den gleichen Gipfel, den Schönbichl bei Bruneck, da es an der Fahrgelegenheit mangelte. Doch im Frühjahr, da konnten uns auch die hohen Schneewände, die die Straßenränder des Grödner- und Sellajochs säumten, nicht bremsen.

Pfingstsamstag war's, als uns – natürlich erst nachmittags, denn vormittags mußten wir noch arbeiten – wieder der unbändige Drang zum Klettern packte. Klammheimlich wurde Vaters alte Lambretta aus der Garage geschoben und ab ging's wie »der leidige Teufl« hinein ins Gadertal, daß der Auspuff vor lauter Bodenkontakt nur so glühte. Ab Corvara tauschten wir die Plätze, und Friedl durfte weiterfahren. Er hatte zwar noch keinen Führerschein, aber hinauf aufs Grödnerjoch konnte man's riskieren, da stand gewiß keine Streife.

Während wir teilweise bis zu den Hüften im Schnee zum Einstieg wateten, zogen immer dunklere Wolken auf. Kein Lüftchen wehte, eine feiertägliche Stille um uns herum; nur ein paar krächzende Dohlen zogen über unseren Köpfen ihre Kreise. Wollten sie uns mahnen oder abhalten? Jeder von uns kämpfte mit seiner eigenen Spannung und Beklemmung, aber keiner hatte den Mut als Erster vom Umkehren zu reden.

Endlich am Einstieg. Ohne viele Worte wurde angeseilt. Ein hoffnungsvoller Blick hinauf, ein letztes Mal den Knoten geprüft, verstohlen das Kreuzzeichen auf die Stirn gemacht und los ging's. Gleich nach den ersten Metern kam auch die Freude am Steigen, höher, immer höher.

Stand – ich kam nach, lachend stand er da, der Friedl. »Gut geht's, steig nur gleich weiter«, sagte er. Der Wind, der inzwischen aufgekommen war, peitschte das Seil schon in die Wand hinaus.

Weiter – aus der Ferne hörte man gelegentlich das dumpfe Grollen des Donners. Seillänge für Seillänge brachten wir hinter uns, da – plötzlich ein Knall und fast gleichzeitig Blitze; immer öfter, immer näher. Müssen wir vielleicht doch umkehren? Der Entschluß ist schnell gefaßt. Ja.

Das Unwetter war da, viel schneller als wir gedacht hatten. So geht es eben, wenn die Erfahrung fehlt. Nun aber gab es kein Zaudern mehr: Nichts wie raus aus dieser Wand! Der Sturm jagte uns die Graupeln waagrecht ins Gesicht. Im Nu waren unsere zerschlissenen Windjacken und ›Sarnerjanker‹ durchnäßt. Mit klammen Fingern schlugen wir Haken, zogen wir Abseilschlingen in die Sanduhren ein. ›Schnell, nur bis unter den Überhang, dort sind wir geschützt und können das Gewitter abwarten‹. Eng hockten wir in einem kaminartigen Riß beisammen und glaubten uns vor dem Schlimmsten in Sicherheit. Doch dies erwies sich bald als falsch.

Der Himmel verdüsterte sich immer mehr, eine baldige Wetterbesserung war nicht in Sicht. Grelle Blitze züngelten zu uns herab und blendeten uns, es roch nach Schwefel. Panik packte uns. Durchnäßt wie wir waren, bildeten wir wahre Blitzableiter. Weg mit dem Eisenzeug! Aber wohin? Die Haken brauchten wir noch. Wilde Sturzbäche brachen auf uns herab. Da! Ein furchtbarer Schlag. Wie aus einer Kehle schrien wir »Hilfe!«. Doch wer sollte uns hören?

Mutter wird jetzt wieder die geweihten Palmzweige vom Herrgottswinkel nehmen und ins Feuer werfen, damit das Haus vor Blitz und Ungewitter bewahrt bleibt. Ach, wären wir doch daheim geblieben.

Bei jedem Blitz zuckten wir zusammen – mittlerweile war die Spannung in der Luft so groß, daß unser Hakenbündel elektrische Schläge verteilte. Aber mochten wir es jetzt auch noch so verfluchen, wir mußten es doch wie einen Schatz hüten.

Viele Gedanken jagten uns damals durch den Kopf, überschlugen sich wie der Donner und sein Echo in den Felswänden. Zuerst noch zaghaft, dann immer lauter formten unsere Lippen die Worte: »... und vergib uns unsere Schuld, wie auch wir vergeben ...« Inbrünstig beteten wir und schämten uns nicht unserer Furcht.

Hinab. Wir mußten ins Tal, und zwar schnell. Fünf, sechs Schläge mit dem Hammer – der Haken muß halten – hoffentlich verklemmt sich das Seil nicht.

Friedl (rechts) und Pepi bei der verdienten Zigarettenpause auf einer Klettertour in der Sellagruppe. Sie waren zu jener Zeit dicke Freunde.

Das Seil, das vor Spannung summt, und das wir vor Angst fast nicht berühren wollen. Im Dülfersitz ging es dann hinunter, daß der Hosenboden nur so rauchte – endlich hatten wir es geschafft. Stumm und leichenblaß drückten wir uns die Hand – wir lebten.

Als wir am Abend bei Friedl zu Hause ankamen, und so unschuldig wie möglich dreinschauten, überraschte uns seine Mutter mit der Frage: »Warum seid ihr nicht hiergeblieben, ich hab euch doch nachmittags gehört heimkommen. Wo habt ihr euch in der Zwischenzeit wieder rumgetrieben? Wir schauten uns betreten an. Friedl fragte zögernd: »Mutter, wann hast du uns gehört?« Die Zeit stimmte überein mit unserem Hilfeschrei in der Wand.

Sturm und Drang

Meine berufliche Lehr- und Gesellenzeit verlief bald in gewohntem Rahmen, ich tat was notwendig war. Ganz anders dagegen mein alpinistischer Werdegang. Kein Wochenende, an dem nicht der Rucksack gepackt wurde – ganz gleich welche Jahreszeit. Während der Arbeit in finsteren Heizräumen hielt ich es manchmal nicht mehr aus; speziell wenn es aufs Wochenende zuging, legte ich des öfteren den Schweißapparat zur Seite und lief ins Freie. Wie

Die Arbeit in den dunklen Heizräumen und auf Baustellen machte zwar viel Spaß (links Friedl), aber zum Wochenende hin lockte immer stärker die Freiheit und Luftigkeit der steilen Wände.

wohl das Wetter wird, war immer meine größte Sorge.
Die Schwierigkeiten der Kletterrouten steigerten wir konstant; Touren im 5. und 6. Grad wurden zur Selbstverständlichkeit. Wir setzten uns ständig neue Ziele und suchten mit Begeisterung anspruchsvolle klassische Routen für unsere Unternehmungen aus. Mit jeder Tour lernten wir Neues und Aufregendes kennen, verbesserten unsere Technik, wurden geschickter und gewandter im Umgang mit Seil und Haken – es war die hohe Zeit der technischen Kletterei.
Unsere ehrgeizigen Pläne verlangten aber auch immer mehr Training. Nach Feierabend rannte ich auf den Schloßberg in Bruneck, wo ich an der Ringmauer auf- und abkletterte, um Kraft zu trainieren. Meistens traf ich dort Lois, mit dem ich in letzter Zeit einige schöne Touren gemacht hatte. Er arbeitete als Autolackierer und hatte ungefähr dieselben Arbeitszeiten wie ich. Lois war ebenso bergbesessen und verbrachte den größten Teil seiner Freizeit in den Bergen. Für uns Jüngere war er ein Vorbild, ein si-

cherer und erfahrener Kletterer; es war eine Auszeichnung, wenn man mit ihm auf Tour gehen durfte.

Kaum hatte ich den Führerschein, wurde ich stolzer Autobesitzer, was für mich ein großes Stück Freiheit bedeutete. Es war der kleinste Wagen, der auf dem Markt war, mein Fiat 500, aber auf ihn war Verlaß. Von meinem Verdienst erhielt ich nur wenige tausend Lire Taschengeld, davon konnte ich mir das Benzingeld für die Bergtouren gerade so zusammensparen.

An einem Samstag mittag trafen sich Pepi und Lois bei einem Bier – ich war eher zufällig dabei, denn zu dieser Zeit war ich monateweise auf Montage in Rom. »Die Direkte Nordwand gehen wir, richt' nur alles her«, sagte Lois und klopfte Pepi dabei auf die Schulter. Der zuckte zusammen und sagte im ersten Moment gar nichts. Mich kribbelte es in den Fingern, denn nach einem kletterlosen Monat in Rom war ich zwar körperlich nicht in Topform, aber nichts wünschte ich mir sehnlicher, als wieder Felsen zu greifen, den Blick nach oben zu richten, zu klettern. Meine beiden Freunde spürten mein Verlangen und luden mich bereitwillig ein mitzukommen. Ich war begeistert, denn ich wußte gleich, daß es sich hier nur um die Hasse/Brandler-Führe an der Großen Zinne handeln konnte. Wenn Lois uns beiden die zutraute? Wir besprachen noch das Wichtigste. Es fehlten uns für diese Tour mindestens 25 Karabiner; die sollte Pepi bis zum Abend irgendwie auftreiben. Er mußte nachmittags noch arbeiten und würde dann nachkommen. Als wir uns trennten, hatten wir alle Zweifel beseitigt und waren voller Tatendrang.

Mein Auto ächzte unter den schweren Rucksäcken, die wir unter beträchtlichen Schwierigkeiten im Wageninneren auf dem Rücksitz verstauten. Es war ein drückend heißer Augusttag. Als wir an der Auronzohütte vorbei zur Lavaredo-Hütte fuhren, glaubten wir uns beinahe an den Strand von Jesolo versetzt. Mitten in unseren schönen Bergen saßen sie da, die Touristen im Bikini; irgendwie kam es uns wie eine Beleidigung der Drei Zinnen vor.

Schon damals saßen sie da – die Touristen in ihren Bikinis; mitten in unseren Bergen! Irgendwie kam es uns wie eine Beleidigung der Drei Zinnen vor.

Friedl (rechts) und Rudl (links) mit zwei Kletterkameraden aus Bruneck bei einer Rast auf dem Weg zur Großen Zinne.

Bei Einbruch der Dunkelheit brauste Pepi auf seiner Lambretta daher. Wir waren in guter Stimmung und empfingen ihn voller Übermut. In der Nacht fanden wir allerdings kaum Schlaf. Ein Gefühl zwischen Spannung und Angst vor morgen, aber auch Freude, diese schwierige ›Sechser-Tour‹, diese 550 Meter senkrechte Nordwand der Großen Zinne mit ihren weit ausladenden Felsdächern zu wagen.

Um 3 Uhr früh war jeder von uns froh, sich auf die Beine machen zu können. Ich rieb mir den Stoppelbart, riß einen dummen Witz, um meinen aufrührerischen Magen zu beruhigen oder wenigstens darüber hinwegzutäuschen, und schulterte den Rucksack.

Beim Einstieg angekommen, zog Lois vorsichtig ein gut verpacktes Paket aus seiner Windjacke. Wir trauten unseren Augen nicht: vorsichtig wickelte er drei Eier aus einer Menge Zeitungspapier. Sie waren roh und jeder sollte eines trinken. Auf leeren Magen? Nie und nimmer! Das konnte er nicht von uns verlangen. Er aber bestand darauf; vorher würde er nicht einsteigen. Was blieb uns übrig – nach einigem Würgen kriegten wir es dann doch hinunter. Darauf seilten wir uns an; die 56 Karabiner – die Hälfte davon war geliehen – hängte Lois sich um. Das sonst so vertraute Klicken steigerte unsere Aufregung noch mehr. Die bedrohliche Wand baute sich vor uns auf wie ein scheuendes Ungeheuer. Es war ziemlich kalt; verbissen arbeitete sich Lois die erste Seillänge hinauf. Wir folgten einzeln mit etwas steifen Bewegungen. »Wer die erste Seillänge gut übersteht, ist prädestiniert für alles Folgende«, hatte ich irgendwo gelesen. Das gab mir unheimlichen Auftrieb. Bald wurde uns der Fels vertraut und geschickt überwanden wir das erste Dach. Mit äußerster Konzentration absolvierten wir Seillänge für Seillänge, bis zum großen Quergang, der uns einen kalten Schauer über den Rücken jagte. Verkrampft von den Schwierigkeiten und der Anstrengung der Hakenkletterei, gelang es uns trotzdem recht gut.

Inzwischen ging es auf den Abend zu, wir befanden uns in der überhängenden Zone; wieder war kraftraubende technische Kletterei angesagt. Pepi hatte

Lois in der Torre Venezia, Civetta (1971).

Schwierigkeiten. Es gelang ihm einfach nicht mehr, den Fuß aus der Trittleiter zu bringen. Ich hörte Lois von oben eindringlich auf ihn einreden und sah, wie es ihn an die überhängende Wand drückte. Sie war so steil, daß man ständig das Gefühl hatte, nach hinten abzustürzen. Kraftlos hing Pepi in seiner Leiter, Lois war 15 Meter über ihm nur im Schlingenstand und mit Schultersicherung.
Er hatte gute Nerven, war ein exzellenter Kletterer, aber diese Situation war brenzlig. Ich tat das einzig Mögliche: ich schrie und tobte, Pepi solle sich gefälligst zusammenreißen, was er sich dabei denke, er würde uns alle in größte Gefahr bringen, das könne er doch nicht verantworten... Ich versuchte es in allen Tonlagen, gab zwischendurch ganz präzise Anweisungen, fluchte, feuerte ihn an, bis er sich schließlich mit allerletzter Kraft aus der mißlichen Lage befreien konnte. Es gelang ihm, eine Trittleiter in den nächsten Haken einzuhängen, unter heftigem Keuchen einen Fuß in die Leiter zu bringen und mit Hilfe des Seiles zum Stand hochzukommen. Endlich! Wir befanden uns etwas unterhalb des Biwakplatzes, aber wir wollten nichts mehr riskieren und beschlossen, hier die Nacht zu verbringen. Ich stieg nach, Lois kletterte noch eine Seillänge weiter und dann richtete sich jeder auf seinem Sitzbrett fürs Biwak ein.

Pepi und ich saßen eng beieinander und wärmten uns gegenseitig. Trotz der Müdigkeit und Anstrengung konnten wir lange nicht einschlafen. Inzwischen hatte jeder sein physisches und psychisches Gleichgewicht wiedergefunden. Für Pepi war dies das erste richtige Biwak am Berg. Aus Büchern und von Erzählungen her hatte er eine eher romantische Vorstellung davon, und ich war mehr als bereit, mich von dieser Stimmung einfangen zu lassen. Der letzte Schein des Abendrots wurde von den Sternen verdrängt, die Touristen saßen bestimmt in ihren Hotels beim Abendessen. Hier war eine geradezu feierliche Stille. Lange währte sie allerdings nicht; das Knurren unserer leeren Mägen war nicht mehr zu überhören.
Als Proviant hatten wir etwas Kochschokolade dabei. Ich mußte auch für Pepi abbeißen, er würde dabei seine Zähne riskieren, meinte er. Während ich an dem Stück herumknabberte, flog ein glühender Zigarettenstummel an mir vorbei. Lois hatte seine ›Mahlzeit‹ bereits hinter sich.
Es wurde empfindlich kalt, aber wir waren glücklich, die Nacht hier oben zu verbringen, zwischen Mondlicht und Sternengefunkel. Vor Freude fingen wir an zu singen, Berglieder, unsere Lieblingslieder. Nach einiger Zeit stellte Lois von oben lakonisch fest, eines hätte ich ihnen beiden voraus: gute Zähne und eine schöne Stimme...
Allmählich überkam uns doch der Schlaf. Es war eigentlich mehr ein Dahindösen, aus dem man immer wieder aufschreckte, ein Zustand zwischen Wachen und Träumen, zwischen Himmel und Erde.

Endlich dämmerte es im Osten, die Sterne verblaßten. Der Schein hinter den Bergen gab uns Mut. Mit dem ersten Licht fanden wir unsere Kräfte wieder und erreichten problemlos den Gipfel. Seit dieser Tour gehörten wir endgültig zu den ›Extremen‹. Lois und ich wurden für viele Jahre eine unzertrennliche Seilschaft.

Vom Ehrgeiz getrieben, suchten wir ständig neue Herausforderungen. Die großen Dolomitenwände waren unser Ziel. Lois war ein sehr vorsichtiger Partner und hatte eiserne Nerven. Sicherheit war beim Klettern sein oberstes Gebot, Sorgfalt und Genauigkeit unerläßlich. Ich war jünger, ungeduldiger und sicher auch etwas risikofreudiger. Wir stellten beide hohe Ansprüche an uns selbst.

Im darauffolgenden Sommer (1969) durchkletterten wir die Nordwand der Westlichen Zinne, Demuth- und Scoiattoli-Kante, Schweizer- und Franzosenweg, die Comici an der Großen Zinne, wechselten zum Rosengarten mit Purtschellerturm-Südkante, Hermann-Buhl-Gedächtnis-Führe. Der Sommer war viel zu kurz, alle unsere Touren unterzubringen. Dann kam plötzlich das Aus. Aus heiterem Himmel erhielt ich die Einberufung zum Wehrdienst. Ausgerechnet jetzt! Aber ich hatte Glück. Die Militärzeit war keine Unterbrechung meiner bergsteigerischen Entwicklung – ganz im Gegenteil. Nach der allgemeinen Ausbildung genoß ich als Heeresbergführer sämtliche Privilegien, war immer unterwegs, in den Westalpen, Mont Blanc, Grandes Jorasses, Aiguille du Midi. Es folgte ein Klettersommer im Grigna-Gebiet mit vielen schönen Touren und einer Erstbegehung. Nach 15 Monaten kehrte ich nach Hause zurück; Lois erwartete mich schon mit Ungeduld. Kaum daß die Wetterbedingungen es zuließen, waren wir wieder unterwegs. Schon bei der ersten gemeinsamen Tour stellte sich die alte Vertrautheit ein. Wir waren ein gutes Team. Jeder von uns wußte genau, wie der andere in bestimmten Situationen reagieren würde. Vor allem das machte uns stark. Wie von einer unsichtbaren Kraft getrieben, starteten wir jeden Freitagabend zu einer großen Tour. Nicht die Gipfel waren uns wichtig, sondern die schwierigsten Routen, über die sie zu erreichen waren. Marmolada, Rosengarten, Civetta, Pala, Mont Agnér – alle Sechser-Touren konnten wir mit Stolz in unser Tourenbuch schreiben.

Freitagabend. Wir wollten in die Brenta. Lois war am verabredeten Treffpunkt, aber in Freizeitkleidung. »Hau ab, ich will dich nicht mehr sehen und von Bergen nichts mehr hören. Morgen gehe ich schwimmen.« Ich war sprachlos. Was war bloß in

Die Zeit der »schweren« Routen hatte begonnen: In der »Cassin« an der Kleinen Zinne (1969).

ihn gefahren? Ich kam gar nicht dazu, etwas zu sagen, schon ging er die Straße hinunter. Ich versuchte, mir Lois' Verhalten zu erklären. Ja, unsere Unternehmungen waren immer schwieriger, immer zeitraubender geworden. Jedes Wochenende, Samstag und Sonntag, waren wir unterwegs, standen wir physisch und psychisch unter höchster Anspannung. Erholung gab es so gut wie nie – statt dessen wenig Schlaf, lange Heimfahrten bei Nacht, um dann um sieben Uhr früh wieder pünktlich auf der Baustelle zu sein. Und während der Arbeitswoche wurde abends trainiert.
Vielleicht war es Lois zu viel. Wir hatten ein Niveau erreicht, das nur mit viel Einsatz gehalten werden konnte, und das als Freizeitbeschäftigung kaum zu steigern war. Beruf und Hobby standen sich im Wege. Nachdenklich fuhr ich nach Hause.

Am nächsten Tag irrte ich ziellos durch die Gegend. Gegen 13 Uhr hielt ich es nicht mehr aus und suchte Lois im Schwimmbad. Eine Stunde später waren wir startbereit für die Pelmo-Nordwand. Aber irgend etwas hatte sich an diesem Wochenende gegen uns verschworen. Als wir zum Einstieg kamen, waren überall Blutspuren vom tödlichen Absturz eines befreundeten Bergsteigers, dem wir vor einigen Wochen noch in der Marmolada begegnet waren. Wir kehrten um, das hätten wir nicht verkraftet, da noch hinaufzusteigen. Unser endgültiges Ziel war schließlich der Buhl-Riß in der Cima Canali.

Auf der Heimfahrt – wir waren müde und ausgelaugt wie kaum sonst einmal – mußte ich alle Fenster und das Dach meines Fünfhunderters aufreißen, um halbwegs wach zu bleiben. Die kühle Nachtluft pfiff uns um die Ohren, ich bohrte Löcher in die Dunkelheit. Vor lauter Anstrengung fielen mir ab und zu die Augen zu. »Kennst du da oben ein Gasthaus?« hörte ich plötzlich fragen. Erschreckt fuhr ich hoch und trat instinktiv auf die Bremse. Ich war von der Straße abgekommen; anstatt die Linkskurve zu nehmen, war ich mit Vollgas geradeaus einen steilen Weg hochgefahren. Zum Glück war Lois wachgeblieben und hatte so Schlimmeres verhindert. Nun war es genug. An der nächsten Ausweichstelle schaltete ich den Motor ab und wir schliefen bis zum Morgengrauen.

Ein Muß für die beiden Jugendfreunde Pepi und Friedl: Der »Weg der Freundschaft« am Piz Ciavazes.

35

Und wenn die Nebel steigen...

Freitagabend. Ich hatte es eilig, in die Stadt zu kommen, nicht wegen dem üblichen Bier, sondern um Lois zu treffen und das Ziel für dieses Wochenende festzulegen. »Schranzhofer«, sagte Lois und bewegte dabei kaum die Lippen. Das eine Wort genügte, ich wußte Bescheid. Gesprächig waren wir beide nicht vor einer Tour; nachher, wenn wir spät abends auf einem Sommerfest auftauchten und in froher Runde Hunger und Durst stillten, waren wir schon eher zum Erzählen bereit. Ohne es zuzugeben oder auch nur uns selbst einzugestehen, erfüllte es uns mit Stolz und Genugtuung, wenn uns Freunde und Kollegen anerkennend zu einer »Supertour« gratulierten.

Das Motto von Friedl und Lois: »Früh raus, abends wieder zu Hause«. Wenn aber dennoch ein Biwak notwendig war, so paßten sie sich genügsam den Gegebenheiten vor Ort an.

Wir verabredeten uns für den nächsten Tag um 4 Uhr früh. Das Wetter war nicht sehr vielversprechend, aber als wir an der Zsigmondy-Hütte vorbeikamen, lichtete sich der Nebel und unsere Gedanken eilten uns voraus zur Nordkante des Zwölferkofels. Bald standen wir unter der riesigen, gelbroten, senkrechten Wand. Lois seilte sich in Ruhe an und stieg ohne ein Wort zu verlieren ein. Von Anfang an, seit wir feste Partner waren, hielten wir es so, daß er die ungeraden Seillängen führte und ich die geraden. Als ich auf den ersten Standplatz kam, hatte er schon eine Zigarette zwischen den Lippen. Das verkürze das Warten, behauptete er stets, machte noch ein paar Züge und stieg weiter. Zügig kamen wir durch den nassen, überhängenden und sehr griffarmen Kamin, der sich dann zu einer Schlucht verbreiterte, um nach 50 Metern wieder sehr eng und überhängend zu werden. Seillänge für Seillänge spulten wir herunter. Das Wetter verschlechterte sich. Wir hatten gerade den Riesenkamin hinter uns, als die ersten Tropfen fielen. Außer den notwendigen Zurufen wie ›Seil aus‹ – ›Stand‹ – ›Nachkommen‹ – verloren wir kein Wort. Jeder wußte, was er zu tun hatte und daß Eile geboten war. Ein kurzer Händedruck am Gipfel (»Grüß Gott, Bergsteiger!« antwortete mein zweijähriger Sohn einem Bekannten, als dieser wissen wollte, was dort oben gesagt wird) – und weiter, denn der Nachmittag war schon fortgeschritten und der Regen wurde stärker... Bald schon kamen uns Zweifel, ob wir wohl den richtigen Abstiegsweg erwischt hätten. Unsicher geworden, stiegen wir nochmals auf und fanden die richtige Stelle. Wir erreichten das Band, wo nach mehreren Metern ein Haken steckte. Abseilen – und nichts wie runter, war unser einziger Gedanke. Das sollte sich jedoch bald als nicht wiedergutzumachender Fehler herausstellen. Der dichte Nebel, der uns förmlich einwickelte, machte eine Orientierung unmöglich. Meine

Zweifel waren berechtigt – wir waren nicht auf der Abseilroute, sondern hatten uns in die Ostwand verstiegen. Erst im Nachhinein wurde uns klar, daß wir am Band zu wenig weit gegangen und deshalb nicht an die richtige Abseilstelle gelangt waren.

Eine Nacht im Freien war nicht mehr zu vermeiden. Wir krochen in unseren Biwaksack, eng nebeneinander, um uns gegenseitig etwas zu wärmen. Unser Frühstück, ein kleines belegtes Brötchen zu zweit, deponierten wir in einer Felsritze, damit das wenigstens trocken blieb. So warteten wir auf den Morgen. Es regnete ununterbrochen, die Feuchtigkeit kroch durch unsere Kleider. Immer starrer wurden unsere Glieder, wir konnten uns kaum noch rühren. »Meine Uhr ist krank«, sagte Lois, »sie tickt und tickt, bloß der Zeiger geht nicht weiter.« Irgendwann wurde es etwas heller, aber der Nebel hing weiterhin in der Wand und ließ kaum Tageslicht durch. Dennoch kletterten wir etwa 300 Meter ab, langsam und vorsichtig, denn wir waren beide fast steifgefroren. Plötzlich standen wir oberhalb einer Schneerinne. Um zu prüfen, ob der Weiterweg steil abfällt, warfen wir Steine den Abhang hinunter. ›Es müßte gehen.‹ Mitten drin ging uns das Seil aus; wieder hoch und eine neue Möglichkeit zum Abseilen suchen. Auf einmal befanden wir uns unterhalb der Nebelbank – und trauten unseren Augen nicht. Zu unseren Füßen lag Auronzo! – Und nicht die Carduccihütte. Also wieder zurück in den Nebel.

Die Armbanduhr von Lois zeigte immer noch 11 Uhr – wahrscheinlich von gestern. Wir hatten nun jegliche Orientierung verloren, zeitliche und räumliche, und wußten uns keinen Rat mehr. Ob links, ob rechts, es blieb sich gleich. Beim Gedanken an ein weiteres nasses und kaltes Biwak zitterte ich am ganzen Leib. Wir kamen auf die Idee uns zu trennen. Jeder geht in die entgegengesetze Richtung. ›Bis auf Rufweite...‹ wollte ich noch sagen und rannte beinahe mit dem Kopf gegen die Hüttentür. Erleichtert rief ich nach Lois. Naß und durchgefroren wie wir waren, interessierte uns als erstes nicht einmal eine warme Suppe, sondern wie spät es war. »Erst 15 Uhr«, beruhigte uns der Hüttenwirt, »wo wollt ihr denn noch hin...?«

Gemeinsame Rast in der Punta Giovannina.

37

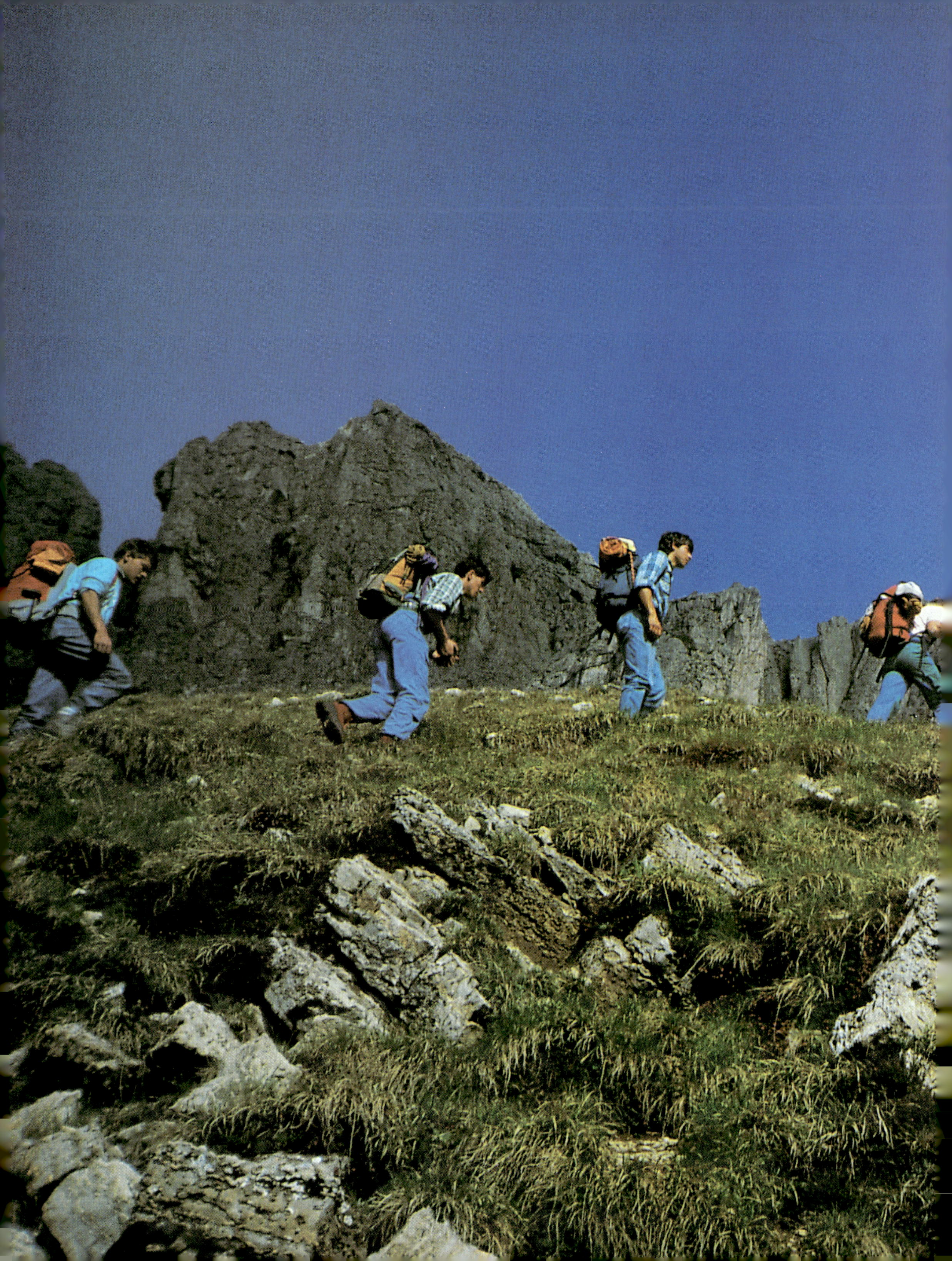

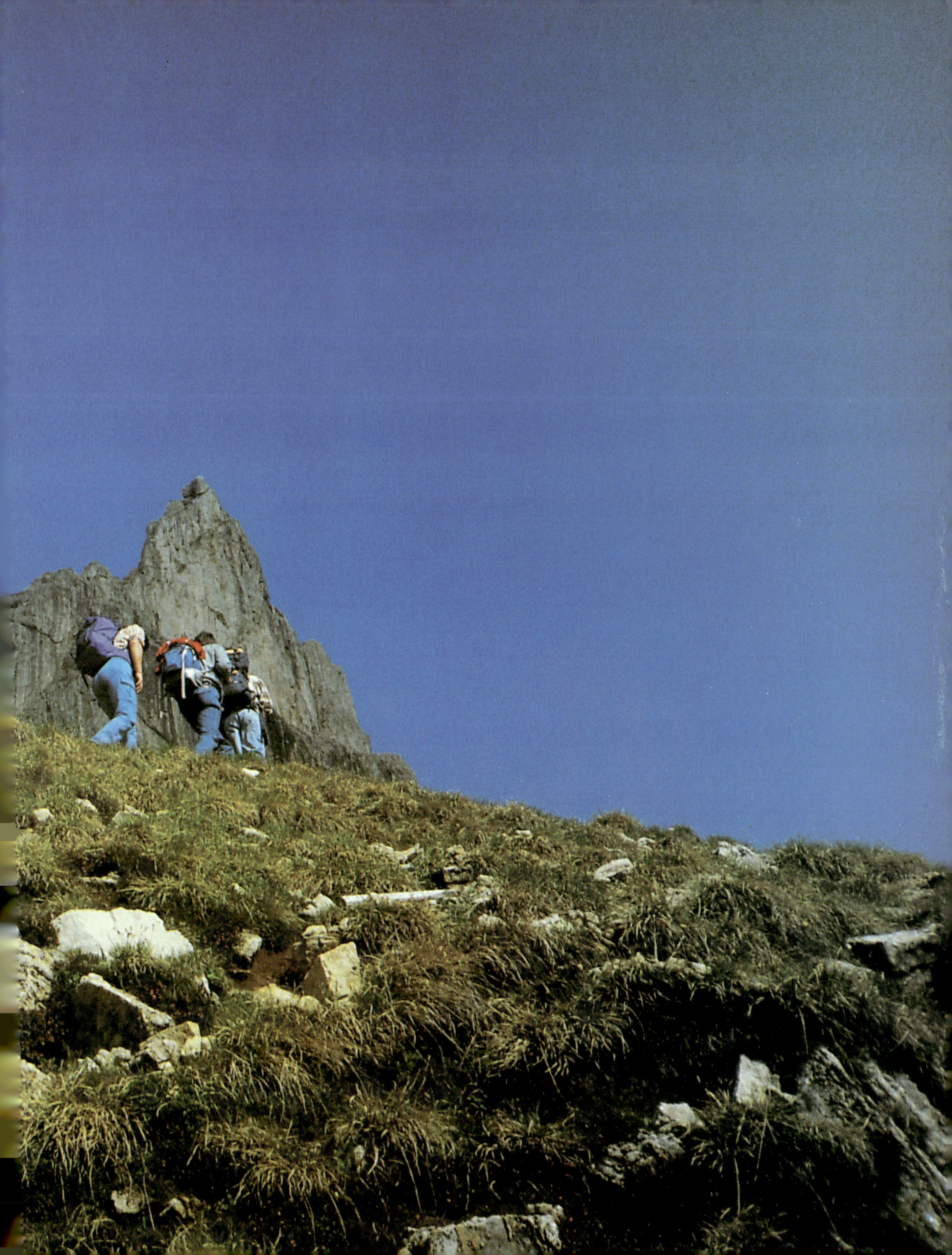

Vom Hobby

Auszug aus dem Tourenbuch (1970 – 1978)

1970	Punta Tissi NW-Wand – Philipp Flamm	Civetta	VI	A1
	Monte Agnér – Nordkante	Pala	V+	
	Große Zinne Nordwand – Comici	Sextener Dolomiten	V+	A1
	Tour Ronde Nordwand	Mont-Blanc-Gruppe	55°	
	Rochefortgrat - Überschreitung zu den Grandes Jorasses	Mont-Blanc-Gruppe	IV	
	Gronda di Vaccherese Westwand (Erstbegehung)	Grigna	V – VI	
1971	Große Zinne – Sachsenweg	Sextener Dolomiten	V+	A2
	Gardenazza NO-Pfeiler (Erstbegehung)	Puezgruppe	VI	A1
	Rocchetta Alta Nordwand	Bosconerogruppe	VI–	A1
	Cima Scotoni Südwand – Lacedelli/Ghedina	Fanis	VI	
	Marmolada Südwand – Vinatzer	Marmolada	VI	A2
	Torre Venezia Südwand – Tissi	Civetta	VI–	
	Rosengartenspitze Direkte Ostwand – Steger	Rosengarten	V	
1972	Marmolada SW-Wand – Soldá	Marmolada	VI	A1
	Torre Trieste Südwand – Carlesso/Sandri	Civetta	VI	A2
	Cima su Alto – NW-Wand	Civetta	VI–	A2
	Marmolada di Rocca – Gogna	Marmolada	VI+	A3
	Crozzon di Brenta – Franzosenpfeiler	Brenta	VI–	
1973	Cima Brenta Alta – Oggioni-Verschneidung	Brenta	VI–	A2
	Geierwand SW-Wand – Palfraderführe	Pragser Dolomiten	VI	
	Torre Venezia Südwand – Direttissima (4. Begehung)	Civetta	V	A2
	Piz Ciavezes – Steinkötter (2. Begehung)	Sella	V	A2
	Peitlerkofel Nordwand – Messner	Geislergruppe	VI–	
	Totenkirchl Westwand – Dülfer	Wilder Kaiser	V+	A0
	Sciora di Fuori – NW-Kante	Bergell	VI	A1
	Piz Badile NW-Wand – Cassin	Bergell	VI–	

zum Beruf

1975	Heiligkreuzkofel – Livanos (4. Begehung)	Fanes	VI	
	Cima Canali Westwand – H.-Buhl-Riß	Pala	VI	
	Sass Maor Ostwand – Solleder	Pala	VI	
	Roter Turm – Südriß	Lienzer Dolomiten	VI–	A1
	Kleine Zinne NW-Kante – Cassin	Sextener Dolomiten	VI	A2
1976	Piz Ciavazes – Schubert	Sella	VI	A1
	Delago-Turm NW-Wand – Hasse/Schrott	Rosengarten	VI	A3
	Große Zinne Nordwand – Pellisier			
	(1. Alleinbegehung)	Sextener Dolomiten	V	A2
	Torre Valgrande NW-Wand – Carlesso	Civetta	VI	A1
	Punta Civetta NW-Wand – Andrich/Faé	Civetta	VI	A1
	Martinswand Südwandriß – Auckenthaler	Karwendel	VI–	A0
	La Saphir Nordwand	Calanques von Marseille		
1977	Heiligkreuzkofel – Messner/Frisch	Fanes	VI	
	Heiligkreuzkofel – Große Mauer (3. Begehung)	Fanes	VI	
	Predigtstuhl Westwand – Schüle/Diem	Wilder Kaiser	VI–	A0
	Fleischbank – SO-Verschneidung	Wilder Kaiser	VI	A1
	Civetta NW-Wand – Solleder	Civetta	VI–	A1
	Schüsselkarspitze – Direkte Südwand	Wetterstein	VI–	A0
	Cima d'Ambiez Ostwand – Via della Concordia	Brenta	VI	A1
	Furchetta-Südwand – Solleder	Geislergruppe	V	
	Königsspitze Nordwand	Ortleralpen	IV	60°
	Gr. Fiescherhorn (4043 m)	Berner Oberland		
	Finsteraarhorn (4273 m)	Berner Oberland		
1978	Sass Maor – Biasin/Scalet (4. Begehung)	Pala	VI	
	Heiligkreuzkofel – Mayrl-Verschneidung	Fanes	VI	
	Hochgall Westgrat (Winterbegehung)	Rieserfernergruppe	III+	
	Hochfeiler Nordwand	Zillertaler Alpen		60°
	Ortler Nordwand	Ortleralpen	V–	60°
	Rote Flüh – Südverschneidung	Tannheimer Berge	VI	

Marianne Mutschlechner

Bergsteigen – sein Leben

Unser gemeinsamer Lebensabschnitt bestand aus Kommen und Gehen, aus Abschied und Wiedersehen. Ohne das eine war das andere nicht möglich. Beides habe ich sehr bewußt und intensiv erlebt und durchlebt. Die Zeit dazwischen war erfüllt von zermürbender Ungewißheit, von Ängsten und Sorgen, von schlaflosen Nächten, von niedergekämpften Tränen in einsamen Wochen und Monaten. Ich war immer bemüht, mir keine Blöße zu geben, wollte keine Schwäche zeigen, nur stark sein für meinen Mann, und für unseren Sohn.

Keine Selbstverständlichkeit vor 20 Jahren – der Versuch von Marianne Mutschlechner, die Leidenschaft ihres Mannes zu verstehen.

Die Berge waren sein Leben. Ich wußte es von Anfang an. Trotzdem war es nicht leicht, damit zu leben. Ich versuchte es zu begreifen, wurde ab und zu auf Klettertouren mitgenommen, um eine Ahnung zu bekommen, welch befreiendes Gefühl es ist, oben zu stehen. Bei mir stellte sich dieses immer erst ein, wenn ich wieder im Tal war und zu fragen wagte, welche Tour wir gemacht hatten. Heimlich gratulierte ich mir dann selbst dazu, und die Genugtuung, die ich dabei verspürte, stellte alle anderen Gefühle in den Schatten. Ich konnte verstehen, daß Friedl – damals mein Freund – der Ehrgeiz trieb, immer Schwierigeres zu wagen. Er hatte bald einen festen Kletterpartner und große Ziele. »Träume und Ziele muß man immer haben; sie sind besser als Erinnerungen«, schrieb er am 15. Mai 1969 in sein Tourenbuch. Viele seiner Träume sind inzwischen Wirklichkeit geworden, die meisten Ziele hatte er erreicht. Doch es kam eine Zeit, in der er das ungute Gefühl hatte, auf der Stelle zu treten, beruflich wie auch als Bergsteiger. Für größere Unternehmungen waren die Wochenenden entschieden zu kurz, das tägliche Training wurde unerläßlich. Die Suche nach einem Ausweg dauerte nicht lange. Warum nicht das Hobby zum Beruf machen? Sein Ehrgeiz war die Triebfeder dazu. Er wollte gut sein, wollte Verantwortung übernehmen für sich und für die anderen, vor allem aber wollte er seine Erfahrungen weitergeben. Nur eine Tätigkeit, die Raum ließ für eigene Ideen und Wünsche, kam seiner Vorstellung von Zukunft nahe.

Er wurde Bergführer und gleich in die Alpinschule von Reinhold Messner berufen, wo er einige Sommer lang das Eiszentrum am Ortler leitete. Er war bald eine Persönlichkeit am Berg, Lehrmeister und Vorbild, mit Humor und Strenge, oft hart, aber immer gerecht.

Die Einladung zur K2-Expedition von Reinhold Messner war die Erfüllung seines größten Wunsches. Ich freute mich mit ihm und ließ einfach keine anderen Gedanken aufkommen. Bis die Trennung kam. Drei Monate sollte sie dauern. Ich würde es überstehen, aber wie konnte ich es unserem sechsjährigen Sohn begreiflich machen? Er hing so sehr an seinem Vater.

Ich erinnere mich noch, als ob es gestern gewesen wäre. Am ersten Abend nach der Abreise saß René auf der untersten Stufe des Hauseinganges und wollte auf seinen Papa warten. »Der kommt noch lange nicht«, sagte ich härter als beabsichtigt. Ich rannte ins Haus und heulte los. Wieder etwas gefaßt, versuchte ich es noch einmal. »Komm jetzt, es wird schon dunkel!« »Das macht nichts, wenn ich auf Papa warte, habe ich keine Angst.« Ich setzte mich zu ihm, und beide wurden wir fast erdrückt vor Traurigkeit; in und um uns fühlten wir eine unglaubliche Leere, als wäre die Welt in sich zusammengefallen. Ich weiß nicht, wie lange wir so dasaßen. Irgendwann versprach ich ihm, er dürfe von nun an in Papas Bett schlafen; erst da war er dazu zu bewegen, ins Haus zu gehen.

Am nächsten Tag dieselbe Szene. Wir saßen wieder vorm Haus, bis es Nacht wurde, und hofften, daß Papa wenigstens denselben Mond sehen konnte wie wir.

Irgendwann war der große Abschiedsschmerz überwunden und ich rechnete mir ungefähr den Ablauf der Expedition aus – begann meine Angst einzuteilen. Beim Anmarsch bis ins Basislager war ich nicht so in Sorge, obwohl auch da schon so viel passiert war, was ich Gott sei Dank erst viel später erfahren sollte; die Spannung stieg, als der Aufbau der Hochlager begann. Manchmal, in schlaflosen Nächten, hatte ich keine Hoffnung mehr, meinen Mann jemals wiederzusehen. Die Büroarbeit untertags war immer eine wohltuende Ablenkung, aber nachts fraß mich die Angst fast auf. Ich wog mittlerweile nur mehr 39 Kilo und die Haare fielen mir büschelweise aus. Endlich eine Nachricht. Und ein Brief. Es ging allen gut. Ich bekam plötzlich Hunger, konnte endlich wieder essen – es ging mir von Tag zu Tag besser. Nach weiteren zwei Wochen meldeten Rundfunk und Fernsehen den Erfolg von Reinhold Messner und Michl Dacher. Sie hatten den K2 bestiegen.

Dank seines berühmten Vaters lernte der kleine René schon früh die Berge kennen. Die Hoffnung und Erwartung aber, er könnte eines Tages einmal in die Fußstapfen seines Vaters treten, erfüllte sich nicht.

Einige der Expeditionsmitglieder – hieß es weiter – wollten auch noch einen Gipfelversuch wagen. Ich wußte, Friedl würde dabei sein.

Briefe, Zeitungsmeldungen, die Nachrichten überstürzten sich; plötzlich ein Anruf – im nachhinein wußte niemand mehr, woher – Reinhold und Friedl würden mit dem Zug aus Mailand kommen. Freunde holten mich und René von zu Hause ab und brachten uns zu ihrer Familie. Dann bereiteten sie alles für einen großen Empfang vor. Währenddessen saß ich auf einem Stuhl und wartete. Ich hatte mich so vollständig auf Friedls Kommen eingestellt, daß ich nicht mehr dazu imstande war, irgend etwas anderes zu tun, als auf ihn zu warten. Meine Hände lagen untätig in meinem Schoß, und ich hatte das entsetzliche Gefühl, die Zeit würde stehenbleiben.

Am Abend – für mich eine Ewigkeit – wurde ich in ein Auto gesetzt und zum Bahnhof nach Brixen gefahren. Ich hatte plötzlich eine panische Angst, daß alles nicht wahr sein könnte. Wenig später umarmte ich einen fast zum Skelett abgemagerten Mann und die lange unterdrückten Tränen lösten endlich alle Verkrampfung.

Wir hatten uns nicht lange. Drei Tage später ging er klettern. Ich war enttäuscht, ließ mir aber nichts anmerken. Das erstemal in all den Jahren gestand ich mir selbst ein – er war süchtig. Süchtig nach den Bergen, ohne die er nicht leben konnte, genauso wie ich nicht ohne ihn. Nur waren sie immer weiter entfernt, die Angebote und Einladungen wurden immer verlockender. Je öfter wir getrennt waren, desto mehr verzehrte sich der eine vor Sehnsucht nach dem anderen. Ich weiß nicht, wer von uns mehr unter der Trennung gelitten hatte, ob es schwieriger ist, der Wartende zu sein oder der, der weggeht.

Es mag sich mancher fragen, warum wir dies nicht zu ändern versuchten. Meinen Mann auf der einen oder anderen längeren Bergfahrt zu begleiten, war für mich kein Thema. Es gab viele Gründe, gute und weniger gute. Vor allem wollte ich ihn nicht teilen, schon gar nicht mit einem Achttausender. Solche Kompromisse kamen für mich nicht in Frage, auch wenn das Warten auf seine Rückkehr manchmal unerträglich wurde. Auf der Straße sprachen mich neugierige Leute an. »Wie geht es Ihrem Mann? Telefoniert er manchmal?« »Wieviel Geld kriegt er denn, wenn er auf den Gipfel kommt?« »Wieder allein? Na ja, Sie sind das gewohnt...«

Nach großen Expeditionen, wie hier nach der Rückkehr vom Makalu, waren zahllose Feste angesagt, an denen nicht nur Friedl Mutschlechner, sondern auch seine Frau Marianne und Sohn René teilhatten.

Solche und ähnliche Äußerungen waren jeweils ein weiterer Stein auf der Mauer, die ich um mich aufgebaut hatte. Wären nicht Eltern und Geschwister und gute Freunde für mich dagewesen, unaufdringlich, jederzeit, ohne zu fragen, obwohl auch sie manches nicht begreifen konnten, ich hätte nie alles heil überstanden.

Wenn die Nachricht über den Erfolg einer Expedition durch Presse und Rundfunk ging – ich konnte es auch nur auf diese Weise erfahren – überkam mich eine unendliche Einsamkeit. Darüber freuen konnte ich mich erst, wenn Friedl wirklich zu Hause war. Vielleicht ist es ihm ähnlich ergangen, auf dem Gipfel, denn er sagte oft, für wirkliche Freude ist man dort zu müde, die Umstände – Erschöpfung, schlechtes Wetter, Gedanken an einen schwierigen Abstieg – sie lassen keine Euphorie aufkommen. Nach jedem Wiedersehen dauerte es einige Tage, bis wir imstande waren, uns fallenzulassen und gegenseitig wieder aufzufangen. Darauf aber folgte eine schöne Zeit, in der wir viel ausgingen, uns mit Freunden trafen, Einladungen erhielten, in geselliger Runde feierten. Für letzteres brauchte es allerdings nicht jedesmal einen Grund. Da wurde so manche Nacht zum Tage; mit Musik und Gesang unterhielten Friedl und seine Freunde – Insidern als ›Almenrausch-Trio‹ bekannt – nicht nur unsere Runde. Gäste, die zufällig im selben Lokal waren, hatten ebenso ihre Freude daran. Sie spielten und sangen, wo und wann immer ihnen danach zumute war, nur nicht auf Bestellung.

In den Wintermonaten dauerte die Heimfahrt von den Skitouren meistens länger als die Skitour selbst. Anders im Sommer. Als hauptberuflicher Bergführer in der Alpinschule Südtirol nahm er seine Verantwortung ernst, stand Pflichtbewußtsein ganz oben. Ob bei den Grundkursen in Villnöß, als Leiter des Eiszentrums am Ortler oder des Felszentrums in den Dolomiten, ob als Führer von extremen Tourenwochen oder Trekkingfahrten im Himalaya, er engagierte sich mit Eifer, und seine Arbeit machte ihm Freude von Anfang an.

»Bergsteigen zählt zu jenen Formen der Erziehung, bei denen man am wenigsten reden muß, und das sind die wirksamsten. Verantwortung für sich und den anderen, Durchhaltevermögen, Ehrfurcht vor der Natur, einfacher Lebensstil – das alles lehrt der

Berg.« Treffender konnte Friedls Auffassung vom Bergsteigen nicht formuliert werden, als es Reinhold Stecher, Bischof von Innsbruck, einmal getan hat.

Die Alpinschule erweiterte bald ihr Programm. Aus vielen Gästen wurde treue, immer wiederkehrende Stammkunden, aus so manchem gar ein guter Freund. Das Vertrauen zu Friedl war groß, ebenso seine Begeisterungsfähigkeit. Wenn er nach einer Führungstour zur Hütte abstieg oder nach Hause kam, trainierte er meistens noch für sich. Er rannte ins Tal und wieder auf die Hütte, er fuhr mit dem Mountainbike auf den Kronplatz, unseren Hausberg, oder trainierte an seinem Fitneßgerät im Keller. Ging er in der Wohnung von einem Raum in den anderen, machte er am Türrahmen seine Klimmzüge, und den Wetterbericht im Fernsehen nützte er für eine stattliche Anzahl Liegestützen. Bei ihm sah alles so leicht und locker aus, nicht vorprogrammiert oder gar verbissen. Ich fragte mich oft, woher er den Auftrieb nahm für all das. Es gab nie jemanden, mit dem er sich absprechen konnte, kein Trainer, der ihn neu motivierte, und keinen, mit dem er sich messen konnte wie in einem Wettkampf. Es ist schwierig, sich immer selbst einschätzen zu müssen, aber die Kenntnis der eigenen Leistungsfähigkeit ist wohl für einen Höhenbergsteiger unerläßlich. Dabei zählt die psychische Härte mehr als die körperliche Stärke. Wenn Friedl bei Alleingängen im Winter die Spuren im Schnee pfeilgerade an den Dreitausendern hochzog und zum Mittagessen wieder zu Hause war, mich über den Küchentisch ansah mit dunkelblauen Augen, die sonst hellblau waren, wußte ich, er war mit sich zufrieden.

Als ihn einmal ein junger Kletterer nach seinem Erfolgsrezept fragte, war die Antwort: »Immer wenn du glaubst, es geht nicht mehr, dann noch ein kleines Stückchen.«

Daß er in Bergsteigerkreisen nicht mehr zu den ›Jungen‹ gehörte, wußte er, aber daß er noch mit ihnen mithalten konnte, war für ihn die größte Genugtuung.

Friedl Mutschlechner bei einer Kletterpause in der Micheluzzi-Führe. Er fühlte sich wohl in den Bergen. Selbst während der anstrengenden Führerarbeit fand er Momente der Ruhe und Zufriedenheit.

Hans Kammerlander

Rivalen in der ›Lacedelli‹

11. September 1979. Sechs Uhr morgens, eine schlaflose Nacht geht zur Neige. Der Wecker holt meinen Geist, der die ganze Nacht hoch oben in der Senkrechten herumirrte, zu mir zurück.
Aufstehen, anziehen, ein Stück Brot, ein Glas Milch, dann den Rucksack.

Friedl Mutschlechner hat mich heute zu einer Klettertour eingeladen. Unsere erste gemeinsame. Die Südwestwand der westlichen Fanisspitze, von den Italienern Cima Scotoni genannt, sollte es sein. Ich war noch sehr jung damals und Friedl seit Jahren schon ein großes Vorbild. Nicht die Wand bescherte mir diese schlaflose Nacht, sondern die Angst, eine schlechte Figur vor dem Friedl zu machen.

Am späten Nachmittag sind wir beide bereits wieder im Abstieg von der ›Lacedelli‹. Die Tour war uns glatt gelungen, ohne Hauruck und Murkserei, entgegen meinen Erwartungen.
Viel habe ich an diesem Tag von Friedl gelernt. Sauberes Klettern, da und dort einige Tricks. Gelernt habe ich aber vor allem, daß ein guter Witz, eine erfrischende Pointe zur rechten Zeit mehr ausrichten als ein Stoßgebet und 15 Haken.

Diese Wand hätte der Endpunkt dieses Sommers und natürlich auch der fein säuberlich notierte Höhepunkt in meinem Tourenbuch sein sollen. Aber die ›Lacedelli‹ hatte meine Träume beflügelt – allein in diese Wand einsteigen... Und ich habe angefangen, dafür zu trainieren. Still und heimlich, niemand sollte etwas davon erfahren.

Die Cima Scotoni mit ihren steilen Südabbrüchen liegt in einem landschaftlich äußerst hübschen Teil der Dolomiten. Am Abend spiegelt sich ihre dann goldfarbene Südwestwand in den Wellen des kleinen Lagazuoi-Sees, der wie ein Weihwasserbecken zu ihren Füßen liegt, und in der Runde erheben sich schlanke Türme und zersägte Grate zwischen verwinkelten Tälchen und Jöchern. Im Ersten Weltkrieg heiß umkämpft und einer der blutigsten Abschnitte der langen Dolomitenfront, wurde die Fanisgruppe bergsteigerisch erst relativ spät erschlossen. Die bekannteste Führe durch die Südwestwand der Scotoni wurde 1952 eröffnet durch Mitglieder der ›Scoiattoli‹, was übersetzt Eichhörnchen bedeutet und der Name einer traditionsreichen Klettergilde aus Cortina ist. In den Sprachgebrauch der extremen Kletterer ist die Führe unter dem Namen ›Lacedelli‹ eingegangen, nach einem zu seiner Zeit sehr starken ampezzanischen Kletterer, der zwei Jahre nach Begehung dieser Wand auch als erster Mensch den Gipfel des K2 erreichen sollte (zusammen mit Compagnoni).

Nicht zuletzt dem heroischen Begehungsbericht der Cortineser Dreierseilschaft in der ›Rivista Mensile‹ des CAI aus dem Jahre 1953 verdankte es dieser neue Anstieg, daß er sich zu einem der gefürchtetsten und geheimnisumwobensten der Dolomiten mauserte. Von Pendelquergängen an wackeligen Haken, von einem dreifachen menschlichen Steigbaum zur Überwindung der Schlüsselstelle war dort die Rede. Als »die Wand mit den schwierigsten Kletterstellen« bezeichnete sie schließlich Luigi Ghedina, einer der Erstbegeher, in einem Vergleich mit den damals schwierigsten Alpenwänden.

Auch Gunther Langes, der Verfasser des Kletterführers ›Nordöstliche Dolomiten‹ und von vielen Bergsteigern etwas scharf als ›Märchenonkel‹ kritisiert,

Die Cima Scotoni. In der Gipfelfallinie zieht die Lacedelli-Führe nach oben.

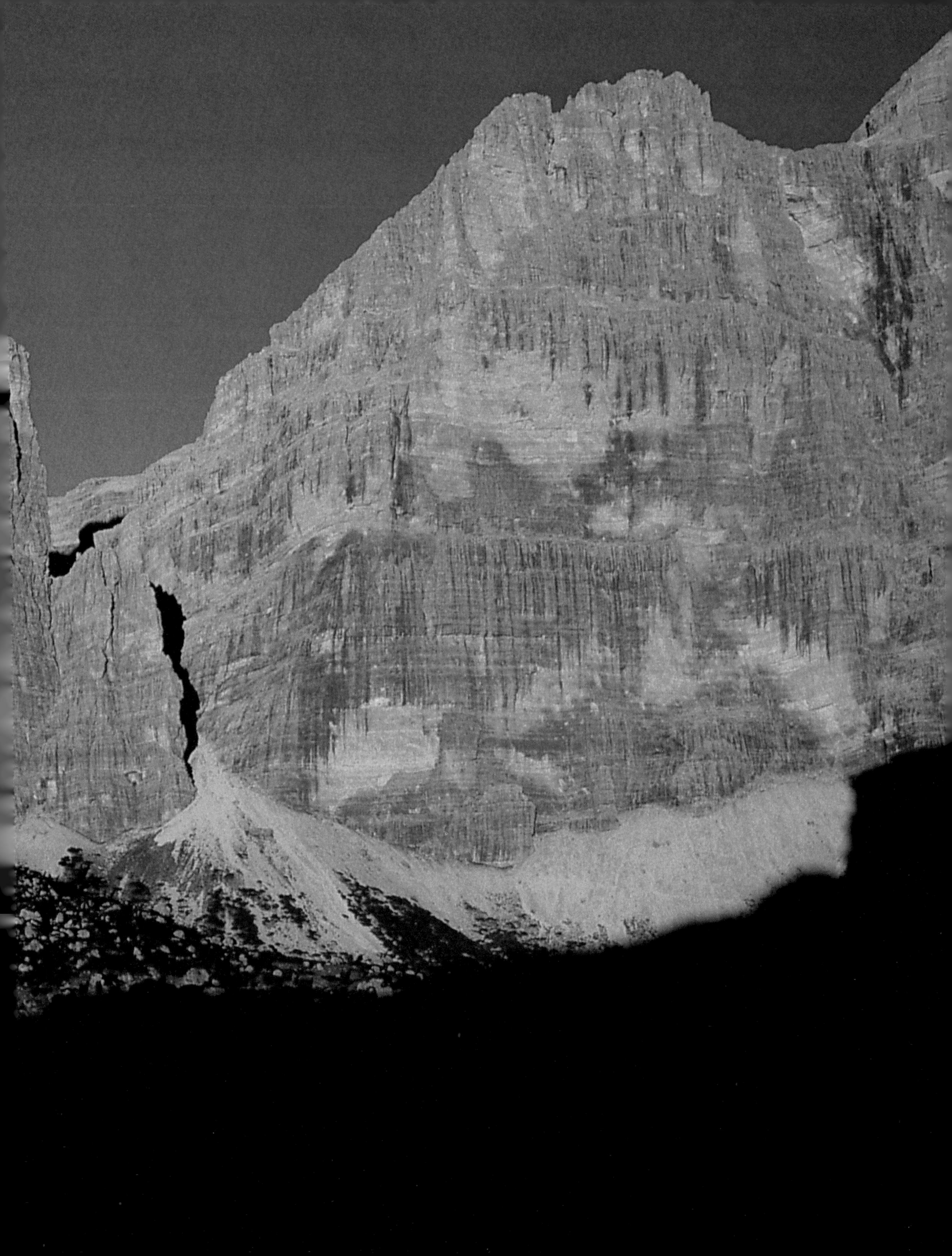

nimmt in seiner Anstiegsbeschreibung Anleihe bei suggestiven Bildern: »... eine der schwierigsten Führen der Dolomiten überhaupt; (...) erklettert, wobei ein Dachüberhang mit einer weißen, vollkommen grifflosen Platte darüber überwunden wird; (...) wird mit Haken, Trittschlingen und einem doppelten menschlichen Steigbaum, dann mit einem äußerst schwierigen Pendelquergang nach rechts begangen.«

Friedl Mutschlechner im mittleren Wandteil der Cima Scotoni. Er durchkletterte bereits 1973 erstmals die Lacedelli-Führe.

Ein älter gewordener Sommer sah mich wieder unter der Wand. Die Nächte waren nun schon empfindlich kalt und die Felsen am Morgen von frischem Tau überzogen. Ich wollte mir Zeit lassen, lag noch einige Stunden am Ufer des Sees und betrachtete traumverloren die plattengepanzerte Wand. Sechshundert Meter hoch spannte sie sich fast zum Platzen, ab und zu hörte ich einen Stein daraus fallen wie den Westenknopf von einem prallen Wams.

Gegen zwei Uhr nachmittags stieg ich ein. Ich hatte nichts mitgenommen, außer einer kleinen Reepschnur und meinem Brustgürtel.

Der Vorbau war leicht. Locker und schnell höher spreizend, hörte ich plötzlich hoch in der Wand Hammerschläge. Wieder und immer wieder drang der Klang von Eisen auf Eisen zu mir herab und ich konnte mir nun auch die Steine erklären, die immer wieder ins Kar dröhnten. Bedenken kamen auf. Ich konnte nicht wissen, ob die Seilschaft über mir etwa Haken entfernen würde. Dann wäre der Durchstieg für einen Alleingeher an einigen Stellen illusorisch.

Die erste schwierige Seillänge brachte mich zur Ruhe. Sie ist in dieser Route gewissermaßen ein Prüfstein für das ganze Unternehmen. Ich schaffte sie, ohne meine Reserven zu beanspruchen. Eine kurze technische Stelle überlistete ich, indem ich mit dem Fuß hoch in die Schlinge an einem Messerhaken stieg, nicht ohne vorher für die Hände winzige, jedoch sichere Haltepunkte gefunden zu haben.

Hier rückte für einen Augenblick der Gedanke, alles sein zu lassen und zurück zum See zu gehen, nochmals ins Bewußtsein, denn technische Kletterei ist für den Alleingänger zweifellos das gefährlichste Terrain. Nun, ein Seil war nicht dabei, und so strafften sich die kommenden Minuten zu einer einzigen Alternative, die ›aufwärts‹ hieß.

Die zweite Seillänge habe ich ungemein steil in Erinnerung. Eisenfester Fels, aber einförmiges, schwarzes Gelände mit schwieriger Liniensuche. Ich wußte durch unsere Seilschaftsbegehung, daß die Anstiegsbeschreibung im Führer – offenbar eine mangelhafte Übersetzung aus dem Italienischen – nicht genau stimmte, und deshalb war ich zu größter Konzentration gezwungen, auch weil die fehlende Gliederung der Platten dem Auge und der Erinnerung wenig Ankerplätze bot. Einen Meter weiter links, zwei Meter zu weit rechts, und du steckst in einem Sportkletterproblem, an dem du die Zeitplanung begraben kannst, und deine subjektive Überlegenheit wie Butter in der Sonne schmilzt.

Balsam daher fürs Gemüt, als ein gelber Riß mich aufnahm und bis zu einem Kriechband hinaufleitete. Auf diesem wie eine Blindschleiche hinausrobbend, erreichte ich das große Schuttband am Ende des ersten Wanddrittels. Jetzt konnte ich das erste Mal die Seilschaft über mir ausmachen. Sie kletterte etwa in der Mitte der gigantischen Plattenmauer, die das mittlere Drittel der Wand bis zum zweiten großen

Schuttband hinauf beherrscht. Sie schienen sehr langsam zu sein. Bedächtig kletternd und gewissenhaft nagelnd erbeuteten sie das feindliche Territorium. Ich hatte sie bald erreicht. Koordination und Bewegung stimmten nun, die Routenfindung gab hier keine Rätsel mehr auf, und alle Griffe und Tritte des senkrechten Parketts fühlten sich so groß an, wie die Augen des Seilzweiten hervorstanden, als ich ihn begrüßte.

Es war eine bayerische Zweier-Seilschaft und nach eigenen Aussagen schon seit sieben Uhr früh in der Wand. Klamme Finger hätten sie gehabt. Ich stellte mich ebenfalls vor und wechselte ein paar Worte, die so oder ähnlich immer fallen, wenn man sich auf einem Standplatz trifft. Aber ich wollte meinen Rhythmus nicht verlieren und schickte mich an, langsam und vorsichtig vorbeizusteigen.

Da stoppte mich ein Anruf, und die Tonlage des folgenden Angebots ließ mich stutzen. Ob ich nicht zu ihnen ans Seil kommen möchte, der Fels solle hier, laut Beschreibung, brüchiger werden, und überhaupt wäre das Alleingehen wohl sehr gefährlich. Höflich lehnte ich ab, ich wüßte schon, was ich täte. Das freundliche Gesicht knapp unter mir nahm nun die Form einer abgekletterten Schuhsohle an, und beim Weitersteigen hat mich ein Gedanke bis zum Gipfel nicht mehr losgelassen: Habe ich da vielleicht mehr eine verkappte Bitte abgewürgt und gar keinen wohlgemeinten Vorschlag?

Wie auch immer, eine solche Wand ist nicht dafür geschaffen, Gedanken nachzuhängen, die nicht dem Vorwärtskommen dienen. Und seien sie auch noch so schwerelos – wer den Kopf nicht frei hat, trägt gefährlichen Ballast mit sich herum.

Nur wenige Griffe und ich hatte mich von ihnen abgesetzt. Der Abstand zwischen uns wurde größer. Aus der Tiefe kam ein letztes »Mach's gut!«, dann bog ich in die große Verschneidung ein, die den Ausstieg zum zweiten großen Schuttband vermittelt. Ich fand nun keine neuen Universalhaken mehr, an denen noch das Preisschild aus dem Laden klebte, und die Wand verschluckte mich wieder wie der Lagazuoi-See einen Regentropfen. Zwischen den Beinen hindurch sah ich hinunter in das grünmelierte Kar, und der Kaugummi, den ich aus Spaß und Spiel hinausspuckte, verschwand noch vor dem ersten Aufschlag aus meinen Augen. Ich zählte nicht mehr Meter noch Seillängen, nahm Überhänge als Brücken und Kanten für Highways, die Scotoni hatte mich berauscht. Ich fühlte, wie ich aus mir herauswuchs. Nur jetzt nicht übermütig werden.

Als der Lagazuoi-See am Wandfuß meinen Blicken entschwand, merkte ich, daß das Gelände flacher wurde. Ein großer Kamin nahm mich auf, dann die letzten Meter.

Am Gipfel blieb ich eine halbe Stunde. Dann rannte ich den Normalweg an der Westseite des Berges hinab und gelangte gegen 18 Uhr wieder zum Wandfuß. Am Ende des mittleren Drittels konnte ich die zwei Punkte erkennen, die es wohl schwer haben würden, an diesem Tag noch auszusteigen. Vielleicht hätte ich doch bei ihnen bleiben sollen. Die langsam einsetzende Entspannung wirkte beruhigend auf Körper und Geist.

Dann fuhr ich nach Hause, stolz und glücklich über die erste Alleinbegehung der ›Lacedelli‹ in der Scotoni-Südwestwand.

Einige Wochen später, es ist inzwischen November geworden, treffe ich Friedl in St. Kassian im Gadertal. Er ist mit einigen Gästen auf der Fahrt zu einer Klettertour, ich ebenfalls, aber allein. Beim gemütlichen Plausch und einem Bier (am Vormittag!) packe ich die günstige Gelegenheit beim Schopf, ihm vor seinen Gästen von meiner ersten Alleinbegehung zu erzählen. Ausführlich und gestenreich schildere ich mein Meisterstück. Friedls Augen werden erst größer, dann kleiner, schließlich zupft er sich am Bart und bestellt ein zweites Bier. Leicht schmunzelnd unterbricht er meinen Vortrag und fragt mich nach dem Datum. Ich kann ihm sogar die genaue Uhrzeit sagen. Nach einem gewaltigen Schluck, der im Glas die Neige und bei mir eine düstere Vorahnung auslöst, eröffnet er mit trockenen Worten, daß er selber eine Woche vor mir die Wand allein durchstiegen hat. Ich schlucke, atme einmal tief durch, dann gratuliere ich, gönne es ihm auch von Herzen. »Ach weißt du«, meint er besinnlich, »vielleicht ist das alles nicht so wichtig. Bei meiner Rückkehr zur Scotonihütte hat mir der Wirt erzählt, daß ich wohl der Schnellste, nicht aber der Erste gewesen war. Ein deutscher Sologänger hatte die Wand schon drei Tage vor mir gemacht.«

Hans-Peter Eisendle

Wie ein Nurejew der Senkrechten

Diesmal traf ich mich mit Friedl an der Pursteinwand, dem Pusterer-Sportkletterfelsen bei Sand in Taufers. Gestern war er auf Skitour, heute sichere ich ihn über ›Hokus Pokus‹, einer Kletterei im achten Schwierigkeitsgrad, und in ein paar Wochen fährt er zum Manaslu. Seit ich ihn kenne, bewundere ich seine Fähigkeit, sich in den Bergen so spontan und natürlich zu bewegen, so gegensätzlich ihre Anforderungen auch sein mochten.

Als wir uns zum ersten Mal begegneten, war ich noch Schüler im Grödnertal, er schon der Friedl Mutschlechner, einer der besten Kletterer überhaupt. In der »toten Zeit«, wie er die Wochen nannte, in denen er nicht als Bergführer unterwegs war, verabredeten wir uns an einem schulfreien Nachmittag am Piz Ciavazes. Die ›Schubert‹ traute er mir schon zu, weil er mich Tage zuvor allein an den Sellatürmen herumkraxeln gesehen hatte. Etwas besorgt beobachtete er meine tapsigen Bewegungen, mein Zögern, mein angespanntes Strecken und Ziehen bis zum ersten Stand. Sein Nachkommen war für mich in vielerlei Hinsicht ein besonderes Schauspiel. Zum einen hatte ich nie zuvor jemand so klettern gesehen. Wie ein Nurejew der Senkrechten tanzte er in weichen Schwüngen zu mir herauf.

Zum anderen stieg da, ohne innezuhalten, der Friedl Mutschlechner an meinem Stand vorbei, der für mich bisher ein anonymer Spitzenbergsteiger gewesen war und mir jetzt ein großzügiges Lächeln zuwarf, im Steigen ein paar freche Witze riß und sogar nichts von einem distanzierten Superstar hatte. Beflügelt von seinem Können und von seiner einfachen Freude am Jetztdasein, versuchte ich es ihm gleichzumachen bis hinauf zum Gamsband, bis zum Auto, bis nach Hause... Und dort hing ich noch lange seiner geheimnisvoll angenehmen Art nach.

Damals ahnte ich noch nicht, wie viele Wege wir noch zusammen gehen, an wie vielen Orten wir uns noch begegnen würden. Aber ich spürte auf einmal auch für mich die Möglichkeit, viele Tage meines Lebens in den Bergen unterwegs sein zu können. Bis dahin waren für mich die besten Kletterer, die ich nur aus Büchern und Zeitschriften kannte, so etwas wie Außerirdische, einsame Wölfe an überhängenden Felsen, unerreichbare Übermenschen. Nichts von dem zeigte der Friedl. Er hatte eine Familie, ein Haus und einen Beruf wie andere auch. Und trotzdem trug er ein Geheimnis in sich, das meine Neugier weckte, das ich nicht zu begreifen vermochte.

Wie ein Besessener stieg ich auf alle Berge, Gletscher und Felsen, die auf meinem Weg lagen. Oft kreuzten sich unsere Wege, oft gingen wir sie zusammen. Beim Klettern an der Geierwand rief er mir zu, ich sei ein richtiger Steinbeißer geworden. Und der besorgte Blick von der ›Schubert‹ war einem sichtlich zufriedenen Schmunzeln gewichen. Inzwischen war auch ich Bergführer geworden, im Himalaya gewesen und eine Million Seillängen geklettert. Und immer noch war es etwas angenehm Geheimnisvolles, was den Friedl für mich zu einem ganz besonderen Menschen machte. Er war wie ein Buch, in dem man zwischen den Zeilen lesen mußte.

Hier an der Pursteinwand beobachte ich ihn nun zum x-ten Male in seiner natürlichen Art zu steigen, tauche ab in meine Gedanken, die die Botschaft seiner Bewegungen zu ergründen versuchen. Er steigt wie immer ohne Hast und doch zügig; – nicht wie ein Sportler, der an seinem Gerät eine Turnübung ausführt, vielmehr wie ein Bauer beim Heuen, der in rhythmischen Bewegungen den Rechen weich übers Feld zieht und nebenbei einen ahnenden Blick auf ein paar ferne Gewitterwolken wirft. Nie streckt er sich zu viel, nie zu wenig. Ja, vielleicht ist es das! Nie zu viel und nie zu wenig. So wie er klettert, so macht er alles im Leben. Dieses tiefe Gespür für das Gleichgewicht, dieses Streben nach dem richtigen Maß ist der Kern seines Könnens und seiner Persönlichkeit. In diesem Menschen wohnt die Sehnsucht der Geborgenheit nach dem Abenteuer, der Wunsch der Eiswüste nach Wärme und der Durst der Sommerhitze nach einem schattigen Bergbach. Nicht die Höchstleistung an sich oder die Steigerung von Schwierigkeitsgraden ist die größte Motivation, auf Berge zu klettern, sondern dieses immer wieder faszinierende Suchen nach dem Gleichgewicht – bis sich irgendwann alles aufhebt in einer absoluten Balance.

Seine Art sich fortzubewegen war meisterlich. Seine Anpassungsfähigkeit an das Gelände wurde von allen bewundert.

Hermann Magerer

Bergführer mit Leib und Seele

Genaugenommen haben wir uns dienstlich kennengelernt; hoffentlich war ich ihm trotzdem nicht unsympatisch.

Zu den guten Seiten meines Journalistenberufes gehört die Notwendigkeit Menschen kennenzulernen – Normale und Außergewöhnliche, der Reiz liegt in der Vergleichsmöglichkeit. Friedl war ein außergewöhnlich normaler Mensch – und das ist nicht so selbstverständlich bei einem Extrembergsteiger.

Es ist Ende Mai 1990. Die gemütliche Wohnung der ›Mutschlechners‹, in der modernen Siedlung am nördlichen Ortsrand von Bruneck, ist wieder einmal unser Treffpunkt für gemeinsame Berg- und Filmpläne. Vergeblich wehren wir uns gegen Mariannes liebe Bewirtung – das Vier-Mann-Team des Bayerischen Fernsehens konnte wirklich das Gefühl haben in der Familie willkommen zu sein.

Friedls heimatlicher Arbeitsbereich als Bergführer umfaßt, in breiter Front, die südlichen Zillertaler Alpen und die Rieserfernergruppe auf der einen und die gesamten Dolomiten auf der anderen Seite. Ein Angebot wie aus dem Schlaraffenland. Wir waren natürlich mit gewissen Wunschvorstellungen und der dazugehörigen Ausrüstung angereist – der Friedl sagte zu unserem ›Arbeitsangebot‹ einfach ›Ja‹, mit sichtlicher Freude. Wir kennen und mögen uns so gut, daß wir uns die sonst üblichen Honorarverhandlungen und Überlegungen zur Routenwahl sparen konnten.

Also gleich zur Sache: Wir wollten am nächsten Tag mit Skiern auf die Tofana di Rozes, 3225 m, tags darauf wollten wir über die Südkante auf die Punta Fiames klettern. An beiden Tagen sollte jeweils ein Kurzfilm von minimal 15 Minuten entstehen.

Ich weiß nicht mehr um wieviel Uhr – jedenfalls im Morgengrauen und noch längst vor Sonnenaufgang parken wir unsere ›Macchinas‹ vor dem Rifugio Dibona, das noch winterschläft.

Ein Bergfilmer ohne Sonnenaufgangsambition wäre eine lasche Erscheinung. Insofern decken sich Friedls und meine Arbeitsinteressen, denn auch der Friedl gehört zu jenen Bergsteigern, die es vorziehen am Vormittag von der Tour zurückzukehren. – Dennoch: Er stellt sich ungebeten auf mehr Zeitaufwand und ein höheres Rucksackgewicht ein – auf mehr Gage nicht. Das war für ihn kein Thema. So ist nie zwischen uns ›geschäftlich‹ geredet oder gar verhandelt worden. Übrigens auch nicht mit Hans Kammerlander – ja nicht einmal mit Reinhold Messner, den sie alle für so geschäftstüchtig halten.

Wir tragen unsere Skier 15 Minuten bis zum ersten bzw. letzten Schnee, je nach Betrachtungsweise. Und so läßt sich unsere Arbeit kurz beschreiben: Friedl und ich geben dem Kamera-Auge und dem Mikrofon Gelegenheit, zwei Bergsteigern zuzuschauen und zuzuhören wie sie auf einen Dolomiten-Dreitausender hinaufskibergsteigen, wie sie den Sonnenaufgang erleben, wie ihnen die senkrechten Tofana-Felspfeiler die Köpfe zurückbiegen, wie sie um das alte, zerfallene Rifugio Cantore herumstapfen, den steilen Nordhang der Tofana di Rozes in schier endlosen Kehren hinaufspuren, und wie sie zusehends an Ausblick in alle gebirgigen Himmelsrichtungen gewinnen. Ein sensibel geführtes Kameraobjektiv sieht die Ruhe im Gesicht des Bergführers Friedl Mutschlechner und die Freude in den Bewegungen seines ›Klienten‹.

Der 1200-Höhenmeter-Anstieg geht mit einer solchen Leichtigkeit vonstatten, daß der Kameramann vor lauter Übermut unseren Gipfelgruß ›von oben‹ filmt – nämlich von der etwas überdimensionierten Eisenkonstruktion des Gipfelkreuzes herunter. Und damit ist es an der Zeit die Freunde beim Namen zu nennen, die die Hauptarbeit tun: Den Sepp, den Raki und den Fuzzy. Sie bilden nicht nur ein Klasse-Kamerateam, sie sind auch autorisierte Bergführer – und ich glaube, sie wissen nicht, ob sie den Friedl als Menschen oder als Berufskollegen mehr bewundern.

Wir schwingen den 700 Meter hohen, gewaltigen Steilhang hinunter; er wird bestimmt da und dort 40 Grad steil sein. Friedl sagt nicht, daß ich vorsichtig sein und langsam hinter ihm herfahren soll, aber ich tue es – nicht nur des Filmergebnisses wegen. Soviel kann ich verraten, es wird gut – die Routine und das gelöste ›Betriebsklima‹ sind daran schuld, die Dolomitenlandschaft natürlich am meisten. Der erste Teil der Arbeit ist also glücklich ›im Kasten‹.

Der Arbeitsplan für den nächsten Tag sieht vor, den ›Bergauf-Bergab‹-Zuschauer mit dem Bergführer Friedl Mutschlechner vertraut zu machen, und zwar bei einer Kletterei in seinem Hausrevier, den Dolomiten. Nicht nur mir ist längst klar geworden, daß dieser Mann eine Südtiroler Tradition wiederbelebt, die in unserer Zeit überlebt zu sein schien. Friedl verkörpert einen modernen – und gleichzeitig klassischen – Dolomitenführer, der an Namen wie Innerkofler, Dibona oder Dimai denken läßt. Der Friedl ist einer, der diesem Berufsstand alle Ehre macht. Friedls Klienten fühlen sich bestimmt nicht erst dann sicher, wenn er sie am Seil hat; bei ihm genügt schon das Dasein. Er strahlt die Sicherheit aus, und die Freude. Unabsichtlich.

Wir treffen uns beim nächsten Morgengrauen an der Stazione Fiames. Wenn man sich vorstellt, man würde auf einem Bahndamm stehen und das Hexenhäusl wäre ein Bahnhof, dann liegt man genau richtig. Der Zug rattert hier irgendwo über die deutsch-italienische Sprachgrenze, von Toblach im Pustertal nach Cortina d'Ampezzo. Ein romantischer Platz – jeder Kletterer kennt ihn. Nachdem am gestrigen Nachmittag Gewitter rumorten und die Wetteraussichten für heute Ähnliches erwarten lassen, verlegen wir unser Kletterziel von der Südkante in die Südwand – die Wand bietet sichere Stand- und Rückzugshaken, sie ist zudem kürzer und etwas leichter. Unsere Entscheidung sollte sich als richtig erweisen, Friedl nimmt sie wohlwollend zur Kenntnis.

Bergsteigen und Blödeln, das weiß jeder Bergsteiger, das gehört zusammen wie Seil und Haken. Die Witze mögen zwar manchmal ein wenig makaber

Abfahrt nach einer Skitour.

ausfallen, aber das ist eben nun einmal die Welt der Bergsteiger – und wir wollen sie auch um kein bißchen missen. Im leichten, aber brüchigen Klettergelände meint Friedl (ich muß es leider vom ›Pustertalerischen‹ in unsere Umgangssprache übersetzen): »Wenn du Steine schmeißt, nimm immer die großen – die kleinen fallen einem nur in die Augen – und die werden dann so rot wie bei einem Königshasen«. Grundsätzlich ist Friedl der Meinung, daß man die gefährlichen Situationen beim Bergsteigen nicht ganz vermeiden sollte: »Man muß der Natur und dem Berg auch eine Chance lassen!«

Im Angesicht der Kamera wechseln wir unser Schuhwerk, Turnschuhe gegen Kletterschuhe. Friedls Meinung dazu? »Man muß bewußt gehen«,

53

lautet ein Satz, an den ich mich erinnere, und »mehr Können braucht weniger Ausrüstung«.

Wir klettern durch die senkrechte, aber problemlose Südwand. Um Friedls Gedanken und seine Aktion in einer filmischen Einheit festhalten zu können, habe ich ihn gestern noch, in ruhiger Umgebung, zum Reden gebracht – nicht interviewt! Er wäre nicht der Friedl gewesen, ein typisches Fernsehinterview hätte ihn befremdet – selbst wenn Freunde hinter den Geräten stehen. So erfährt der Fernsehzuschauer etwas von Friedls Haltung gegenüber dem Bergführerberuf, während er ihn klettern sieht. Er redet von einem langen, entbehrungsreichen Weg, der zurückzulegen war, bis er und seine Familie von diesem Beruf leben konnten. Gewählt hat er ihn – und dabei numeriert er: »Fürs erste bin ich begeisterter Bergsteiger, zweitens liebe ich eine Arbeit, wo ich Verantwortung habe – und ich glaube, die ist beim Bergsteigen schon oft sehr groß –, und drittens bleibt mir auch viel Freizeit, die ich ganz für mich nützen kann.«

Friedl bewegt sich ruhig, rund, fließend, gleichmäßig – scheinbar langsam –, ohne Ruck. Er steigt hinauf. Ich sehe keinen Unterschied, ob er es zu Fuß, auf Skiern oder – wie jetzt – kletternd tut. Hätte er nicht gesagt »man muß bewußt gehen«, würde ich es ›tierisch‹ nennen. Es ändert nichts in seinen Aktionen, daß inzwischen dicke, dunkle Wolkenbänke heranziehen und das erste Donnergrollen zu hören ist.

Die Negativseiten von seinem Beruf, will ich von ihm wissen: Der Druck und die körperliche Belastung, die sich während der Hochsaison und in langen Schönwetterperioden aufstauen können, sind für ihn gleichbedeutend mit einem ›positiven Streß‹. Ins Negative wandelt er sich erst, wenn die Kunden da sind und das Wetter nicht mitspielt. Er spricht von typischen, objektiven Gefahrensituationen – vom gleichzeitigen Gehen am Seil, von Steinschlag und Lawinen – und er sagt – und man erinnere sich (wir hatten das Gespräch vor Antritt der Klettertour aufgenommen): »Der größte Feind beim Bergsteigen ist das Gewitter!«

Um die Mittagszeit klettern wir die letzte Seillänge in der verschwenderisch griffigen Wand. Sie endet am Grat, knapp unter dem Gipfel der Punta Fiames.

Es ist dunkel für die Tageszeit, die Kamera arbeitet mit offener Blende. Doch der Kern des Gewitters scheint sich, mit Regen und Schnee, an den hohen Tofanen festzukrallen. Wir entscheiden uns kurz und einstimmig für einen Schnellabstieg über den Klettersteig ›Via Michielli Strobel‹, es wird sich schon kein Blitz zu uns herüber verirren! Ganz risikolos läßt sich nun einmal ein sportlich-alpines Bergabenteuer nicht unternehmen – und das ist gut so!

Als die hurtige Turnübung ihr Ende hat, kommen wir noch auf ein wichtiges Gesprächsthema – wir reden vom Vertrauen: Vom Vertrauen darauf, daß immer wieder alles gut geht und vom gegenseitigen Vertrauen. Friedl erzählt von seinem Vertrauen zu Freunden, vom Vertrauen, das er hie und da zum Können seiner Kunden haben muß. Schon immer, erzählt er, wundere er sich, daß ihm Menschen Geld zahlen – und dafür ihr Leben in seine Hände legen, es seinem Können und seinem Instinkt anvertrauen. Deshalb empfinde er seinen Beruf als schön und wertvoll.

Wir sind unten unsere Arbeit ist getan.

Wenn ich mir den Friedl heute ins Gedächtnis zurückrufe, so sehe ich im gebräunten Gesicht sehr hellblaue Augen, mit Lachfalten drumherum und einen blonden, wettbewerbsverdächtigen Bart. Seine Kunden und Freunde gingen mit ihm ins Gebirge, weil er ein großer Könner war – und, weil er so viel Freude weitergeben konnte – wie wenige.

Der Friedl ist oben – seine Arbeit ist getan.

Friedl Mutschlechner am Gipfel des Großen Löffler.

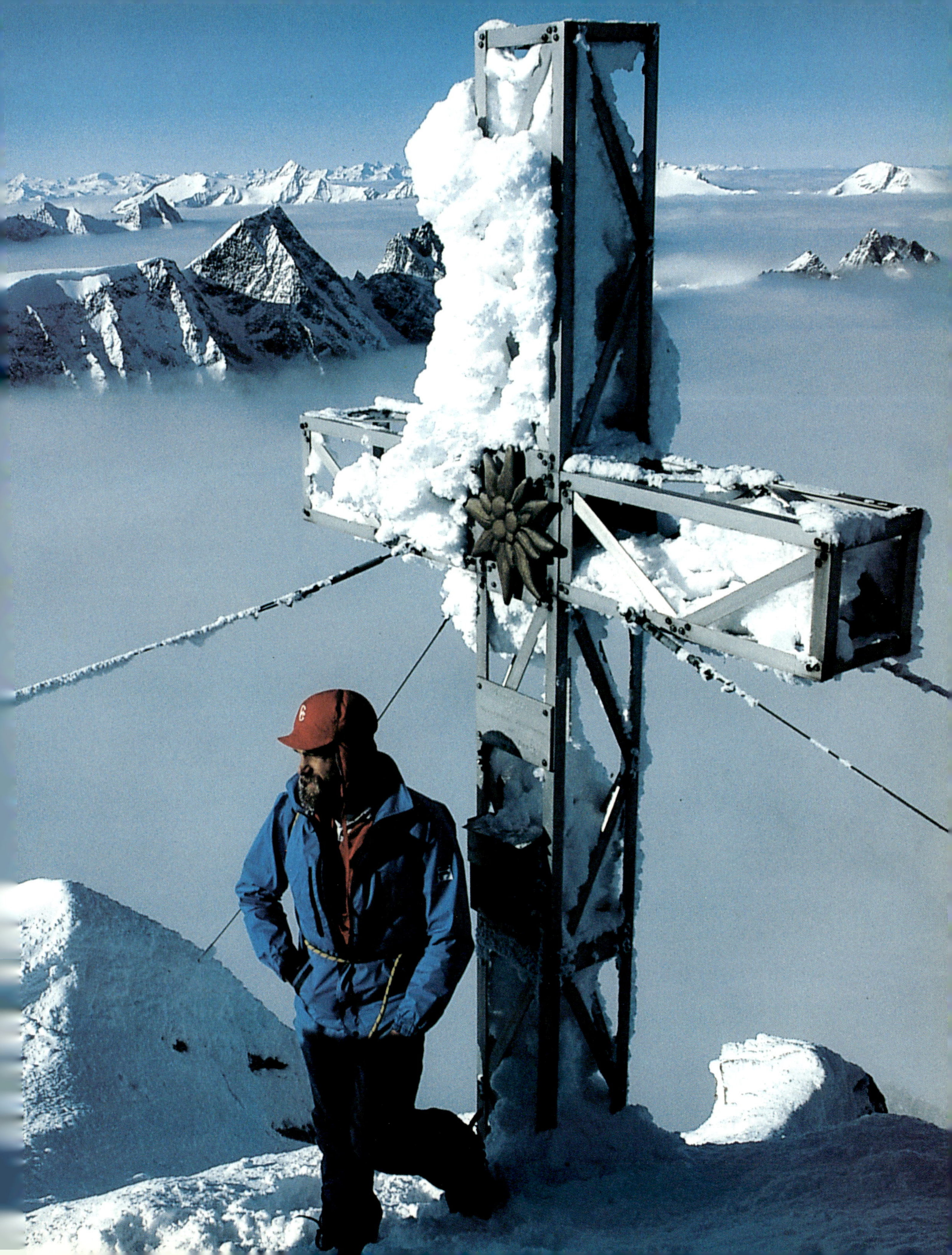

Freunde und Gäste erzählen

Friedl – der alpine Lehrmeister

August 1974. Auf der Göge-Alm im hinteren Weißenbachtal erlebten wir ein herrliches Zeltlager mit der Alpenvereins-Jugend von Bruneck. Abends saßen wir immer im Kreis um das Lagerfeuer und Pollo spielte auf seiner Gitarre. Ganz beiläufig sagte ich zu dem mir am nächsten sitzenden Buben: »Morgen kommt der Friedl mit uns.« Wie ein Lauffeuer verbreitete sich die Nachricht: »Hast du gehört, morgen kommt der Friedl!« Auch wenn die wenigsten der noch sehr jungen Buben und Mädchen den Friedl persönlich kannten, war er doch schon für alle ein Begriff geworden – und eine Tour mit ihm, das war einfach das Höchste. Fast andächtig fragten einige nach, ob das auch wirklich stimmte und freuten sich, als ich es ihnen bestätigen konnte.

Es war einmalig, mit Friedl im Gebirge unterwegs zu sein. Für mich als begeisterten Skitourengeher, aber bescheidenen Bergsteiger, war es immer eine besondere Auszeichnung, wenn ich mit dabei sein konnte. Da gab es am Morgen nie Probleme über das Wohin, über das Wetter oder anderes – da wußte jeder, Friedl würde entscheiden; und seine Entscheidung, die paßte immer. Und wenn wir uns dann beim Spuren wieder einmal nicht einigen konnten, dann machte er kurzen Prozeß und marschierte los. Er hat viele Spuren angelegt und viele Spuren hinterlassen. Von ihm mußte man lernen, ob man wollte oder nicht. »Wenn du noch einmal mit dieser Ausrüstung daherkommst, schmeiß ich dich mitsamt den Skiern den Berg hinunter,« mahnte er mich, nachdem mir bei einer Skitour zur Cresta Bianca in den Ampezzaner Dolomiten gleich zweimal das Kabel meiner uralten Kandaharbindung gerissen war. Einen Tag später war ich schon unterwegs, um mir eine neue Ausrüstung zu kaufen – obwohl ich mich nur schweren Herzens von meinem bereits historischen Inventar trennen konnte. Aber gegen ein entschiedenes Wort von Friedl gab es kein Wenn und Aber.

»Na, dein Glas ist ja immer noch voll,« höre ich ihn heute noch sagen, als ihn anläßlich einer Skitourenwoche im Rojental beim abendlichen Hüttenzauber ein ganz Starker auf seine Standfestigkeit mit dem Tiroler Rotwein prüfen wollte. Während der Herausforderer längst schon unter dem Tisch verschwunden war, meinte Friedl vergnügt, ob vielleicht ein Ersatzmann antreten möchte. Aber es wollte oder konnte keiner mehr.

Ja, es gab viele schöne, nie vergessene Stunden. Ob im Pulverschnee am Schneebigen Nock oder im eisigen Sturm am Cevedale, es ist, als ob er immer noch dabei sein würde.

Günther Adang
Erster Vorsitzender des AVS Bruneck,
Bürgermeister von Bruneck

Erinnerungen

Große, stille Lehrmeister
sind die Berge.
Wer sie verstehen lernt,
findet dort oben
nie gekannte Erfüllung.
Wer ihre Sprache
nicht spricht,
für den bleiben sie immer
und ewig aus Stein.

Wiedergeburt eines Kletterers

Es war 1984. Der Zufall wollte es, daß wir uns bei einer Bergtour begegneten. Wir freuten uns immer, wenn wir uns trafen und uns gegenseitig vom Berg, vom Leben erzählen konnten. Bald schon hörte Friedl aus meinen Erzählungen, daß ich gerne etwas ›Pikanteres‹ klettern möchte – wegen meiner beruflichen Verpflichtungen hatte ich schon lange keine anspruchsvolleren Touren mehr gemacht. Prompt lud er mich ein.

Friedl Mutschlechner auf Führungstour in den Cinque Torri (1989).

An einem Spätsommertag trafen wir uns. Friedls Vorschlag, die ›Lacedelli‹ in der Scotoni-Südwestwand zu begehen, war ein phantastisches Angebot. Eine Stunde später folgte ich bereits seinen Seilkommandos. Ich beobachtete seine Kletterbewegungen, die ihn nicht nur höher brachten und seine besonderen Fähigkeiten bewiesen, sondern in mir eine ungewohnte Sicherheit aufkommen ließen. Es war ein außergewöhnlich schöner Tag, für den ich meinem Freund Friedl zeitlebens dankbar bin. Nicht allein deshalb, weil er mich durch diese herrliche Wand führte, sondern weil er in mir eine neue Kletterepoche einzuleiten vermochte. – Ich fand wieder den Faden zu den schwierigeren Bergfahrten.

Für mich war Friedl einer der ganz starken jüngeren Kletterer. Mit großer Neugier verfolgte ich seinen Tourenbericht in der Hochgebirgsgruppe. Ob Skitouren, Klettertouren oder Expeditionen, wenn er dabei war, war die Begeisterung größer. Ich werde diese einmaligen Erlebnisse nie vergessen, und immer war eine spürbare Freundschaft, eine herzliche Verbundenheit dabei. Sein Humor steckte letztlich alle an.

Als sich im April 1991 die Südtiroler Manaslu-Expedition verabschiedete, war ich sehr traurig. Zu gerne wäre ich mit diesen Burschen unterwegs gewesen. Einen Monat später war auch ich in Nepal und Tibet. Meine Gedanken waren ständig bei der Expedition meiner Freunde. Wir selber kämpften uns am Cho Oyu höher und hatten dort viel Glück. Uns waren die Götter, die dem buddhistischen Glauben nach auf den Gipfeln thronen, sehr gnädig. Wir durften ihren Thron besteigen und auch wohlbehalten das Tal erreichen. Endlich war es möglich, von Lhasa aus eine telefonische Verbindung nach zu Hause aufzunehmen. Meine Frage, wie es der Manaslu-Expedition ergangen sei, wurde nur zaghaft beantwortet. Alle waren zutiefst betroffen.

Das Bild von Friedl ist in mir so lebendig, daß ich ihn nicht zu den Toten zählen kann. Er lebt in unseren Gedanken weiter. Für mich ist er überall, wo Berge sind und frohe Menschen leben.

Konrad Renzler
Kaufmann und Extrembergsteiger, Rasen

Kein Mann der großen Worte

In der Berg- und Skiführerausbildung, wo wir über acht Jahre zusammen tätig waren, war Friedl, wie im übrigen Leben wohl auch, kein Mann der großen Worte. Seine Erfahrung als Bergführer, sein überragendes Können als Extrembergsteiger und Kletterer, sein ausgeprägtes Sicherheitsgefühl und Sicherheitsdenken übertrug sich in eindrucksvoller Weise, und mehr als Worte es vermögen, auf die jungen Kollegen.

Mit der Überarbeitung der Ausbildungspläne beschäftigten wir uns so manchen Abend – und so manche Nacht, denn Friedl vertrat seine Überzeugungen meist mit großem Nachdruck. Einige gegensätzliche Auffassungen konnten wir erst nach langen, manchmal auch hitzigen Diskussionen auf einen gemeinsamen Nenner bringen. Wie fruchtbar dies war, zeigte sich dann immer wieder in unserer Ausbildungspraxis.

Spät, erst Anfang Juni, erhielt ich in Lhasa die Nachricht vom Tode Friedls. Er und ich, wir waren zu gleicher Zeit wieder einmal zu großen Zielen unterwegs gewesen – er auf den Manaslu, ich auf den Cho Oyu. Nachdem sich Friedl in den letzten Jahren immer mehr Zeit für die Berg- und Skiführerausbildung genommen hatte, wird uns nun sein Einsatz ganz besonders fehlen. Mit ihm haben wir Südtiroler Bergführer einen der profiliertesten Kollegen verloren. Und auch unser Plan, wieder einmal gemeinsam in die Berge zu gehen, wird nie mehr zu verwirklichen sein.

Hermann Tauber
Ausbildungsleiter im Südtiroler Bergführerverband

Auf der Suche nach neuen Kletterzielen – Friedl Mutschlechner Mitte der 70er Jahre in den Calanques von Marseille.

Gemanagt?

> In dieser schnellen Welt
> braucht man einen Fels
> an den man sich anlehnen kann.
> Friedl war für mich
> dieser Fels gewesen.

Gewandert und geklettert bin ich schon früher. Die Bergwelt aber lernte ich erst durch Friedl wirklich kennen. Er lehrte mich viel, ohne dabei jemals belehrend zu wirken.
Drei Wochen führte Friedl eine Gruppe von elf Managern, der auch ich angehörte, in den Himalaya. Es gab nicht einen Tag, an dem wir seine Leitung gespürt, seine Überlegenheit gefühlt hätten. Obwohl ich wußte, daß ich niemals seine Größe erreichen würde, glaubte ich manchmal ihm ebenbürtig zu sein. Friedl hatte die Gabe, die Grenzen eines ›Flachlandtirolers‹ zu erkennen, ohne ihn damit zu konfrontieren. Ob an den Cinque Torri bei Cortina oder im Klettergarten an den Geislerspitzen – nie hätte er mich überfordert. In jeder Situation konnte ich ihm blind vertrauen. Sein Rat, seine Tips, ja nur sein Dabeisein waren für mich in vielen Situationen Sicherheit. Und dieses Gefühl, davon bin ich überzeugt, hat er bestimmt allen vermittelt, die je mit ihm unterwegs waren.
Im Sommer 1989 besuchte mich Friedl mit seiner Frau in Berlin. Wir machten Besichtigungen und unternahmen viel. Doch eines Morgens wollte er allein einen Ausflug machen. Wohin er denn gehe, fragte ich ihn. »In den Zoo«, erklärte er mir lächelnd, »ich muß einfach wieder ein bißchen Natur riechen.«
Als wir dann im Herbst desselben Jahres durch Nepal trekkten, erreichte uns mitten im Khumbu-Himal auf 3800 Meter Höhe die unglaubliche Nachricht, daß die Mauer in Berlin gefallen sei. Wir hatten schon Pläne gemacht, daß Friedl mit seiner Familie die Stadt neu entdecken sollte...

Friedrich Wagner
Manager, Berlin

Genug war nie genug!

Mit Friedl unterwegs zu sein, das setzte voraus, hart gegen sich selbst sein zu können. Disziplin war lebenswichtig. Aber erst die Liebe und die Begeisterung, durch die der notwendige Wille entsteht – alles, was eine Unternehmung forderte, zu geben – waren die Schlüssel zum unvergeßlichen Erleben.

Ich lernte Friedl 1981 als meinen Lehrer kennen. Er blieb es bis heute. Zehn Jahre meines Lebens kann ich durch ihn zu meinen wertvollsten zählen. Es mögen um die 300 Bergtouren gewesen sein, durch die wir im Laufe der Zeit zu engen Freunden wurden.

Nach anfänglichen Eistouren in Südtirol, in der Schweiz und in Frankreich zog es uns immer häufiger in die Felswände. Aus jedem Erfolg erwuchs mir ein neuer Ansporn, und so kletterte ich mit Friedl bald Routen, die mir vor Jahren noch unüberwindbar erschienen. Ich liebte es, mit diesem Menschen zusammen zu sein. Er forderte mich heraus – und ich nahm die Herausforderung an. Jedes Unternehmen wurde zum Abenteuer. Nach und nach erkundeten wir auch anspruchsvolle Klettergebiete in Österreich, Italien, Jugoslawien, Griechenland, Spanien, Frankreich und der Schweiz. Das Sportklettern war für mich eine neue interessante Komponente.

Auch in den Bergen Mittel- und Südamerikas erlebten wir zahlreiche unvergeßliche Stunden. So stand ich 1984 an meinem Geburtstag mit Friedl und seinem Bruder Toni auf dem Krater des Popocatepetl (dieser Name hatte schon in Kindertagen meine Phantasie beflügelt), und wenig später erreichten wir den Gipfel des Pico de Orizaba – beides Fünftausender im Herzen Mexikos. 1985 verwehrte uns leider ein Wettersturz und meine plötzlich auftretende Höhenkrankheit eine Besteigung des 6768 Meter hohen Huarascan in Peru.

Bergsteigen kann bekanntlich ›süchtig‹ machen. Es gab Zeiten, da war genug nie genug! Ich erinnere mich nur an ein einziges Mal, wo ich diesbezüglich mit Friedl nicht der gleichen Meinung war: Nachdem wir zu dritt (Friedls Bruder Hans war dabei) das Walliser Weißhorn bestiegen hatten, am gleichen Tag nach Randa ab- und noch am Abend zur Mischabelhütte aufgestiegen waren, gingen wir am darauffolgenden Tag durch die Lenzspitze-Nordostwand, eine der schönsten Eisflanken des Wallis, um anschließend den Nadelgrat zu überschreiten und wieder zur Mischabelhütte zurückzukehren. Es war früher Nachmittag und bei diesem Wetter konnte man herrlich im Salbit-Gebiet klettern! Wir hielten uns also nur kurz auf der Hütte auf und erwischten im Sturmschritt gerade noch die letzte Bahn hinunter nach Saas Fee. Dort nichts wie ins Auto (Friedl navigierte, ich fuhr) und über die Pässe ins ›gelobte Land‹ der Kletterer. Als wir endlich gegen acht Uhr abends unser Ziel erreicht hatten und meine Gedanken nach diesem Kraftakt um ein wohlverdientes Abendessen kreisten, war Friedl der Meinung, der 2½-Stunden-Anstieg zur Salbithütte könnte uns morgen früh erspart bleiben, wenn wir uns jetzt gleich noch auf den Weg machen würden... Ich streikte! Aufstand! – Wenig später halfen uns dann frische Gebirgsforellen und reichlich Weißwein beim Zusammenraufen. Wir blieben im Tal.

In den letzten Jahren waren wir oft mit dem Zelt unterwegs. Hierbei genoß ich Friedls ausgezeichnete Küche, das Abspülen war dann stets meine Aufgabe. Ich erinnere mich an einen Streich, den er mir einmal am Furkapaß spielte. An jenem Abend wollten wir noch in die Zentralschweiz fahren. In der Nähe der Straße fanden wir einen geeigneten Platz zum Kochen. Wie üblich kümmerte ich mich nach dem Essen um das schmutzige Geschirr. Ich fand auch rasch einen Bach, in dem ich mir dann noch eine kleine Erfrischung gönnte. Danach beeilte ich mich, zurück zu gehen – hoffentlich hatte ich mich nicht zu lange aufgehalten? Als ich unseren Eßplatz erreichte, war dieser verlassen – von Friedl keine Spur. Allein stand ich da mit meinen Töpfen und schaute die Straße entlang. Da sah ich mein Auto am Ende der Paßstraße auf einer Ausweichstelle.

Als ich außer Atem den Wagen erreichte, empfing mich Friedl mit den Worten: »Oh – ich dachte, du wärst schon vorausgegangen...!«

Im übrigen war Friedl jederzeit für gelungene Scherze zu haben – so wie im Sommer 1984: Wir hatten uns vorgenommen, die Ortler-Nordwand zu durchsteigen. Spät auf der Tabarettahütte angekommen, schlichen wir zu unseren Lagern. Nach einem Wettersturz in der Nacht starteten wir um 5 Uhr morgens und waren gegen 12 Uhr mittags zurück auf der Payer-Hütte. Erich Gutgsell, ein befreundeter Bergführer, begrüßte uns freudig: »Schnell seid ihr durch die Wand! Herzlichen Glückwunsch! Das müssen wir unten auf der Tabarettahütte ausgiebig feiern.« Ausgelassen vor Glück rannte ich schon einmal los – Friedl und Erich wollten gleich nachkommen. Mein freudestrahlendes Gesicht veränderte sich schlagartig, als ich die Stube betrat. Inmitten einer Runde fröhlicher Menschen saßen Friedl und Erich – ich weiß nicht, beim wievielten Schnaps – und prosteten mir übermütig zu. Unfaßbar! Die ›alten Lausbuben‹ waren eine Abkürzung heruntergeklettert. Die Überraschung war ihnen voll gelungen. Jetzt konnte gefeiert werden.

Aufs Feiern verstanden wir uns bestens. Dazu brauchte es keinen besonderen Anlaß, denn das Zusammensein mit Friedl war für mich immer Grund genug, die Freude am Leben zu feiern.

Christina Brückner-Türnau
Starnberg

Inferno in der Pordoi-NW-Wand

Fünf Jahre kannte ich Friedl nun, unzählige Bergfahrten haben wir seither zusammen gemacht. Es begann damit, daß er mir das Klettern beibrachte. Ohne viele Worte; er stieg einfach vor – katzenhaft, rhythmisch, sicher – und ich hinterher, als hätte er eine Spur gelegt – wie im Schnee. Ich war tief beeindruckt von seiner Vorsicht und seinem großen Respekt, den er dem Berg entgegenbrachte. Das Vertrauen zu meinem ›Lehrmeister‹ war unbegrenzt.

Es war kühl, der Himmel wolkenlos. Wir waren sehr früh aufgebrochen. Schnell erreichten wir den Einstieg. Mein Blick ging hinauf in die immense, von schwarzen Rinnen durchzogene Wand. Hatte er mir da nicht zuviel zugemutet? Drohend schien sie sich herabzuneigen, aber die Lust, sie zu bezwingen, hatte schon von mir Besitz ergriffen.

Friedl hatte das Seil auf den Boden gelegt und ließ es nun Meter für Meter durch seine Finger gleiten – eine ganz besonders andächtige Gewohnheit vor jedem Einstieg. Dann seilten wir uns an. Ich war verzaubert. Wir kletterten und kamen flott voran. Manchmal traf mich am Stand ein lobender Blick, ein »guat g'macht« – mehr als viele Worte! Ich merkte, daß er es immer eiliger hatte. Einmal stiegen wir durch eine regelrechte ›Brause‹. Durch und durch naß war ich. »Ja«, meinte Friedl, »da muß man eben noch schneller sein.«

In meinem Eifer von Steigen, Festmachen und Seilnachgeben hatte ich gar nicht bemerkt, daß im Westen schwarze Wolken aufgezogen waren. Ein lauter Krach durchbrach plötzlich die Stille. Drüben, über den Sellatürmen, ging schon ein Wolkenbruch nieder. Wir hasteten weiter. Über die Schotterstufe hinauf in den letzten Wandabschnitt. Dort erwartete uns ein Inferno. Der Sturm pfiff durch die Löcher in den Felsschuppen wie durch Orgelpfeifen. »Schneller«, hörte ich den Friedl von oben rufen, »schneller!« Und er zog am Seil! Ich war fast gelähmt und kam kaum voran. Blitz und Donner erfüllte nun die Luft. Endlich am Stand, hatte er sogar ein Lächeln für mich. »Es wird schon gehen, es ist nicht mehr weit.« Seine Ruhe gab mir wieder Kraft und Zuversicht und die Gewißheit, daß wir es schaffen.

Seil, Kletterschuhe und Karabiner fest in den Rucksäcken verstaut, sind wir zum Ausgangspunkt zurückgekehrt. So einen starken Tag kann ich mein Leben lang nicht vergessen. Es war wie eine Wiedergeburt, ein Tag, an dem ich das nackte Leben spüren konnte.

Helga von Zieglauer
Geschäftsfrau, Bruneck

Grundkurs in der Alpinschule

Viele Jahre schon machten wir die Berge Südtirols unsicher. Erst als Wanderer, später auf Klettersteigen. Doch schon bald wollten wir mehr, höhere Anforderungen mußten her. So besorgten wir uns Informationen über Kletterkurse bei den verschiedenen Bergsteigerschulen.

Wir entschieden uns für einen Grundkurs der ›Alpinschule Messner‹ (heute ›Alpinschule Südtirol‹). Daß wir den Inhaber der Schule, Reinhold Messner, nicht als Lehrer bekommen würden, war uns natürlich klar. Um so überraschter waren wir, als wir mit unserer Bestätigung die Meldung erhielten, daß unser Bergführer Friedl Mutschlechner heißen sollte – also doch ein Prominenter. Im Prospekt war eine Abbildung von ihm: mit seinem wilden Vollbart und seiner groß wirkenden Statur hatte er Ähnlichkeit mit einem kanadischen Holzfäller. Ob das gut geht? Mit gemischten Gefühlen fuhren wir auf die Cinque Torri und warteten am Abend vor Kursbeginn vor der Hütte auf unseren Bergführer. Jeder wurde begutachtet, aber niemand entsprach unseren Vorstellungen von Friedl Mutschlechner.

Die Zeit verging und kein Friedl war weit und breit zu sehen. Das fing ja schon gut an. Auf einmal sprach uns jemand an, ob wir zum Kurs der Alpinschule gehörten. Als wir uns umdrehten, stand vor uns ein kleines, gut durchtrainiertes männliches Wesen mit einem leichten Vollbart. Wir bejahten. »Gut, ich bin der Friedl. Hallo!«

Wie vor den Kopf geschlagen standen wir vor unserem Bergführer. Das also war Friedl Mutschlechner, ›der‹ Friedl, Kompagnon von Reinhold Messner. Da war keine Ähnlichkeit mit einem kanadischen Holzfäller, ganz im Gegenteil. Immer noch erstaunt, folgten wir ihm. Als wir ihn auf sein Bild ansprachen, fing er an zu lachen. Das Bild sei schon alt und würde wohl etwas täuschen, war seine lapidare Antwort.

Der Kurs war ein voller Erfolg. Wir waren von unserem Bergführer Friedl so begeistert, daß wir uns mit ihm für den nächsten Sommer gleich wieder verabredeten.

Und schnell lernten wir auch seine beiden kleinen Schwächen kennen. Die eine war Apfelstrudel: Betrat Friedl eine Hütte, wurde er stets freudestrahlend begrüßt und bekam gleich ein Stück Strudel hinge-

Friedl Mutschlechner legte großen Wert auf eine umfassende Grundausbildung. Das Wissen um Knotenkunde, Sicherungstechnik, Anseilmethoden und vieles mehr waren für ihn die Voraussetzung für das eigentliche Ziel: die Selbstverantwortlichkeit am Berg.

stellt. Mit Andacht und Freude verdrückte er dann Stück um Stück. Eine Nachbestellung erübrigte sich meist von selbst, kannte doch jeder diese seine große Leidenschaft.

Die andere war das Autofahren. Nicht, wenn er selbst am Steuer saß. Aber auf dem Rücksitz wurde unser ›Rennfahrer‹ immer kleinlauter – er gestand uns, daß ihm dort regelmäßig schlecht wird. Sein Glück, daß er meist schon nach wenigen Kilometern in einen tiefen Schlaf verfiel...

Heike und Uli Möhring
Kletterschüler von Friedl, Mannheim

»Den mußt du nehmen...«

»Was meinst du, soll ich mit dem mitgehen?« Das Bild, das mein Besucher hinterlassen hatte, entsprach so gar nicht meiner Vorstellung eines Bergführers. »Der kann dich notfalls wenigstens hochtragen«, erwiderte meine Frau spitzbübisch.
Nun, ich hatte gebucht, und so brachen wir frühmorgens mit dem Ziel ›Daumenkante‹ auf.
Bald hörte ich hinter uns eine zweite Seilschaft näherkommen. Obwohl ich genug mit mir selbst zu tun und nebenbei noch ständig das unruhige Gefühl im Magen niederzukämpfen hatte, merkte ich, wie gleichmäßig und behende die zwei hinter uns kletterten. Die ruhigen und klaren Anweisungen des Führers imponierten mir; er ermunterte seinen Gast auch immer wieder. Mein Führer dagegen sprach kaum ein Wort mit mir, spulte seine Seillängen ab, und unterhielt sich lieber mit anderen Kletterern in der Wand. – Ich verfolgte die Seilschaft aus den Augenwinkeln und stellte erstaunt fest, daß es eine Frau war, die so sicher und zielstrebig nachstieg.
In der Nähe des Gipfels legten wir auf einem schönen Platz eine Rast ein. Es dauerte nicht lange und die beiden gesellten sich zu uns. Unter dem Helm der Frau kam ein lustiger Wuschelkopf zum Vorschein und in ihren Augen blitzte es. Sie ahnte wohl meine Unzufriedenheit und meine innere Verkrampftheit: »Den mußt du nehmen,« sagte sie, mit den Blicken auf ihren Führer deutend, »der ist der Beste!« Dabei unterstrich sie ihre Worte mit ausladenden Armbewegungen.
Ihre freundliche Art ermutigte mich zu einer Bitte. Vor Aufregung hatte ich nämlich meinen Fotoapparat im Auto vergessen – und ich wollte doch unbedingt ein Andenken an meine allererste Klettertour haben. Bereitwillig erfüllte sie mir meinen Wunsch und machte einige Bilder mit ihrer Kamera.
Später, bei einem gemütlichen Bier in der Demetzhütte auf der Langkofelscharte, tauschten wir alle unsere Adressen aus. Ohne genauer hinzusehen, verstaute ich die Zettel in meiner Geldtasche. Im Hotel erwartete mich meine Frau bereits voller Spannung. Bevor ich ihr jedoch von meinen Klettererlebnissen berichtete, erzählte ich von der Bekanntschaft mit dem außerordentlich sympathischen Klettergespann. Welchen Führer ich bei meiner nächsten Tour buchen würde, war mir damals schon ziemlich klar. Wieder zu Hause, war ich eines sonntags in den Eisenerzer Alpen unterwegs. Am Gipfel kam ich mit einem anderen Bergsteiger ins Gespräch und erzählte ihm von meiner Bekanntschaft in Südtirol. »Wenn ich mich richtig erinnere, dann war dieser Bergführer schon mit Reinhold Messner auf Expedition«, sagte ich. »Dann müßte ich ihn kennen«, meinte mein Gesprächspartner, »ich habe alle Bücher von Messner gelesen.« Den Namen hatte ich nicht behalten, aber noch befanden sich die Zettel mit den Adressen in meiner Geldbörse. »Mutschlechner, Friedl Mutschlechner«, rief der andere erstaunt aus. »Ja bist' narrisch, weißt nicht, wer das ist? Der war schon auf drei Achttausendern!«
Das war vielleicht eine Überraschung! Gleich am nächsten Tag kaufte ich mir auch ein Buch von Messner – und wahrhaftig war da dieser unauffällige und liebenswürdige Bergführer abgebildet und genau so beschrieben, wie ich ihn kennengelernt hatte.
Kurz darauf erhielt ich herrliche Fotos von der Daumenkante. Was noch erfreulicher war: Der Brief enthielt eine Einladung zu einer gemeinsamen Klettertour mit Friedl Mutschlechner. Nichts hätte mich am darauffolgenden Wochenende davon abhalten können, in die Dolomiten zu fahren.

Walter Gföller
Bad St. Leonhard

Helga von Zieglauer (der »lustige Wuschelkopf«), Friedl Mutschlechner und Walter Gföller auf dem 3. Sellaturm.

Wer andern eine Grube gräbt...

Freitag abend – wie üblich saßen wir gemütlich an unserem Stammtisch. Nach einigen Runden ›Gerstensaft‹ lud uns Friedl ein, den Samstag mit ihm – was soviel hieß wie in einer Felswand – zu verbringen. »Ja klar, wir sind dabei.« Mit dem Glas in der Hand, in der warmen gemütlichen Wirtshausstube, läßt sich leicht ›ja‹ sagen. Wir einigten uns über die Startzeit; das Ziel wurde, wie bei Friedl gewohnt, nie am Tag vorher festgelegt. Ihm würde morgen schon etwas Passendes einfallen, meinte er und verließ uns.

Es wurde später und später; die Uhr zeigte bereits die Sperrstunde an, als wir uns – gezwungenermassen – auf den Heimweg machten. Unsere heitere, wohl auch etwas alkoholisierte Laune hatte uns für Dummheiten empfänglich gemacht. Wir wollten Friedl einen Streich spielen und betrachteten unsere Aktivitäten am Samstag und Sonntag schon mit einer gewissen Vorfreude als Verlängerung des Freitag-Stammtisches.

Pünktlich um 7 Uhr holten wir Friedl ab. Er, der sich immer freute, mit uns ›Buben‹ klettern zu gehen, konnte natürlich nicht ahnen, daß wir keine Bergtour im Sinn hatten. Er staunte deshalb nicht wenig, als er unsere Kleidung sah: weiße Hemden, bis obenhin zugeknöpft, alte Knickerbocker, Jacken und Rucksäcke. Unentbehrlich die Kopfbedeckung, unter der wir unseren ›Brummschädel‹ verstecken konnten. Lachen konnte er auch über unser Fahrzeug, eine alte Vespa.

Frohen Mutes starteten wir. Während der Fahrt wurde uns langsam bewußt, daß Friedl unser gutgemeintes Alternativangebot nicht anzunehmen bereit war und uns schwante, daß unser Vorhaben wohl anders als geplant enden würde. Wenig später standen wir bereits am Einstieg der Naßwand.

Die Frage, was wir hier sollten, blieb unbeantwortet. Aber Friedls Blick zum Gipfel und die Tourenbeschreibung in seiner Hand ließen uns nichts Gutes ahnen.

Genußkletterei? Schön wär's gewesen! Ohne Erbarmen brannte die Sonne auf unsere Köpfe, die weissen Hemden verloren allmählich ihre Farbe und wurden schwärzer. Ausgelaugt und mit letzten Kräften erreichten wir schließlich den Gipfel. Es drehte uns fast den Magen um, als der ›Alte‹ nach einer Zigarette fragte und diese genüßlich rauchte (und das als Nichtraucher!).

Friedl Mutschlechner in der Philipp-Flamm-Verschneidung, knapp unterhalb der berüchtigten Schlüsselstelle, dem Schuppendach.

Die (Tor-)Tour war hier natürlich noch nicht zu Ende. Nach einer kurzen Verschnaufpause brachen wir, mit heißen Köpfen und ausgedörrten Kehlen, zum Abstieg auf, der über Gemssteige und durch Latschendickicht führte. Der Blick in den tiefer gelegenen Bach ließ uns unseren Durst nur noch mehr spüren; das Verlangen nach einem kühlen Bier wurde schier unerträglich. Erst nach Sonnenuntergang konnten wir auf der Heimfahrt einen ›Einkehrschwung‹ erzwingen. Beim Anstoßen mit einem kühlen Bier auf die ›gelungene‹ Tour gab uns Friedl mit lachendem Gesicht zu verstehen: »Wer andern eine Grube gräbt...«

Walter Rifesser und Schorsch Mayr
Freunde von Friedl

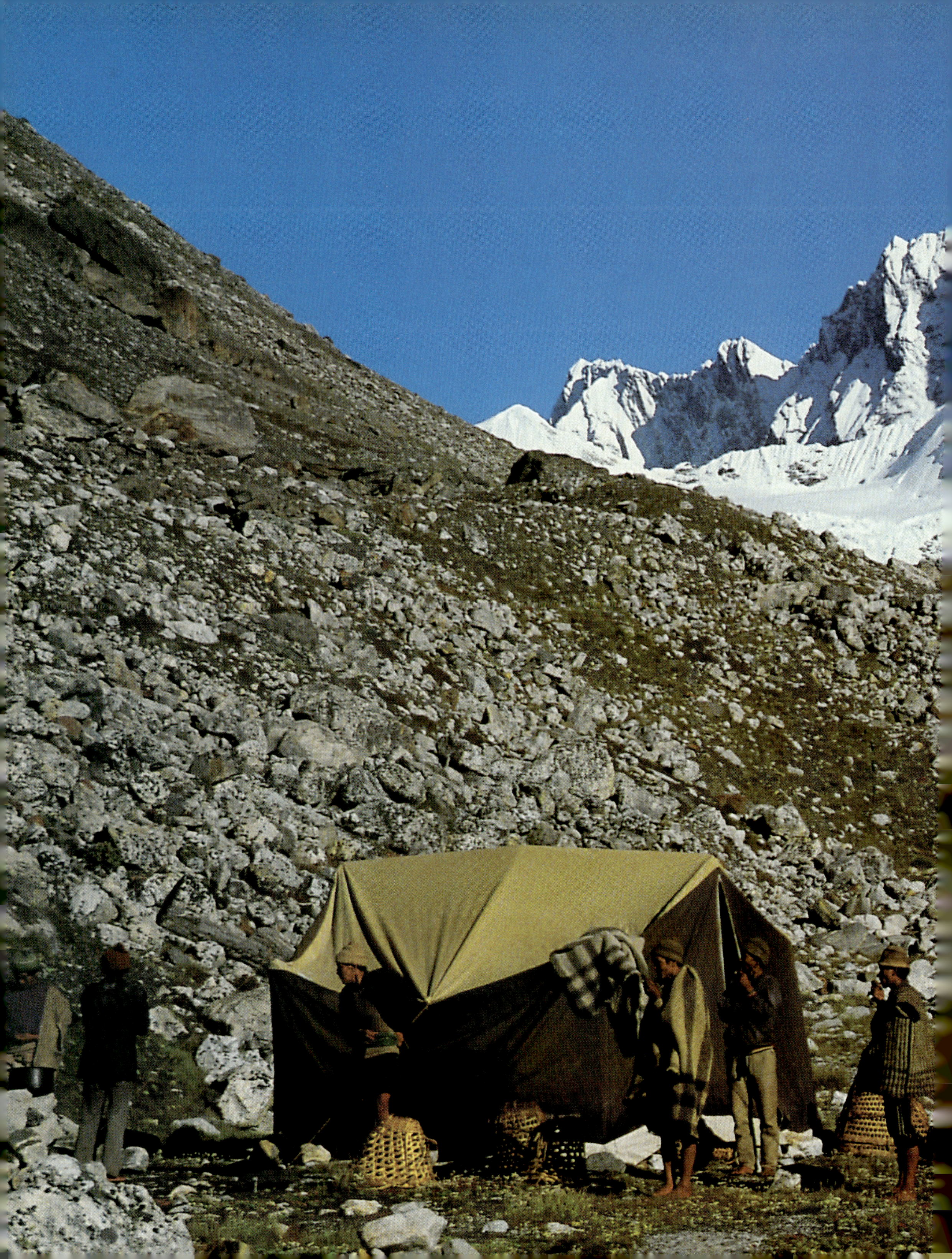

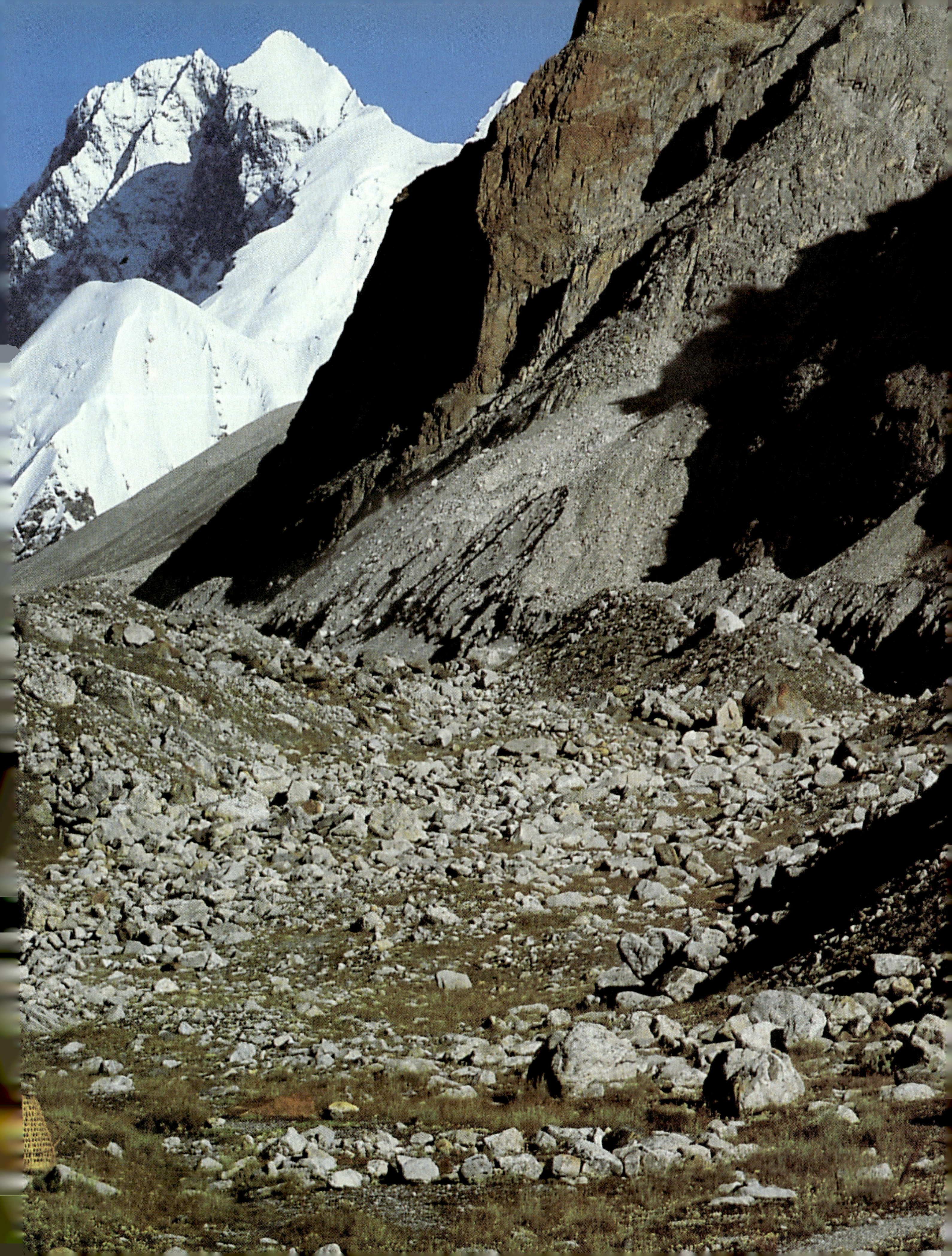

Wege in die Welt

Auszug aus dem Tourenbuch (1979 – 1991)

Jahr	Tour	Gebiet	Grad	
1979	Illiniza Norte (5116 m)	Anden/Ecuador		
	Cotopaxi (6005 m)	Anden/Ecuador		
	K2-Expedition (Scheitern in 8000 m)	Himalaya/Pakistan		
1980	Marmolada di Penia SW-Wand – Soldá	Marmolada	VI	A1
1981	Shisha Pangma (8046 m)	Himalaya/Tibet		
	Maukspitze-Westwand – Buhl	Wilder Kaiser	VI	A1
1982	Kangchendzönga (8586 m)	Himalaya/Nepal		
	Cho-Oyu-Expedition	Himalaya/Nepal		
1983	Trekking Solo Khumbu – Kala Pattar (5545 m)	Himalaya/Nepal		
	Mesules – Malsiner/Danese	Sella	VI–	A3
	Zwölfer Nordwand – Molin (3. Begehung)	Sextener Dolomiten	VI	A2
1984	Dhaulagiri-Expedition (Scheitern in etwa 7400 m)	Himalaya/Nepal		
	Popocatepetl (5452 m)	Mexiko		
	Pico de Orizaba (5700 m)	Mexiko		
	Piz Bernina – Biancograt	Berninagruppe	III	45°
1985	Trekking Peru	Anden/Peru		
	Mount Kenya (5199 m)	Kenia		
	Trekking Langtang	Himalaya/Nepal		
	Monte Zebrú Nordwand	Ortleralpen	IV	55°
	Cima Tosa Ostpfeiler – Canalone Neri	Brenta	VI–	
	Campanile Basso – Fehrmann-Verschneidung	Brenta	V–	
	Mont Blanc – Brenva-Sporn	Mont-Blanc-Gruppe	III	50°
1986	Makalu (8463 m)	Himalaya/Nepal		
	Tofana di Rozes – Costantini/Apollonia	Ampezzaner Dolomiten	VI	
1987	Pisang Peak (6091 m)	Himalaya/Nepal		
	Dito di Dio – Comici	Sorapis	VI	
	Innerkofler-Turm – Prinoth	Langkofelgruppe	VI	
	2. Sellaturm – Fata Morgana	Sella	VI	
1988	Island Peak (6189 m)	Himalaya/Nepal		
	Chhukhung Ri (5546 m)	Himalaya/Nepal		
1989	Meteora	Griechenland		
1990	Montserrat	Spanien		
	Dromo-Sporn (6100 m)	Himalaya/Nepal		
1991	Manaslu (Scheitern in 7100 m)	Himalaya/Nepal		

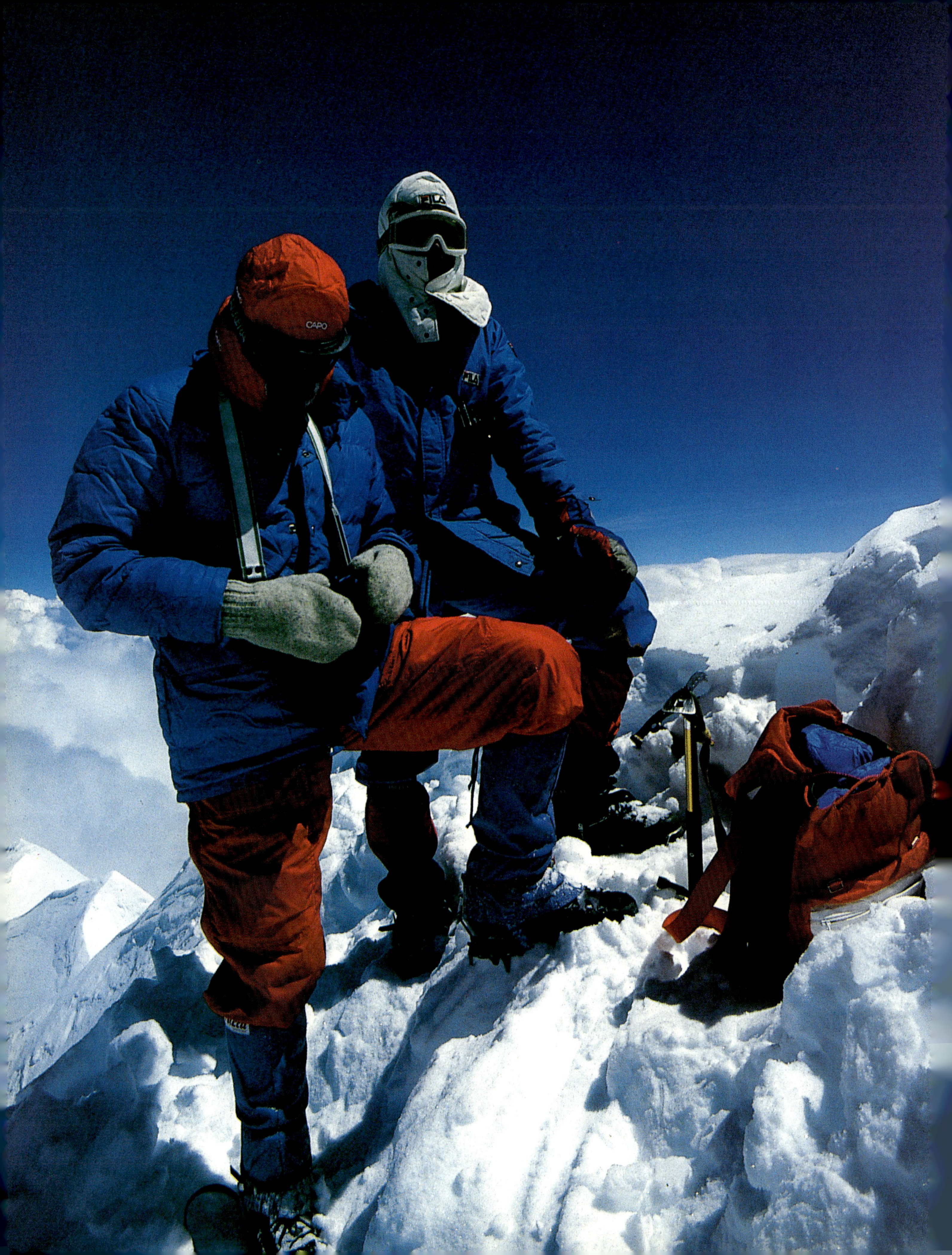
FILA
CAPO

Reinhold Messner

Wir waren Unseresgleichen

Friedl Mutschlechner wurde in Südtirol als Nachwuchskletterer bekannt, als ich Anfang der siebziger Jahre anfing, meine Ideen im Himalaya zu realisieren. Wir trafen uns nicht und doch verfolgte ich sein Können und seine Entwicklung. Da war kein Konkurrenzdenken, wenn Friedl Begehungen in den Dolomiten gelangen, die auch ich gerne geklettert wäre. Durch meine Amputationen beim Klettern gehandicapt, konzentrierte ich mich mehr und mehr aufs Höhenbergsteigen. Die junge Südtiroler Kletter-Elite beobachtete ich aus Neugier und einem Gefühl der Zugehörigkeit. Ihre Eignung als mögliche Expeditionspartner interessierte mich dabei am meisten.

Friedl war fünf Jahre jünger als ich, er lebte in Bruneck. Ich wohnte in Villnöß, einem Seitental des Eisacktales. Meine Kontakte zu den Bozner Kletterern waren deshalb enger als die zu den Pustertalern, wenn ich von Konrad Renzler absah, der seit Jahren ein Freund von mir war. Ich wußte, daß Friedl Mutschlechner, obwohl zurückhaltend und still, der tüchtigste Bergsteiger im Lande war, als ich 1973 eine Südtiroler Expedition zur Aconcagua-Südwand zusammenstellte. Friedl und ich hatten uns persönlich nicht kennengelernt. Also lud ich ihn auch nicht ein. Die anderen jungen Kletterer, die mitkamen, waren nicht traurig darüber. Sie erkannten Friedl zwar als erfolgreichen Elitebergsteiger an, keiner aber wollte eine Einladung anregen. Verständlich,

Reinhold Messners 13. Achttausender war das letzte gemeinsame Unternehmen. Friedl Mutschlechner und Reinhold Messner am Gipfel des Makalu.

wenn man bedenkt, daß Friedl Mutschlechner ein potentieller ›Gipfelmann‹ gewesen wäre.

Im Januar 1974 gelang es mir mit Hilfe meiner Freunde Oswald Oelz und Konrad Renzler sowie den beiden Expeditionsneulingen Jochen Gruber und Jörgl Mayr, die Südwand des Aconcagua über eine teilweise neue Route zu durchsteigen. Hinterher aber machte ich eine so schockierende Erfahrung, daß ich nie mehr einen Südtiroler mit auf meine Expeditionen nehmen wollte. Ausgerechnet die beiden Jüngsten der Gruppe, die der Höhe und der Anstrengung in der Wand nicht gewachsen gewesen waren, schoben – wieder daheim – ihr Scheitern der inzwischen berühmten »Messnerschen Unkameradschaftlichkeit« zu. Als ob es für mich nicht sicherer gewesen wäre, zu zweit auf den Aconcagua-Gipfel zu steigen.

Jochen Gruber war höhenkrank geworden und der Arzt Oswald Oelz, der damit sein Gipfelchance vergab, brachte ihn aus der Wand ins Basislager. Jörgl Mayr, konditionsschwach und sehbehindert, gab nach dem ersten Drittel in der Gipfelwand auf. Nur weil er sich bereit erklärte, dort auf mich zu warten, konnte ich einen Alleingang zum Gipfel wagen. Gerne tat ich es nicht. Aber ich hatte Verständnis für meine Kameraden, die hauptsächlich an der großen Höhe gescheitert waren. Ihnen Unkameradschaftlichkeit vorzuwerfen wäre mir im Traum nicht eingefallen.

Ich war enttäuscht, als beide, in Europa zurück, erklärten, ich hätte ihnen einen Gipfelgang verwehrt. Als ob ein guter Bergsteiger aufzuhalten wäre! Ich war so wütend, daß ich meine Landsleute aus allen meinen künftigen Expeditionsplänen strich. Auch Friedl Mutschlechner.

Natürlich war das ungerecht, aber Wut macht blind, und so stieg ich in den kommenden Jahren mit Österreichern, Italienern, Schweizern, Engländern und Deutschen auf die großen Berge. Aber nicht mehr mit Südtirolern.

Mitte der siebziger Jahre lernte ich Friedl Mutschlechner persönlich kennen. Er gefiel mir sofort. Trotzdem war da auch Mißtrauen. Von seiner Seite.

**Die Suldener Feierlichkeiten am 8. November 1986 anläßlich Reinhold Messners Besteigung aller 14 Achttausender waren auch Anlaß für eine Direktübertragung des ZDF im Rahmen des Aktuellen Sportstudios.
Interview mit der erfolgreichen Dreiergruppe Friedl Mutschlechner, Hans Kammerlander und Reinhold Messner (von links).**

Friedl wußte noch nicht, daß meine Person mit meinem Image nicht viel zu tun hatte und daß ich vor allem deshalb so bekannt geworden war, weil viele andere Bergsteiger mein Tun kritisierten. Ich war meinen Weg nicht lärmender gegangen als diese, nur konsequenter.

Auf meine Bitte hin arbeitete Friedl nun sporadisch als Lehrer in meiner Alpinschule. Und dies, obwohl ihm seine Kletterkameraden davon abgeraten hatten. Wir trafen uns nun öfters, gaben Kurse zusammen, gingen gemeinsam in die Berge. Bald wurden wir Freunde.

Wir waren uns nicht nur ähnlich, wir teilten Anschauungen, eine Lebenshaltung, die der eines Halbnomaden entsprach, und viele Tagträume. Wir waren Unseresgleichen.

Die Tatsache, daß mein Leben mehr und mehr der Öffentlichkeit ausgesetzt war, empfand Friedl nicht als Mißverständnis. Er wußte, mein Image war Teil jenes oberflächlichen Anstrichs, der notwendig blieb, wenn ich weiterhin Expeditionen finanzieren wollte.

Friedl und ich wären Freunde geblieben, auch wenn wir nicht gemeinsam zum K2 gegangen wären. Nur weil er neben einem instinktiven Kletterkönnen und einer Ausnahmekondition auch die Fähigkeit zur Treue mitbrachte, lud ich ihn 1978 zu meiner nächsten Achttausender-Expedition ein: zum K2 im Karakorum. Und weil er das Gebirge mochte wie ich, wurden wir ein Team. Eine Serie gemeinsamer Reisen folgte. Wir wurden ein ›Zwillingspaar‹, nicht nur am Berg, auch bei Festen daheim, bei Späßen. Friedl und ich zelebrierten das Zusammensein. Seinetwegen vergaß ich den dummen Entschluß, meine Partner überall sonst zu suchen, nur nicht im eigenen Lande, für immer.

1987 fand in Latsch/Südtirol unter der Leitung von Reinhold Messner ein Alpinisten-Kongreß statt, zu dem auch Friedl Mutschlechner eingeladen war. Die Aufnahme besitzt heute bereits historischen Wert, da einige der abgebildeten Alpinisten in den letzten Jahren tödlich verunglückt sind.

Die Teilnehmer (von links nach rechts):
Hinten stehend Franco Perlotto, Reinhold Messner und Jerzy Kukuczka.
In der Mitte Alessando Gogna, Luisa Iovane, Riccardo Cassin, Heinz Mariacher, Jean Marc Boivin, Eric Escoffier, Jean Afanassief.
Vorne Friedl Mutschlechner und Maurizio Zanolla (Manolo).

1982 stellte ich jene barocke Südtiroler Himalaya-Expedition zusammen, die zwar am Berg scheiterte, menschlich aber eine große Bereicherung war. Mit ihr kam auch Hans Kammerlander zu seinem ersten Achttausender, dem Cho Oyu, eine neue ›Seilschaft‹ entstand. Mein Freundeskreis wuchs. Friedls und meine Beziehung schrumpfte deshalb nicht. Wir blieben Unseresgleichen.

Ein Traumstart – die K2-Expedition

Kopfstehen könnte ich vor Freude! Im September 1978 hat mich Reinhold Messner gefragt, ob ich bei seiner Expedition zum K2, dem zweithöchsten Berg der Welt, mitmachen möchte. Plötzlich scheint sich ein langgehegter heimlicher Wunsch zu erfüllen; es bringt mich fast aus dem Gleichgewicht. Hunderttausend Gedanken jagen sich in meinem Kopf. Im Laufe der zweiwöchigen Bedenkzeit gelingt es mir, auch mit Unterstützung meiner Frau, das Für und Wider genau abzuwägen. Alles in mir ist dafür, das Risiko verdränge ich. Meine Frau freut sich mit mir, daß ich so eine Chance bekomme, obwohl es ihr fast den Atem nimmt, sagt sie, wenn sie daran denkt. Ich bin ungemein stolz, daß unter den Südtiroler Bergsteigern die Wahl auf mich gefallen ist, auch wenn ich nicht wage, dies zu zeigen. Ab und zu befallen mich Zweifel, ob ich es schaffen werde und die in mich gesetzten Erwartungen erfüllen kann. Bis zum Frühjahr ist noch Zeit; ich habe sie ganz für mich, will Kräfte sammeln und Kondition trainieren. Die letzten Sommer hatte ich hart gearbeitet als Bergführer in der Alpinschule, so daß ich ohne Übertreibung sagen kann, ich bin gut in Form. Schließlich wird mir auch meine langjährige Bergerfahrung mit meinem Kletterpartner Lois zugute kommen.

Als ich Anfang Oktober meine endgültige Zusage gebe, macht mich Reinhold gleich mit dem Expeditionsziel vertraut, zeigt mir anhand von Karten und Unterlagen die geplante Route. Ich staune, wie gut er über das Unternehmen, die dortigen Verhältnisse und auch die zu erwartenden Schwierigkeiten informiert ist.

In den folgenden Monaten trainiere ich sehr intensiv. Ich habe mir ein Programm zusammengestellt, von dem ich überzeugt bin, daß es die bestmögliche Vorbereitung ist. Bergläufe, Radfahren, Skitouren – alles möglichst steil und hoch, mit und ohne Belastung. Und täglich Knoblauch essen – zum Leidwesen meiner Frau, die mich im wahrsten Sinne des Wortes bald nicht mehr riechen kann.

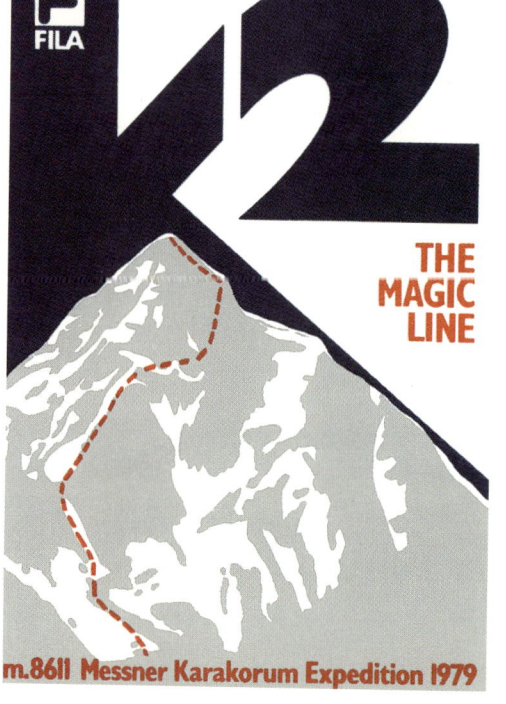

Das erste Treffen aller Expeditionsteilnehmer findet im Januar statt bei Reinhold in Villnöß. Allein das Zusammenkommen mit bekannten Alpinisten wie Alessandro Gogna, Renato Casarotto, Michl Dacher und Robert Schauer ist für mich ein Erlebnis. Das Vorhaben droht jedoch zu scheitern, ehe es beginnt. Reinhold will nur mehr allein zum K2, da die ganze Arbeit auf ihm lastet und er die Organisation zeitlich einfach nicht mehr schafft. Zwei Tage harter Diskussionen, die zum Teil italienisch, dann deutsch und englisch geführt werden – auch die sprachlichen Barrieren kommen zum Vorschein – enden glücklicherweise mit dem Ergebnis, daß jeder seine volle Unterstützung zusagt. Schließlich ist Reinhold damit einverstanden und teilt jedem seinen Aufgabenbereich zu. Bis Ende April muß das notwendige Material, Ausrüstung und Lebensmittel abgewogen und in Container verpackt werden. Kein Streichholz darf fehlen, kein Haken zuviel sein.

Die letzten Tage vor meiner Abreise fühle ich eine Beklemmung, der ich nicht Herr werde. Bin ich in der Stadt, die letzten Besorgungen zu machen, schauen mich die Leute von der Seite an, als ob sie es mit einem Todgeweihten zu tun hätten. Auch bei guten Bekannten habe ich das Gefühl, sie würden sich am liebsten (ungesehen) an mir vorbeimogeln. Was die Freunde betrifft, ist manchem plötzlich der Gesprächsstoff ausgegangen. Mit dem einen oder anderen trinke ich noch ein Glas. Ob es das letzte ist? Der Gedanke ist fast greifbar.

Der Abschied von meiner Familie fällt mir schwerer, als ich mir eingestehen will. Unser sechsjähriger Sohn begreift das Ganze sicher erst richtig, wenn er mich die nächsten drei Monate nicht mehr sieht. Meine Frau hingegen ist mir jetzt schon ferner, als wäre ich in Pakistan. Sie hat sich irgendwie schon von mir gelöst. Wir sprechen kaum mehr miteinander und keiner hält den Blicken des anderen stand. Irgendwann, in der letzten schlaflosen Nacht, bricht es aus mir heraus. »Und wenn ich nicht mehr zurückkomme...« Dieser furchtbare Gedanke, der sich nicht verdrängen läßt. Ich bin wie erlöst, als endlich ausgesprochen ist, was uns seit Tagen quält. Bisher haben wir nicht den Mut gehabt, offen darüber zu reden. Mir ist, als wäre der Satz an der Zimmerdecke hängengeblieben, und mit letzter Kraft fahre ich fort: »...dann behalte mich in guter Erinnerung...«.

Um 7 Uhr früh spiele ich mit meinem Sohn Fußball vor dem Haus, als wäre es ein ganz gewöhnlicher Tag. Gegen Mittag bringen mich zwei Freunde nach Villnöß, wo uns Joachim Hoelzgen, Reporter vom ›Spiegel‹, erwartet; dann fahren wir weiter nach Mailand. Beim Abendessen mit Sandro, Robert und Michl sind alle etwas aufgekratzt.

Die Nacht verbringen wir mehr wartend als schlafend bei Sandro, bis es endlich heißt: Abfahrt! Der Presserummel am Flughafen hält sich glücklicherweise in Grenzen, wächst aber gewaltig an, als wir in Rom mit Reinhold zusammentreffen, der wie immer in Hochform ist. Den Abschiedsschmerz habe ich plötzlich überwunden und Freude kommt auf. Mein größter Wunsch geht in Erfüllung. Warum, frage ich mich laut. Es kommt nicht allein aufs Bergsteigen an, sagt Reinhold.

Nach Zwischenlandungen in Athen und Damaskus erreichen wir am 13. Mai um 5 Uhr Rawalpindi, eine häßliche, staubige Handelsstadt. Viel Lärm und viele Bettler. Trotzdem bin ich fasziniert von dem fremden Treiben im Basar und auf der Murree-Road, der Hauptstraße.

Wir haben noch eine Menge zu erledigen. Unser Expeditionsgepäck, 2,5 Tonnen, muß unter vielen Schwierigkeiten – der Bürokratismus ist auch hier enorm – aus dem Zoll gebracht werden. Das Schreiben und Verschicken der Grußkarten müssen wir hinter uns bringen; mit Renato und Michl klebe ich den ganzen Nachmittag Briefmarken, daß mir die Spucke wegbleibt. 2300 Stück sind es heute und nach dem verbliebenen Berg Postkarten zu urteilen, werden es morgen mindestens nochmal so viel.

Aufbruch ins Abenteuer

Dir Riedl,
In der Hoffnung
auf ein großes
gemeinsames
Abenteuer

[Unterschrift]

13. VI. 78

Hinterhältige Pakistani...

Heute haben wir den 16. Mai. Von 9 Uhr früh bis 1 Uhr nachts Marken geklebt. Reinhold bringt Nachrichten vom Flughafen. Morgen starten wir nach Skardu. Hektisch werden die letzten Vorbereitungen getroffen. Umsonst, wie sich herausstellt. Nur Robert und Sandro haben einen Platz in der C 130 bekommen, die eine japanische Bergsteigergruppe ins Karakorum bringt. Die beiden haben die Aufgabe, Jeeps und Traktoren für den Weitertransport zu organisieren.

In der Zwischenzeit bringen Michl und ich die Grußkarten zur Post und beaufsichtigen, wie sie ein Beamter abstempelt, um zu verhindern, daß der die Briefmarken wieder ablöst und nochmal verkauft.

Das Warten auf den Flug und die Bewachung des Gepäcks ist eine nervenaufreibende Angelegenheit.

Tags darauf die Mitteilung, daß der Flug verschoben wird. Ich bin froh darüber, ich fühle mich heute so elend und möchte nur schlafen. Mir ist, als hätte ich Blei in den Gliedern. Dieser Zustand hält auch am nächsten Tag noch an und Reinhold bemerkt spitz, ich hätte die Schlafkrankheit.

20. Mai Das Wetter ist wunderschön, nur geflogen wird trotzdem nicht. Allmählich haben wir das Gefühl, von diesen hinterhältigen Pakistani verarscht zu werden. Der Wetterbericht sei nicht gut, behaupten sie. Für uns bleibt es unverständlich. Wir verlieren hier kostbare Zeit mit Nichtstun.

Ich bin mit Michl zusammen und er erzählt mir von seiner Grönland-Expedition. Ich könnte stundenlang zuhören; er ist ein Mann, der mit wenig Worten viel sagt. Ich wünschte mir, mit ihm im Zelt zu wohnen.

Beim Abendessen in einem chinesischen Restaurant besucht uns ein Hunza, der mit den Japanern am K2 war, und zeigt uns Bilder »unserer« Route. Verdammt schwierig schaut es aus.

21. Mai Unser Flug ist von 10 auf 12 und von 12 Uhr auf morgen verschoben worden. Die höflich falschen Ausreden stellen uns auf eine harte Probe. Wir vertreiben uns den Nachmittag auf dem Basar und fotografieren die schwatzenden, gestikulierenden Menschen vor und hinter den Verkaufsständen. Sobald sie dessen gewahr werden, pflanzen sie sich vor einem auf, um ja mit aufs Bild zu kommen.

Zum 7. Mal wiederholt sich heute dieselbe Szene. Startbereit mit Gepäck auf dem Flughafen, bis uns ein lapidares »turn back« einen weiteren untätigen Tag aufzwingt. Explodieren könnte man; die Einstellung der Leute hier ist uns unbegreiflich. Später fahre ich mit Terry, unserem pakistanischen Begleitoffizier, nochmals zum Flughafen, die Container zu kontrollieren. Wir finden eine große Unordnung vor, ein Gepäckstück ist aufgebrochen.

23. Mai Da stehen wir wieder wie bestellt und nicht abgeholt. Der Flug ist gestrichen. Die Taxis warten mit aufgerissenem Wagenschlag, uns wieder zurück ins Hotel zu bringen. Die machen wohl das Geschäft ihres Lebens mit uns. Allmählich haben wir den Verdacht, daß wir hier absichtlich zurückgehalten werden, damit die französische Expedition uns einholen kann.

24. Mai Das alte Lied. Um 6 Uhr früh aufstehen, Gepäck aufladen, zum Flughafen fahren. Heute sind wir sogar durch die Handgepäck-Kontrolle gekommen. Der Gedanke, daß es endlich losgehen wird, ist uns bald nicht mehr geheuer. Schon werden unsere Container wieder zurückgefahren. Nur Geduld, vielleicht fliegen wir morgen...

Robert und Sandro haben in Skardu zähe Verhandlungen geführt mit einem habgierigen, hinterhältigen Transportunternehmer – dem einzigen dort. Nun warten sie ungeduldig, daß wir endlich nachkommen.

74

Zeigen, daß man überlegen ist

Drei Tage sind inzwischen vergangen. Jetzt sitzen wir tatsächlich im Flugzeug; Reinhold zeigt mir die Route am Nanga Parbat, die er im letzten Sommer allein durchstiegen hat. Das gewaltige Industal liegt unter uns und Skardu, unser langersehntes Ziel. Jetzt wird uns verständlicher, worin die eigentliche Schwierigkeit für diesen Flug besteht. Ein tiefer Taleinschnitt muß passiert werden, den der Indus zwischen dem Nanga-Parbat-Massiv (8125 m) und der Haramosh-Gruppe (7397 m) eingesägt hat. Eine enge Passage, die häufig von Wolken verstopft ist; und da die Maschinen, die diese Flüge durchführen, nicht genug Steigfähigkeit besitzen, um hoch über die Berge hinauszukommen, sind äußerst gute Sichtverhältnisse unerläßlich.

Es ist unmöglich, die Aufregung an diesem wunderschönen Tag zu beschreiben. Endlich sind wir wieder alle beisammen, auch unser Gepäck ist da. Jeder macht sich sofort an die ihm zugeteilte Arbeit. Sandro, Robert und Terry laufen zum Basar einzukaufen: 15 kg Salz, 50 kg Butter, 50 kg Trockenmilch, 15 kg Tee, 50 kg Linsen, 500 kg Mehl und 50 kg Zucker. Das ist alles für die Träger bestimmt.

Die Abfahrt ist ein wahres Schauspiel. 130 Träger werden in Traktoren und Jeeps gestopft, dazu die Lasten, die alle auf 25 kg umgepackt worden sind. Wir fahren nach Shigar, eine Dorf-Oase in dieser Steinwüste. Nach kurzer Rast kommen wir nach Bong La, auf 2390 Meter Meereshöhe, dann nach Dassu. Es gibt harte Auseinandersetzungen mit den Trägern; wir müssen schreien, schimpfen, stoßen, um jedem die Last zuteilen zu können, die für ihn bestimmt ist. Jeder möchte ein leichtes Stück. Anfangs ist mir nicht ganz wohl bei dem Wirbel, aber es geht nur auf diese Art und Weise; man muß zeigen, daß man ihnen überlegen ist.

Abbildung nächste Doppelseite: Rast mit Trägern. In der Mitte Ursula Grether und Reinhold Messner, der Ordnung in das allgemeine Chaos zu bringen versucht.

Alles was Räder hat wird zum Transport eingesetzt. Trotzdem bleibt der »Anmarsch« beschwerlich genug...

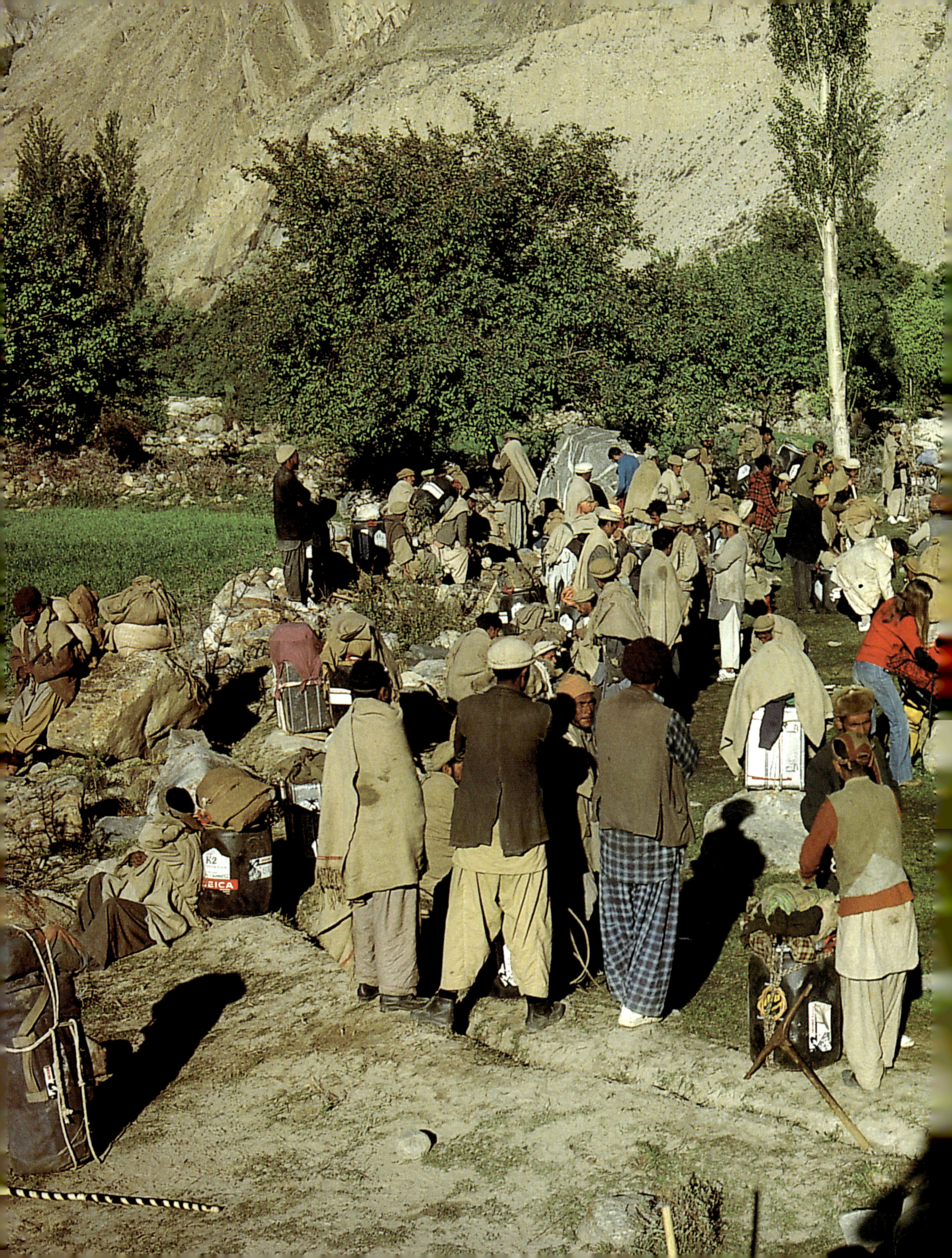
K2
EICA

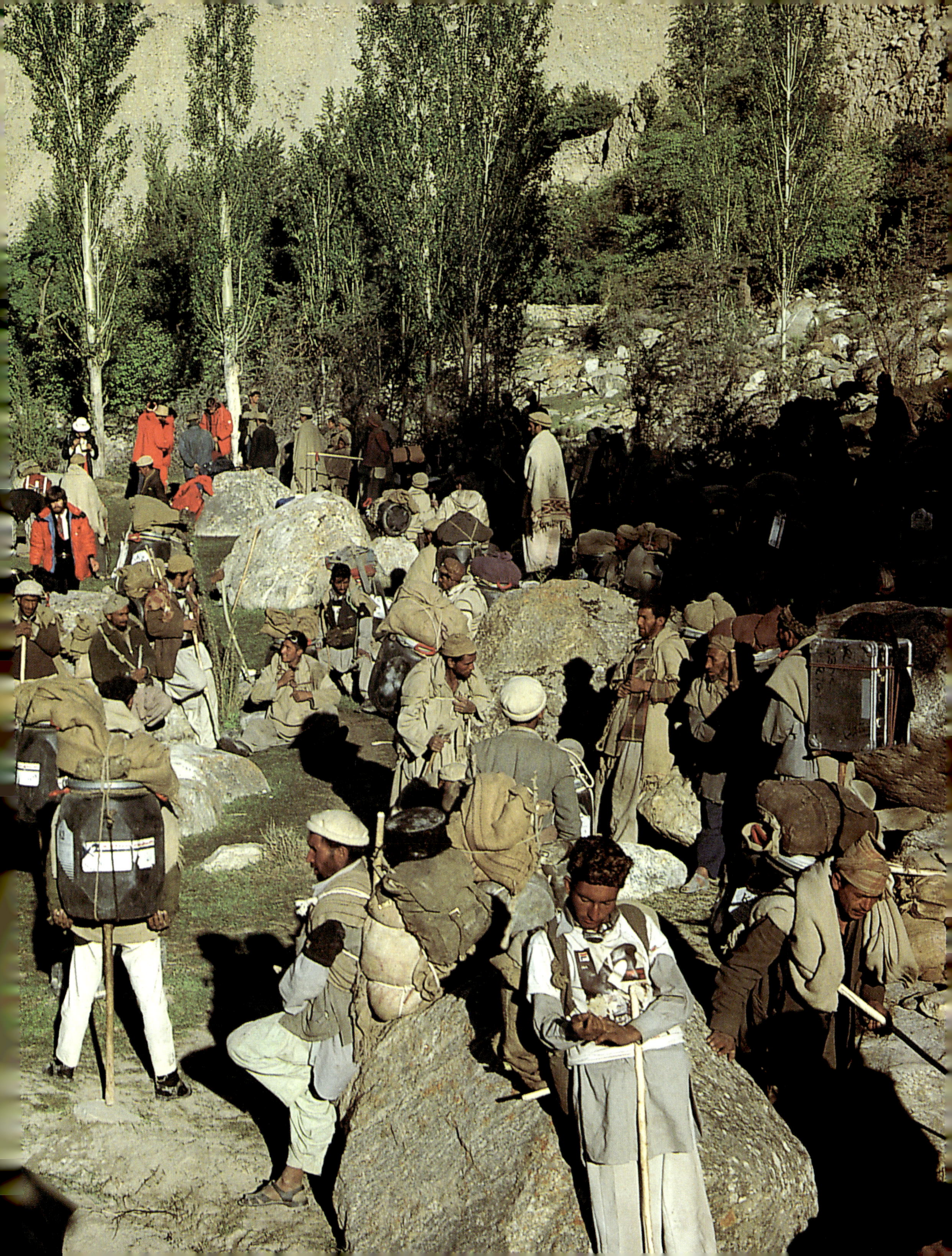

Ohne sie läuft nichts: Träger auf dem Weg zum K2-Basislager.

In der Nacht versucht einer, einen Container zu stehlen. Nicht auszudenken, wenn der mit den Medikamenten fehlen würde! Aber Ros Alì, unser Küchenjunge, hat es noch rechtzeitig gemerkt und den Dieb in die Flucht geschlagen. Von nun an binden wir des Nachts alle Lasten mit einem Seil zusammen.

Am nächsten Morgen um 5 Uhr früh stehen die ausgesuchten Träger vollzählig zum Abmarsch bereit. Eine endlos lange Kolonne setzt sich in Bewegung. Und dabei ist unsere Expedition die kleinste, die sich je an den K2 herangewagt hat. Zum Vergleich: Unsere ›Konkurrenz‹, die französische Expedition, ist aus 14 der besten Kletterer der Westalpen, 10 Mann Hilfs- und Filmpersonal und 1200 Balti-Trägern zusammengesetzt; sie führt 30 (!) Tonnen Material mit sich. Sie ist leider nach zwei Monaten gescheitert.

140 Kilometer sind es bis ins Basislager, durch das Tal des Indus und die Nebentäler des Skigar und des Braldu; sie sind vollgestopft mit dem Schutt der Eiszeit, nackte Moränenhügel wie riesige Kiesgruben, dazu die Geröllmassen, die von den sonnenversengten, vegetationslosen Bergflanken herunterrieseln. Zuerst 60 Kilometer Schlucht mit wenigen Erweiterungen, fünf Tagesetappen mit der Trägerkolonne an Felswänden entlang und an Moränenhügeln, die steil zum Fluß abfallen. Viele Passagen sind steinschlaggefährdet, die Träger verhalten immer wieder ihren Schritt, lauschen angestrengt, ob Steine kommen und wagen es dann erst weiterzugehen. Die Baltis schleppen 30 kg, und das 6 bis 10 Stunden am Tag. Es ist mir unverständlich, woher sie ihre Zähigkeit haben, bei der Ernährung. Abends hocken sie in kleinen Gruppen zusammen, kochen Tee und essen dazu Tschappati, dünne Fladen aus Mehl und Wasser.

In Askole, der letzten Siedlung, hausen etwa fünfzig Familien in aneinandergereihten Lehmhöhlen. Um unsere Lebensmittel zu sparen, wollen wir hier noch für die Träger einkaufen. Aber außer Mehl und etwas Tee bekommen wir nichts, gibt uns der Dorfälteste zu verstehen. Das bedeutet für uns, ab sofort die Anmarschverpflegung zu rationieren, um die für den Berg bestimmten Vorräte nicht anzugreifen. Von nun an gibt es zum Frühstück eine halbe Portion Müsli, etwas Zwieback und einen Marmeladewürfel, das Mittagessen fällt aus, abends erhält jeder 2½ Scheiben Knäckebrot, eine halbe Dose Sardellen und zwei Tassen Minestrone.

Ehe wir auf den Gletscher steigen, setzen die Träger ihre Lasten ab. Mit ihren rauhen Stimmen rufen sie ihre Götter an und erbitten deren Beistand. Während des Gesanges halten sie sich an den Händen und sehen einander an. Über eine Stunde dauert die Zeremonie; es ist ergreifend. Ich habe das Gefühl, die ganze Welt ist erfüllt von diesem Gebet; den Einklang mit Gott und der Natur habe ich nie in meinem Leben so stark gespürt.

Es geht weiter. Wie Ameisen, die durch einen Steinbruch kriechen, sehen die Baltis bei ihrem Zug über den Gletscher aus. Am Schluß der Kolonne geht Terry, unser Begleitoffizier. Er ist 29 Jahre alt, hat schwarze Augen und ebensolche Haare; in seinen Blicken und seinen Gesten liegt etwas wie Stolz. Er ist zuständig für den Umgang mit den Trägern und muß aufpassen, daß wir Bergsteiger keine Brücken, Militäranlagen und Frauen fotografieren. Jede Expedition muß einen Offizier zu ihrem Basislager mitnehmen; nicht jede hat es mit so einer angenehmen Ausnahmeerscheinung zu tun wie wir.

Vom Pech verfolgt

Das erste Unglück auf unserem Anmarsch läßt nicht lange auf sich warten. Michl und ich durchqueren ein Flußbett, um nicht einen Plattenaufschwung auf- und dann wieder absteigen zu müssen. Wir springen von einem Felsblock zum anderen, ohne naß zu werden, und erreichen wohlbehalten den Steig auf der anderen Seite. Während ich noch überlege, hier auf unsere Ärztin zu warten, höre ich einen Schrei und sehe noch ihren roten Rucksack verschwinden. Wir laufen zurück – sie liegt mit schmerzverzerrtem Gesicht zwischen den Steinen, eine klaffende Wunde, Blut, ein Schock. Robert leistet Erste Hilfe, es sieht schlimm aus. Was nun? Der Funkkontakt mit Skardu will nicht klappen. Nach einer Stunde vergeblicher Versuche muß eine Entscheidung getroffen werden.

Reinhold schickt alle anderen weiter, er und ich werden Ursula nach Askole bringen. Wir behalten ein Zelt und etwas zu essen. Nochmals versuchen wir zu funken »K2 ruft Gorgonzola...« Keine Antwort. Reinhold traut der Technik nicht und zu Recht, wie sich nun herausstellt. Die Batterien im Funkgerät sind leer. Sicherheitshalber hat er bereits einen Läufer nach Skardu vorausgeschickt; der soll einen Hubschrauber anfordern.

Ursula Grether, die Ärztin der Expedition, muß schon nach wenigen Tagesmärschen die Expedition abbrechen und in eine Klinik geflogen werden.

In der Zwischenzeit tragen wir unsere Ärztin abwechselnd auf dem Rücken bis Askole – mit ihr einen Teil unserer Erwartungen dieser Expedition. Die ärztliche Betreuung muß nun Robert als Medizinstudent übernehmen. Eine verantwortungsvolle Aufgabe, ist er eigentlich ja nur zum Bergsteigen hierhergekommen.

Die Einwohner von Askole beäugen uns mehr neugierig als mißtrauisch; Frauen mit ihren Kindern auf dem Arm, ein paar Kühe, Schafe und Ziegen, alle mager und klein von Wuchs. Menschen wie Tiere gehen in den Hütten ein und aus, überall ist Staub und Schmutz, sind Läuse und Flöhe. Zwei Tage lang warten wir auf den Hubschrauber aus Gilgit. Endlich ist das Knattern des Hubschraubers zu hören. Das ganze Dorf läuft zusammen. Es geht alles sehr schnell. Mit guten Wünschen verabschieden wir Ursula und machen uns dann unverzüglich auf den Weg. Drei Tagesetappen haben wir aufzuholen; im Eilmarsch bewältigen wir die Strecke. Nach weiteren 5 Tagen mühsamen Vorwärtskommens erreichen wir den Angelus, den südlichen Vorberg des K2, wo der Savoia-Gletscher sich in den Godwin-Austen-Gletscher drängt und ein chaotisches Durcheinander herrscht von riesigen Eisbrocken und wild gezackten Spalten. Während sich die Träger ein Stück unterhalb auf dem Godwin-Austen-Gletscher niederlassen, müssen wir einen begehbaren Weg durch diesen Eisbruch finden. Reinhold entdeckt einen Durchschlupf, wir versichern die Felspassage für die Träger mit einer Hängeleiter aus Fixseilen, die wir mit Haken rechts am Felsen befestigen. Aber der Tag ist schon zu weit fortgeschritten, um das Terrain bis zum vorgesehenen Platz für das Basislager zu erkunden.

Terry und Reinhold beschließen, am nächsten Morgen um 5 Uhr früh aufzubrechen, darauf hoffend, daß die Spaltenzone noch bei hartem Schnee passiert werden kann.

Die Nacht ist bitter kalt, die Träger haben ihre letzten Essensreste verzehrt, das mitgeschleppte Feuerholz aufgebraucht. Früher als gewöhnlich sind wir auf den Beinen, einem Ameisenhaufen gleich wimmelt alles durcheinander. Schließlich bringt Terry Ordnung in die hustenden und wild um sich spukkenden Träger, die sich nach einer im Freien verbrachten Nacht auf 5000 Meter Höhe langsam aufwärmen.

Ich gehe mit Reinhold voraus, Michl und Sandro führen die Trägergruppe an; Robert und Renato bilden das Schlußlicht. In einer vereisten Rinne fixieren wir ein Seil, darüber glänzt die Séracmauer. Wir müssen den Trägern gut zureden, daß sie überhaupt noch weitergehen. Die stärksten folgen ängstlich, die anderen schütteln verneinend die Köpfe. Einige besonders Mutige pendeln hin und her und nehmen die Lasten der Schwächeren auf. Die meisten aber bewegen sich nicht von der Stelle; sie rufen und zeigen zum Godwin-Austen-Gletscher, wo üblicherweise das Basislager für den K2 aufgeschlagen wird. Warum also diese steile Wand hinaufschinden? Die bereits aufgestiegenen Träger setzen ihre Lasten ab und recken die Hälse, um ihre wild gestikulierenden Landsleute unten auf dem Gletscher zu sehen. Einer tritt seitlich über den eisbedeckten Felsvorsprung hinaus auf eine Stufe der Eisbrücke; die Warnrufe von Reinhold und Terry kommen zu spät – da ist der Mann schon verschwunden.

Unverzüglich lasse ich mich von Reinhold und Michl in die Spalte abseilen. In etwa 15 Meter Tiefe steckt der Balti mit dem Kopf nach unten eingekeilt zwischen zwei Eiswänden wie in einem Trichter. Mit Schaudern stelle ich fest, daß er kein Lebenszeichen mehr gibt. Dann wird Robert heruntergelassen; es gibt keine Möglichkeit, den Toten zu befreien. Im Grunde wäre es unter diesen Umständen mehr als unsinnig, ihn hinaufzuziehen und 12 Tagesmärsche weit in sein Heimatdorf zu tragen. Betroffen kommen wir oben an. Die Träger reden leise miteinander, einige von ihnen schauen uns ganz entgeistert an. Fest an die Sicherungsseile geklammert, mit dem Rücken voran, machen sie sich an den Abstieg.

Nach einem kurzen Erkundungsgang entscheidet Reinhold, das Basislager am ›klassischen‹ Platz einzurichten. Der Zugang zum Negrotto-Sattel sei von gefährlichen Séracs bedroht; das Risiko können wir jetzt nicht mehr eingehen. Die Träger sind gezeichnet von der Anstrengung und ungeheuer müde; die meisten lassen sich nur mehr auf dem Gesäß bergabgleiten. Sie werden dabei fast erdrückt von ihren Lasten. Auch wir sind niedergeschlagen und fühlen uns mitschuldig am Tod des Trägers Ali, wenngleich Terry und Alì Mohammed, ihr Sprecher, sagen, es sei Allahs Wille gewesen.

Reinhold zahlt die Träger aus, sie wollen heute noch so weit als möglich hinaus über den gefürchteten Baltoro-Gletscher, zurück in ihr Dorf.

Das K2-Basislager, dahinter die gewaltigen Ausläufer des Baltoro-Gletschers. Im Bild rechts der Abruzzi-Grat, in der Bildmitte die Südwand. Hier drangen Friedl Mutschlechner und Reinhold Messner bei ihrer gemeinsamen Erkundung bis unterhalb der auffälligen Séraczone vor.

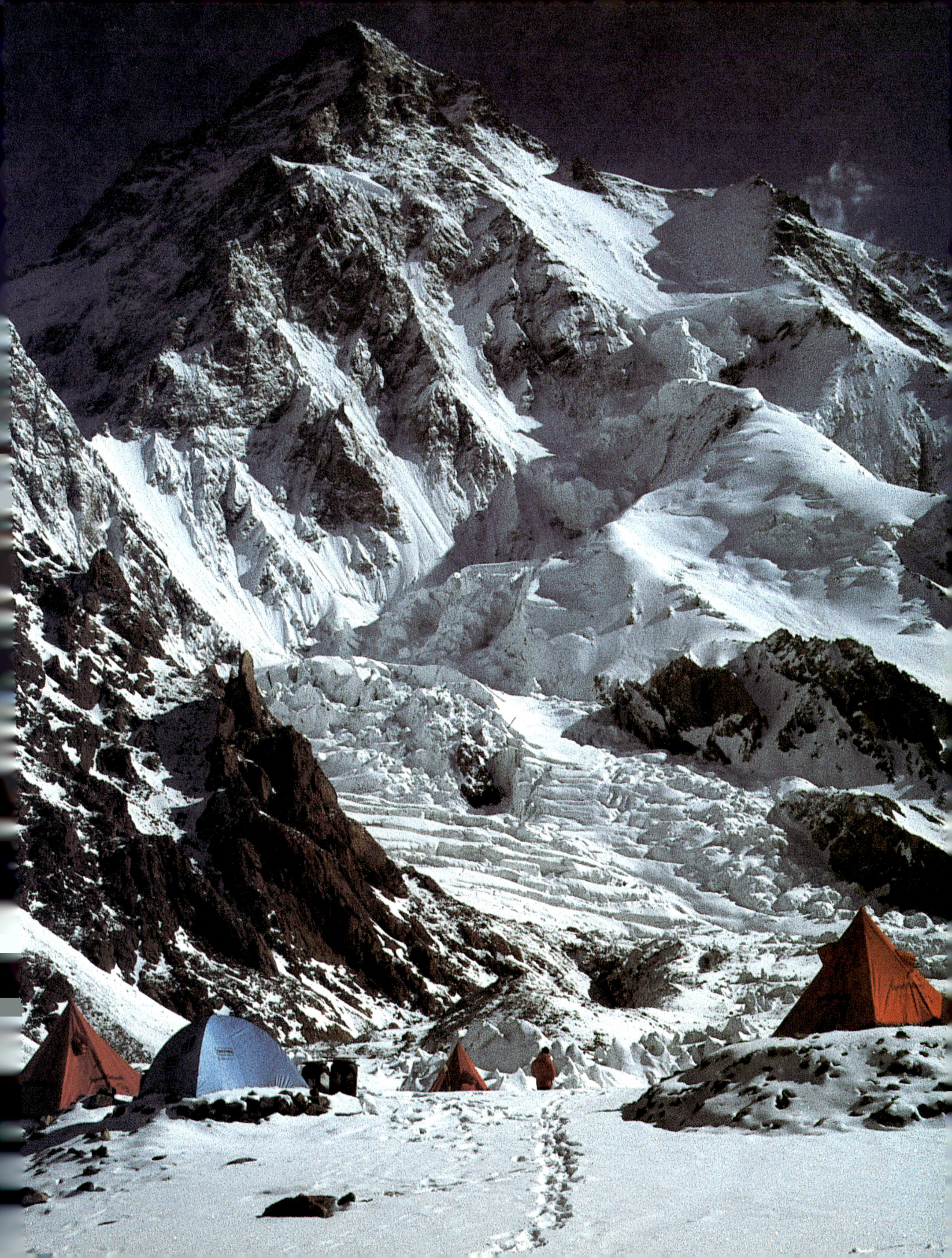

Aufstieg über gesicherte Felspassagen.

Rechts: Biwak bei der Erkundungstour in der Südwand. Im Bild Friedl Mutschlechner.

»Nur« der Abruzzi-Grat

Für uns beginnt jetzt erst richtig die Arbeit. Als erstes bauen wir unser Kochzelt auf, nach und nach folgen die anderen. Ich teile mit Robert ein geräumiges Vier-Mann-Zelt; wir ordnen sorgfältig unsere Ausrüstung, damit wir alles griffbereit haben.

Anschließend ruft Reinhold zu einer Lagebesprechung. Die geplante Aufstiegsroute, die ›Magic Line‹, ist von diesem Basislager aus nicht zu machen. Jeder soll nun seine Meinung äußern, wie es weitergehen soll. Wir kommen überein, vorerst den Berg von allen Seiten zu erkunden und dann eine mögliche Route festzulegen.

Heute ist der 13. Juni. Ich bin nicht abergläubisch, aber meine medizinischen Werte sind stark gesunken, worüber sich auch Robert wundert. Es gibt mir einen argen Dämpfer; ob ich vielleicht gar höhenkrank werde? Michl merkt, wie sehr mir dieser Gedanke zu schaffen macht. »Glaub doch nicht dieser ›Zentrifuge‹, Hauptsache du fühlst dich wohl«, tröstet er mich. Bisher jedenfalls ist es noch so, aber wie lange noch?

Sobald es das Wetter zuläßt, brechen wir auf. Ich soll mit Reinhold die Direkte Südwand und den Zustieg zur Sella Negrotto auskundschaften. In solch eine gewaltige Wand einzusteigen und dazu noch mit Reinhold Messner – der Gedanke allein schon beflügelt mich. In meinen kühnsten Träumen hätte ich mir das nicht erhofft. Vergessen sind die Warnungen, die man geglaubt hat, mir mitgeben zu müssen. Paß auf, du wirst nur ausgenützt, mußt die schwere Arbeit tun, und auf den Gipfel gehen dann die anderen. Ich freue mich richtig darauf, diesen Skeptikern das Gegenteil zu beweisen.

Nach einem Biwak erreichen wir eine Höhe von etwa 6000 Metern. Gefährliche Séracs in der Wandmitte und die extreme Lawinengefahr schon beim Zustieg zum Abruzzi-Grat zwingen uns, von der Durchsteigung der Südwand abzusehen. Unter diesen Umständen ist sie nicht machbar.

Wieder alle im Basislager, muß die Entscheidung fallen. Renato hat kein Interesse, von der geplanten Route abzuweichen. Für ihn gibt es keine Kompromisse. Reinhold schlägt vor, den Gipfel zu machen, auch wenn die Route nicht ganz so schwierig ist. Den Pfeiler anzugehen, findet er zu gefährlich. Gerade in diesem Augenblick bricht ein riesiges Stück aus einem Sérac genau zwischen dem Abbruzzi-Sporn und dem südöstlichen Sporn, den wir für einen eventuellen Aufstieg im Alpinstil ins Auge gefaßt haben. Nach den Unfällen und dem Zeitver-

lust – uns bleiben nur mehr 6 Wochen – stimmen auch Robert und Michl für einen eiligen Aufstieg zum Gipfel. Und ich? Mir geht es schlecht, ich habe hohes Fieber. Ich ringe noch mit mir, ob wirklich nur »Dabeisein« für mich wichtig war. Wenn es mir momentan auch schwerfällt, einen klaren Gedanken zu fassen, muß ich doch zugeben, daß der Wunsch, auf den Gipfel zu kommen, nicht nur mehr im Hinterkopf sein Dasein fristet. Für mich steht fest, am Südpfeiler würden wir uns nur aufreiben, deshalb stimme ich für die Italiener-Route über den Abbruzzi-Grat; Sandro schließt sich mir ebenfalls an.
Somit ist der Beschluß gefaßt: wir nehmen die alte Route, aber, was noch nie dagewesen, im alpinen Stil.

Endlich habe ich eine Nachricht von Zuhause bekommen. »Der ganze K2 kann nicht so groß sein wie die Leere, die nach Deiner Abreise geblieben ist«, schreibt meine Frau. Und unser Sohn sei ganz krank vor Sehnsucht nach mir. Ich muß oft an meine

Es erforderte viel Aufwand, die schwierigen Passagen für schnelle Aufstiege zu versichern.

Familie denken und wundere mich über mich selbst, daß ich nicht die Spur von Heimweh habe. Im Gegenteil, der Gedanke an zu Hause gibt mir Kraft, weil ich weiß, sie sind mit meinem Tun einverstanden, sie stehen hinter mir, wie lange es auch dauern mag.

Inzwischen bin ich wieder gesund und voller Tatendrang. Reinhold und Michl sind heute – durch meine Tagebuchaufzeichnungen weiß ich, daß es der 22. Juni ist – zum Hochlager I auf 6100 Meter aufgestiegen. Sandro und Renato folgen ihnen, Robert und ich sollen einen Tag später nachkommen. Ich freue mich schon riesig darauf – leider zu früh. Abends funkt Reinhold, wir müssen auf die Träger warten, das bedeutet, einen weiteren Tag im Basislager bleiben. Wenn nur das Wetter hält, bis wir an die Reihe kommen, ist unsere größte Sorge.

Reinhold und Michl kommen gut voran; sie sind durch den House-Kamin weiter zu Camp II in 6680 Meter hochgestiegen. Sandro und Renato folgen mit zwei Seilrollen. Zum Übernachten kehren sie wieder in Lager I zurück.

Heute – 27. Juni – kann ich endlich mit Robert das Basislager verlassen. Das Wetter könnte nicht besser sein. Zwei junge Balti-Träger, die sonst im Base Camp helfen, begleiten uns und bringen Vorräte ins 1. Hochlager. Das ist das Äußerste, wozu sie bereit sind, weiter gehen sie nicht. Über Funk kriegen wir den Auftrag, am nächsten Tag zwei kleine Zelte ins 2. Hochlager mitzubringen. Bei orkanartigem Sturm steigen wir auf, während Sandro und Renato im Lager I gerade noch verhindern können, daß eines der

Reinhold Messner und Michl Dacher nach ihrem Gipfelgang. Das schlechte Wetter ließ keine weiteren Erfolge zu.

Zelte davonfliegt. Nach einer schlaflosen Nacht müssen wir wieder ins Basislager zurück. Erst am 4. Juli erlaubt das Wetter einen neuerlichen Aufstieg zum Lager I, tags darauf erreichen wir bei einer Temperatur von +15 Grad Camp II und bauen am folgenden Tag das Camp III in 7350 Meter auf. Anschließend kehren wir ins Basislager zurück, wo sich alle Teilnehmer treffen.

Am 8. Juli ist Start für den ersten Gipfelversuch. Reinhold und Michl verlassen als erste das Base Camp, tags darauf Renato und Sandro, wieder einen Tag später Robert und ich. In 5600 Meter gibt Renato auf, so daß Sandro allein im Lager I auf unser Nachrücken wartet. Während wir also zu dritt von Lager I in Lager II steigen, brechen Reinhold und Michl mit einem Biwakzelt, zwei Schlafsäcken, einem Kocher und wenigen Nahrungsmitteln von Lager III auf, welches wir am nächsten Tag erreichen wollen. Wir beginnen schon frühzeitig mit dem Aufstieg. Kaum angekommen, hängt sich Robert gleich ans Funkgerät, um eine Nachricht über die erste Seilschaft zu ergattern. Nichts. Dann endlich, gegen 17 Uhr, erfahren wir, daß Michl Grüße und Blumen an seine Frau schicken will. Sie sind oben! Wir freuen uns alle riesig über den Erfolg der beiden.

Am frühen Morgen – ich traue meinen Augen nicht – ist alles bedeckt. Das Wetter hat sich verschlechtert. Trotzdem beschließen wir, möglichst bis zum Biwak in 7900 Meter zu gehen, in dem Reinhold und Michl die Nacht vor ihrem Gipfelgang verbracht haben. Plötzlich Rufe von oben – Minuten später tauchen zwei dunkle Gestalten auf. Erst als sie ganz dicht vor uns stehen, können wir sie unterscheiden. Reinhold hat aufgesprungene, verkrustete Lippen, Michls Gesicht ist von tiefen Falten durchfurcht, die Augen quellen weit hervor. Die Anstrengung der letzten Tage hat sie um Jahre altern lassen. Vor überschäumender Freude umarmen und beglückwünschen wir die beiden. Noch nie ist bisher ein hoher Achttausender – zudem der zweithöchste – in diesem Stil bezwungen worden.

Die letzte Chance

Zusammen steigen wir ins Lager III ab. Dort gibt es eine harte Diskussion: ich bin dafür, hier auf besseres Wetter zu warten, Robert will ins Basislager und erst bei besserem Wetter wieder aufsteigen. Reinhold gibt uns zu verstehen, wir seien für uns selbst verantwortlich und müßten allein entscheiden. Sandro schließt sich der Meinung von Robert an, da dieser ja bereits Himalaya-Erfahrung hat. Später soll sich dann herausstellen, daß wir damit unsere einzige Gipfelchance vergeben haben.

Schon am 14. Juli bessert sich das Wetter und bleibt gut bis zum 17. Juli. Vom Camp III aus hätte das für den Gipfelversuch und eine sichere Rückkehr durchaus gereicht.

Das letzte Quentchen Glück fehlte ihm bei seiner ersten Achttausender-Expedition – aber er war dennoch zufrieden.

Wir starten am 15. vom Base Camp aus. Als wir aber am 17. von Lager III in Richtung Biwak aufbrechen, ist der K2 restlos in Wolken gehüllt. So schnell geben wir aber nicht auf. Wohlbehalten erreichen wir das Biwak. Zu dritt in diesem winzigen Zelt und das bei heftigem Sturm – es ist mehr als demoralisierend. »Eine Nacht für Hunde, nicht für Christen«, kommentiert Sandro. Der Sturm läßt auch am Morgen nicht nach, trotzdem müssen wir hinunter ins Basislager.

Am 21. Juli versuchen wir noch einmal aufzusteigen, kommen aber nur bis ins Lager II, wo wir nach einer neuerlichen Sturmnacht den Traum vom Gipfel endgültig begraben.
Ich empfinde darüber weder Enttäuschung noch Unzufriedenheit. Ich bin glücklich, es bis hierher geschafft zu haben. Die Erkenntnis, ja die Gewißheit, es bei besseren Bedingungen bis zum Gipfel durchhalten zu können, ist mir dies alles wert gewesen.

Der Abstieg ist hart und verlangt uns noch einmal alles ab. Wir waten durch Neuschnee, die Brillen laufen ständig an, der Schnee wird uns mit Wucht ins Gesicht geschleudert, bald spüren wir auch den Schmerz nicht mehr. Im House-Kamin kann ich kaum die Leiter sehen und nur mit Mühe finde ich den Einstieg. An felslosen Passagen gehen sofort Lawinen los. Wir bauen das Lager I ab und beladen unsere sonst schon schweren Rucksäcke. Robert kann bald nicht mehr und möchte einen Teil des Materials deponieren. Durch gutes Zureden gelingt es mir aber doch noch, alles heil ins Basislager zu bringen. Dort werden wir begrüßt, als wären wir auf dem Gipfel gewesen.

85

Dr. Oswald Oelz

Reise zum Dach der Welt: Shisha Pangma

Unter allen Achttausendern blieb der Shisha Pangma, 8046 m, lange Zeit der geheimnisvollste, da er 10 km nördlich der nepalesisch-tibetischen Grenze im bis 1980 hermetisch abgeschlossenen, geheimnisvollen Tibet lag. Peter Aufschnaiter hatte ihn bei der gemeinsamen Flucht mit Heinrich Harrer in den frühen Vierzigerjahren fotografiert, dies war das einzige Bild des Berges, das wir 1980 kannten. Die Unbekanntheit dieses in meinen Jugendträumen immer wiederkehrenden Berges und seine Lage im verschlossenen Land Tibet erhöhten seine magische Anziehungskraft und machten ihn zum begehrenswerten, aber scheinbar unerreichbaren Ziel.

1964 wurde der Shisha Pangma von einer chinesischen Großexpedition erstmals bestiegen. Dieser Erfolg wurde 1980 von einer deutschen Expedition wiederholt. Die jetzt bekanntwerdenden Fotos liessen das Verlangen, diesen Berg kennenzulernen, weiter wachsen, so daß ich ohne eine Sekunde zu zögern begeistert zusagte, als Reinhold Messner mich fragte, ob ich zu diesem Berg mitkommen wolle. Zudem war die ›Expeditionsmannschaft‹ ganz nach meinem Geschmack zusammengestellt: Uschi, Reinhold, meine Frau, der Kameramann Gerhard Baur und der ›Tonmann‹ Friedl Mutschlechner gehörten dazu. Friedl hatte ich bislang lediglich bei Reinholds Festen als immer fröhlichen und lauten Musikanten kennen und schätzen gelernt.

Die Stimmung der Musikgruppe ›Almenrausch‹ erfüllte auch die Reisegesellschaft, die im Lufthansa-Flugzeug nach Peking im Frühling 1981 genügend Raum und Champagner für eine erste Feier auf dem Weg nach Tibet fand. Die anfänglichen Verhandlungen mit der Chinese Mountaineering Association (CMA) in Peking waren dann weit weniger von Heiterkeit geprägt. Die CMA ist laut Selbstdarstellung um die Freundschaft mit Bergsteigern anderer Länder sowie um die Organisation von Reisegruppen und Expeditionen in China besorgt. Wir merkten aber bald, daß es sich vielmehr um eine recht erfolgreiche Institution zur höchstmöglichen finanziellen Ausbeutung nicht-chinesischer Bergsteiger handelt. Lediglich die den langen Sitzungen folgenden Gastmähler linderten den Ärger über immer neue finanzielle Forderungen der Chinesen. Berge von chinesischen Köstlichkeiten mußten mit sechzigprozentigem chinesischen Schnaps, dem Mao Thai, hinuntergespült werden, und unzählige Trinksprüche auf die Freundschaft aller Bergsteiger mit dem chinesischen Volk und auf den Erfolg unserer Expedition waren zu begießen. Friedls Bänkelgesänge und Schüttelreime auf chinesisch-russische Beziehungen und auf die Ausbeutungsmethoden des CMA waren glücklicherweise so südtirolerisch gehalten, daß der chinesische Übersetzer resigniert auf die Übertragung ins Chinesische verzichten mußte. Andernfalls hätten wir wohl unsere Reise schon in Peking beenden müssen.

Die Reise von Lhasa über Shigatse zum Shekar Dzong führte schließlich nach Tingri, dem Ausgangspunkt der Britischen Everest-Expeditionen zwischen 1921 und 1938, und gab uns den schmerzhaften Anblick zerstörter Klöster und vernichteter Kultur, also den traurigen Eindruck eines unwiederbringlich verlorenen Märchenlandes. Der einzige Trost war wohl jener, daß die grandiose Weite Tibets, der Charakter und die Frömmigkeit der Bevölkerung noch lange jedem chinesischen Kolonialisierungseinfluß standhalten würden. Diese Weite war auch eine Einstimmung auf den Höhepunkt dieses Landes, den ›Grat über den Weiden‹, wie sich der Name Shisha Pangma übersetzt. Aus einer hügeligen Landschaft mit friedlich weidenden Yaks wächst dieser Gipfel als breiter, gegliederter Grat über 8000 Meter hinauf.

Alpenverein Südtirol
Sektion Bruneck

Declaration

We declare, that Mr. Friedl Mutschlechner, born in Brunico (Southtyrol - Italy) 14.10.1949 and living in Brunico, Pfalznerstreet, is in this moment one of the best clambers of Italy and of Europa.

He was the partner from Reinhold Messner by the K2 Expedition 1979 and arrived with the austrian clamber Robert Schauer 8.000 mt. high.

Last year he conduct also an expedition in Southamerica with a german group.

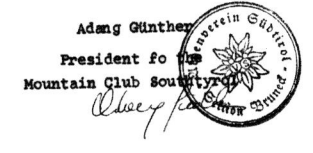

Adang Günther
President fo
Mountain Club Southtyrol

Reinhold Messner · I-39040 St. Magdalena in Villnöss

7.2.81

Herrn
Friedl Mutschlechner
Pfalznerstr. 14
I-39031 BRUNECK

Lieber Friedl,
nach der positiven Erfahrung mit Dir am K2 1979 möchte ich Dich damit für 1981 (April – Juni) zu meiner Tibet-Expedition einladen.
Ziel: Beobachtungen in Tibet
Höhepunkt Shisha Pangma (8012 m)
Filmberichte über das „Dach der Welt"
Wir finanzieren die Expedition selbst, ev. Du solltest die Ton-Arbeiten übernehmen.
Ich freue mich, wieder mit Dir unterwegs zu sein u. hoffe auf einen gemeinsamen 8000er-Gipfel.
Viele Grüße
Dein
Reinhold

Ungewohnt war für uns, daß wir erstmals mit dem Auto – auf allerdings sehr behelfsmäßigen Wegen – bis zum Basislager in 5100 Metern Höhe hinauffahren konnten. Entsprechend benötigten wir dann zwei Wochen zur Akklimatisation für größere Höhen; diese Zeit vertrieben wir mit einem gemütlichen ›Wanderausflug‹ zum Nanga Pala. Der Kameramann und der Tonmeister begleiteten Reinhold und mich auf diesen Wanderungen, wir verbrachten viel Zeit in den Zelten der Yakhirten und in den kleinen Dörfern der weiteren Umgebung. Nach dieser gemütlichen Akklimatisierungszeit wanderten wir mit einer kleinen Yak-Karawane, die unsere Ausrüstung transportierte, und einigen tibetischen Treibern in zwei Tagen zum vorgeschobenen Basislager am Ende des Gletschers, welcher vom Shisha Pangma herunterfließt. Phantastische Eistürme umsäumten den Weg und der Blick über Tibet weitete sich noch mehr.

Ein erster Vorstoß bis 6600 Meter und ein kurzes Verweilen in einem Zelt endete mit einer Gasexplosion, als einer von uns versuchte, die Gaspatrone eines Kochers auszutauschen, während nebenan ein weiterer Kocher noch in Betrieb war. Mit angesengten Haaren und Bärten retteten wir uns in den eisigen Sturm außerhalb des Zeltes und fuhren mit unseren Skiern zum vorgeschobenen Basislager ab. Zumindest hatten wir feststellen dürfen, daß wir nun für diese Höhe einigermaßen akklimatisiert waren.

Ein zweiter Vorstoß Richtung Gipfel war nur noch Friedl, Reinhold und mir gegönnt, Gerhard hatte unter fürchterlichen Kopfschmerzen und Gleichgewichtsstörungen ins Basislager absteigen müssen, er war ein Opfer der akuten Bergkrankheit geworden, obwohl er in früheren Jahren erfolgreich den Kangchendzönga bestiegen hatte. Dieser Vorstoß fand nach reichlichen Schneefällen und unter ungünstigen Wetterbedingungen statt. Mir wurde klar, daß Friedl nun unbedingt seinen ersten Achttausender-Gipfel erreichen wollte. In glänzender Form gelangte er zusammen mit Reinhold nach 1½ Tagen in

Schnee und Eis in seiner faszinierendsten Form – Séracabbrüche am Shisha Pangma.

jenes Hochtal, das sich bis in eine Höhe von 7000 Meter an den Fuß der Gipfel-Aufschwünge zieht. Ich folgte etwas langsamer mit respektvollem Abstand und schlug mein Biwakzelt einige hundert Meter unterhalb der beiden auf, da ich ermüdet war und mit Kopfschmerzen zu kämpfen hatte.

Am darauffolgenden Tag hatte ich mich etwas erholt, in rasch sich weiter verschlechterndem Wetter und Schneetreiben folgte ich den beiden, fand Spuren und stapfte für Stunden in schemenhaftem Licht die immer steiler Flanke hinauf. Schließlich traf ich meine Freunde auf einem kleinen Plateau in 7400 Meter Meereshöhe bei den Resten eines alten Zeltes. Der Sturm und das Schneetreiben hatten nun eine solche Stärke erreicht, daß selbst Friedl enttäuscht einsehen mußte, daß jedes Weitergehen für heute sinnlos war. Wir stiegen ab.

Am nächsten Morgen hatte sich das Wetter mitnichten gebessert, ich blieb im Zelt und hätte mir nicht im Traume gedacht, daß meine Freunde in Richtung Gipfel vorstoßen würden. Ich wähnte uns am Beginn des Monsuns oder sogar schon mitten darin. Aufgeben kam aber für Friedl an jenem Morgen offensichtlich nicht in Frage: er drängte schon um 2 Uhr morgens zum Gipfelgang und Reinhold folgte ihm schließlich zweifelnd.

Ich wartete den ganzen Tag. Der Sturm hatte in keiner Weise nachgelassen, als ich schließlich um 17 Uhr meinte, Laute vor meinem Zelt zu hören. Tatsächlich standen da Friedl und Reinhold. Friedl mit schneeverkrustetem, aber verschmitztem, zufriedenem Gesicht und Reinhold, der keuchte, »wir waren am Gipfel, Friedl hat fast den ganzen Weg gespurt«. Friedl hatte dazu keinen Kommentar abzugeben, sein glückliches Gesicht sagte alles. Noch am gleichen Abend fuhren wir zu unserem vorgeschobenen Basislager ab, in das wir schließlich um Mitternacht hineinstolperten.

Abbildung folgende Doppelseite:
Tibet – ein Land von grenzenloser Weite. Lager am Weg zum Shisha Pangma (im Hintergrund).

89

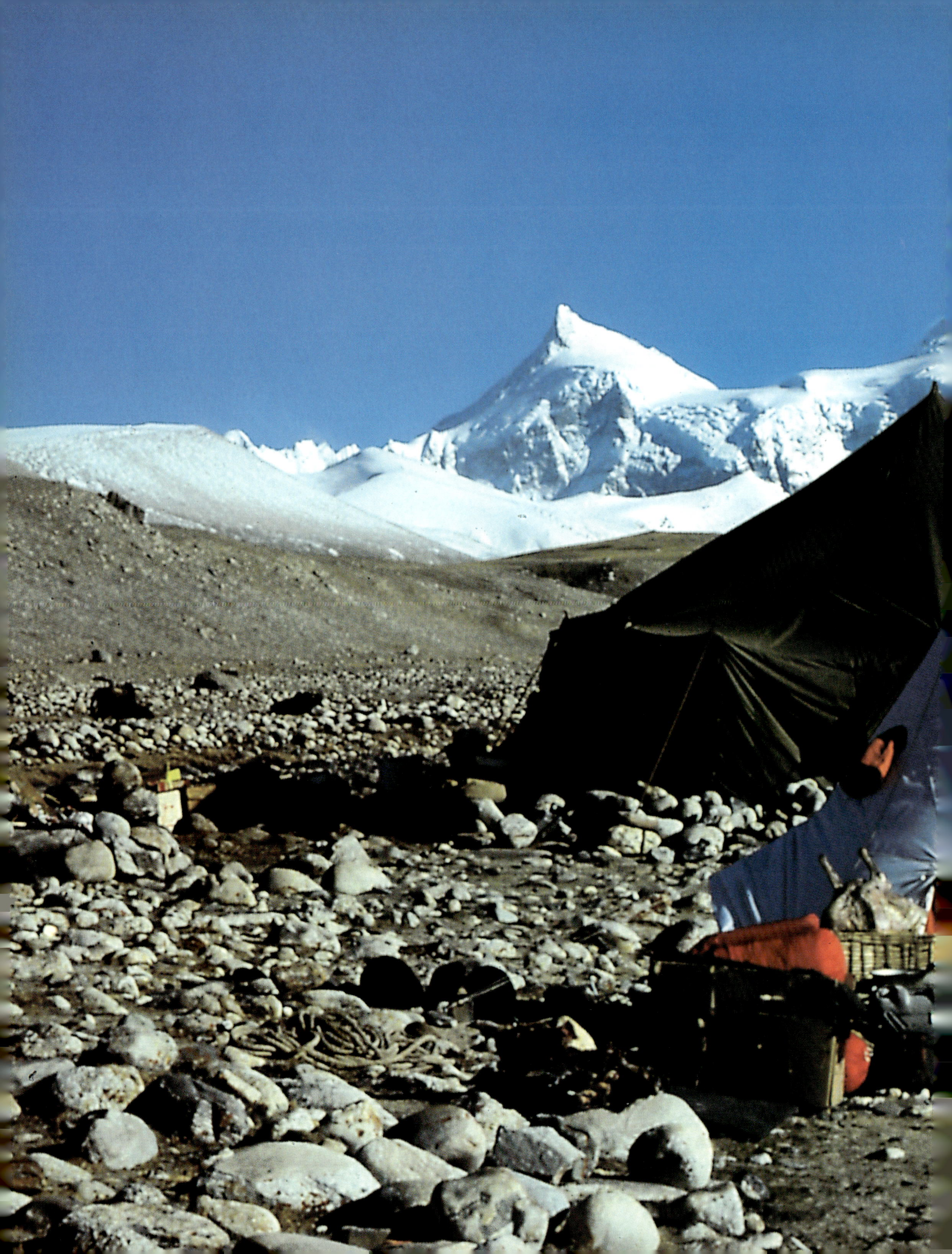

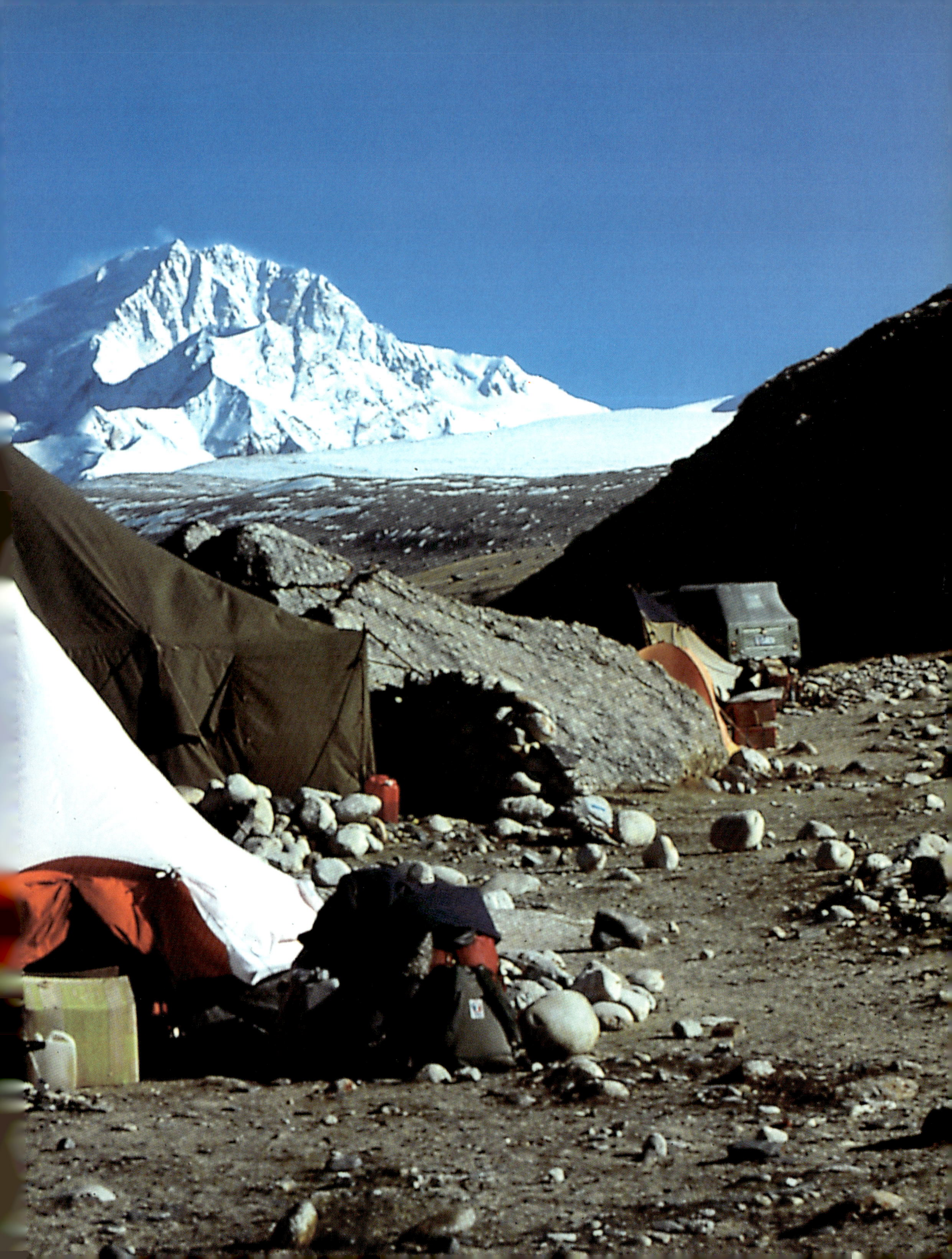

Jul Bruno Laner

Der Teufelsgeiger

Teufel, Teufelsabbiß, Teufelsanbeter, Teufelsauge, Teufelsaustreibung, Teufelsbart, Teufelsblumen, Teufelsei, Teufelskrabbe, Teufelskralle, Teufelsmesse, Teufelsmoor, Teufelsnadel, Teufelsrochen, Teufelszwirn, all diese Stichworte werden Sie finden, wenn Sie in Meyers großem Lexikon nachschlagen. Vergeblich werden Sie nach dem Wort ›Teufelsgeige‹ suchen. Wollen wir es versuchen, unter dem Wort ›Geige‹ nachzuschlagen? Also finden wir: Geige, Fidel, Violine, Viola, Violoncello (Cello), Viola da Braccio (Bratsche), Viola da Gamba (Gambe), Viola d'Amore. Keine Spur von einer ›Viola Diabolica‹. Deshalb ist es an der Zeit, an dieser Stelle Friedl Mutschlechners Lieblingsinstrument zu erklären, in der Hoffnung, die Redaktionen der großen Nachschlagewerke mögen diese Zeilen lesen.

Die Teufelsgeige ist ein im Alpenraum beliebtes Instrument, dessen Formgebung und Tongeschlecht in der Harmonielehre nicht genau kodifiziert ist. Ausstattung und Klangfarbe sind größtenteils der Kreativität und dem Geschmack des einzelnen Teufelsgeigenmusikanten überlassen.

Friedls Geige besteht im großen und ganzen aus einem massiven, fast mannshohen Haselknüppel, an dessen unterer Seite ein Tamburin befestigt ist. Eine eiserne, kleine Muspfanne, über der drei Zinndrahtpaare gespannt sind, fungiert als Resonanzkasten. Ganz oben am Knüppel thront ein Tschinellenpaar, eine Fahrradglocke dekoriert den Griff, als Geigenbogen dient ein Birkenscheit, für zarte Melodien kann ein Polentarührer eingesetzt werden. Ein eigenes Timbre verleiht die große Rattenfalle dem Instrument, die auf halber Höhe hängt. Schließlich vervollständigt ein mehr oder weniger kunstvoll geschnitzter Teufelskopf am unteren Ende das Instrument.

> Der Geigenbogen niedersaust
> wir wollen's ihnen zeigen,
> dann klumpert's, daß' den Watzmann graust
> beim Klang der Teufelsgeigen.

Am Münchner Flughafen hat es allerhand Sprachverrenkungen gebraucht, um einem Klatschspaltenreporter zu erklären, was eine ›Ratzentrappel‹ ist und warum gerade die Ratzentrappel als mitschwingendes Harmonieelement ein wichtiger Bestandteil der Teufelsgeige ist.

Wie in früheren Zeiten baut sich ein anständiger Musiker eigenhändig sein Instrument. Der Friedl war nicht nur geschickt im Handwerk, er hat es auch gelernt. Kein Wunder, daß er prunkvolle Geigen baute.

Die Teufelsgeige wird nicht gestrichen, sondern geschlagen und rhythmisch in den Boden hineingestampft; dadurch kommen die Bodenbretter, die Tschinellen und das Tamburin in synchrones Klingen. Am Wiesenboden oder in perserteppichverlegten VIP-Hallen von Flughäfen fällt das sogenannte Klumpern der Geige aus.

Teufelsgeigen-Soli sind für Kenner immer ein Schmankerl; meistens spielt die Teufelsgeige jedoch im Ensemble. Um eine Teufelsgeige zu beherrschen, braucht man nicht nur viel Einfallsreichtum und ausgesprochenes Gefühl für Rhythmus, man braucht schon eine gute Portion Körperkraft, und daran hat es Friedl gewiß nie gefehlt.

Friedl hatte mit Hans Willeit und Richard Stauder ein Trio, das bekannte – nomen est omen – ›Almenrausch-Trio‹. Hans spielte auf der diatonischen, steirischen Harmonika, Richard die zerbeulte Tuba (er hat sie auf der Müllkippe gefunden und verstand es, ihr trotz aller Beulen die gewünschten Töne zu entlocken). Außerdem spielte er auf einem selbst kunstvoll hergestellten Urhorn. Das Urhorn bestand aus einem etwa 2½ Meter langen, ausgehöhlten, moosbewachsenen Lärchenast, dem es unter übermenschlichem Einsatz von Lungenbalg und Zungenansatz alphornähnliche Naturtöne abzuringen galt.

Der Schreiber dieser Zeilen hatte das große Privileg, bei besonderen Anlässen mit dem Urhorn ›den Vierten‹ machen zu dürfen. Ebenso durfte der Schreiber zur Teufelsgeige greifen, wenn es galt, am VIP-Ausgang eines Flughafens den Friedl selber zu empfangen, wenn er gerade von einer Expedition kam.

Das Almenrausch-Trio und Friedls Teufelsgeige haben viele Freundschaftstreffen und Expeditionsfeiern musikalisch markiert.

Auf der Schaubachhütte, 2581 m, spielte Almenrausch nach der Rückkehr vom Cho Oyu so lange, bis die Tänzerinnen auf dem Schnee und in der dünnen Luft keinen Atem mehr bekamen. »Spielen wir nicht atemberaubend?« fragte schmunzelnd der Friedl.

Auf der Hintergrathütte, wo er die Eiskurse hielt, hat Friedl auch immer für Dampf im Kessel gesorgt. Fritz, der Hüttenwirt, kann da ein eigenes Liedlein singen.

Friedl hat jeder Gesellschaft ein positives Gepräge sanft aufgedrückt, ob es auf Hochegg im Vinschgau war oder in einem Zelt im Solo-Khumbu. Und wenn es darum ging, ein Fest zu feiern und ein Lied zu singen, dann stand der Friedl auch immer ganz vorne, wie beim Bergsteigen.

Stellvertretend für die Stimmung, die Friedl mit Almenrausch zu verschiedenen Anlässen zu beschwören vermochte, folgt die Ballade über eine Geburtstagsfeier für Reinhold Messner auf der Gschmagenhardt-Alm, zu der Freunde aus aller Welt eingeladen waren.

Friedl Mutschlechner in seiner ›Almenrausch-Tracht‹.

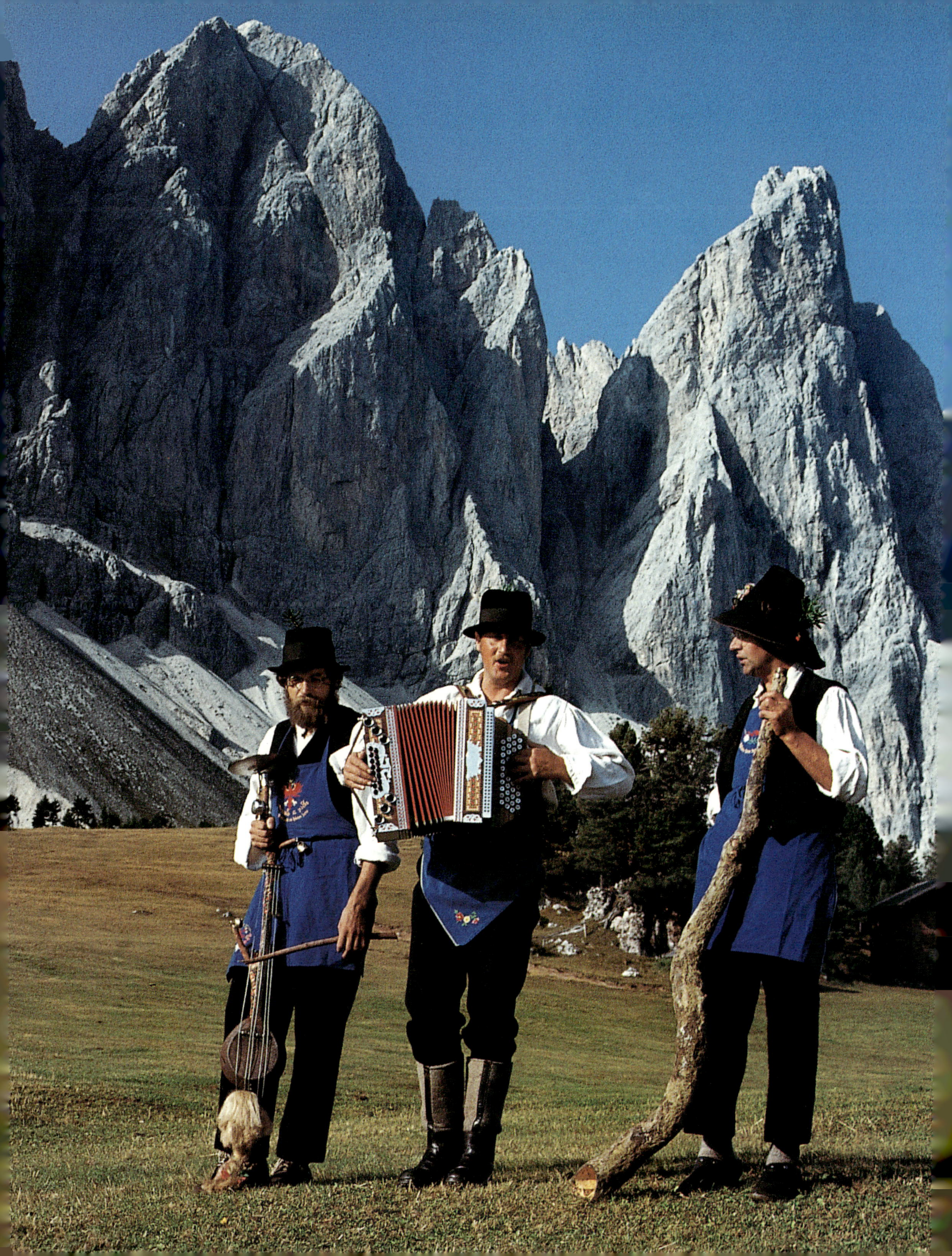

Almenrausch und Gschmagenhardt

Vor Jahren war's, auf Gschmagenhardt,
der Reinhold feiert' Lenze,
da gab der Friedl gleich den Start
für frohe Wiesentänze.

Gar urig, und zugleich kokett,
erklingt das Almenrausch-Terzett:
»Bevor ich auf die Berge steig'
greif ich zu meiner Teufelsgeig'!«

So geht es auf, mit Urhornton,
und fährt einem durch Mark und Bein,
der Richard greift zum Bombardon
und beult es richtig ein.

Der Hans, der orgelt diatonisch,
Marianne dreht sich schon im Reigen,
und der Friedl, ganz lakonisch
spielt mit der Teufelsgeigen!

Mit Almenrausch und Edelweiß
beginnt das Fest zu glänzen,
die Rhythmen werden langsam heiß
ober der Baumesgrenzen.

Die Norggen auf den Geislerspitzen
kommen selber gar ins Schwitzen
und singen: »Wiagele, Weigele,
mei, klingt das Teufelsgeigele!«

So wird gefeiert mit Musik.
Reinhold, der große Meister,
und die Geschenke werden, zum Glück,
dreist und immer dreister.

So hat man, grad in dieser Nacht
an Mondesfinsternis gedacht.
Der Mond, wie angekündet,
um elf Uhr punkt verschwindet.

Er schlummert kurz und ganz versteckt,
tut sich erst wieder zeigen,
sobald er, ›friedlich‹ aufgeschreckt,
vernimmt die Teufelsgeigen.

So feiert man tief in die Nacht
hinein und läßt es gelten;
doch schließlich schläfrig, müd gemacht,
verkriecht man in den Zelten.

Doch, mitten in den tiefsten Schlaf
bricht irgendwas das Schweigen...
am Almboden erklingt, ganz brav,
nächtlich die Teufelsgeigen.

Es dämmert schon zum neuen Tage,
der Grill wird angezündet,
damit ein jeder ohne Plage,
die Frühstücksstelle findet.

Nur einer steht noch wie ein Baum,
läßt sich vom Schlaf nicht beugen,
zwinkert verschmitzt, fast wie im Traum
und spielt die Teufelsgeigen.

Rechts: Kräftiges Frühstück auf Gschmagenhardt bei Reinhold Messners 40. Geburtstag.

Links:
»Mit der Bauerntracht
und mit dem Festtagshuat
amol schaun, wia des Wetter tuat.«

Kantsch –
An der Schwelle des Todes

13. März 1982   Marianne, meine Frau, und unser Sohn René bleiben heute zu Hause. Zusammen möchten wir den letzten Tag vor meiner Abreise verbringen. Plötzlich fängt René an zu weinen, was bald in ein verzweifeltes Schluchzen übergeht. »Warum mußt eigentlich du mit dem Reinhold gehen? Es gibt so viele, die gern mit ihm gehen würden. Gib mir die Telefonnummer, ich werde ihm sagen, daß du zu Hause bleiben mußt. Bitte, bitte, bleib hier, ich muß sterben, wenn du gehst.« Ich war am Rande der Verzweiflung. Das letztemal beim Shisha Pangma war er so tapfer und jetzt, einen Tag vor meiner Abreise, stellt er mich vor eine Entscheidung, die härter ist als alles Bisherige in meinem Leben. Ich kann jetzt meine Tränen nicht mehr halten.

Ich erkenne den Fehler, den ich gemacht habe. Ich hätte ihn besser vorbereiten müssen, viel mehr mit ihm über mein Vorhaben sprechen. »Warum, warum, erklär mir endlich warum«, schluchzt er. Ich komme mir vor wie bei einer wichtigen Prüfung, wenn man etwas gefragt wird und man tut so, als wüßte man alles, doch heraus kommt überhaupt nichts. Aldo Anghilieri fällt mir ein, der es 1975 am Lhotse nicht mehr ausgehalten hat im Basislager. Die Trennung von seiner Familie hat er nicht überwinden können. Solche Expeditionen würden nur Verrückte machen, meinte er. Bin ich denn auch ein Verrückter? Wird es mir am Berg so ergehen wie ihm? Nach einer Weile haben wir uns alle wieder beruhigt. Es ist als wäre nichts geschehen. René spricht mit mir wie ein erwachsener Mensch. Der Annapurna-Film von Maurice Herzog am Tag zuvor hat ihn sicher verängstigt. Erfrierungen, Amputationen, alle diese Dinge sind ihm bekannt, und er weiß, daß auch mir so etwas passieren kann. Draußen schneit es. René fragt mich, ob starten und landen mit dem Flugzeug auf eisiger Piste gefährlich sei. Er hängt sehr an mir und macht sich über alles Gedanken. Nur die richtige Antwort auf das Warum fehlt noch immer. Die Liebe zu den Bergen allein ist es sicher nicht. Ehrgeiz, Selbstbestätigung? Ich weiß es nicht. Ich kann es nicht in Worten ausdrücken.

Am nächsten Morgen verläuft alles so, als würde ich eine Tour in die Dolomiten machen. Meine Freunde Hans und Richard bringen mich nach München.

Nun sitzen wir endlich im Flugzeug: Reinhold, seine Lebensgefährtin Nena, ihre gemeinsame Tochter Láyla, gerade sechs Monate alt, und ich. Meine Idee, drei Achttausender hintereinander zu besteigen, ist Wirklichkeit geworden. Als ersten möchten wir den Kangchendzönga, 8598 m, den dritthöchsten Berg der Welt, über die gefährliche Nordwand versuchen.

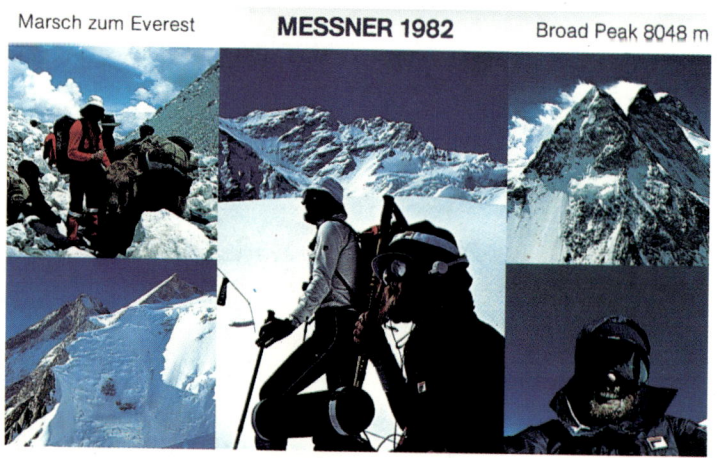

Kantsch-Expedition 1982

- 2 Schlafsäcke
- 1 Daunenanzug
- 1 Dauenenjacke
- 1 Flauschi komplett
- 1 Flausch Jacke + Hose
- 1 Pullover FILA neu
- 5 Rollkragenpullis
- 1 Trainingsanzug komplett FILA
- 1 Trainingshose alt
- 1 Tennishose
- 1 Überhose wattiert + 1 Überhose Goretex alt
- 1 Kletterhose FILA alt
- 1 Windjacke Goretex
- 3 Hemden FILA alt
- 1 Unterwäsche lang
- 4 Unterhemden + 3 Unterhemden lang
- 2 Unterhosen lang + 4 Slips
- Kniewärmer
- 7 P. Stutzen
- 1 Sturmhaube weiß
- 2 Sturmhauben Seide
- 2 Sturmhauben Wolle
- 2 Mützen Wolle
- 1 Daunenmütze Nadali
- 1 Sonnenhut
- 1 Stirnband HH
- 3 Halstücher
- 1 P. Fäustlinge
- 1 P. Handschuhe Goretex
- 4 P. Seidenhandschuhe
- 1 Regenponcho
- Gamaschen (davon 1 P. Invicta)
- Hosenträger
- 2 Sonnenbrillen
- 1 Skibrille
- 1 Stirnlampe
- 1 Klettergürtel
- 1 Pickel Titan
- 1 Eishammer
- 1 Jumar
- 1 P. Koflach + 2 P. Innenschuhe
- 1 P. Doposci
- 1 P. Adidas-Schuhe
- 2 P. Einlagsohlen
- 1 Trinkflasche
- 1 Thermosflasche
- 1 Fotoapparat Minolta XG1 + 5 Objektive
- 1 Fotoapparat Minox
- Werkzeug
- Toilettentasche
- 3 Handtücher
- 1 Waschlappen
- 1 Rollex Armbanduhr »Explorer Typ 2«
- 12 Bauernbrote hart

Reinhold hat sich um die Genehmigung bemüht und sie auch noch für Broad Peak und Gasherbrum II bekommen. Schließlich ist sogar ein vierter Achttausender, der Cho Oyu, für eine Winterbesteigung freigegeben worden.

Friedl Mutschlechner und Reinhold Messner auf dem Flug nach Birathnagar.

Unsere erste Station ist Kathmandu, die Hauptstadt Nepals. Bei meinen Spaziergängen durch die engen Gassen der Altstadt lerne ich die faszinierende Atmosphäre des Orients kennen. Das Leben spielt sich auf der Straße ab. Große Familien wohnen auf engstem Raum und ziehen sich nur zum Schlafen in ihre Behausungen zurück. Nach unseren Maßstäben würden sie diese Bezeichnung gar nicht verdienen, so armselig sind sie. Die Kinder spielen mitten auf der Straße, wälzen sich im Dreck; wie im Spiel entlausen sie sich gegenseitig; Erwachsene sitzen vor den Hütten und verzehren ihre Handvoll Nahrung. Die Kehrseite sind ausgeflippte Europäer, die mit ihrem Leben nichts mehr anzufangen wissen. »Change money – Marihuana – Hasch«, ich reagiere nicht. Taumelnd kommt ein Mädchen auf mich zu. Es spricht italienisch. Ich solle ihr Geld leihen. Ich brauche nur bei ihren Eltern in Venedig anzurufen, die würden es mir zurückgeben. Mit Sicherheit wird es sich Hasch besorgen. Ich lege ihr einige Rupien auf die Hand, habe aber dabei kein gutes Gefühl.

Hinduismus, Buddhismus, Tantrismus – viele Religionen existieren hier nebeneinander. Es gibt herrliche Bauwerke, eines schöner als das andere.

Swayambunath, etwa 2000 Jahre, einer der ältesten buddhistischen Tempel. Hier treffe ich die Menschen, die ich besonders ins Herz geschlossen habe: die Tibeter. Gebetsfahnen, Gebetsmühlen, diese Dinge übten schon seit langem eine enorme Anziehungskraft auf mich aus. Bodnath, ein kleines Schaufenster zu Tibet. Eine gewaltige Stupa, zu der die Gläubigen abends in Scharen herbeiströmen, um zu beten, in der linken Hand eine Gebetsmühle, die ständig gedreht wird. Mit der rechten Hand werden die 108 Gebetsmühlen, die in den kleinen Nischen rund um die Stupa angebracht sind, in Bewegung gesetzt. Alles erfolgt im Uhrzeigersinn. Die Tiefgläubigkeit dieser Menschen macht mich nachdenklich. Vor allem bewundere ich sie. Es gäbe noch so vieles zu sehen, aber uns fehlt die Zeit dazu. Nachdem wir uns mit Lebensmitteln, Brennstoff, Kochgeschirr usw. eingedeckt haben, fliegen wir weiter nach Birathnagar, vorbei an Cho Oyu, Everest, Lhotse und Makalu. Erst ganz weit im Osten kann man den Kangchendzönga erkennen.

Träger bei einer Verschnaufpause in der typischen Körperhaltung.

Anmarsch zu den ›Fünf Schatzkammern des Schnees‹

Nach einer ungemein strapaziösen Jeepfahrt von 10 Stunden – das einzig Schöne daran sind die Rastpausen gewesen – stoßen wir in Illam auf unsere Träger. Die Lasten werden verteilt. Erwachsene Männer, junge Mädchen und Buben, deren Alter schwer zu schätzen ist, bieten sich als Träger an. Sie legen sich ihr Stirnband zurecht, mit dem sie die Lasten tragen, Traggurte für die Schulter lehnen sie ab; alles wird mit dem Kopf getragen. Wenn sie rasten, bleiben sie breitbeinig stehen, stellen einen Stock unter die Last, holen tief Luft und atmen pfeifend aus. Für umgerechnet 2500 Lire schleppen sie etwa 30 Kilo 6 bis 10 Stunden am Tag unter sengender Sonne hügelauf, hügelab.

Auf einer Paßhöhe von etwa 3000 Meter können wir zum ersten Mal den Kantsch sehen. Wie weit wir noch entfernt sind und wieviele Tagesmärsche wir noch zurücklegen müssen, können wir nur erahnen. Der Weg führt über große Terrassenhänge, vorbei

Ab Gunsa übernehmen Yaks die schweren Lasten. Im Vordergrund Reinhold Messner mit Tochter Láyla auf dem Rücken.

an vereinzelten Häusern, wo man überall zu essen und zu trinken bekommt. Die Bezeichnung »Tea-House« oder »Hotel« ist überall gut sichtbar angebracht. Ich als verwöhnter Europäer habe wieder gelernt, mit den Einheimischen zu leben. Wenn es auch oft sehr schmutzig hergeht, was soll's, die Menschen sind sehr nett und ich fühle mich bei ihnen wohl.

In den Dörfern, durch die wir kommen, erregt Láyla großes Aufsehen. »Nani, Nani« (= Kind), rufen die Leute und laufen hinter Reinhold her, der sie immer auf dem Rücken trägt. Neugierig stehen abends die Menschen um unsere Zelte herum. Die Kinder tanzen um die Zelte und schreien: »Plastic-house, Plastic-house!« Was werden sie wohl über uns denken? Sicher halten sie uns für reiche Leute. Hoffentlich tragen solche Expeditionen nicht allzuviel bei, diese Menschen aus ihrem inneren Gleichgewicht zu werfen.

Die Abende verbringe ich meistens mit Reinhold in den Hütten der Einheimischen bei einem Krug Tongba, einem Getränk aus vergorener Hirse und heißem Wasser. Nena kümmert sich um Láyla.

Es gibt Schwierigkeiten mit den Trägern; immer wieder fordern sie mehr Geld. Sirdar Lakpa versteht es jedoch geschickt mit ihnen zu verhandeln.

Wir befinden uns jetzt in einem riesigen Tal. Links und rechts 2000 Meter hohe, steile, leicht bewaldete Höhen. Wie Vogelnester kleben die Behausungen an den Hängen. Über den reißenden Fluß führen primitive Brücken aus Bambusrohr. Unser Weg folgt dem Tambru-Fluß. Dabei müssen gefährliche Murhänge gequert werden. Eine kleine Gruppe von Trä-

Unbedeutender, aber formschöner Vorgipfel des Kantsch, aufgenommen beim Basislager.

gern zieht taleinwärts. Jeder von ihnen schleppt bis zu 80 kg. Ein Hund treibt etliche Schafe vor sich her; sie sind gesattelt wie Esel, links und rechts hängt ein Beutel mit Reis oder Salz.

Je weiter ich mich von der Zivilisation entferne, umso mehr wird mir bewußt, wie hart hier das Leben ist. Wir verlassen die tiefen Täler, gleichmäßig ansteigend gewinnen wir an Höhe. In Gunsa, der letzten Siedlung, entlassen wir die Träger, und Yaks übernehmen die Lasten. Wir befinden uns auf einer Höhe von 3500 Metern. Hier lebt ein ganz anderer Volksstamm, die Tibeter. Man erkennt es sofort an den Hütten, die mit unseren Almhütten vergleichbar sind: der Unterbau aus Steinmauern, darauf eine Holzkonstruktion. Von jedem Haus wehen Gebetsfahnen. Die Männer tragen Schmuck in den Ohren, die Haare mit einem roten Band verlängert und zu einem Zopf geflochten. Hosen und Jacken sind aus dickem Lodenstoff genäht. Die Frauen tragen ihren ganzen Schmuck um den Hals: herrliche Türkise und Korallen, die ganz wohlhabenden besitzen Xi-Steine (sie sind das Barometer der Seele).

Der Weg führt uns weiter nach Kangbochen, einer Hochalm auf 4000 Metern Höhe, von wo aus man die berüchtigte Jannu-Nordwand erblicken kann.

Das sind Dimensionen! Nach 17 Tagen Anmarsch erreichen wir endlich Pang Pema. Hier wollen wir unser Basislager aufstellen. Es ist ein schöner Platz in einer Höhe von 5000 Metern, am linken Rand des Kangchendzönga-Gletschers, umgeben von bizarren Gipfeln. Noch am gleichen Tag verlassen uns die Gunsa-Bauern mit ihren Yaks und kehren in ihre primitiven Behausungen zurück. Einige von ihnen haben nur den Kopf geschüttelt, als sie erfahren haben, daß wir den Kangchendzönga – was gleichviel wie ›die fünf Schatzkammern des Schnees‹ bedeutet – über die Nordwand besteigen wollen.

Das Wetter ist schlecht, es kommt Sturm auf und wir beeilen uns, die Zelte aufzustellen. Die Sherpa sind sehr hilfsbereit. Seit dem ersten Tag verstehen wir uns ausgezeichnet. Manchmal lesen sie einem die Gedanken vom Gesicht ab. Was mich bei ihnen immer wieder erstaunt, ist ihre ausgezeichnete Kondition. Ang Dorje und Nawan Tensing waren schon einige Male mit Reinhold unterwegs. Lakpa ist ein erfahrener Sherpaführer. Ang Burba, ein Bruder von Dorje, hilft wo er nur kann.

Als ich am frühen Morgen des 7. April den Kopf aus meinem Zelt stecke, bleibt mir der Atem weg. Erstmals sehe ich die Nordwand des Kantsch in ihrer ganzen Größe: 5 km breit, und über 3000 Meter hoch. Sie wird von drei riesigen Eisbalkonen unterbrochen. Haben wir uns da nicht zuviel vorgenommen? Fast beginne ich an mir zu zweifeln. Schon als unser Plan in der Öffentlichkeit bekanntgeworden war, hatte uns kaum jemand eine Chance gegeben.

Aber nun an die Arbeit. Das Material wird sortiert; es ist nicht viel: 400 Meter Seil, Haken, Zelte, Kocher, Brennstoff und sonstige Kleinigkeiten. Ganz genau verteilen wir die Ausrüstung für die Sherpa. Keiner darf mehr bekommen als der andere, sonst sind sie beleidigt. Langsam gewöhne ich mich an den Anblick der riesigen Wand, ja ich kann mich gar nicht daran sattsehen. Zu allen Tageszeiten, in immer anderen faszinierenden Lichtstimmungen bestaune ich den Berg. Mit Reinhold studiere ich die Wand; wir versuchen schon Linien in ihr zu ziehen.

Die Überwindung senkrechter Eisabbrüche verlangt beinharte Arbeit. – Friedl Mutschlechner in Aktion.

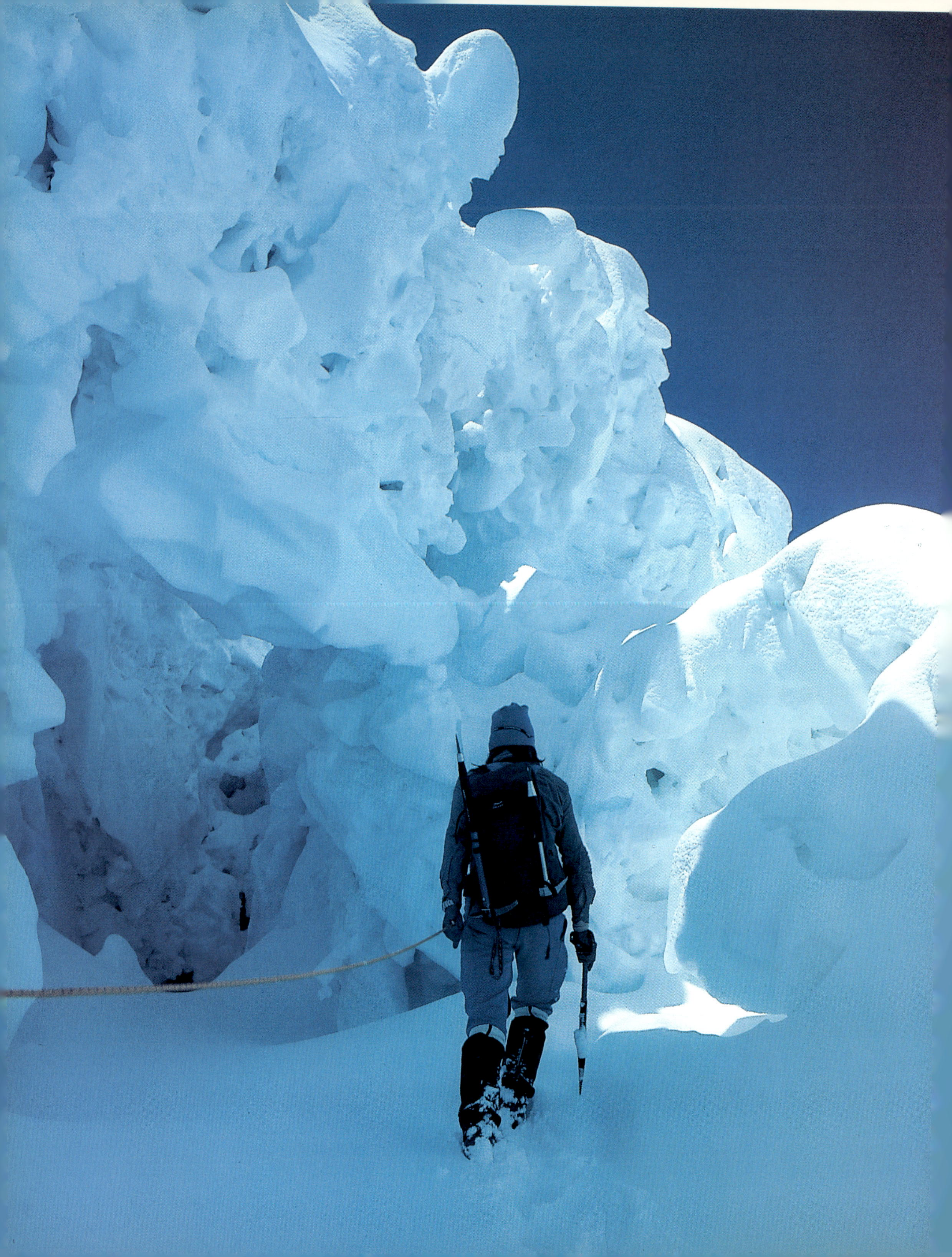

Schwerstarbeit im Eis

Am 9. April brechen wir vom Basislager auf. Vorher müssen wir noch den Göttern, die ihren Sitz auf den höchsten Bergen haben, ein Opfer bringen, um sie für unseren Gipfelsturm gnädig zu stimmen. In einer feierlichen Zeremonie legen wir Tee und Reis auf einen Felsaltar.

Auf dem Weg zum geplanten Lager I schlagen wir auf 5500 Meter ein Zwischenlager auf. Unter einem großen Felsblock können wir uns vor immer wieder abbrechenden Eismassen schützen. Der folgende Tag bringt die ersten Überraschungen. Bodenlose Gletscherspalten müssen wir in langen Schleifen umgehen. Auf gefährlichen Spaltenbrücken tasten wir uns hinüber. Auch senkrechte Wandstellen sind zu versichern. Nach einem mühevollen Auf und Ab erreichen wir am späten Nachmittag einen sicheren Platz für unser erstes Hochlager. Die Landschaft um uns gleicht einem riesigen Amphietheater. Es ist das Gewaltigste und Eindrucksvollste, was ich je an Eis- und Felsmassen gesehen habe. Ständig herrscht ein Knirschen und Beben. Von Zeit zu Zeit brechen riesige Eismassen ab und donnern mit großer Geschwindigkeit in die Tiefe. Ich habe mich mittlerweile schon so daran gewöhnt, daß ich selbst in der Dunkelheit das Rauschen des Windes vom Rauschen einer Lawine unterscheiden kann.

Während drei Sherpa absteigen, neues Material heraufzubringen, erkunden wir den Weiterweg. Zu dritt stehen wir am Beginn des ersten Eisbruchs, der sich in drei Stufen aufteilt. Gefährlich, überhängend, fast unmöglich, glauben wir. Wenn unser Mut nicht ausreicht aufzusteigen, ist die Expedition hier schon zu Ende. Mit gemischten Gefühlen steigen wir dann doch ein. An diesem Tag schaffen wir nur noch eine Seillänge.

Tags darauf die gleiche Ungewißheit. Ist es überhaupt möglich, diesen Bruch mit dem wenigen Material zu sichern? Kann man so etwas überhaupt verantworten? frage ich mich immer wieder. Lakpa und Dorje sind bei uns. Sonderbar, heute kommt mir manches schon weniger gefährlich vor. Es ist selbstverständlich, daß wir da hinaufsteigen. Auch der

Der Aufstieg führt durch eine gigantische, fast märchenhafte Eislandschaft.

Immer wieder mußten beim Aufstieg riesige Gletscherspalten überwunden werden.

Mensch kann sich an Gefahren gewöhnen. Reinhold und ich wechseln uns in der Führung ab. Bei der Überwindung dieser überhängenden Wandstellen wird einem alle Kraft und Konzentration abverlangt. Immer, wenn der Pickel in zähes Eis greift, lasse ich mich voll hängen, um auszuruhen. Wieder stehen wir vor einer unüberwindbaren Stelle und wissen keinen Rat. Reinhold hat sich gerade über eine senkrechte Wand abgeseilt, die er vorher hinaufgestiegen ist. Ein Weiterkommen scheint schier unmöglich. Nach langem Suchen entdecken wir einen winzigen Durchschlupf. Wir haben Glück und kommen an einem freistehenden Eisturm vorbei auf die andere Seite in eine riesige Spalte. Die psychische Belastung ist so groß, daß ich gar nicht mehr zu fotografieren wage. Vorsichtig kriechen wir durch ein kleines Loch, das der Schlüssel zur Überwindung dieses Eisbruchs sein soll. Die beiden Sherpa tragen die Seile, wir fixieren sie und lassen sie dann hängen. Manche Stellen müssen zusätzlich noch versichert werden, so steil ist das Gelände. Nach drei Tagen Schwerarbeit haben wir den Eisbruch überwunden und müssen wegen Schlechtwetter ins Basislager absteigen. Wir sind froh darüber und freuen uns auf eine Ruhepause. Vielleicht ist auch Post von zu Hause eingetroffen? Nichts wünsche ich mir so sehr wie einen Brief von meiner Frau. Der Postläufer hat tatsächlich auch etwas für mich. Ich bin überglücklich und verschwinde in meinem Zelt...

... das ich an diesem Tag nicht mehr verlasse. Unser Sohn weine immer noch im Schlaf, schreibt Marianne; in der Früh sagt er dann, er habe von mir geträumt, aber mehr nicht. Er sei sehr aggressiv, dem Reinhold wünsche er jeden Tag eine andere Krankheit. Schließlich sei der an allem schuld. Und er weigert sich, mir zu schreiben. »Du mußt verstehen, Mama, daß ich ihm nicht schreiben kann«, habe er auf ihr Drängen geantwortet und sich in seinem Zimmer eingeschlossen. Nach diesen Nachrichten bin ich ganz aufgewühlt und bekomme ein sehr schlechtes Gewissen. Was habe ich bloß alles falsch gemacht? In einem langen Brief an ihn versuche ich, meine Fehler einzugestehen. »Wenn ich nach Hause komme, werden wir beide wieder gute Freunde sein«, schreibe ich voller Zuversicht. Und er soll mich bis dahin nicht ganz vergessen...

Wir erholen uns schnell und steigen nach einigen Tagen wieder auf. Unterstützt von den Sherpa, ohne die wir wenig Chancen hätten, ist es uns gelungen, das zweite Lager aufzustellen. In einer Spalte stehen – lawinensicher – unsere Zelte auf 6400 Meter Höhe. Wir haben allerdings den Nachteil, daß uns die Sonne nur zwei Stunden am Tag erreicht, um den Rauhreif im Zeltinnern zu schmelzen und unsere kalten Glieder etwas aufzuwärmen.

Über eine 400 Meter hohe Wand aus grünem, glashartem Eis wollen wir den Nordgrat des Kangchendzönga erreichen. Aber es soll anders kommen. Mühevoll geht's bergauf, einer steigt vor, der zweite fixiert die Seile. Die Sherpa tragen das nötige Material nach. Reinhold, Ang Dorje und ich klettern schon ziemlich nahe am Grat, als es zu schneien beginnt. Wir schicken Ang Dorje zurück; er soll inzwischen im Lager II für uns Tee kochen. Wir gehen weiter, der Grat scheint immer gleich weit entfernt zu sein, nur unsere Seile und Haken werden schnell weniger. Wir stehen bereits in tiefem Schnee, nur noch einige Meter und wir würden den Felsen erreichen, der uns etwas Schutz vor dem aufkommenden Sturm gäbe. Die ganze Zeit haben wir das Wetter beobachtet: vormittags schön, nachmittags Schnee und Sturm, also müßte es morgen früh wieder schön sein. Das beruhigt uns.

Inzwischen ist aber der letzte Rest an Seil und Haken verbraucht. Jetzt wird uns erst so richtig bewußt, was das bedeutet: Umkehr! Verzweifelt schauen wir uns an. Meter für Meter haben wir hart erkämpfen müssen, und sind mit jedem Schritt dem Ziel nähergekommen. Und nun, auf 7300 Meter, scheint alles zu Ende zu sein. Wir stehen nur da und keiner will es aussprechen. Als wir weiter unten am Einstieg Schutz vor Lawinen suchen, sind unsere Gedanken nur mehr bei Ang Dorje. Hoffentlich hat er das Lager erreicht, bevor die ersten Schneemassen losgebrochen sind. Wir können uns nur mit letzter Kraft dagegen wehren, nicht von den Neuschneelawinen mitgerissen zu werden, die in fast gleichmäßigen Abständen über uns hinwegströmen. Jeder ist sich der äußerst gefährlichen Situation bewußt; in solchen Momenten hasse ich die Berge und frage mich selbst nach dem Warum. Zeit für eine Antwort bleibt nicht, da spannt sich schon wieder das Seil und es gilt, sich vor dem Ersticken zu wehren.

Wenn wir das Lager noch vor Einbruch der Dunkelheit erreichen wollen, müssen wir es riskieren, weiter abzusteigen. Wir haben Glück und freuen uns, mit Ang Dorje im Zelt heißen Tee zu trinken.

Am nächsten Tag steigen wir bis ins Basislager ab. Lakpa eilt nach Gunsa, um Seile von früheren Expeditionen aufzutreiben. Inzwischen ruhe ich mich in meinem Zelt aus und verbringe die Zeit mit Lesen. Reinhold beschäftigt sich viel mit seiner Tochter. Erstaunlich, wie gut sich Láyla auf dieser Höhe fühlt. Sie ist immer lustig, man merkt ihr keinerlei Strapazen an. Nena hat sich von dem starken Durchfall erholt und ist wieder wohlauf.

Neue Seile – neues Glück

Nach einigen Tagen kommt Lakpa zurück. Mit großer Freude über das erworbene Seil und bepackt mit schweren Rucksäcken steigen wir wieder bis zum Lager II. Das Wetter könnte nicht schöner sein, ideale Gipfeltage. Wie wir später erfahren, ist an diesem Tag zwei Teilnehmern einer italienischen Expedition und einem Sherpa die Besteigung über die Route der Erstbegeher gelungen. 14 Bergsteiger und 20 Sherpa haben sich daran beteiligt. Das kommt fast einer Vergewaltigung des Berges gleich.

Von Lager II aus erreichen wir unseren Umkehrpunkt. Die Verhältnisse sind ausgezeichnet. Bald haben wir den Grat erreicht. Der Horizont wird weit,

Ang Dorje – eine Ausnahmeerscheinung unter den Sherpa und allseits als gleichberechtigter Bergsteiger anerkannt.

die Twins-Gipfel erscheinen uns nur mehr klein. Wir sehen hinein in das tibetische Hochland, wo wir vor einem Jahr unterwegs waren. Im Osten kann man die Berge von Bhutan und Sikkim erkennen, im Westen den Everest, Lhotse und Makalu. Ich möchte mich einfach hinsetzen und schauen – stundenlang. Dazu ist leider keine Zeit. Der Wind peitscht uns Schneekristalle ins Gesicht. Die Höhe macht sich stark bemerkbar und es dauert seine Zeit, bis wir uns im Eis einen Lagerplatz ausgehackt haben. Wir entdecken eine 2 Meter lange Reepschnur, die im Eis verschwindet. Ein Rest von unseren eng-

105

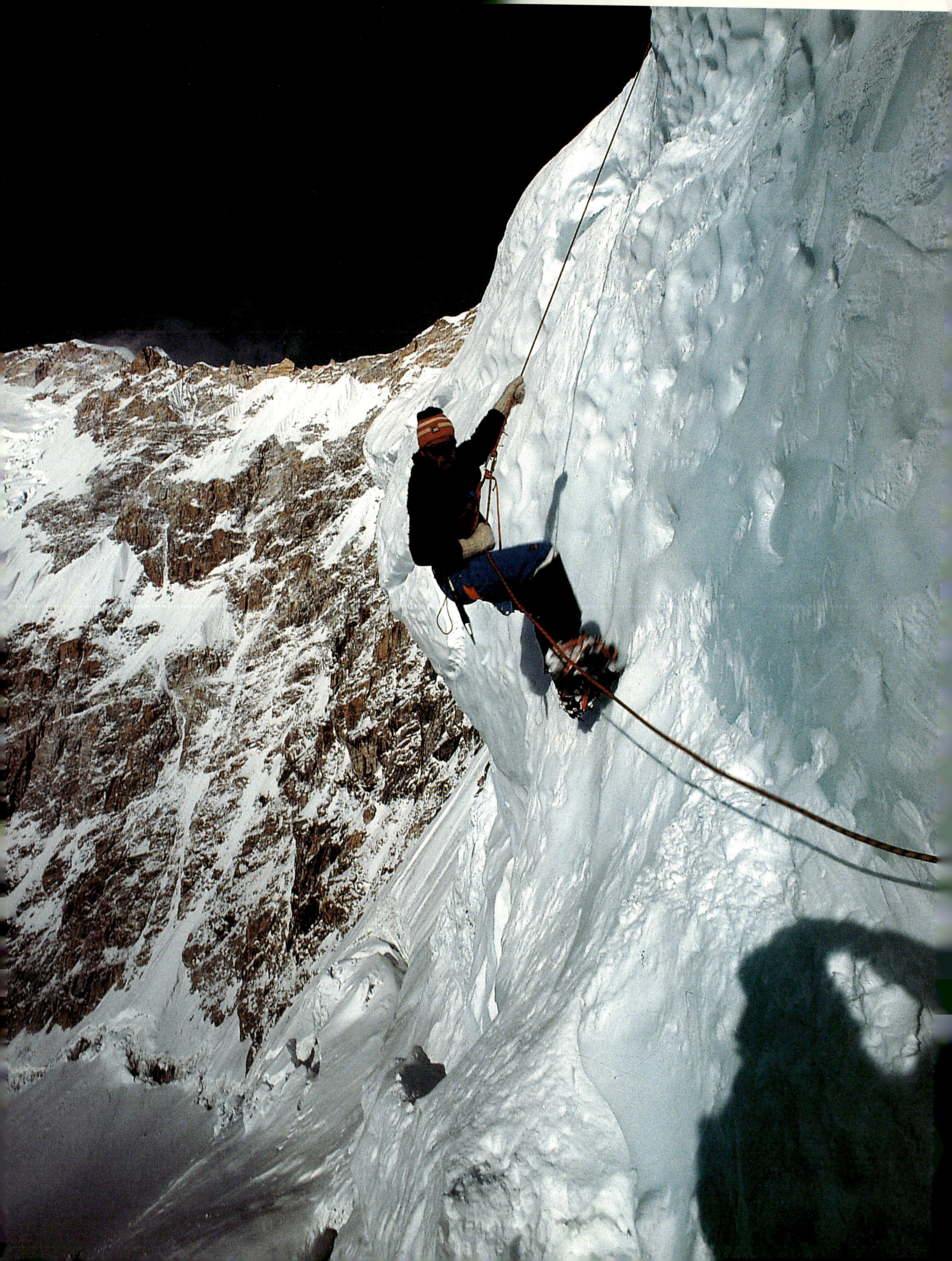

lischen Vorgängern. 1979 hat Doug Scott mit drei Freunden eine neue Route durch diese Wand eröffnet und kam über diesen Grat zum Gipfel. Von ihm weiß Reinhold, daß es ab hier noch einige schwierige Stellen gibt, bevor man auf die große Schulter kommt.

Wir erreichen diese tags darauf. Unendlich lang erscheint uns von hier der Grat zum Gipfel. Es ist höchste Zeit abzusteigen. Unsere Zelte liegen schon im Schatten. An der Innenwand hat sich Rauhreif gebildet, der uns beim leisesten Wind ins Gesicht stöbert. Es ist alles andere als angenehm, auf dieser Höhe bei minus 30 Grad zu schlafen, sofern man überhaupt von Schlaf reden kann. Es ist vielmehr ein Vor-sich-hin-Dösen, ein unangenehmes Warten auf den nächsten Tag. Die ganze Zeit muß ich nur daran denken, wie anstrengend es ab 8100 Meter werden wird. 1979 am K2, dem dritthöchsten Berg der Welt, war der Gipfel auch zum Greifen nahe. Mit Sandro und Robert mußte ich auf 8000 Meter wegen Schlechtwetter umkehren. Aber jetzt am Kantsch will ich ganz hinauf, diese Erlösung am Höhepunkt der Schinderei erleben. Aus Reinholds Buch »Der gläserne Horizont« kann ich mir eine Vorstellung machen, wieviel Überwindung es braucht, in dieser Höhe aufzusteigen. In Gedanken bin ich schon öfters am Gipfel gewesen.

Am Gipfel

Heute, am 5. Mai, klettern wir mit den Sherpa an den Fixseilen bis zur Schulter. Das Gelände wird leichter, trotzdem werden die Rastpausen mit zunehmender Höhe häufiger. Das Wetter spielt nicht mehr mit; es wird stürmisch, die ersten Schneeflocken wirbeln durch die Luft. Mit zwiespältigen Gefühlen klettern wir weiter. Das unbeschreibliche Gefühl, die 8000-m-Grenze zu überschreiten, treibt mich voran. Mit meinen Gedanken bin ich bereits einen Tag voraus.

Heikle Querung im Eisfall zwischen Lager I und Lager II.

Wir wählen die Route der Inder, somit steigen wir am Beginn der Gipfelpyramide direkt auf den Grat. Dort, auf 8000 Meter, schlagen wir unser Biwak auf. Es dauert einige Zeit, bis wir unsere Zelte stehen haben. Drei Sherpa steigen ab; sie sollen im Lager III warten. Ang Dorje bleibt bei uns. Die ganze Nacht bin ich wach, drehe mich dauernd von einer Seite auf die andere und ärgere mich selbst über meine Unruhe. So kann Reinhold auch kein Auge zumachen. Sicher spürt er meine Spannung. Wir reden nicht viel. Der Wind bläst ununterbrochen. Das Zelt steht keine Minute still, es ist ein ständiges Zerren und Knattern. Gegen Morgen höre ich Ang Dorje Schnee für den Tee holen, dabei dringt eisige Kälte durch die kleine Zeltöffnung. Langsam beginne ich mich anzuziehen. Es ist so anstrengend, in die steifgefrorenen Schuhe zu steigen. Ich bin nervös, versuche aber, mich zur Ruhe zu zwingen. Es dauert einige Zeit, bis ich fertig bin. Dann lege ich mich hin, um Reinhold Platz zu machen. Die Zelte sind so klein, daß sich nicht zwei zugleich anziehen können.

Mit Gewalt trinke ich viel lauwarmen Tee. Es ist inzwischen 7 Uhr geworden. Reinhold verläßt als erster den Biwakplatz. Mit Ang Dorje folge ich seinen Spuren. Schon nach den ersten Schritten spüre ich die Anstrengung. Dem Grat folgend, klettern wir mühsam hinauf, jeder für sich, Schritt für Schritt. Ich beginne sie zu zählen – 20, 10, 5 – oft bleibt es nur beim Versuch, den Fuß um eine Schuhlänge weiterzubewegen. Dann schließe ich die Augen und stütze den Kopf am Pickel ab. Immer öfter muß ich rasten und dagegen ankämpfen, mich einfach hinzusetzen. Dabei konzentriere ich mich allein auf die Spuren, die Reinhold vor mir in den Schnee tritt. Er steigt wie ein Roboter, trotz seiner Lungenbeschwerden. Die Chance, den Gipfel zu erreichen, verdrängt in ihm jeden Gedanken an Krankheit. Immer mehr habe ich das Gefühl, daß jemand hinter mir hersteigt und mit mir spricht. Bei jeder Rast wird mir wieder bewußt, daß ich nur Selbstgespräche führe. Der Sauerstoffmangel macht sich immer stärker bemerkbar.

Wir haben eine unendlich lange Querung hinter uns. Das letzte Gratstück seilen wir uns an. An der Südseite, vom Wind geschützt, quälen wir uns aufwärts. Ich bin ausgelaugt, meine Beine wollen mich nicht mehr tragen. Nur der große Wille, den Gipfel zu er-

Friedl Mutschlechner auf den letzten Metern zum Gipfel des Kangchendzönga. Dieser Gipfelsieg war zweifellos der größte Erfolg seiner Bergsteiger-Karriere.

reichen, läßt mich weitersteigen. Ich spüre ihn ganz nahe und kann trotzdem nicht schneller gehen. Das Atmen ist so anstrengend, daß ich für nichts anderes mehr Kraft aufbringe. Um 15.30 Uhr fallen wir uns in die Arme, Reinhold, Ang Dorje und ich. Zu Ende ist die Quälerei, keinen Schritt mehr aufwärtssteigen müssen, nur mehr tief Luft holen. Wir sind oben, am Gipfel des Kangchendzönga, 8598 Meter hoch. Ein Gefühl von Freude und Stolz mischt sich mit Erschöpfung. Ich bin glücklich und möchte etwas sagen. Es kommen nur Tränen.

Es ist bewölkt und fast dunkel, so daß man keinen anderen Berg sehen kann. Wahrlich nicht das Panorama, das ich mir vom Kangchendzönga erwartet habe! Ang Dorje rammt die nepalesische Flagge in das ewige Eis, dann fotografieren wir uns gegenseitig. Nach einer halben Stunde beginnen wir vorsichtig mit dem Abstieg.

Mit dem Rücken zur Zeltwand

Der Sturm hat orkanartige Ausmaße angenommen und es erfordert äußerste Konzentration, den richtigen Weg zu finden und ohne Ausrutschen das rettende Zelt zu erreichen. Bei allem Glücksgefühl bin ich müde und ausgelaugt. Jeder von uns hat für den Aufstieg alles gegeben. Deshalb trifft uns jetzt der Sturm umso härter. Es ist die Hölle los. Der Wind peitscht uns Schneekristalle ins Gesicht und nimmt uns jede Sicht. Trotz allem können wir uns noch vor Anbruch der Dunkelheit in das zurückgelassene Zelt retten. Die Steigeisen lassen wir vorm Zelt liegen, dann kriechen wir samt den Schuhen in die vereisten Schlafsäcke. Der Sturm tobt so heftig, daß wir keine Möglichkeit haben, etwas zu kochen. Nur nicht einschlafen – das wäre das Ende. Mit dem Rücken zur Zeltwand sitzend versuchen wir, dem Wind Widerstand zu leisten. Erbärmlich wenig haben wir diesem Sturm entgegenzusetzen.

Irgendwann merke ich, daß meine rechte Hand gefühllos ist. Die Finger sind steifgefroren. Nur nicht aufgeben – meine ganze Kraft konzentriert sich auf diesen Gedanken. Ich habe das Gefühl für Zeit verloren – Minuten werden zu Stunden, Stunden zu Ewigkeiten. Jetzt darf mir nicht der kleinste Fehler unterlaufen. Während ich Reinhold, der neben mir ist, im Heulen des Sturmes aber kaum etwas verstehe, um Hilfe schreie, reißt die Befestigung am Zeltgestänge. Ich spüre Schlimmes auf uns zukommen. Die Konzentration läßt merklich nach. Alles was ich denke, spreche ich Wort für Wort laut vor mich hin. So habe ich die bessere Kontrolle über mich, ob ich noch einigermaßen klar denken kann. Wir schauen uns an, jeder weiß, was passieren kann. Mit Handzeichen fordere ich Reinhold auf, sich mehr gegen die Zeltwand zu stemmen. Er schreit mir zu: »Sag den Kanadiern da draußen, sie sollen endlich aufhören, Steine auf unser Zelt zu werfen.« Mich durchfährt ein eisiger Schreck. Einen Moment muß ich an Expeditionsberichte denken, laut welchen Bergsteiger vors Zelt gegangen und seitdem verschwunden sind. Irgendwie habe ich keine Angst vorm Sterben mehr. Der Tod ist zur realen Wirklichkeit geworden. In diesem Augenblick reißt das Zelt. Wir liegen im Freien. Zu unserem großen Glück haben wir diesmal die Schuhe angelassen, geht es mir wie in Zeitlupe durch den Sinn. Eigentlich erscheint es mir im selben Moment gar nicht

Wetterverschlechterung und Nebel zwingen zum baldigen Abstieg.

mehr schlimm, liegenzubleiben und zu sterben. Die Versuchung, den winzigen Schritt zum ewigen Schlaf zu tun, ist groß. Ein letztes Aufbäumen meiner Kräfte ermöglicht es mir, doch noch die Steigeisen anzuziehen. Der Wind wirft mich dabei immer wieder um. Ang Dorje, unserem treuen Sherpa, geht es genauso. Dann beginnen wir den Abstieg. Unterhalb vom Grat suche ich Schutz vor dem Sturm, um auf Reinhold zu warten. Ich schreie mir die Seele aus dem Leib, er solle doch kommen, aber der Sturm ist zu laut, als daß er es hören kann. Anscheinend hat er mehr Probleme mit den Steigeisen als Ang Dorje und ich. Immer wieder fällt er zu Boden. Ich möchte ihm helfen, habe aber keine Kraft mehr, das kurze Stück hinaufzusteigen. Das einzige was ich tun kann, ist, ihn nicht alleine zu lassen. Bewegungslos stehe ich da und muß zusehen, wie er sich bis zum letzten plagt. Keiner weiß besser als er, daß ihm hier niemand helfen kann. Ich weiß nicht, wie lange es gedauert hat, bis er neben mir stand. Ohne ein Wort zu sagen, setzen wir den Abstieg fort. Erst als uns die Sherpa im Lager III heißen Tee reichen, wissen wir, daß wir überlebt haben. Warum überlebt? Weil jeder von uns weiß, daß man in solchen Situationen ganz auf sich allein gestellt ist, daß jeder nur mehr Kraft für sich selber hat.

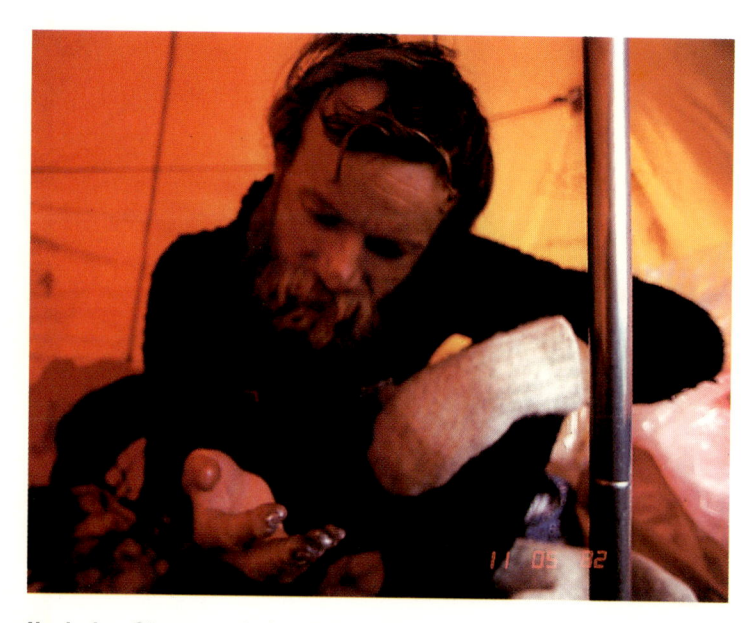

Nach den Strapazen holen Friedl Mutschlechner die Schmerzen ein. Bedeuten die Erfrierungen an Händen und Füßen das Ende des Bergsteigens?

Rechts: Nur ein Bild der Erinnerung?

Abbildung nächste Doppelseite: Team leaving – vor der imposanten Kulisse des Kantsch.

Verabschiedung von Friedl Mutschlechner am Flughafen.

Überlebt

Es klingt hart, wenn man zugeben muß, in solchen Situationen einen Partner liegen zu lassen und nur mehr sich selbst zu retten, aber es ist die Realität. Jeder hat das Recht oder sogar die Pflicht, so zu handeln.
Ich glaube, daß Reinhold durch diese Einstellung nicht nur in dieser Grenzsituation überlebt hat, sondern auch seine vielen anderen großen Bergabenteuer erfolgreich durchgestanden hat.

Aber der Preis ist hoch. Reinhold hat eine Lungenentzündung und ein Amöbenabszeß in der Leber, ich habe mir vier Finger der rechten Hand und zwei Zehen des linken Fußes erfroren. Der Rückmarsch ist qualvoll, ein wahres Fegefeuer. Die Finger schmerzen, der Fuß noch mehr. Erst nach einigen Tagen kann ich mich in einen Schuh zwängen. Reinholds Zustand verschlechtert sich auch von Tag zu Tag; er spuckt Blut. Einen Hubschrauber anzufordern, würde nicht viel nützen. Eine Woche Wartezeit und länger, gibt man uns Auskunft. Wir können es uns nicht leisten, auch nur einen Tag zu verlieren mit untätigem Warten auf Hilfe von außen. So haben wir uns auf den Weg gemacht. Nach und nach haben wir wieder Augen für Gras und Blumen am Wegrand, und als wir zu den ersten Siedlungen kommen, ist mir, als würde ich neu geboren. Ich fange wieder an zu leben, zu denken und zu empfinden. In zwölf Tagen sind wir den ganzen Weg bis Dahran marschiert, Pinocchio I und Pinocchio II, wie Reinhold und ich uns umgetauft haben; so mager sind wir geworden.

In Kathmandu bleibt mir nichts anderes übrig, als das nächste Flugzeug in Richtung Heimat zu nehmen. Ich bin sehr traurig, daß ich nicht mehr zum Broad Peak und Gasherbrum mitfahren kann. Wegen meiner Erfrierungen ist es mir unmöglich, meine Idee, drei Achttausender hintereinander zu besteigen, zu verwirklichen. Reinhold bleibt im Karakorum, meinen Plan zu Ende zu führen. Die Sherpa kommen noch zum Flughafen, um sich zu verabschieden. Ich muß weinen, als sie mir Chartas, Glücksschleifen, um den Hals legen. Ohne ihre Sprache zu verstehen, sind wir Freunde geworden. Dem Reinhold wünsche ich noch alles Gute für die beiden nächsten Ziele, dann verschwinde ich in der Menschenmenge.

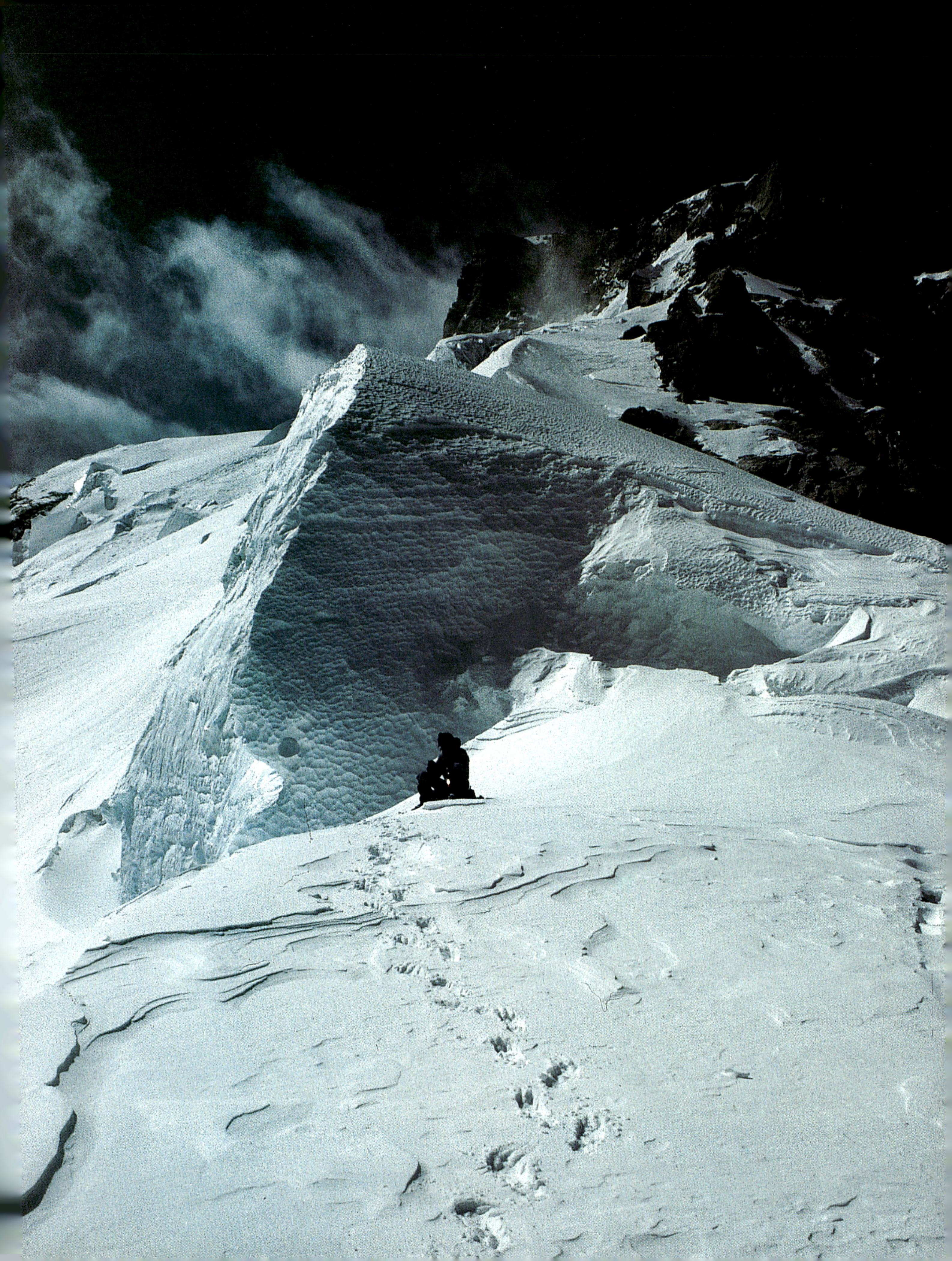

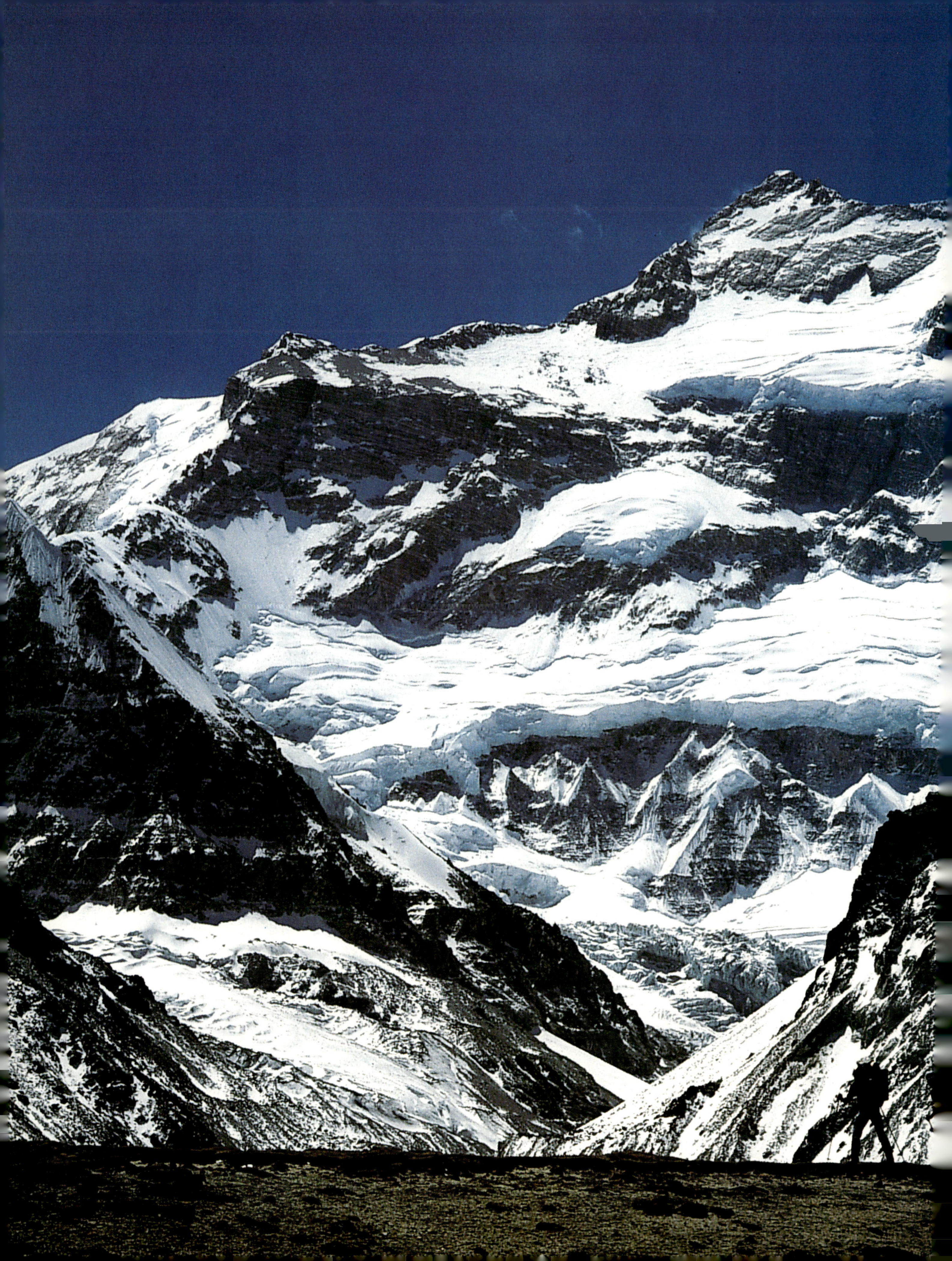

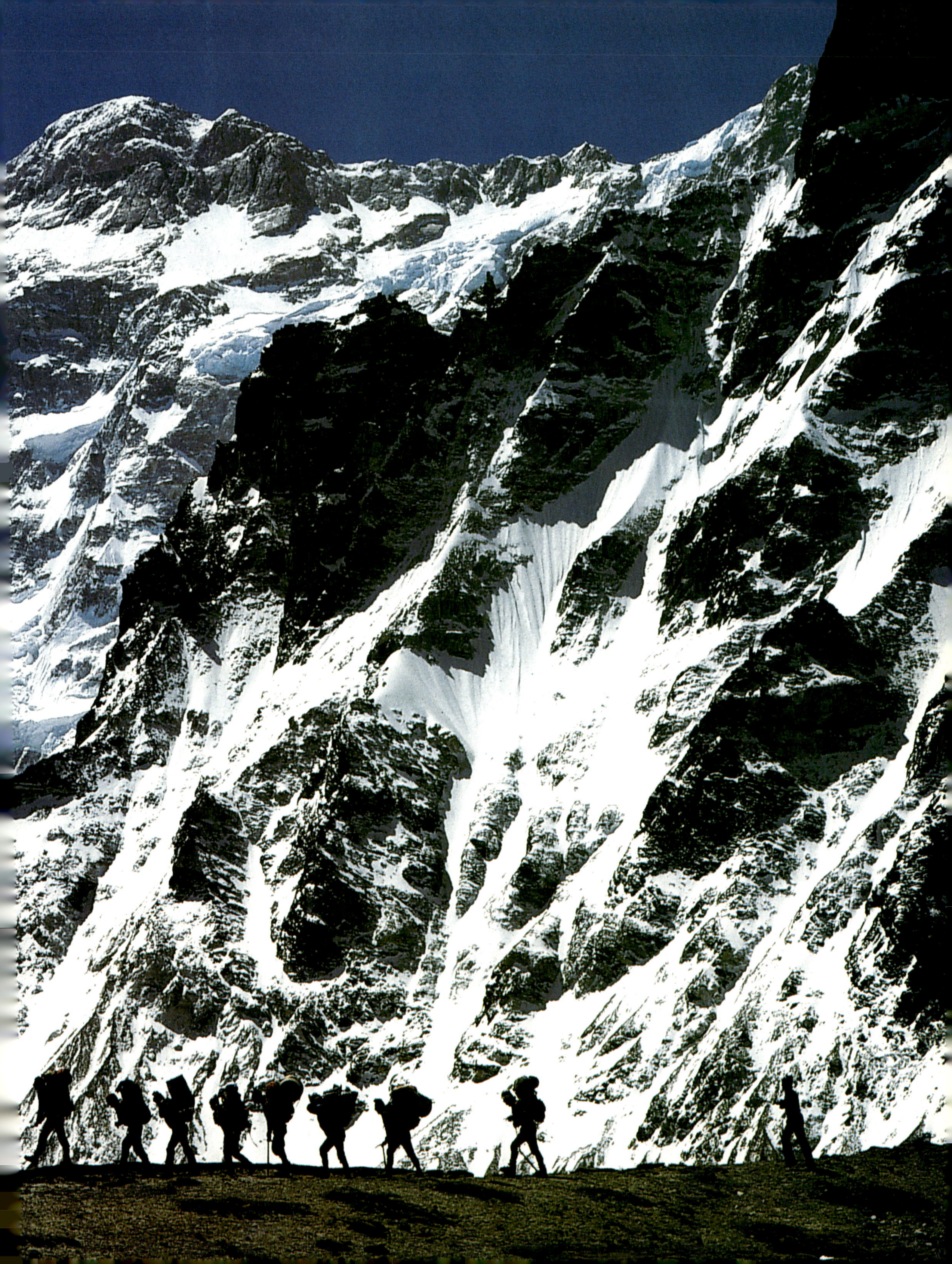

Wieder am Anfang

18. Dezember 1982   Ich sitze im Basislager an der Südwand des Cho Oyu, 8202 m. Durch das Fernglas beobachte ich schon den ganzen Vormittag zwei kleine schwarze Punkte, die die Eiswand hinaufkrabbeln. Ich habe es mir viel leichter vorgestellt, im Basislager zu bleiben. Trotzdem ich mich so gut als möglich nützlich mache, muß ich oft untätig herumsitzen; durch meine Erfrierungen heuer im Mai am Kangchendzönga sind mir an allen fünf Fingern der rechten Hand die Spitzen amputiert worden. Bei den Zehen des linken Fußes konnte dies gerade noch vermieden werden. Sie sind verheilt, aber noch äußerst empfindlich.

Nun gehöre ich also zum ›Bodenpersonal‹ dieser ›barocken‹ Expedition, die aus sechs Bergsteigern, vier Frauen und zwei Künstlern zusammengesetzt ist.

Es ist ziemlich kalt geworden und wie jeden Abend gehe ich in die Sherpa-Küche, mir Finger und Zehen zu wärmen. Ein Problem beschäftigt mich immer mehr. Was kann ich in diesem Zustand von meiner Zukunft erwarten? Werde ich überhaupt wieder klettern können? Muß ich den Beruf wechseln? Fragen über Fragen. Mit Hans Kammerlander und Hans-Peter Eisendle rede ich öfters über die Möglichkeiten, vom Bergsteigen zu leben. Die bisherigen Versuche sind noch nicht ermutigend.

Auf dem Weg hierher haben wir den Island Peak, 6150 m, bestiegen. Beim Anziehen der Steigeisen in 5900 Meter Höhe habe ich meine Finger nicht mehr gespürt. Wieviel darf ich riskieren? Alles muß ich erst wieder von neuem erfahren. Ich habe schon ans Umkehren gedacht, da sehe ich Hans auf mich warten. Das finde ich großartig von ihm. So steige ich weiter, gemeinsam erreichen wir den Gipfel.

Einige Tage später – immer noch auf dem Anmarsch – bouldern die beiden an einem Felsblock. Ihr Können ist beneidenswert. Ich will es auch versuchen. Bei der ersten Berührung mit dem Fels hätte ich schreien mögen vor Schmerz. Noch ist es viel zu früh, meine Hände so zu strapazieren. Du mußt Geduld haben, rede ich mir selbst zu, und vernünftig bleiben.

Wieder zu Hause, kann ich es kaum erwarten, bis im Klettergarten die Sonne den Schnee wegfrißt. Ich muß es endlich wissen, ob ich noch eine Chance habe, als Bergführer zu arbeiten. Skeptisch schaue ich die Wand hinauf. Ich kenne jeden Griff, ziehe mich mit der linken Hand hoch, greife mit der rechten weiter – ein Aufschrei – mir wird schwarz vor Augen. Es ist mehr ein Fallen als ein Abspringen. Meine Finger bluten. Lange sitze ich am Wandfuß, ratlos, todunglücklich.

Am nächsten Tag ein weiterer Versuch. Mit Tape-Verband umwickle ich die Fingerspitzen, aber es fehlt mir die Kraft, dazu kommen Unsicherheit und wahnsinnige Schmerzen. Allein der Gedanke, den Fels zu berühren, treibt mir das Wasser in die Augen. Ich darf nicht aufgeben, um keinen Preis. Ich will ja nur bis dorthin, wo ich vor dem Unglück war, in die großen, klassischen Wände.

Es geht immer besser; wenn es warm ist, klettere ich jetzt auch Touren als Seilerster. Das harte Training im Klettergarten hat sich gelohnt. Lange schon habe ich mich in Gedanken mit einer bestimmten Tour befaßt: der Malsiner-Danese-Führe an der Meisules-Südwestwand, 350 Meter hoch. Bei Hans Kammerlander hole ich mir die nötigen Informationen; er hat sie als Zweiter begangen und ist begeistert.

Die Meisules-Wände sind keine ausgeprägten Gipfel, sondern eher ein langgezogener Sockel, der die nordwestliche Ecke des Sellastockes formt und auf

Die Teilnehmer der ›barocken‹ Cho-Oyu-Expedition: Hans Kammerlander, Anna Hecher, der Maler Luis Stefan Stecher, der Dichter Jul Bruno Laner und Friedl Mutschlechner (von links nach rechts).

dem die beiden markanten, weithin sichtbaren Murfreidtürme stehen. 1963 eröffneten V. Malsiner und C. Danese vom 11. bis 13. Juni eine Route durch die abweisende, gelbe Südwestwand der Meisules, direkt über der Sella-Paß-Straße, eine wilde Riß- und Hakenkletterei, laut Angaben der Erstbegeher VI+ und A3, ein Zeichen aus der Direttissima-Zeit.

Mit Wilfried, einem jungen Brunecker Kletterer, fahre ich im Spätsommer '83 über das Grödner Joch bis Miramonti. Jedesmal, wenn ich zum Sella-Paß gefahren bin, habe ich hinaufgeschaut auf die riesige Schuppe, die schon lange eine magische Anziehungskraft auf mich ausübt.

Das Wetter ist nicht besonders gut. Ohne viele Worte gehen wir zum Einstieg. Über den grasbewachsenen Vorbau spuren wir hinauf, sehr vorsichtig, denn solch ein ausbrechendes Grasbüschel kann leicht zum Verhängnis werden. Ich fühle mich ziemlich unsicher. Meine Fingerspitzen drücke ich in die feuchte Erde, um das Gleichgewicht zu halten. Ein Regentropfen fällt mir auf die Nase. Das nährt meine Hoffnung, dieser unangenehmen Kletterei ein Ende machen zu können. Auf weitere Tropfen wartend, bleibe ich stehen. So hätte ich einen guten Grund aufzugeben. Auch Wilfried ist bisher nicht begeistert. Meine Finger schmerzen. Da – die Sonne kommt hinter den Wolken hervor. Wir machen weiter.

Einige Stunden sind inzwischen vergangen und wir befinden uns am Beginn der großen Schuppe. Unter keinen Umständen würde ich jetzt noch umkehren. Der Wunsch, nie mehr diese Graskletterei zu wiederholen, treibt mich nach oben. Auf einem kleinen Absatz sitzend, sichere ich Wilfried. Langsam und gleichmäßig gleiten die Seile durch meine Hände. Elegant ›piazt‹ er sich hinauf und verschwindet im Kamin.

Unten auf der Paßstraße reiht sich ein Auto neben das andere; Menschen schauen zu uns herauf. Wie gerne wäre ich jetzt einer von denen! Und wenn ich da unten stünde und jemanden hier heroben klettern sehen würde, wäre ich wieder gerne oben. Also bin ich ja eigentlich da, wo ich sein möchte.

»Stand«, ruft Wilfried, mich aus meinen Gedanken reißend. Vorsichtig steige ich höher, konzentriere mich nur auf den nächsten Griff, auf einen sicheren Tritt. Ich wage nicht, außen an der Kante zu bleiben. So krieche ich hinein in diese ›Würgestelle‹. Es ist so eng, daß ich meine Füße nicht sehen kann. Weiter geht es bis ans Ende der Schuppe. Den Rucksack ziehe ich mit einer Reepschnur nach. Als Wilfried neben mir steht, zögere ich einen Moment, ob ich nun vorsteigen soll, und warte darauf, daß er sich diesbezüglich äußert. Nichts dergleichen. Solche Situationen fordern mich heraus, machen mich stark. Nun liegt es an mir, ob ich weitergehen will oder nicht. Meinen Fingern nicht ganz trauend, erreiche ich eine brüchige Sanduhr. Vorsichtig steige ich in die letzte Sprosse meiner Trittleiter, um weiter oben einen Haken zu schlagen. Da bricht ein Stück Sanduhr aus. Gerade noch rechtzeitig kann ich das Seil in den Haken hängen. Teils technisch, teils frei gewinne ich an Höhe. Unter einem Dach quere ich nach links. Es drückt ganz schön nach außen. Ein paar verfaulte Holzkeile verlangen nach einer Zwischensicherung. Es bleibt mir aber keine Zeit, einen Klemmkeil zu legen, der Ablauf meiner Bewegungen erlaubt keine Unterbrechung und kein Zögern. Fünfmal wechsle ich Griffe und Tritte – geschafft! Meine Hand schmerzt wahnsinnig, die Finger sind ganz weiß. Ich muß warten, bis das Blut darin wieder zirkuliert. Noch 5 Meter ... ich bin auf Stand. Eine ungeheure Befriedigung überkommt mich und Freude darüber, diese Schwierigkeiten bewältigt zu haben.

Der weitere Aufstieg erscheint mir nicht allzu problematisch. Wilfried kommt nach und steigt gleich weiter. An seinen Bewegungen erkenne ich, daß es doch nicht so einfach ist, wie ich geglaubt habe. Nach 20 Metern macht er Stand und läßt mir den Vortritt. Es geht überhängend weiter. Ich halte mich ziemlich rechts, hinter der Kante wird es leichter. Nach zwei weiteren Seillängen sind wir oben.

Schnell jagt uns der erste Donner nach unten. Schade! Gerne wäre ich am Gipfel im Gras gelegen und hätte meinen Erfolg ausgekostet. Aber jetzt weiß ich: mit dieser Tour, es ist die 3. Begehung, habe ich den Anschluß geschafft.

Stilleben in der Cho-Oyu-Südostwand bei Lager I, 6300 m.

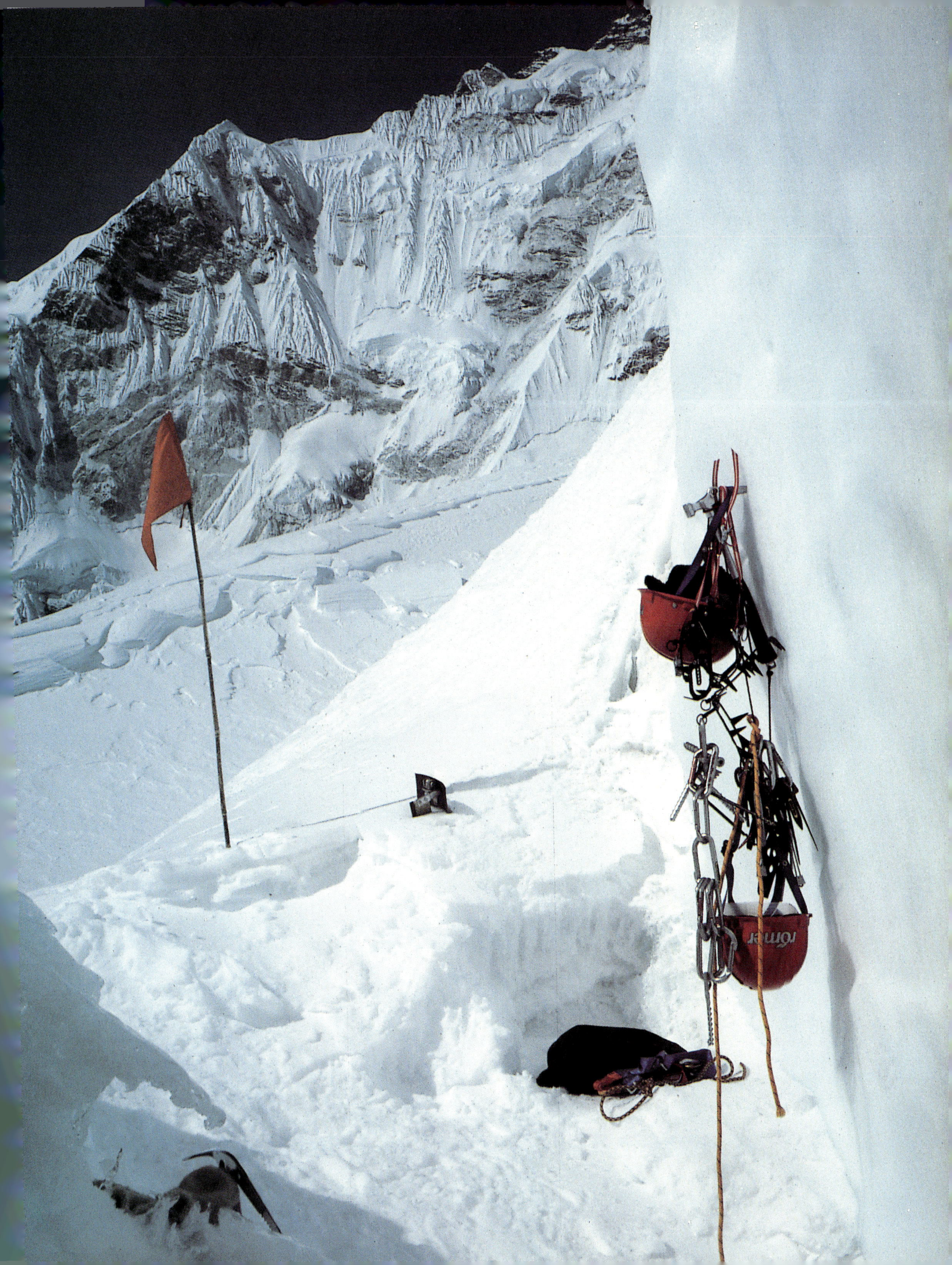

Dhaulagiri – Scheitern am ›Weißen Berg‹

22. März 1984 Ankunft in Kathmandu. Abends noch mit schwerbeladenem Bus bis Pokhara gefahren; die paar Stunden bis zum Morgengrauen habe ich auf dem Dach des Busses geschlafen, die anderen Expeditionsteilnehmer auf der bloßen Erde ringsherum.

23. März Reinhold und ich trennen uns von der Gruppe und fliegen nach Jomosom, 2800 m; der Ort hat tibetischen Charakter. Wir marschieren noch bis Lete.

24. März Wegsuche zum Annapurna-Basislager; wir wollen eine französische Expedition besuchen und Erkundigungen einholen. Nebel, nirgends Wasser.

25. März ›Fototermin‹ für die Annapurna-Westwand; Wetter morgens schön, dann Nebel, später Hagel; wir haben 2400 Meter Höhenunterschied überwunden. Starke Schmerzen im Knie – war am Verdursten – Wasser vom Fluß getrunken; erreichen um 17 Uhr wieder Lete.

26. März Für 50 Rupies tragen Esel unsere schweren Rucksäcke bis Tatopani – brutale Hitze – armselige Hütten.
Während die Treiber sich in einem Rasthaus einen Tschang genehmigen, jagen wir die Herde mit lautem Geschrei durchs Kali Gandaki talauswärts – die Einheimischen lachen über uns. Bei der Polizeikontrolle in Beni sehen wir die Eintragungen unserer Freunde; eilig ziehen wir weiter, erreichen abends todmüde ihr Lager. Begrüßung mit einer Dose italienischem Wein von unseren Schweizer Freunden ›Schurle‹ und Jörg.

27. März Gemeinsam ziehen wir taleinwärts durchs Myangdi-Khola; keiner kennt den Weg...

28. März Immer höher werden die Berge, immer fruchtbarer das Land. Der Wind streicht über die wogenden Gerstenfelder.

29. März Hilfe – Überfall! Ganze Schwärme von Stechmücken umkreisen mich. Die ganze Nacht verbringe ich mit Kratzen und Einschmieren.

30. März Den ersten »blauen Bomber« verabreicht bekommen. So nennen wir die Schlaftabletten, die wir in großer Höhe testen sollen.

31. März Ich kann meine Schokolade nicht finden; Reinhold erzählt mir, ich hätte ihn nachts um die Taschenlampe gefragt und die ganze Tafel verschlungen, ohne ihm auch nur ein kleines Stück abzugeben. Ich fühle mich heute ganz elend – alle ziehen an mir vorbei; gegen Nachmittag bessert sich mein Zustand.

1. April Bin mit Reinhold bis zum Italiener-Camp gegangen; überwältigender Blick auf die Südwestseite des Dhaulagiri – wir übernachten im mitgebrachten Zelt.

2. April Nach Überqueren des ausgeaperten Gletschers kommen wir durch eine sehr enge Schlucht – gute Verhältnisse auch für unsere Träger – Erkundung somit beendet – zurück zum Zelt, wo wir inzwischen von Robert, Hans und Hans-Peter mit einer Speck-Jause (!) erwartet werden. Zusammen steigen wir ab und treffen uns wieder mit der restlichen Gruppe (3600 m).

3. April 6 Uhr – die ersten Träger verlassen das Lager. Reinhold, auf Sichtweite voraus, gibt mir Zeichen, ob der Weg richtig ist. Heute 1000 Höhenmeter geschafft – nach 11 Tagen Anmarsch auf 4600 Meter das Basislager errichtet.

4. April Ich habe ein Zelt für mich allein – schreibe an meine Familie; noch bei keiner Expedition habe ich so viel an sie gedacht wie diesmal.

5. April Dhauli, unser Hund, den Wolfi im letzten Dorf gekauft hat, probiert jeden Schlafsack aus – er kann sich nicht entscheiden...

6. April Ich bin wie gerädert – mit sehr gemischten Gefühlen verlasse ich mit Reinhold das Basislager. Hans und Hans-Peter sind schon lange vor uns aufgebrochen und versichern die Strecke; unzählige Spalten – nach äußerst anstrengendem Aufstieg auf 5750 Meter geeigneten Platz für 1. Hochlager gefunden. Unter Flüchen und Verwünschungen Zelt aufgestellt, das nicht hält, was Rudi uns versprochen hat. Um 16 Uhr ist es endlich bezugsfertig. Erinnerungen werden wach: vor genau zwei Jahren hatten wir – Reinhold mit Lebensgefährtin Nena und Tochter Láyla und ich am Kangchendzönga nach siebzehntägigem Anmarsch das Basislager erreicht.

7. April Wetter schön – von Auftrieb keine Spur. Jeder wartet, daß der andere die Initiative ergreift; wir bleiben im Zelt, in diesem Scheiß-Zelt, wo nicht einmal der Kocher funktioniert – zu wenig Sauerstoff! Reinhold liest, ich knacke mir ab und zu einen Gipfel von der Schokolade ab. Draußen wieder undurchdringlicher Nebel. Hans und Hans-Peter bringen mit zwei Sherpa andere Zelte herauf.

8. April Abwechselnd spuren Reinhold und ich den Nordost-Grat hinauf – dichter Nebel behindert uns; wir deponieren die beiden Seilrollen, markieren die Stelle und kehren zu Lager I zurück. Dort werden Wolfi und Rudi erwartet – um 17 Uhr immer noch keine Spur von ihnen – Reinhold wird unruhig und nervös; über Funk beordert er sie ins Basislager zurück.

9. April Schneesturm in der Nacht – sehr kalt am Morgen. Beladen mit Seilen und Zelten spuren wir wieder von neuem zum Nordost-Grat, was sehr kraftraubend ist. In kürzester Zeit sind wir eingehüllt von dichtem Nebel, Schneetreiben, akuter Lawinengefahr. Umkehr knapp unterhalb des 2. Lagers; wir wagen nicht mehr den Abstieg von Lager I ins Base Camp, nachdem Sherpa Anu vor einigen Tagen in eine Spalte gefallen ist und erst nach zwei Stunden herausgezogen werden konnte.

10. April Wir sind im Lager I gefangen. Es schneit ununterbrochen. Ich beginne nachzurechnen, wie lange wir zu viert mit dem Brennstoff auskommen. – Reinhold muß austreten – ganz erfroren kommt er zurück; es hat 1,50 Meter Neuschnee. Plötzlich muß ich auch. Ich überlege, wie ich es anstellen könnte, ohne das Zelt zu verlassen. Die Schokoladenschachtel eignet sich bestens. »Denk daran«, sagt Reinhold, »das nächstemal werd' ich es dir

Der Dhaulagiri vom Weg zum Basislager.

nachmachen.« Und so steht unser ›Klo‹ neben den Lebensmitteln in der Ecke – für's nächstemal.

11. April Kaum geschlafen – in Gedanken viele tausend Kilometer zu meiner Familie geflüchtet – ich verspreche wieder viele Dinge, obwohl ich weiß, daß ich sie doch nicht halten kann. Heute müssen wir unbedingt ins Basislager absteigen. Zu viert wühlen wir uns durch meterhohen Schnee, tappen ab und zu in verschneite Spalten. Der Abstieg kostet uns unheimlich viel Kraft. Schurle und Jörg empfangen uns mit einem vorzüglichen Essen und einer Dose Wein.

12. April Endlich einmal eine Nacht ohne zu frieren, ohne quälende Gedanken, ohne Sorge, wann es endlich aufhört zu schneien. Aus meinem Walkman spielen mir die ›Zillertaler Schürzenjäger‹ ein Ständchen und regen meine Lebensgeister an.

13. April War ich gestern noch fest davon überzeugt, bei solchen Verhältnissen niemals wieder aufzusteigen, bin ich heute schon ganz anderer Meinung. Wolfi, Rudi, Konrad und Robert gehen ins erste Hochlager, um den Weiterweg zu versichern und Lager II zu errichten.

14. April Wir sind enttäuscht, als Rudi über Funk berichtet, sie seien nicht einmal bis zu unserem Depot gekommen. Und das bei schönem Wetter!

15. April Wir schicken Sherpa mit Nachschub in Lager I.

17. April Auf 6600 Meter Lager II errichtet.

18. April Reinhold, Hans, Hans-Peter und ich steigen sehr früh auf zu Lager I und begegnen Rudi und Wolfi, später dann auch Konrad und Robert. Wir verkriechen uns gleich in die Zelte. Mein Schlafsack gleicht einer Badewanne; wie ist das nur möglich?

19. April Mit schweren Rucksäcken (Schlafsäkke, Matten, Kocher) brechen wir in Richtung Lager II auf. Die Zelte gucken noch knappe zwanzig Zentimeter aus dem Schnee. Wir wechseln uns beim Ausschaufeln ab, bis wieder Schneetreiben einsetzt. Nun richten wir uns die Zelte ein – es muß alles seine Ordnung haben: links und rechts die Schlafsäcke, der Rucksack als Kopfkissen, in der Mitte ein möglichst ebener Platz zum Kochen, vor dem Zelteingang in Reichweite aufgehackte Eisklumpen für das Teewasser. Wenn der Kocher einmal angezündet ist, heißt es ganz ruhig liegen, damit der Topf voll Wasser nicht umkippt.
Der Sturm wird zum Orkan, der Zelteingang immer kleiner – wir können kaum noch atmen. Panikartig durchbrechen wir die Schneewand und gelangen ins Freie; zum Glück schaut der Stiel der Schneeschaufel noch etwas heraus – beide arbeiten wir um unser Leben. Blitz und Donner begleiten uns – noch nie habe ich in dieser Höhe ein derartiges Gewitter erlebt. Eine mörderische Nacht steht uns bevor, an Schlaf ist nicht zu denken – ständig glauben wir ersticken zu müssen.

20. April Wir sind sehr mitgenommen von der Sturmnacht, die mittags ihre Fortsetzung hat. Wir haben nur mehr Angst.

21. April Eilig brechen wir frühmorgens auf in Richtung Basislager. Am liebsten würde ich gleich nach Hause fahren...

22. April Ostersonntag. Jörg und Schurle verlassen uns – schade! Post von daheim; es schneit ununterbrochen. Ständig niederdonnernde Lawinen lassen uns immer wieder aufschrecken. Die Sherpa haben böse Träume.

23. April Wir spielen Karten bis spät in die Nacht; einer der Küchenjungen wirft sie ins Feuer, weil er etliche hundert Rupies verloren hat.

24. April Mein Auftrieb ist auf den Nullpunkt gesunken. Die heftigsten Stürme toben jetzt in mir. Ich wünsche mir, die Expedition wäre zu Ende. Und das viele Geld, das ich bezahlt habe? Mir ist alles egal, ich möchte heim. Nein, das käme einer Flucht vor mir selbst gleich. Ich würde mich schämen. Warum bin ich nur so demoralisiert?

25. April Schönes Wetter! Niemand verläßt das Basislager. Der viele Schnee muß sich erst festigen.

Lager I auf 6000 Meter Höhe. Mit den teilweise hüfttiefen Schneeverhältnissen waren die Expeditionsteilnehmer ständig konfrontiert.

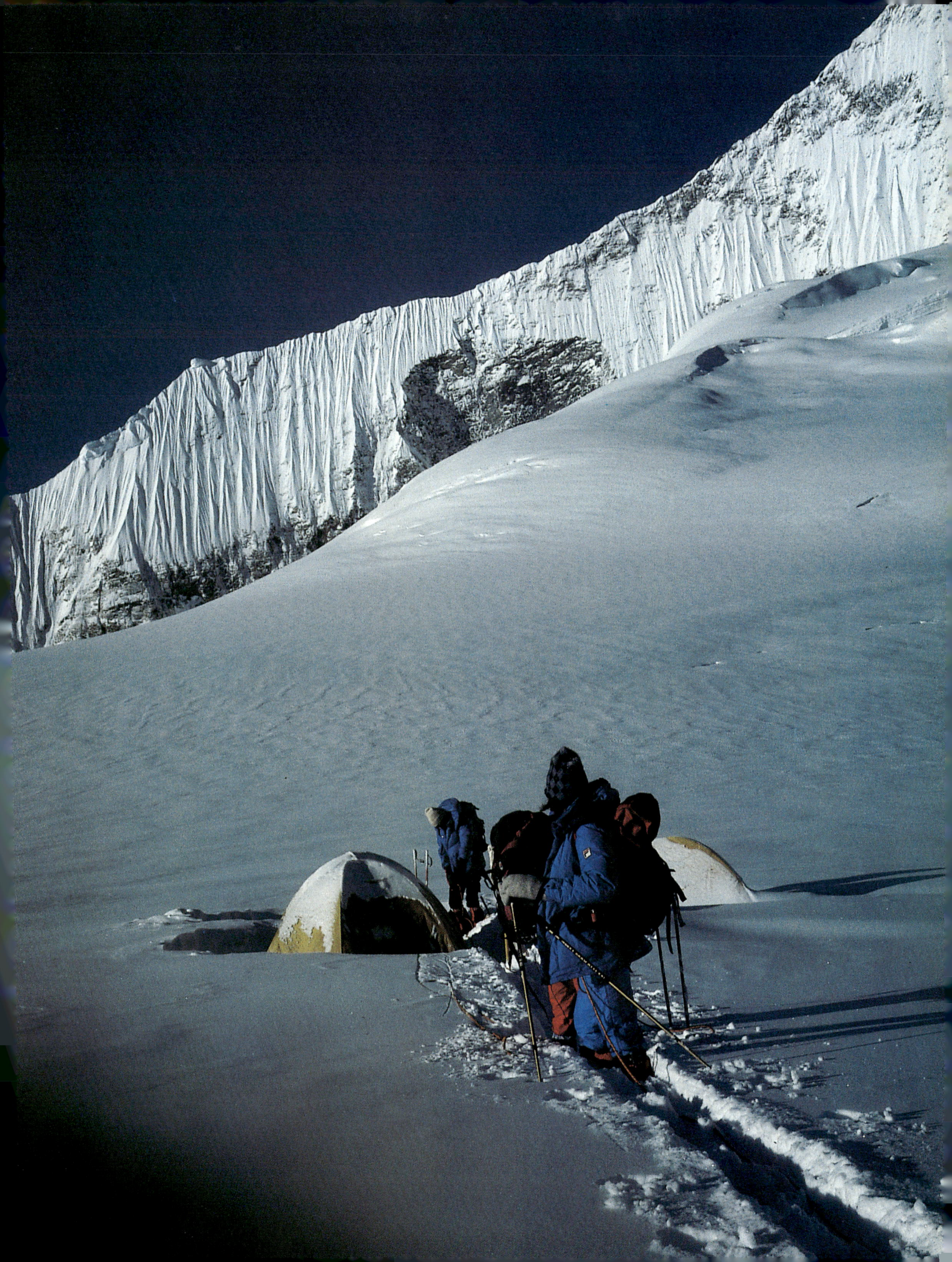

Rückzug bei extremen Schneebedingungen: Friedl Mutschlechner und Robert Alpögger.

Friedl Mutschlechner und Reinhold Messner bei der Rückkehr zu Lager I. Der Aufstieg zu Lager II mußte wegen eines Wettersturzes abgebrochen werden.

26. April   Das Team mit Rudi, Wolfi, Robert und Konrad steigt zu Lager I – die Zelte sind kaum noch auszumachen. Alle schaufeln und schaufeln, fast bis zum Umfallen. In den Daunenanzügen müssen sie die Nacht verbringen, ihre Schlafsäcke sind klitschnaß.

27. April   Im Lager I werden heute die Zelte umgestellt; an etwas anderes ist wegen des vielen Schnees nicht zu denken.

28. April   5.30 Uhr – Robert und Wolfi sind auf dem Weg zu Lager II, Rudi und Konrad zum Basislager. Wir machen uns Sorgen, kein Funkkontakt, nichts zu sehen und es ist schon 15 Uhr. Zwei Stunden später sieht Reinhold alle vier ins Basislager absteigen. Hans und ich gehen ihnen mit Taschenlampen entgegen. Alle sind sehr niedergeschlagen. Lager II ist nicht mehr zu finden unter dem meterhohen Schnee. Resignation überall. Über uns kreist ein Adler. Er will sich endlich die Lebensmittelreste holen – oder wartet er gar auf uns?

29. April   Zu Hause kursieren Gerüchte, daß wir schon aufgegeben hätten und uns auf dem Rückmarsch befänden. Zugegeben, ich wäre gerne auf dem Heimweg, aber vorerst sind wir noch hier. Wir haben noch nicht aufgegeben und wollen es bis Mitte Mai weiter versuchen, obwohl die Chancen sehr gering sind.

»Sechs Trekkerinnen kommen«, schreit Reinhold durchs Lager. »Ah, ah«, hört man von allen Seiten. »Alter hat Vorrecht«, meldet Konrad seine Ansprüche. »Reinhold und ich haben die größten Zelte und jeder wohnt allein darin!« Es gibt Gelächter. Sogar Dhauli, unser Hund, freut sich.

Abends phantastisches Wetterleuchten um den Dhaulagiri – ein nicht enden wollendes Naturschauspiel!

30. April   Die ganze Nacht knattern unsere Zelte im Wind – wenig Schlaf, aber die Hoffnung, daß er weiter oben den vielen Schnee verfrachtet. Thema des Tages: wie kommt man am schnellsten nach Kathmandu? Trotz allem packen wir unsere Rucksäcke für den morgigen Aufstieg.

1. Mai   Um 5 Uhr verlassen Reinhold, Hans, Hans-Peter und ich das Basislager. Wir drei seilen uns an, Reinhold nicht. Er sei bis heute noch nie in eine Spalte gefallen, rechtfertigt er sich. »Und so einer schreibt ein Lehrbuch«, entrüstet sich Hans,

»rennt ohne Seil mitten in den Spalten herum!« An den gefährlichsten Stellen aber wartet er auf uns und hängt sich bei uns ein. Bereits um 9 Uhr haben wir Lager I erreicht. Untertags kann man es im Zelt kaum aushalten vor Hitze; abends dann eine wunderschöne Wolkenstimmung, daß ich Heimweh bekomme. Vom Nachbarzelt höre ich Hans »Drei bieten«. Er wird dem Hans-Peter eine Lektion im ›Watten‹ geben.

2. Mai Aufbruch im Morgengrauen. Es erwartet uns viel Arbeit. Abwechselnd spuren wir in Richtung Lager II. Der Wind peitscht uns Schneekörner ins Gesicht, daß es schmerzt. Hohl kling es unter den Füßen – jeder Schritt ist eine Mutprobe. Hans bleibt stehen; lange ratschlagen wir, wieviel wir noch riskieren können. Keiner spricht von Umkehr. Lieber feige als tot, denke ich mir und steige ab, ohne noch ein Wort zu sagen. Kurz danach folgen Hans und Hans-Peter. Reinhold ist noch ein kleines Stück weitergestiegen, kommt jetzt aber auch zurück und gemeinsam erreichen wir Lager I. Harte

Aufstieg zwischen Séracs, nur wenige hundert Meter oberhalb des Basislagers.

Biwakzelt in 7000 Meter Höhe. Das Hochlager wurde in einer Gletscherspalte errichtet, um Schutz vor den heftigen Stürmen und dem Schnee zu finden.

Diskussionen, ob wir überhaupt noch eine Chance haben, ob es einen Sinn hat, hier oben zu bleiben. Wir entschließen uns zu bleiben. Den restlichen Tag verbringen wir mit Kartenspielen.

3. Mai Aufstieg zu Lager II. Die Seile, die wir das letztemal hineingehängt haben, sind nicht zu finden. Reinhold gräbt sich ein Loch in einer Spalte, einzeln folgen wir ihm. Von unseren Zelten nirgends eine Spur. Wir schaufeln einen Platz aus für neue, die uns zwei Sherpa heraufbringen werden. Nach drei Stunden Schwerstarbeit stoßen wir plötzlich auf etwas Farbiges. Total zusammengedrückt, unter einer 3-Meter-Schneelast, kommt eines unserer Zelte zum Vorschein. Es gibt keine andere Möglichkeit, als es mit einem Messer aufzuschlitzen und die wichtigsten Sachen herauszuholen. Die Schlafsäcke sind wie Eispanzer, aber zum Glück nicht beschädigt.

Die Sherpa sind angekommen; gemeinsam bauen wir ein Zelt auf, sie steigen dann gleich wieder ab. Es ist 16 Uhr, als wir uns endlich ausruhen können. Von wegen! Jede Unebenheit am Boden schmerzt und macht das Liegen zur Qual. Wie sollen wir auf diese Art nur wieder zu Kräften kommen? Wir zwingen uns, viel zu trinken. Bei jedem Schluck Tee muß ich würgen. Die vielen Haare und Fusseln machen mir arg zu schaffen, obwohl ich den Zelteingang als Sieb benütze, um reines Wasser zu haben.

4. Mai   Beim Rucksackpacken fällt mir die gefüllte Thermosflasche um. Unvorsichtigkeit wird bestraft: Sie ist zerbrochen!
Hans steigt voraus und reißt die Seile von früheren Expeditionen aus dem Schnee. Nicht immer gelingt es, wir müssen neue einhängen. Meter für Meter schiebe ich mich am Jumar höher; starkes Seitenstechen macht meinen Rucksack noch schwerer. Ein Blick auf den Höhenmesser: 6800 Meter. Mit der Steilheit nehmen auch die Rastpausen zu. Auf etwa 7000 Meter Höhe setzen wir uns alle vier nebeneinander – eine harte Entscheidung steht an. Wie soll es weitergehen? Noch weiter aufzusteigen schaffen wir heute nicht mehr; hier biwakieren hat keinen Sinn; eine Nacht in Lager I zu bleiben, um morgen wieder aufzusteigen, wäre zu anstrengend, weil wir uns nicht genug erholen könnten. Wir beschließen, die zweite Gruppe im Basislager zu verständigen. Sie soll bis 7500 Meter weiterversichern, während wir uns erholen. Alles was wir entbehren können, stecken wir in einen Sack und befestigen es an einem Pickel, dann gleiten wir an den Fixseilen hinunter. Nach einer kurzen Rast in Lager I erreichen wir nach zwei Stunden das Base Camp. Ich komme mir vor wie im Schlaraffenland. Unser Koch Putashi zaubert aus den einfachsten Dingen die köstlichsten Speisen. »Mahlzeiti«, sagt unser Begleitoffizier jedesmal, wenn er zum Essen kommt.

5. Mai   Das zweite Team steigt in Lager I auf. Ich habe heute Waschtag. Schicke Nachricht an meine Frau, daß sich die Rückkehr um zwei Wochen verzögert. Wie wird sie es aufnehmen? Es tut mir leid...

6. Mai   Aufstieg unserer Freunde in Lager II.

7. Mai   Bereits um 7.30 Uhr erreichen wir Lager I. Mein Vorschlag, gleich weiterzugehen bis Lager II, wird einstimmig angenommen. Ob es möglich wäre, vom Basislager in einem Tag zum Gipfel zu kommen? Ich bin in bester Verfassung, sonst würde ich nicht auf solche Gedanken kommen.
Um 12 Uhr sind wir im Lager II, das einem Kühlschrank gleicht. Inzwischen müßte unser zweites Team die steilsten Passagen auf dem Weiterweg überwunden haben. Dicker Nebel versperrt uns leider jede Sicht. Wir kochen uns Tee und etwas zu essen. Das Fixseil, das in der Spalte verankert ist, spannt sich; Rudi kommt durch das Loch gekrochen. Steifgefroren und schwer atmend berichtet er uns vom Aufstieg. Die anderen sind noch weitergegangen. Es beunruhigt uns. Gegen 16 Uhr kommen sie abgekämpft zurück. Nach einer kurzen Rast steigen sie noch in Lager I ab.

Die anstrengende, nervenaufreibende Spurarbeit ließ keine Chance auf den Gipfelsieg.

8. Mai   Hans, Hans-Peter und Reinhold sind schon aus dem Loch verschwunden, während ich mich mühevoll anziehe. Meine Finger sind steif wie Holzklumpen. Um sie möglichst wenig der Kälte auszusetzen, mache ich alles mit Handschuhen. Das kostet doppelt so viel Zeit. Als ich endlich fertig bin, ›muß‹ ich mal. Also alles wieder ausziehen. Es ärgert mich wahnsinnig, daß ich heute so langsam bin. Kaum habe ich eine kurze Strecke zurückgelegt, als ich starke Schmerzen beim Atmen verspüre, ein spitzes Stechen unter den Rippen. Immer öfter und immer länger muß ich rasten, ab und zu mich sogar hinlegen. Ich möchte umkehren, aber in meinem Rucksack sind die Matten für die anderen, die weit voraus sind. Also weiter! Jeder Schritt wird zur Qual. Die ganze Luft ist erfüllt vom Keuchen mei-

ner Lungen. Ich bin mit meiner Kraft am Ende. Ich kann einfach keinen Schritt mehr weitersteigen. Aber ich muß! Der nächste Schritt ist das Ziel, der nächste Schritt... Mit letzter Kraft erreiche ich Lager III. Meine Freunde sind noch mit dem Aufstellen des Zeltes beschäftigt, während ich mich auf dem Rucksack ausruhe. Wenn ich mich bis morgen nicht erhole, steige ich ab. Hans-Peter erklärt sich sofort bereit, mich zu begleiten, falls es nötig wäre. Wir funken ins Basislager um den Wetterbericht. Er ist schlecht. Hart ist die Nacht zu viert in einem Zelt auf dem unebenen Boden. Keiner kann schlafen. Morgen wollen wir zum Gipfel. Der Gedanke beunruhigt mich. Ich habe Angst, daß die Schmerzen in meiner Brust wiederkommen. Seit Mitternacht schneit es. Jeder hängt seinen Gedanken nach, unterbrochen von mehr oder weniger kräftigen Flüchen. Womit haben wir uns nur diese Masse von Schnee verdient? Dhaulagiri, der weiße Berg!

9. Mai Es schneit, als ob der Himmel offen wäre. Ich bin fest entschlossen abzusteigen, für mich ist die Expedition zu Ende. Die anderen möchten bis Mittag zuwarten – hoffen auf ein Wunder? Wir werden alle mitsammen gehen.
Um 12 Uhr schneit es immer noch und Sturm kommt auf. Reinhold funkt zu Wolfi, daß wir hinunterkommen. Wir möchten möglichst alle Privatsachen aus den Lagern mitnehmen. Keiner denkt jetzt noch an einen Gipfelversuch. Mit dem Rücken gegen den Sturm und beladen wie die Packesel kämpfen wir uns abwärts. Die Hoffnungslosigkeit unseres Unternehmens wird uns jetzt so richtig bewußt.
Im Lager I werden wir von unseren Freunden erwartet; sie halten heißen Tee für uns bereit.

In der unübersichtlichen Gletscherbruchzone oberhalb des Basislagers. Diese Passage ist sehr lawinengefährdet.

Makalu – Gipfelglück mit Reinhold und Hans

Seit 1984 bin ich nicht mehr auf Expedition gewesen. Nicht etwa, weil der Erfolg ausgeblieben ist. Nein, es gibt genug andere Gründe, zu Hause zu bleiben. Vor allem wünscht sich meine Frau, ein oder zwei Jahre keine großen Ängste aushalten zu müssen. Unser Sohn René weiß ebenfalls um die Gefahren und Risiken bei einer Expedition. Die ständige Ungewißheit und die verdrehten Nachrichten in Presse und Rundfunk haben beide schon des öfteren an die Grenzen des Erträglichen gebracht. 1982 sind Reinhold und ich als vermißt gemeldet worden. Die Polizei hat meine Frau aufgesucht und ihr unmißverständliche Fragen gestellt. Es muß schrecklich gewesen sein für sie. Meine Familie kennt den Himalaya nur aus Erzählungen und Büchern, und da ist meistens nur die Rede von Sturm, Kälte und Schnee, Lawinen und – Tod. Wenn auch in den Expeditionsberichten oft dramatisiert wird, so ist es kaum möglich, erlebte Grenzsituationen richtig zu beschreiben. Manchmal sind es nur Augenblicke, die entscheiden, ob man überlebt oder stirbt. Und gerade diese Sekundenbruchteile sind es, die einen ein Leben lang begleiten und sicher auch formen. Alles andere, was eine Expedition mit sich bringt – Erlebnisse, Begegnungen, Eindrücke – ist sehr bald nur noch Erinnerung.

Für mich bedeutet Expedition nicht allein die Besteigung eines Berges, das ist nur ein Teil davon. Das Unternehmen beginnt schon viel früher, bei der Planung und Vorbereitung. Je näher der Abreisetermin heranrückt, desto mehr steigt die Spannung zu Hause. Die letzten Tage sind nur noch Quälerei. Wenn man dann endlich im Flugzeug sitzt, ist der Trennungsschmerz überwunden, und es kommt freudige Erwartung auf. Etwas besorgt denkt man noch, hoffentlich ist nichts Wichtiges vergessen worden. Dann Ankunft in einem neuen Land, Verhandeln mit den Behörden, Begegnungen mit anderen Menschen, Besichtigungen ihrer Kulturdenkmäler und schließlich Anmarsch zum Berg, währenddessen man die beste Möglichkeit hat, mit den Eingeborenen zusammenzusein und sie und ihre Lebensart kennenzulernen. Im Basislager angekommen, ist das Ziel schon nähergerückt, ja man hat es direkt vor Augen – und ist überwältigt. Ob man sich da nicht zuviel vorgenommen hat? Einige haben Erfolg gehabt und viele müssen – aus welchem Grund auch immer – unverrichteter Dinge heimfahren. In so einem Basislager spiegelt sich die ganze Gefühlsskala in den Gesichtern der Teilnehmer wider – besonders dann, wenn eine schwierige Entscheidung zu treffen ist.

Nach Erfolg oder Abbruch einer Expedition dann die Rückkehr in die Zivilisation. Ich habe noch niemanden gesehen, der sich dabei Zeit gelassen hätte. Jeder läuft, so schnell er kann. Auch mir geht es jedesmal so. Man möchte so schnell als möglich zu Hause sein. Oft werde ich gefragt, warum ich denn immer wieder wegfahre, wenn ich und meine Familie so sehr darunter leiden. Weil das Heimkommen so schön ist...

Bevor sich aber dieser Kreis schließt, hat man schon wieder neue Pläne im Hinterkopf. Es geht gar nicht anders, solange man aktiver Bergsteiger sein will. Bei jeder Rückkehr von einer großen Fahrt wird man von den Medien befragt, wobei eigentlich das nächste Ziel bereits wichtiger scheint als der eben erst erzielte Erfolg, den man noch gar nicht auskosten hat können.

Lange schon ist es mein größter Wunsch, mit Hans auf einem Achttausender zu stehen. Nach meinen Erfrierungen am Kantsch und den folgenden Ampu-

> Annapurna, 27.4.85
>
> Lieber Friedl,
>
> Du solltest doch hier sein. Es ist eine schöne Expedition. Das Basislager nur auf 4110m, im Gras, die Wand steil und gar nicht so gefährlich. Hans ist großartig in Form u. wir konnten zusammen am 24.4. die Idealroute klettern. Die 3 Jungen, Patscheider ist ein guter Himalaya-Mann, lernen und oft "spielen" wir Kindergarten. Du fehlst nur bei der Organisation, im Umgang mit den Sherpas (Purba u. Saila sind dabei; sie fragen oft nach Dir).
>
> Zum Makalu werde ich erst am 1.I.86 fahren. Gipfel: 10.-15. II.86. Alle sagen, im Februar sei es wärmer. Du bist auf jeden Fall auf meiner Wunschliste; Du kannst als alles mitkommen.
>
> Hans u. ich möchten – die anderen wollen vorher noch 1-2 Versuche an der Annapurna machen – auch noch zum Thaula. Noch warten wir allerdings auf ein Permit. Langsam möchte ich mit dem großen Bergsteigen abschließen u. noch etwas anderes anfangen.
>
> Hoffentlich geht es Dir u. Marianne gut mit dem Bau. Auch dies ist eine große Aufgabe. Viel Glück dabei und auf bald
>
> Euer
> Reinhold

tationen an der rechten Hand hat er mich immer wieder ermuntert weiterzumachen. Mit ihm habe ich viele Wände durchstiegen, wodurch ich wieder Selbstvertrauen und Sicherheit bekommen habe, und der Gedanke an eine Expedition ist mir nicht mehr so abwegig vorgekommen.

Die Gelegenheit läßt nicht lange auf sich warten. Reinhold lädt uns zur Winterbesteigung des Makalu, 8481 m, ein. Ich habe es mir lange und gut überlegt. Die Angst vor neuen Erfrierungen, den gewaltigen Stürmen, die im Winter alles hinunterfegen, was dagegen ankämpft. Im letzten Moment habe ich – meine Grenzen erkennend – schweren Herzens abgesagt. »Der Berg gleicht einer riesigen Dampflok«, schreibt mir Hans Mitte Januar aus dem Basislager vom Makalu. Die Chancen, auf den Gipfel zu kommen, seien gleich Null. Anfang Februar sind sie dann erfolglos nach Hause gekommen.

Des einen Leid ist des anderen Freud. Die Einladung an mich bleibt aufrecht, und die 2. Expedition zum Makalu ist schon spruchreif. Das nationale Fernsehen RAI und Trekking International aus Mailand finanzieren das Unternehmen.

Nachdem also auch ein Aufnahmeteam für das Fernsehen dabei sein wird und die größtmögliche Sicherheit gewährleistet sein muß, werde ich als Bergführer verpflichtet und bekomme dafür noch ein Honorar. Reinhold hat das so vereinbart. In unserer lokalen Zeitung steht zu lesen, die Teilnehmer müßten sich mit großen Summen in die Expedition einkaufen. Neider können es eben nicht lassen, Gerüchte zu verbreiten. Wer einmal bei einer Expedition dabei gewesen ist oder auch nur eine größere Auslandsbergfahrt unternommen hat, weiß, welch hohe Kosten damit verbunden sind, die man kaum aus eigener Tasche bezahlen kann.

Beinahe ein Familienausflug

Im August '86 soll also mein Wunsch in Erfüllung gehen. Hans und ich haben das Glück und die Chance, zum Makalu zu fahren. In Kathmandu treffen wir uns mit Reinhold und Sabine, die mehrere Monate durch Tibet gezogen sind, und gemeinsam verlassen wir die Stadt. Mit einer kleinen Propellermaschine – sprich Klappermühle – fliegen wir in Richtung Tumlingtar. Es wird nur auf Sicht geflogen, und die ist äußerst schlecht. Plötzlich zieht der Pilot eine große Schleife, es geht wieder zurück in die Hauptstadt in der Hoffnung, daß das Wetter sich bald bessert. Wir werden nicht enttäuscht. Am nächsten Tag werden wir von unseren Trägern in Tumlingtar erwartet. Auf die erste Tagesetappe in brütender Hitze folgen zehn Tage Regen. Glitschige Steige, nasse Kleider, feuchte Schlafsäcke sind nicht die schlimmsten Begleiterscheinungen. Die größte Plage sind die Blutegel. Überall lauern sie auf ihre Opfer; sie kriechen durch die Schuhösen, lassen sich

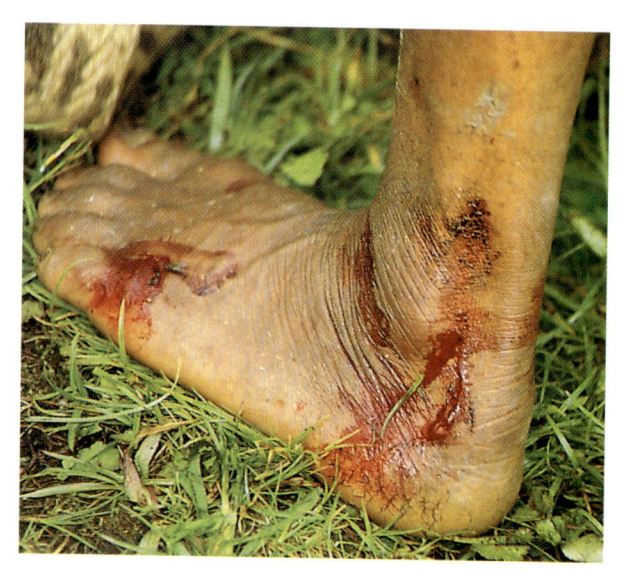

Blutige Füsse eines einheimischen Trägers.

Im Basislager – die Mannschaft beim Sortieren der Ausrüstungsgegenstände und Lebensmittel für den Gipfelaufstieg.

Lakpa Dorje, einer der fähigsten Hochträger, bei einer Opferzeremonie. Er verunglückte vor wenigen Jahren am Mount Everest.

Ein Felsüberhang bietet Schutz vor dem Gewitter.

von den Bäumen auf uns niederfallen und saugen sich irgendwo am Körper fest, bis sie fingerdick sind. Trotz größter Sorgfalt gelingt es uns nicht, mit heiler Haut davonzukommen. Abends am Lagerplatz, wenn wir uns waschen und die zerdrückten Würmer aus den blutigen Kleidern schütteln, zählen wir die »Einschüsse«. So nennen wir inzwischen die Wunden. Da ist jeder stolz darauf, so wenig als möglich abbekommen zu haben. Brigitte, die Freundin von Hans, kann sich nichts Schlimmeres vorstellen, als am nächsten Tag alles noch einmal durchmachen zu müssen.

Weiter geht es steil hinauf bis zum Shipton-La, einem Paß auf 4200 Meter Höhe. Unter uns wälzt sich der gewaltige Barun-Fluß talauswärts. Wir queren

Abbildung folgende Doppelseite:
Der Makalu mit seiner imposanten Westwand.

129

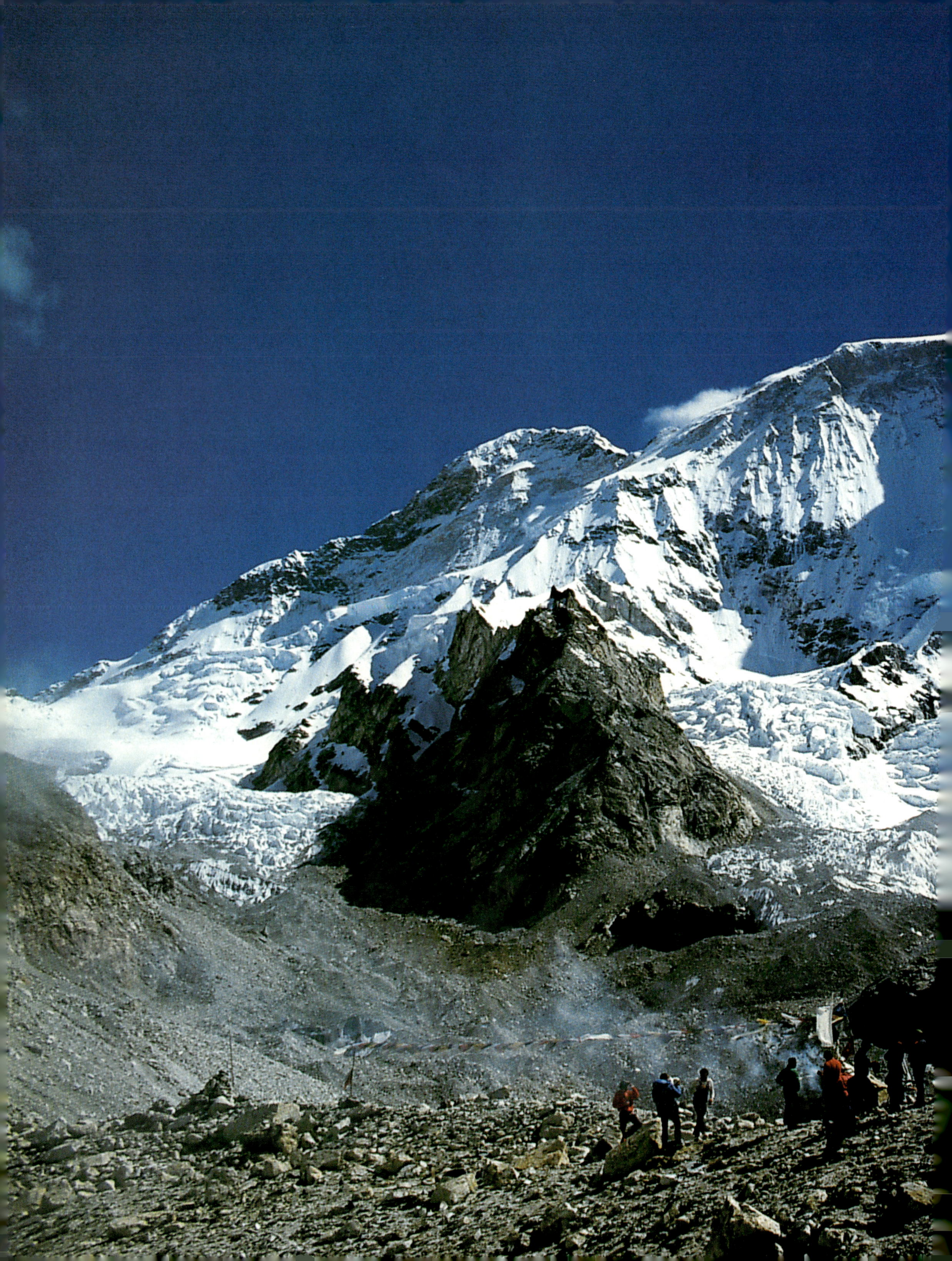

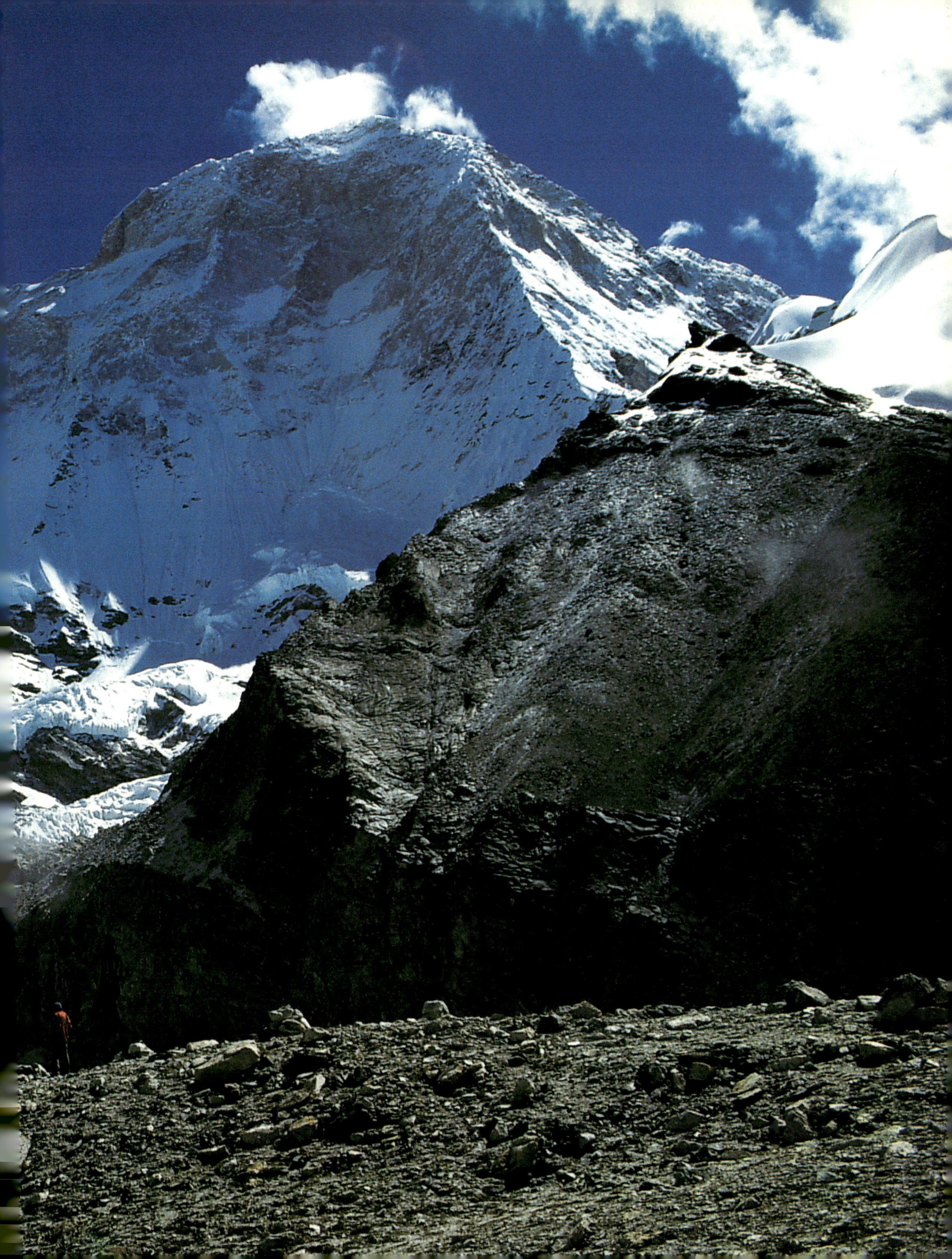

die gefährlichen Moränenhänge und erreichen den Platz, wo Reinhold und Hans im Winter ihr Basislager aufgeschlagen hatten. Da – der Nebel wird durchsichtiger, und plötzlich steht der Makalu mit seiner gewaltigen Wand vor uns. Nach soviel Regen jetzt dieser Anblick! Ringsherum wunderschöne unbestiegene Gipfel. Unser Camp schlagen wir auf 5400 Meter Höhe auf. Sobald die Träger ihren Lohn haben, eilen sie zurück in ihre Dörfer, um sich für die nächste Expedition anheuern zu lassen.

Für uns gibt es jetzt viel Arbeit, bis das Hauptlager steht. Jeder sucht sich einen ebenen Platz für sein Zelt, das man zu zweit bewohnt. Wolfi Thomaseth, der Kameramann, zieht zu mir. Wir kennen uns schon lange, aber miteinander am Berg sind wir zum ersten Mal. Beim Anmarsch hat er mir oft stundenlang von seiner Grönland-Expedition erzählt. Drei Monate lang einen endlosen Gletscher überqueren, Essen, Kleider, Zelte in einem Schlitten hinter sich herziehend. Die Fragwürdigkeit des Unternehmens, die sich bald herauskristallisiert hat, und folglich das gespannte Verhältnis zu seinem Begleiter haben ihn an den Rand der Verzweiflung gebracht. Es ist noch alles gut ausgegangen, und er möchte dieses Abenteuer trotz allem nicht missen.

Es folgen einige Tage der Ruhe, damit sich der Körper an die sauerstoffarme Luft anpassen kann. Abwarten, bis man richtig akklimatisiert ist, gehört auch zur Kunst des Höhenbergsteigens.

Hans sitzt oft stundenlang vor seinem Zelt und betrachtet die Westwand. Ich glaube zu spüren, wie er nach Linien sucht, die auf den Gipfel führen. Im unteren Teil lösen sich immer wieder Lawinen. Da müßte man schnell sein, meint er. Ja, schnell und sicher, das ist seine Devise. Bei den vielen Touren, die ich mit ihm unternommen habe, habe ich ihn noch nie an seiner Leistungsgrenze erlebt. Betrachtet man die Liste der Höhenbergsteiger nach Erfolgen, findet man ihn ganz vorne.

Renato Moro ist der Organisator der Expedition und auch verantwortlich für die Filmaufnahmen. Er arbeitet mit viel Umsicht und Geduld. Seppi, ein Bergführer aus Alagna, ist seine rechte Hand. Fernando bedient das Funkgerät; jeden Abend pünktlich um 17 Uhr werden Neuigkeiten mit Kathmandu ausgetauscht. Darauf folgt unsere Freizeitbeschäftigung: ›Guggile-Watten‹, ein Kartenspiel, das in Südtirol sehr verbreitet ist. Wenn Hans wieder einmal gewinnt, tröstet er seine Gegner: »Macht euch nichts draus, in Afrika gibt es ganze Stämme, die nicht Watten können...«

Vor dem Abendessen leiste ich mir noch einen Luxus. In der Sherpa-Küche darf ich mir am offenen Feuer die Füße wärmen. Einige unserer Hochträger kenne ich von früher, und in einem eigenartigen Sprachgemisch von Englisch und Nepali werden Erinnerungen wachgerufen und lustige Geschichten erzählt, aber auch von Begebenheiten bei Expeditionen, die uns ›Zivilisierten‹ aus dem Westen nicht zur Ehre gereichen.

Ich habe viel über das Leben der Sherpa erfahren, über ihre Religion, ihren tiefen Glauben, daß es mich oft beschämt, wie oberflächlich wir im Grunde sind.

Anfang September – es ist soweit

Reinhold, Hans, Wolfi und ich gehen etwas spät vom Basislager los. Alle verfügbaren Sherpa folgen uns mit schweren Lasten. Sobald die Sonne etwas höher steht, will Wolfi mit seiner Filmarbeit beginnen. Eine Einstellung von dieser, dann von jener Seite, dann wieder von vorne – die ständigen Pausen bringen jeden aus seinem Rhythmus. Der Schnee ist inzwischen weich geworden, und die Hochträger versinken bis zum Bauch. Wir haben es da bedeutend leichter mit den Skiern an den Füßen. Aber so geht es nicht weiter. Wir ärgern uns über Reinhold, der weit voraus ist, ohne uns zu sagen, wo er die Zelte aufgestellt haben will.

Tags darauf brechen wir sehr früh auf und können auf 6800 Meter unser erstes Hochlager errichten. Das Wetter ist gut, und wir genießen nach getaner Arbeit den Blick zu Lhotse und Everest. Bevor die Sonne hinterm Baruntse verschwindet, kriechen wir in die Zelte. Am nächsten Morgen bringen Hans und Reinhold mit zwei Sherpa Zelte und Seile bis auf 7000 Meter Höhe, während ich mit Wolfi zurückbleibe. Beim gemeinsamen Abstieg ins Basislager begegnen wir unseren Freunden, die uns bei der Schwerarbeit ablösen sollen. Sie beklagen sich über die zu große Entfernung vom Base Camp zum 1. Hochlager, die immerhin 1400 Meter Höhenunterschied aufweist. Wir besprechen das Wichtigste und fahren dann mit den Skiern in großen Schwüngen ab. Vor einer Gletschermoräne deponieren wir sie. Zu Fuß erreichen wir das Hauptlager und freuen uns auf ein warmes Essen, auf Post von daheim.

Am Makalu La, auf 7500 m – beim Aufbau von Lager II. Im Hintergrund Lhotse und Everest. An dieser Stelle scheiterte wenige Monate zuvor Reinhold Messners Makalu-Expedition.

Unsere Gefährten kommen unverrichteter Dinge zurück, und so brechen Hans und Reinhold auf, unseren Weg weiter zu versichern. Der über Nacht gefallene Schnee behindert sie ungemein. Ich bin Wolfi als Assistent zugeteilt und wühle durch den Neuschnee wie ein Maulwurf. Auf 7500 Meter – das Gelände wird etwas flach – errichten wir das 2. Lager und verbringen dort die Nacht. Wieder absteigen, neue Kräfte zu sammeln – der Verschleiß ist enorm. Beim nächsten Aufstieg ist das Zelt verschwunden. Vom Sturm zerfetzt oder tief unterm Schnee begraben? Jedenfalls ist nicht die leiseste Spur davon zu entdecken. So beginnen wir mit Pickel und Skistöcken fieberhaft zu suchen, systematisch – wie eine Rettungsmannschaft einen Lawinenkegel durchsucht – wir müssen es finden, sonst geht unser ganzer Plan zum Teufel. Und da – Hans schreit vor Freude auf: »Hier ist das Lager!« Vorsichtig schaufeln wir die Zelte aus; zum Glück sind nur einige Verstrebungen gerissen, die wir so gut es eben geht reparieren. So können wir die Nacht halbwegs überstehen und brechen erst auf, als die Sonne auf unser Lager scheint. Es fällt mir immer so schwer, aus dem warmen Schlafsack zu kriechen. Das Anziehen ist anstrengend, und es braucht viel Zeit und Sorgfalt, bis man endlich fertig zum Aufstieg ist.

Zunächst geht es leicht ansteigend nach oben, dann erreichen wir über eine steile Flanke auf 7800 Meter Höhe einen idealen Platz für unser Biwak. Ich habe heute nicht meinen besten Tag, deshalb verkrieche ich mich ins Zelt und falle sofort in einen tiefen Schlaf. Es ist noch hell, als ich aufwache, und im ersten Moment glaube ich, es sei schon morgens. In Wirklichkeit ist erst eine halbe Stunde vergangen. Unruhig wälze ich mich von einer Seite auf die andere. Ich spüre, wie die Kälte durch die dünne Isoliermatte bis in die Knochen dringt. Nein, angenehm sind die Nächte in solchen Höhen wohl nie.

Beim Morgengrauen beginnen wir, für den Tee Schnee zu schmelzen, den wir schon griffbereit am Abend vor dem Zelteingang hergerichtet haben. Es geht nur sehr langsam und es kommt schon vor, daß man inzwischen wieder kurz einschläft. Wehe, man macht eine falsche Bewegung, und der Topf voll Wasser kippt um! Im Nu hat man im Zelt einen überdachten Eisplatz.

Kampf mit der Leere

Reinhold und Hans verlassen bereits das Zelt, während ich noch drinnen herumhantiere. Alles geschieht wie in Zeitlupe. Bei meinen ersten Schritten schon merke ich, wie schwach und ausgelaugt ich bin. Ich möchte den Spuren meiner Freunde folgen, aber daraus wird nichts. Eine kurze Strecke schaffe ich mit äußerster Willenskraft, dann gebe ich auf. Ich spüre eine Leere in mir wie noch nie. Hans und Reinhold rufe ich noch alles Gute zu und steige wieder ab bis ins Basislager. Schlechte Schneeverhältnisse zwangen wenig später auch Reinhold und Hans zur Rückkehr ins Basislager. Dort sind inzwischen mehrere Expeditionen eingetroffen. Koreaner, die angeblich von ihrem Leiter geprügelt werden, wenn sie sich nicht gut aufführen; Israelis, von denen ein Teil nie vorher einen Berg bestiegen hat, und die sich bei uns erkundigen, wo denn ›ihr‹ Makalu stehe; Franzosen und Polen. Bei letzteren haben sich die beiden Schweizer Marcel Rüedi und Dr. Oswald Oelz eingekauft. Mit Wielicki sind sie zwei Tage nach ihrer Ankunft eingestiegen, nach dem ersten Biwak auf unsere Route gequert und an unseren Fixseilen bis zum Makalu-La gestiegen. Dr. Oelz, von uns ›Bulle‹ genannt (wir waren schon bei mehreren Expeditionen zusammen), ist aber schon nach der ersten Nacht erkrankt, hat seinen Rucksack genommen und ist wieder nach Hause gefahren.

Während wir uns im Basislager erholen, brechen Giuliano de Marchi, unser Arzt, und Denis Decroe, der Kameramann aus Frankreich, auf. Sie kommen bis kurz unter den Gipfel, werden von der Dunkelheit überrascht und wagen es nicht mehr, einen schwierigen Grat zu erklettern. In der Finsternis tasten sie sich zurück ins letzte Lager auf 7800 Meter. Giuliano hat Erfrierungen an den Händen erlitten. Trotz allem haben sie das Glück auf ihrer Seite gehabt, es hätte viel schlimmer ausgehen können.

Einen Tag später folgt eine polnische Expedition den Spuren unserer Freunde. An der Spitze Wielicki, ein bärenstarker Bergsteiger. Die letzten

Rechts: Friedl Mutschlechner und Hans Kammerlander am Gipfel des Makalu.

Friedl Mutschlechner, nur wenige Meter unterhalb des Gipfels.

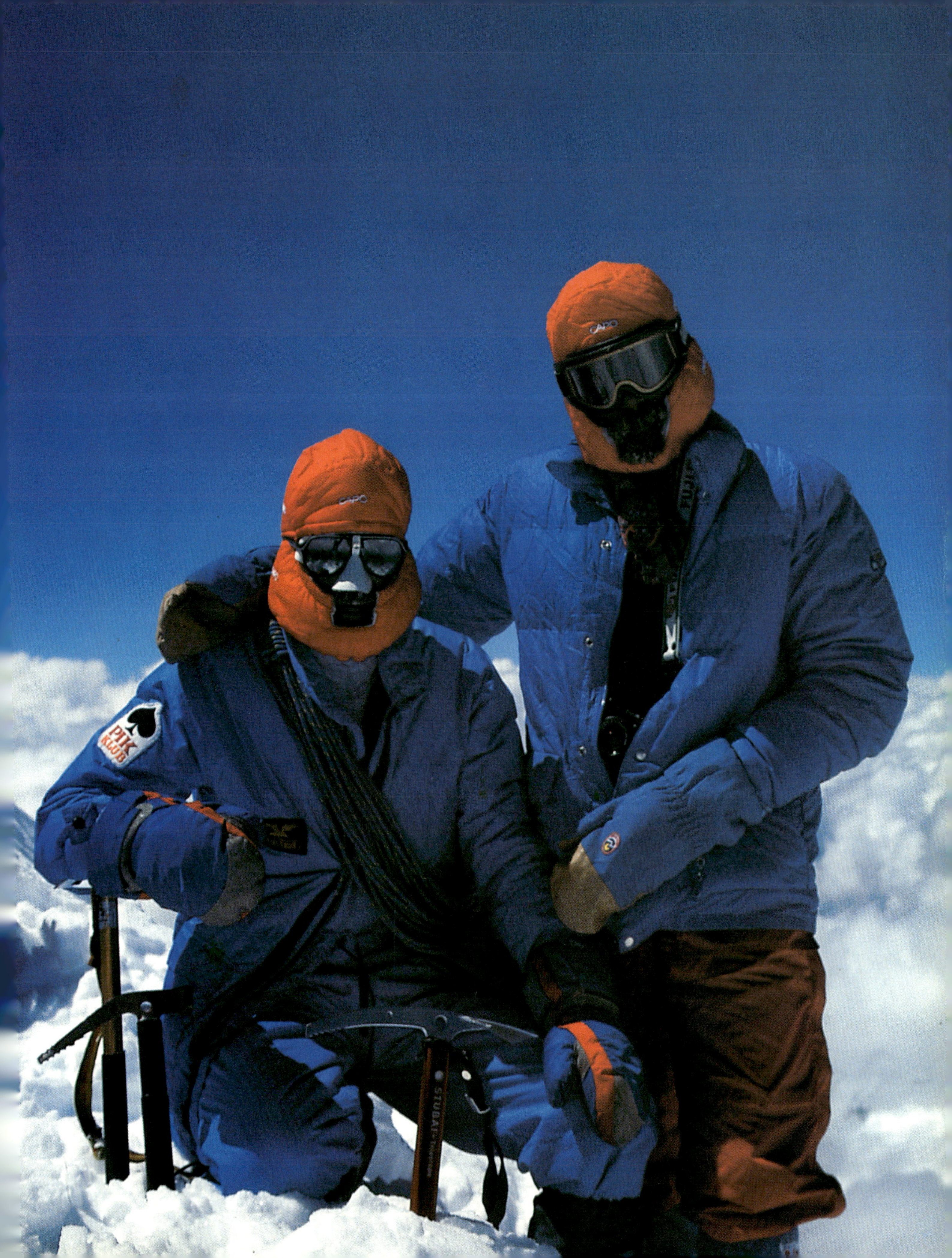
PIK
KLUB
STUBAI

Die Makalu-Westwand. In kaum einer Wand sind so viele Expeditionen gescheitert wie in der Direkten Westwand. Sie ist bis heute noch unerstiegen.

300 Meter wählt er eine direkte Route und kommt auf den Gipfel. Er ist schnell wieder abgestiegen und hat gegen 18 Uhr auf 7700 Meter sein kleines Zelt erreicht. Der Schweizer Marcel Rüedi, der mit ihm aufgestiegen ist, kommt viel später auf den Gipfel. Von der Nacht überrascht, muß er im Abstieg auf 8200 Meter im Freien ohne Zelt und Schlafsack biwakieren. Hat er nicht mehr die Kraft gehabt, weiter abzusteigen, oder in der Dunkelheit die Spuren verloren? Man weiß es nicht. Wir sind im Lager II, als Wielicki sich erkundigt, ob wir Rüedi gesehen haben. Während er uns erzählt, er habe die ganze Nacht gehofft, daß es Rüedi bis zu seinem Zelt schaffen würde, sehen wir 200 Meter unterhalb des Gipfels einen Punkt, der sich nach unten bewegt. Es muß Rüedi sein! Wielicki vollführt einen Freudensprung. Wir sind alle ungemein erleichtert.

Nach diesem Zwischenfall steigen wir auf in unser nächstes Camp in der Hoffnung, Rüedi zu treffen. Eines unserer Zelte hat der Wind umgeworfen. Während wir es mühevoll wieder aufrichten – jede kleine Bewegung in dieser Höhe ist anstrengend –, kreisen unsere Gedanken nur um den Schweizer. Wir hätten ihn sehen müssen. Das polnische Zelt steht 100 Meter tiefer; sie haben einen anderen Aufstieg gewählt als wir, um das 3. Lager zu erreichen. Es läßt uns keine Ruhe, und wir beschließen, nach dem Rechten zu sehen. Einige hundert Meter unterhalb ihres Zeltes entdecken wir dann Rüedi: sitzend, die Hände auf die Skistöcke gestützt, als wolle er sich nur einen Moment ausruhen. Er ist tot. Wir können es nicht fassen. Er, der eine unwahrscheinliche Willenskraft besessen und bereits 11 Achttausender bestiegen hat. Wieder einmal spüren wir, wie nahe Leben und Tod in dieser Höhe sind.

Über Funk geben wir die Nachricht ins Basislager weiter; alle sind schockiert über den Vorfall.

Tags darauf, am 26. September, brechen wir um 7 Uhr früh auf, fest entschlossen, auf den Gipfel zu kommen. Alle drei sind wir in bester Verfassung. Umkehren macht Marcel auch nicht wieder lebendig; ansonsten hätten wir keinen Moment gezögert aufzugeben. Das Wetter ist herrlich, und wir kommen auch gut voran. In 8200 Meter Höhe sehen wir ein Loch im Schnee, hier muß Rüedi biwakiert haben. Im Vorbeigehen versuche ich auf andere Gedanken zu kommen, alle düsteren Bilder von Tod und Verderben zu verdrängen.

Die letzten paar hundert Meter; eine steile Rinne verlangt äußerste Konzentration. Noch vor Mittag erreichen wir den Gipfel des Makalu, 8481 Meter hoch. Hans, Reinhold und ich – wir haben es zusammen geschafft! Ich bin überglücklich, ein Bergsteigertraum ist in Erfüllung gegangen. Wieder! Wir fotografieren uns gegenseitig – Erinnerungen an den Punkt, an dem sich alle Linien treffen, die ein Berg hat, ganz gleich, über welche man aufgestiegen ist.

Wolfgang Thomaseth, Friedl Mutschlechner, Reinhold Messner und Hans Kammerlander nach Reinhold Messners 14. Achttausender – im Lhotse-Basislager.

Joachim H. Türnau

Friedl, ›Fuchur‹ und ›Die unendliche Geschichte‹

Lobuche / Solo Khumbu im November 1983 – ein Ausläufer des Jetstream fegt durch dieses kleine, dreckige Nest. Längst bedecken die Schatten der Ostwand des Lobuche-Peak die steinernen Hütten mit ihrem Schatten. Nur um das für uns erkennbare, höchste Breitenband des Nuptse spielen noch die letzten Abendsonnenstrahlen. Wir flüchten uns in eine der Sherpahütten. Beißender Qualm empfängt uns und verheißt wenig Gutes für Nasenschleimhäute, Lungen und Augen. Wir gruppieren uns am Feuer. Friedl blinzelt in die Flammen und reckt seine Hände dem wärmenden Element entgegen. Ich weiß, daß er Schmerzen hat, doch er sagt nie ein Wort. Die Trekkingschuhe stehen neben ihm, die Füße ruhen am Feuerrand. Hier macht sich Ang Dorje verdient, Friedls und Reinholds Partner in jenem Kampf ums nackte Dasein während des Abstiegs im vorigen Jahr nach dem großartigen Erfolg am Kantsch. Er schürt die Glut, facht pustend glimmende Holzstengel an und hat längst das Kommando in der kleinen Küche übernommen. Das Holz ist naß und erneut triefen mir die Augen. Friedl scheint Gedanken zu lesen und erlöst mich aus meiner qualvollen Erwartungshaltung. »Phurba, go make tent, please!« Sofort löst sich ein Schatten aus dem Feuerkreis und trabt zu meinem Seesack. Nach wenigen Minuten steht unser zweiter Sherpa, wie Ang Dorje ein guter Geist, wieder im Raum: »Tent ready, Sir Joe!« Ich weiß nicht, wieviele Male ich schon versucht habe, ihm meinen Wunsch auf Verzicht der Anrede »Sir« klarzumachen. Nach sechs Tagen gemeinsamen Weges: »Please Phurba – don't call me ›Sir Joe‹ – say just Joe!« – »Yes, Sir!« Ich habe es aufgegeben. Ang Dorje ist da flexibler. Er hat mitbekommen, daß Friedl und sein Bruder Toni immer »Jochen« zu mir sagen. Nur mit der Aussprache hat er Probleme. So werde ich zum »Jokken«. Was soll's!

Als Friedl und ich die wärmende Behausung verlassen, fegen Nebel- und Wolkenfetzen um uns herum. Klirrende Kälte kriecht an uns heran. Bald umgibt uns die wohlige Hülle unserer Daunenschlafsäcke. Das Zeltthermometer zeigt minus 20 Grad. Mit dünnen Handschuhen und Mütze geschützt, halte ich die Taschenlampe über Michael Endes ›Unendliche Geschichte‹. Seit wir in Teschu bei Ang Dorjes Familie waren, habe ich jeden Abend einige Seiten oder Kapitel dieses Werkes gelesen. Mein gelegentliches Schmunzeln ist Friedl natürlich nicht entgangen, und langsam hat ihn meine Lektüre interessiert. Ich weiß, daß ihn die Höflichkeit hindert, mich – so lange ich lese – zu fragen, ob er auch mal... und so kommt, als ich das Buch zur Seite lege, die platonische Frage, was denn da so drin stehe. Ich erzähle ihm vom ›Elfenbeinturm‹, vom ›Gläsernen Meer‹, vom ›Bastian‹, seinem ›fliegenden Glücksdrachen Fuchur‹ und von ›Phantásien‹ – jenem fernen und doch so nahen Land. Es erstaunt mich, wie hell das Interesse meines Zeltpartners an dieser in der Tat phantastischen Geschichte ist. Wir orakeln, wie toll es wäre, in dieses Wunderland der Phantasie nachhaltig einzudringen, Prüfungen zu bestehen wie jener Bastian. Im Lichtkegel der Taschenlampe schauen wir uns an: Ich, der abenteuerlustige Durchschnittsbergsteiger, glücklich, mit einem der ganz Großen der internationalen Bergsteiger-Szene hier zusammen sein zu dürfen – und er, der Mann der Achttausender, hart und leistungsstark; hineingeboren in die Bergwelt Südtirols, ausgestattet mit einem begnadeten Talent in allen bergtechnischen Situationen; er – der große Schweiger, oft wortkarg, fast introvertiert – in seinen Augen blitzt es auf. »Es wäre toll, einen Drachen hier zu haben!«

Ich blicke aufs Zeltthermometer: Tendenz fallend – minus 23 Grad. »Hör zu, Big Lama (so habe ich

Friedl oft genannt wegen seiner klugen Verhaltensweisen, seiner Ernsthaftigkeit, wenn es um die Sache des Bergsteigens ging – aber auch dann, wenn er wenig, dann aber Bedeutendes von sich gab, wenn wir über das Leben, seine Sinngebung und unsere ›Rolle‹ sprachen), das meinst du nicht ernst?« Er – der Kämpfer, der Realist ... und zu den Gipfeln fliegen!? Die Vorstellung belustigt mich. »Woll, woll!« stößt Friedl hervor, »muscht's halt glauben!« Zunächst glaube ich, dem alten Fuchs auf den Leim gegangen zu sein – doch dann vermisse ich jenes schelmenhafte Grinsen, das ich bei ihm kenne, wenn er mal wieder einen so richtig hochgenommen hat. »Durch alle Ewigkeiten hinweg über den Gipfeln des Himalaya zu fliegen, zu wissen, nicht fallen zu können.« Seine Züge sind ernst. »Sind wir nicht auch in ›Phantásien‹ unterwegs, hier?« Fast glaube ich daran.

Es will nichts werden mit dem tiefen, echten Schlaf. Meine Pulsfrequenz ist erhöht, ein wenig Druck auf dem Kopf – die Höhe, fast 5000 Meter, macht sich bemerkbar, und so geht meine strapazierte Phantasie in dieser Nacht auf die Reise mit ›Friedl‹ und mit ›Fuchur‹ zu den großen Bergen dieser Erde. Ein kalter Luftzug holt mich aus der Welt der Illusion. Die Schlafsäcke sind rauhreifbedeckt, unsere Atemluft kristallisiert bei nunmehr minus 26 Grad. Friedl kommt ins Zelt, war wohl mal ›draußen‹, registriert mein müder Geist. »Mach' zu!« knurre ich. Friedl lacht – »Magst hinausschauen? Da ist er grad vorbeigeflogen, der ›Fuchur‹.« »Friedl, bitte, mach's Loch zu!« Dann beginnt mein Geist zu arbeiten: »Waas?!« – und dann ernüchtert: »Aha, und er hat gesagt, daß er uns morgen auf den Kala Pattar bringt?« – »Ja, hat er!« Ich, nun ein bißchen zynisch und ein wenig heiter bis zerknirscht, weiter: »Hat er auch gesagt, daß er uns nächste Woche zum Island-Peak-Gipfel auf 6198 Meter trägt?« – »Nein, hat er nicht.« Friedl kriecht in seinen Schlafsack und entschwindet für den Rest der Nacht. Ich selbst kippe wieder weg in jenen Zustand zwischen Ruhe und Angst, der wirre Gedanken durch den Kopf treibt und in dem sich Gefahren – und Glücksgefühle vermischen.

Am nächsten Morgen deckt unser Sherpa-Freund Ang Dorje meine letzte Bedarfsquote an Himalaya-Mystik, indem er mir von seinem fliegenden »Green God« erzählt, der ihm zur Seite stehe. Kaum zehn Tage später erlebe ich auf der Traumwiese des Klosters Tengpoche unter dem Götterberg Ama Dablam die ›Heilung‹ eines Todkranken durch Ang Dorjes ›Grünen Gott‹ – ich werde dies mein Leben lang nicht vergessen.

Ach ja, es bleibt noch etwas nachzutragen. Den Kala Pattar habe ich damals geschafft. Beim Versuch, den Island Peak zu besteigen, halfen mir Friedl, Ang Dorje und Ang Phurba – ›Fuchur, der Glücksdrache‹ kam nicht – ich wurde höhenkrank.

In der Zwischenzeit bin ich mit Friedl auf vielen Bergen gewesen – der für Oktober 1992 vorgesehene neue Himalaya-Trip sollte uns in für mich neue Dimensionen bringen...

Als meine Frau Christina und ich uns im März 1991 in Bruneck von unserem Freund Friedl verabschiedeten und sich seine und meine Blicke trafen, schmunzelten wir bedeutungsvoll – eigentlich so wie immer, wenn er oder ich zu einer unserer vielen Nepal-Reisen aufbrachen. Lachend sagte ich schließlich: »... und denk an den Fuchur!« »Ja,« erwiderte Friedl, »... wenn ich ihn seh«.

Am 18. Mai 1991 erfuhr ich es: Friedl und Fuchur hatten sich nicht getroffen...

Trekking –
Therapie für Geist und Körper

Die ›tote‹ Zeit, wenn die Klettersaison vorbei, die Skitourenzeit noch nicht angebrochen ist, gab mir einmal im Jahr die Gelegenheit Atem zu holen: Untätig sein konnte und wollte ich nicht, andererseits verspürte ich keine Lust wochenlang auf Vortragsreise zu gehen. Ich hatte Glück, eine Art von Erholung kennenzulernen, die meinen Neigungen weitaus besser entsprach.

Schon öfter hatten mich Freunde oder auch Gäste angesprochen, ob ich nicht mit ihnen auf Trekkingtour gehen wollte. Im Oktober 1979, an meinem 30. Geburtstag, war es dann so weit: Mit Konrad Renzler und dem befreundeten Ehepaar Fitzinger startete ich zu einem Ausflug in die Berge Ecuadors. Eine Begegnung mit dem berühmten Bergführer Marco Cruz, ein fünftägiger Zwangsbesuch der »Intensivstation« von Riobamba, wo meine Höhenkrankheit trotz widriger Umstände erfolgreich behandelt wurde, die Besteigung des Cotopaxi, die

Oben: Friedl Mutschlechner auf dem Titicacasee. Im Zuge dieses Ecuador-Besuches erstieg er auch den Cotopaxi, 6005 m.

Rechts: Klettern bei Meteora – zu einer Zeit, als er auch ein wenig Abstand von den hohen Bergen dieser Welt genommen hatte.

abenteuerliche Fahrt in einem Einbaum auf dem Rio Napo, einem Zufluß des Amazonas, durch den Urwald – das alles war aufregend und erst der Anfang großartiger Erlebnisse. Es folgten Trekkingtouren nach Peru, Mexiko, Kenia und Nepal.

Von Mal zu Mal spürte ich mehr, wie mich die Aufenthalte in diesen herrlichen Gebirgslandschaften entspannten, wie mich der Umgang mit den meist einfachen und liebenswürdigen Menschen beeindruckte. Nach meiner Rückkehr dauerte es oft Wochen, bis diese wohltuende Gelassenheit nachließ, bis mich die Südtiroler Alltagshektik wieder eingefangen hatte.

Nepal hatte es mir besonders angetan. Dieses Land mit seiner einzigartigen Fußgängerkultur, wo ein ganzes Volk pausenlos wandernd unterwegs ist, und wo man angesichts der Schönheit und Wildheit des Himalaya das unbeschreibliche Gefühl hat, daß sich Himmel und Erde berühren.

Hier erwarteten mich keine touristischen Sensationen, keine ›toten‹ Kulturschätze aus schon längst vergangenen Zeiten wie z.B. in Mexiko. In Nepal sprühte alles vor Leben. Dieses Land ist geprägt von Freundlichkeit und herzlicher Gastfreundschaft, von Heiterkeit und Lebensfreude – und dies trotz härtester Lebensbedingungen. Die Menschen in Nepal habe ich ins Herz geschlossen, und seit 1982 zieht es mich beinahe jedes Jahr dorthin.

Die notwendigen organisatorischen Aufgaben erledige ich gerne; bedeuten sie doch ständigen Kontakt mit den Menschen vor Ort. Sicherlich erfordert der

Mexiko – Friedl Mutschlechner konnte diesem Reiseland und seinen großartigen Kulturschätzen nur wenige positive Seiten abgewinnen. Hier beim Aufstieg zum Popocatepetl.

Gruppenbild von einer Managertour in Nepal. Friedl Mutschlechner wurde für die elfköpfige Gruppe als Führer engagiert.

Die einwöchige Safari im Anschluß an die Gipfeltage war für Friedl Mutschlechner beinahe interessanter als der Aufstieg zum Mount Kenya.

1985 reiste Friedl Mutschlechner erstmals nach Nepal. Rast mit Freunden am Langtang-Trek, beim »Hotel Langtang Lodge«.

Friedl Mutschlechner blühte auf seinen Trekkingtouren durch Nepal im wahrsten Sinne des Wortes auf.

Umgang mit umständlichen Behörden und Ministerien, die zeitraubenden Verhandlungen mit Fluggesellschaften und feilschenden Trägern Geduld und Geschick. Wer sich der Mentalität der Nepali mit selbstverständlichen Ansprüchen und Terminkalendern nähert, tut sich schwer. Wer aber seine mitgebrachten europäischen Gewohnheiten und Verhaltensweisen ablegen und sich ganz dem Rhythmus Nepals anpassen kann, der erlebt in diesem ›zeitlosen‹ Land immer wieder Momente des Glücks und der tiefsten Zufriedenheit.

Trekking – das bedeutet für mich vor allem Erholung von den Belastungen einer anstrengenden Führersaison – Tag für Tag, manchmal sogar auch sonntags, bis zu 200 Tage im Jahr –, nach welcher mir manchmal zumute ist wie jenem alten Indianer, der bei seiner ersten Autofahrt nach einer Stunde aussteigen wollte und sich an den Straßenrand setzte. »Was willst Du? Ist Dir schlecht?« fragten die anderen. »Nein«, antwortete er, »ich muß nur warten, bis mein Herz nachkommt.«

Und Trekking hieß Schlaf, viel Schlaf. Zwölf Stunden am Tag, bei Sonnenaufgang aufstehen, bei Sonnenuntergang in den Schlafsack, als müßte ich den fehlenden Schlaf einer ganzen Führersaison nachholen.

Vom 13. Oktober bis 11. November 1985 war Friedl Mutschlechner mit Anna Sulzenbacher, Pepi Gabrielli und Luis Platzgummer im Langtang-Nationalpark unterwegs.
Die letzte Eintragung in Anna Sulzenbachers Reisetagebuch mag verdeutlichen, in welcher Weise Friedl bei seinen Aufenthalten in Nepal Kraft zu schöpfen und so anderen Menschen Halt und Zuversicht zu geben vermochte:

»Mit dieser Trekkingtour hat mir Friedl über die größte Krise meines Lebens hinweggeholfen. Mit seiner Menschenkenntnis und seinem Einfühlungsvermögen hat er es verstanden, in mir Kraft und Ausdauer zu entwickeln, die ich nie für möglich gehalten hätte. Er hat mir durch die Berge den Weg zu den Menschen gezeigt und mich ihnen wieder näher gebracht.«

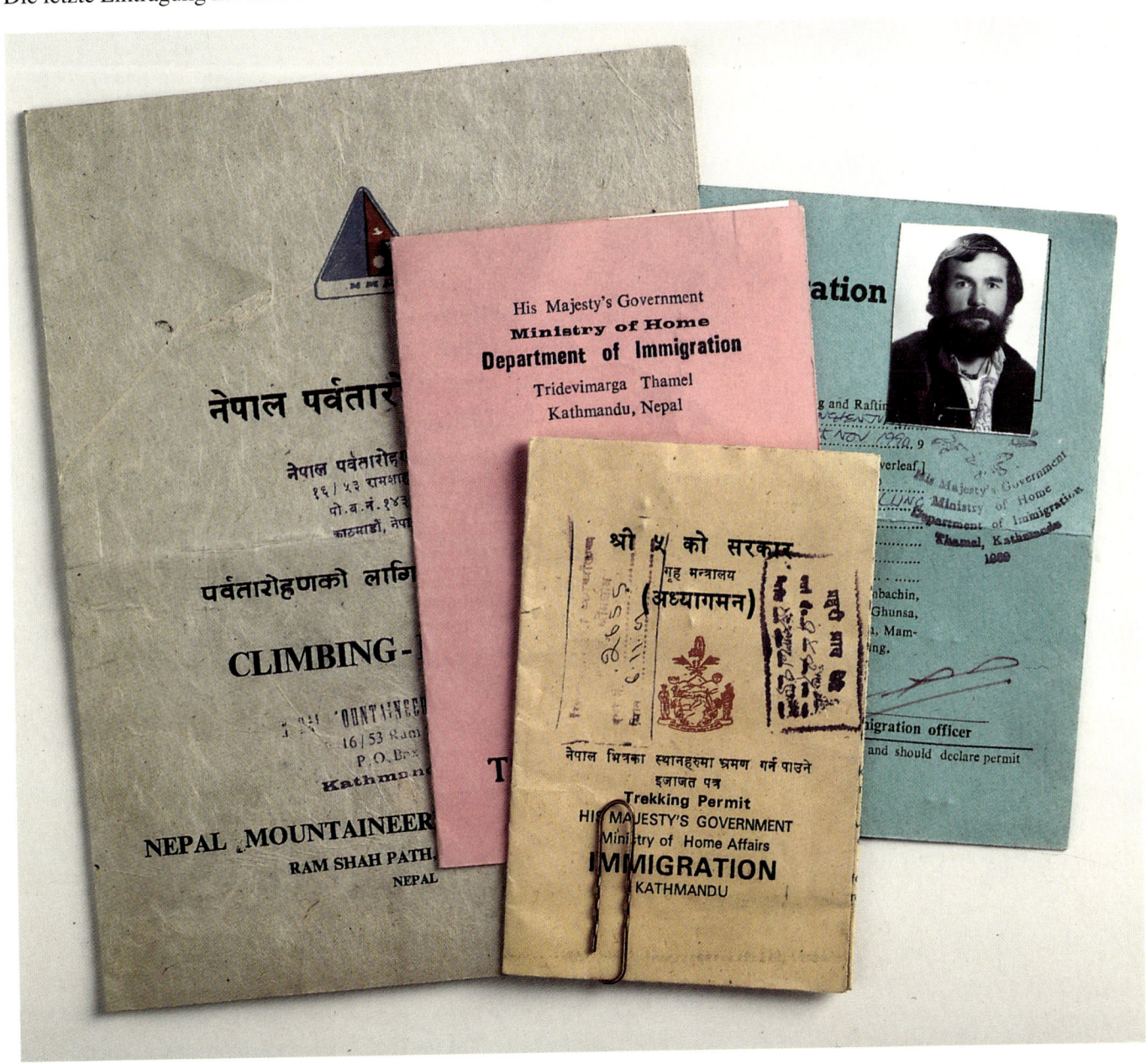

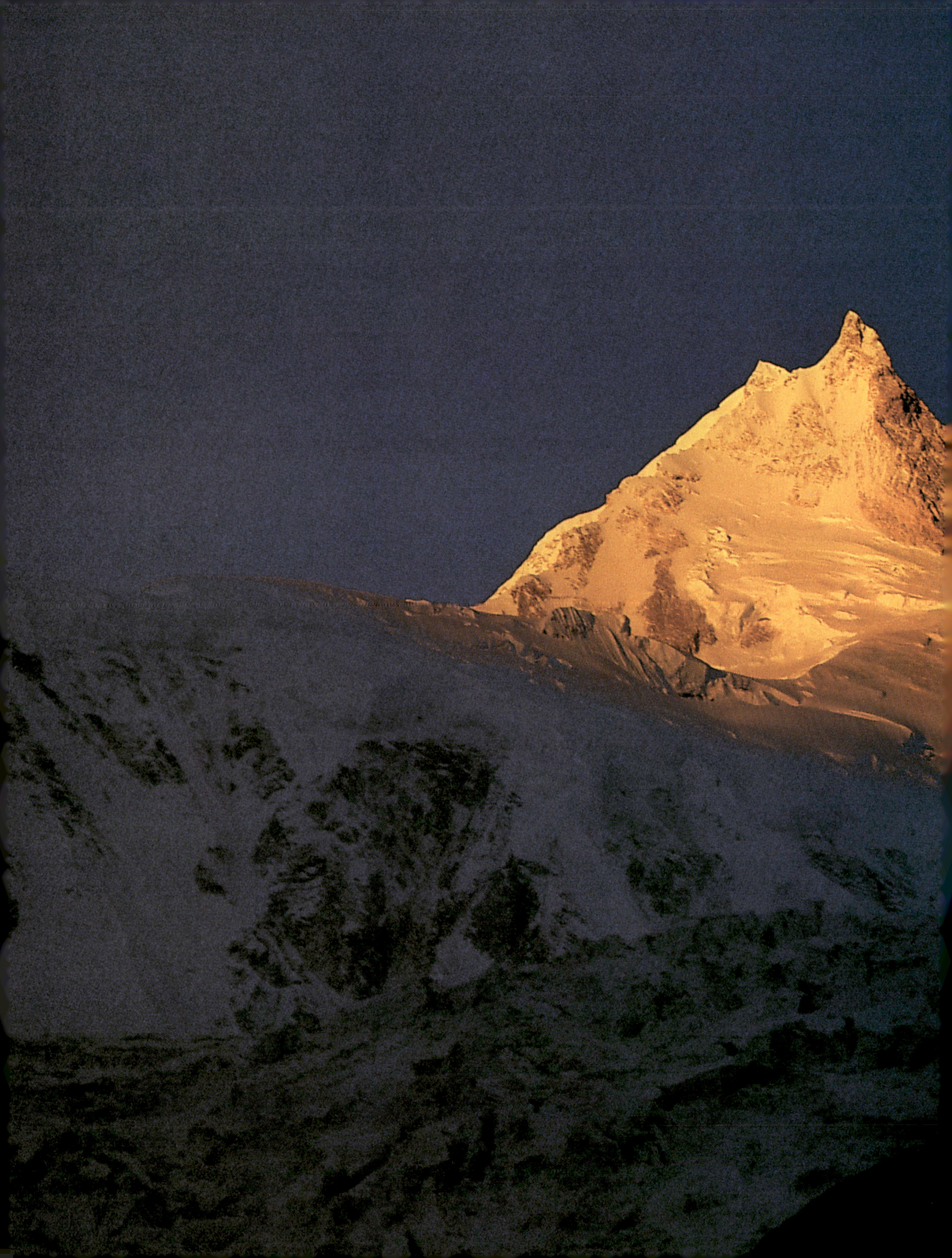

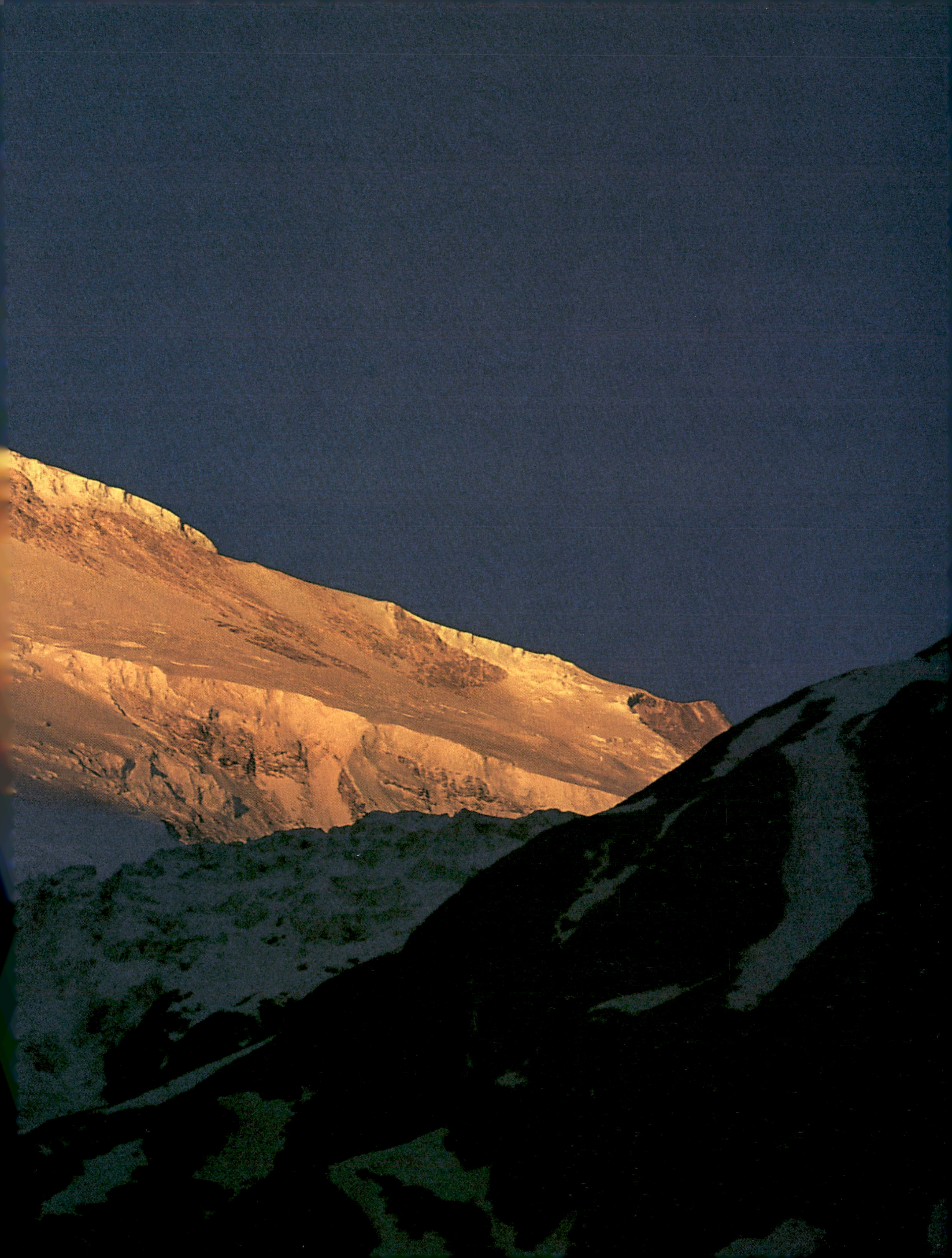

Manaslu – Tragödie

Die Manaslu-Expedition 1991

Die Teilnehmer:

Albert Brugger (35), Bruneck

Gregor Demetz (30), St. Ulrich

Carlo Großrubatscher (29), St. Ulrich

Hans Kammerlander (35), Ahornach / Sand in Taufers

Roland Losso (30), Villnöß

Friedl Mutschlechner (41), Bruneck

Hans Mutschlechner (37), Bruneck

Stefan Plangger (24), Mals / Langtaufers

Christian Rier (28), Kastelruth

Erich Seeber (34), Mühlwald

Werner Tinkhauser (30), Bruneck

Arzt: Dr. Pavel Dolecek, Saarbrücken

am ›Berg der Geister‹

Der Ablauf:

2. April Flug München – Karatschi – Kathmandu.

8. April Ankunft in Gurkha.

16. April Ankunft im Basislager, ca. 4000 m.

24. April Lager I wird auf 5500 Meter Höhe eingerichtet.

30. April Lager II wird auf 6200 Meter Höhe eingerichtet.

8. Mai Hans Kammerlander, Friedl Mutschlechner, Carlo Großrubatscher und Christian Rier steigen auf zu Lager I. Christian Rier kehrt mit den absteigenden Albert Brugger, Gregor Demetz, Hans Mutschlechner, Stefan Plangger und Werner Tinkhauser wieder zurück zum Basislager, während Hans Kammerlander, Friedl Mutschlechner und Carlo Großrubatscher zum Lager II, weitersteigen.

9. Mai Hans, Friedl und Carlo gehen weiter bis 7100 m und errichten dort das Lager III.

10. Mai Um 6 Uhr brechen Hans Kammerlander, Carlo Großrubatscher und Friedl Mutschlechner von Lager III auf. Friedl Mutschlechner kehrt bereits nach etwa 50 Höhenmetern um, Carlo Großrubatscher um etwa 8.30 Uhr. Hans Kammerlander geht weiter bis zum Grat in etwa 7500 m. Dort kehrt er um und erreicht gegen 10 Uhr wieder das Lager III.
10 Uhr: Hans Kammerlander und Friedl Mutschlechner finden Carlo Großrubatscher tot auf, 100 Meter unterhalb Lager III. Sie bestatten ihn in einer Gletscherspalte; anschließend Abstieg bei Schneefall und Sturm.
16 Uhr: Nachdem Hans Kammerlander und Friedl Mutschlechner auch das Lager II abgebaut haben, fahren sie mit den Skiern zum Lager I ab. Kurz davor kommen sie in ein Unwetter, Friedl Mutschlechner wird vom Blitz getroffen und ist sofort tot. Hans Kammerlander kann sich in ein Schneeloch, später in das nahe Lager I retten.

11. Mai Abfahrt von Hans Kammerlander zum Basislager. Auf halber Strecke trifft er Christian Rier, Werner Tinkhauser und Stefan Plangger, die mit einigen Sherpas zu Lager I aufsteigen und Friedl Mutschlechner in einer Gletscherspalte bestatten.

17. Mai Hans Kammerlander und Hans Mutschlechner überbringen Marianne Mutschlechner die Nachricht vom Tod ihres Mannes.

Marianne Mutschlechner

Kein Weg zurück

Es lag etwas in der Luft, ich fühlte es schon seit geraumer Zeit. Fünf Jahre ohne großes Ziel sind im Leben eines mit Leib und Seele dem Bergsteigen verschriebenen Mannes eine endlos lange Zeit. Jahre, in denen er sich nur seinem Beruf gewidmet hatte, ohne sich einmal selbst zu verwirklichen.

Bergführen hat kaum etwas mit Routine zu tun; bei Friedl wenigstens nicht. Ist er doch dabei herumgezogen von den Westalpen bis nach Mexiko, vom Nordkap bis Meteora, den griechischen Kletterfelsen, von Montserrat in Spanien bis nach Sperlonga. Und wenigstens einmal im Jahr nach Nepal, wo er sich verbunden fühlte mit Landschaft und Menschen, wo ihm immer wieder aufs Neue bewußt wurde, wie sehr er eigentlich noch verwurzelt war mit der bäuerlichen Lebenswelt.

Trotzdem gibt es auch dabei einen Alltag, in dem einen die Verantwortung für andere zu sehr belasten kann. Dieser Zeitpunkt war gekommen; ich spürte es eigentlich schon lange.

Hans Kammerlander plante eine Expedition zum Manaslu, 8156 m, dem siebthöchsten Berg der Welt. Der Aufstieg über die Nordostwand stellte technisch keine allzu großen Anforderungen, wollte er ja zehn jungen Südtiroler Bergsteigern die Möglichkeit geben, einen Achttausender zu besteigen.

Friedl wußte es als erster – und entschloß sich als letzter mitzugehen. Bei einer gemeinsamen Skitour im Mühlwalder Tal, bei der auch Brigitte, die Frau von Hans Kammerlander, und ich mit dabei waren, fiel die Entscheidung. Diesmal war Friedl der Entschluß unheimlich schwergefallen. Lange hatte er überlegt, gezweifelt, abgewogen. Größeren Expeditionen stand er immer skeptisch gegenüber, auch wenn sie mittlerweile ganz im Alpin-Stil durchgeführt wurden. Jeder Teilnehmer wird bei solchen Unternehmungen als selbständiger Bergsteiger betrachtet, der für seine Ausrüstung wie auch für Entscheidungen in schwierigen Situationen am Berg selbst verantwortlich ist. Aber Friedl wußte auch wie wichtig und vorteilhaft seine Himalaya-Erfahrung gerade für diese Gruppe sein würde.

Immer wieder hatte er mich um meine Meinung gefragt. Ich konnte und wollte ihm die Entscheidung nicht abnehmen. Diese Situation war für mich etwas Neues.

Ich war meistens dabei, wenn sich Friedl mit Reinhold traf. Der hatte immer mehrere Ideen gleichzeitig und sprudelte über vor Energie; er steckte einen an mit seiner Begeisterung und seinem Tatendrang. In seiner Gegenwart schrumpften die Gefahren; das Wissen darum ließ sie kleiner erscheinen als einem lieb war. Anfangs nahm ich diese Gespräche nicht ernst genug. Die beiden aber kannten sich zu gut und wußten beim Auseinandergehen schon genau, welches Ziel sie als nächstes verfolgen würden. Erst wenn es dann durch die Medien ging, wurde mir bewußt, daß sie es ernst meinten. Und ich akzeptierte es; schließlich war ich ja dabei, als davon gesprochen wurde, mußte ich mir dann eingestehen.

Nur ein einziges Mal war ich nicht bereit, Verständnis zu haben. Im Winter 1985/86 sollte Friedl mit Reinhold und Hans Kammerlander zum Makalu fahren. Ich fand die Herausforderung zu groß und vor allem wegen seiner Erfrierungen unvernünftig. So bat ich ihn, zu Hause zu bleiben. Es gab keine Diskussion, er respektierte meinen Wunsch; nur – ich konnte mich darüber nicht freuen. Dauernd bildete ich mir ein, er würde der vergebenen Chance nachtrauern, er würde Reinhold und Hans in Gedanken auf Schritt und Tritt begleiten und sehne sich nur nach dem Himalaya-Riesen. Nichts von alledem war ihm anzumerken. Er verhielt sich wie immer und erwähnte die Expedition mit keinem Wort. Dessen war ich mir spätestens zu diesem Zeitpunkt sicher: ich konnte nur vorbehaltlos glücklich sein, wenn er es war, mit allen Konsequenzen. Dieses eine Mal hatte ich den Mut gehabt, egoistisch zu sein. Aber ich konnte keine Genugtuung darüber empfinden.

Und nun steckte ich in diesem Dilemma. So sehr ich ihm ein großes Erlebnis gönnte, umso weniger brachte ich es über mich zu sagen: »Geh mit!« Unser Sohn – inzwischen volljährig – zeigte sich sehr verständnisvoll und hatte nichts gegen eine Teilnahme an der Expedition einzuwenden.

Am 2. April 1991 begleitete ich Friedl mit der ganzen Mannschaft zum Flughafen nach München. Zehn Tage später traf ich zufällig Brigitte Kammerlander in der Stadt. Sie freue sich schon riesig darauf, am 23. April nach Nepal zu fahren, wo sie Hans im Basislager erwarten würde. Ob ich nicht doch mitkommen möchte? Der elftägige Anmarsch schreckte mich immer noch ab. Dann erfuhr ich von ihr, daß Christine, die Frau des Expeditionsteilnehmers Roland Losso, mit ihrer neunjährigen Tochter Denise zwei Wochen später ebenfalls nach Nepal reisen würde, um sich mit ihrem Mann zu treffen. Während ich den Kaffee austrank, überschlugen sich meine Gedanken. Was hinderte mich eigentlich daran, dasselbe zu tun? Nichts! Also, dachte ich mir, gehe ich jetzt nach Hause und freue mich auch – auf Nepal. Nach einigen Telefongesprächen und einer vor Aufregung schlaflosen Nacht stand für mich unumstößlich fest: am 7. Mai werde ich mit Christine und Denise in München abheben. Brigitte gab mir noch Informationen und gute Ratschläge. Sie durfte Friedl nichts von meinem Kommen verraten; es sollte wirklich eine gelungene Überraschung werden. Außerdem sollte sie uns eine Nachricht zuspielen, wo und wann wir uns sicher treffen würden. Etwas Angst hatte ich doch, daß wir uns verfehlen könnten.

Am 1. Mai kam ein Anruf von Dr. Dolecek, dem Expeditionsarzt. Ich erschrak. Was hatte das zu bedeuten? Nein, nichts Schlimmes, er rufe von zu Hause an. Allen Bergsteigern ginge es gut. Das klang wie eine Rechtfertigung dafür, daß er sich bereits nach Deutschland abgesetzt hatte. Ein beklemmendes Gefühl beschlich mich. Wenigstens konnte ich einiges über den Weg von Kathmandu nach Gurkha in Erfahrung bringen. Gurkha ist die letzte mit einem Fahrzeug erreichbare Ortschaft in Richtung Basislager. Bis dahin wollten wir auf jeden Fall kommen. Dr. Dolecek verhieß uns nichts Gutes. Der Ort sei das Letzte, nur Dreck, Hitze und ein einziges, unzumutbares ›Hotel‹. So schlimm wird es schon nicht werden, beruhigte mich Christine.

7. Mai   Am Flughafen in München trafen wir mit Reinhold Messner zusammen. Er war auf dem Weg nach Bhutan und würde einige Tage in Kathmandu bleiben. Mit einer Gelassenheit, die mir selbst fremd war, bestieg ich das Flugzeug. Es war meine erste große Reise. Ich genoß den Flug mit allen Annehmlichkeiten, bis wir – pünktlich auf die Minute – in Kathmandu landeten.

Da machten wir gleich die ersten Erfahrungen. Kinder, Taxifahrer, Gepäckträger umschwirrten uns, daß wir alle Mühe hatten, zu sehen, wo unser Gepäck schließlich gelandet war: In einem Auto undefinierbaren Typs – gerade, daß es diese Bezeichnung noch verdiente. Nun kam aber erst das Problem. Den Namen unseres Hotels hatte keiner je gehört. Sie – Fahrer und Beifahrer – lächelten uns nur an und fuhren vorerst einmal stadteinwärts. Menschen, Hunde, Kühe mitten auf der Straße, sie umfuhren alle geschickt, ohne auch nur einmal den Fuß vom Gaspedal zu nehmen. Nach längerer Irrfahrt und mehrmaligem Fragen erreichten wir wohlbehalten das Hotel. Ein freundlicher Empfang, Lächeln, wohin man sah, Verbeugungen, aber keine Nachricht für uns. Wir stellten das Gepäck aufs Zimmer, liehen uns ein Fahrrad und machten uns auf die Suche nach der Agentur, welche die Expedition zum Teil organisiert hatte. Der Linksverkehr bereitete uns wohl einige Schwierigkeiten, vor allem an den Kreuzungen. Jeder hupte und klingelte und fuhr dabei, was das Zeug hielt. Ob die Ampel nun auf Rot oder Grün stand, ob der Polizist pfiff und mit den Armen fuchtelte, man hatte den Eindruck, der Verkehr regelte sich von alleine am besten.

Es war später Vormittag; in der Trekking-Agentur trafen wir leider niemanden an. Inzwischen hatte

Reinhold ebenfalls versucht, Erkundigungen über die Manaslu-Expedition einzuholen. Sie hätten viel Schlechtwetter, das zweite Hochlager wäre aufgebaut. Mehr war nicht zu erfahren. Am Abend lud er uns zum Essen in ein vornehmes tibetisches Restaurant ein. Bereitwillig ließen wir uns einfangen von der fernöstlichen Atmosphäre. Musik spielte, orientalische Gewürze verbreiteten einen betäubenden Duft. Man vergaß alles, was einem einen Tag zuvor noch lieb und unentbehrlich war. Europa war weiter weg als die Sterne, die zu später Stunde auf dem Rückweg ins Hotel auf uns herableuchteten.

9. Mai Ausgeruht machten wir uns schon um 9 Uhr früh auf den Weg in das Trekking-Büro. Welche Erleichterung! Für Christine war eine Nachricht von ihrem Mann hinterlegt, datiert mit 29. April. (Im Gegensatz zu Friedl wußte er ja, daß Frau und Tochter nachkommen.) Er schrieb, wenn einige Teilnehmer vor dem 10. Mai den Gipfel erreichen sollten, würde die Expedition schon früher als geplant in Kathmandu sein; andernfalls erst gegen den 20. Wir waren alle überglücklich. Nun konnten wir uns die Zeit besser einteilen, und wir würden sie gut nützen.

Wir buchten einen Flug nach Pokhara, da uns Reinhold nahegelegt hatte, die Hauptstadt zu verlassen. Wegen der bevorstehenden Wahlen könnte es zu größeren Unruhen kommen. In der Tat, ganz Kathmandu war verklebt und verhängt mit Wahlwerbung, eine Demonstration folgte der anderen. Sogar die Schulkinder marschierten schreiend und Fähnchen schwenkend durch die Gassen, Jugendliche schrien ihre Forderungen durch Megaphone. Aber das alles registrierten wir eigentlich nur am Rande.

10. Mai Ich hatte kaum geschlafen; bellende Hunde und ein Hahn, der alle acht Sekunden aus Leibeskräften krähte, hatten dies erfolgreich verhindert. Denise hatte hohes Fieber und Durchfall. Ich ging allein in die Stadt, kaufte verschiedene Andenken und schwarze Seide. Später setzte ich mich auf die Hotelterrasse und schrieb Ansichtskarten, als sich Christine zu mir gesellte. Heute muß ein entscheidender Tag sein, meinte sie, da sei sie sich ganz sicher. Irgend etwas von großer Bedeutung muß geschehen sein. Ich saß nachdenklich da und horchte in mich hinein. Es konnte jedenfalls nichts mit Friedl zu tun haben, da müßte ich auch etwas spüren, dachte ich. Oder trügen mich meine Gefühle?

Denise hatte 40 Grad Fieber und lag matt in ihrem Bett. Als Christine den Arzt anrief, riet er ihr, sie ins Krankenhaus zu bringen. Nur das nicht! Sie würde alle seine Anweisungen gerne befolgen. Er nannte ihr einige Medikamente, die sie vom Hotelboy besorgen ließ. Denise redete im Fieber, wir machten uns ernstlich Sorgen.

Für den nächsten Tag hatten wir den Weiterflug nach Pokhara gebucht. Wir wollten uns deshalb noch von Reinhold verabschieden, der in einem anderen Hotel abgestiegen war. Er befand sich aber schon auf dem Weg nach Bhutan. Also gingen wir zeitig schlafen, da wir um 6 Uhr früh zum Flughafen mußten.

11. Mai Denise stand mit großen Augen im Türrahmen. Ihr ginge es wieder gut, behauptete sie und war bester Laune. Auf der Fahrt zum Flughafen trieb es ihr jedoch immer wieder den Schweiß auf die Stirn. In Pokhara angekommen, stürzten sich gleich Kinder und Frauen auf uns. Wir ließen diesmal unser Gepäck nicht los und trugen es selbst bis zum Mount-Annapurna-Hotel. Dort waren wir die einzigen Gäste und wurden dementsprechend verwöhnt. Auch hier wollten wir die Gegend gleich mit dem Fahrrad erkunden, kehrten aber bald schon enttäuscht zurück. Um 10 Uhr vormittags hatte es bereits eine Affenhitze, so daß wir nur mehr den einen Wunsch kannten – eine kalte Dusche. Wir ruhten uns etwas aus und ließen uns am Nachmittag mit einem Taxi zum Fewa-See fahren. Während die anderen mit einem Boot zum Varahi-Tempel ruderten, spazierte ich am See entlang und betrachtete das bunte Durcheinander: Frauen wuschen ihre Wäsche, Kühe badeten daneben, ein Auto stand bis zu den Türen im Wasser – es sollte wohl einmal gründlich durchgespült werden. Wildenten umkreisten es schnatternd. Dazwischen planschten Kinder, bewarfen sich mit Schlamm und kreischten vor Vergnügen. Trotz der Gegensätze war es ein friedliches Nebeneinander.

12. Mai Wegen der Hitze brachen wir sehr früh auf in Richtung Fewa-See. Wir achteten nicht auf den Weg und kamen stattdessen zu den David-Wasserfällen. Heftig gestikulierende Frauen bemerkten uns schon von weitem, liefen uns entgegen, redeten alle gleichzeitig auf uns ein. Natürlich endete das ganze Debakel wieder mit Spesen. Sie hatten ausnehmend schönen Schmuck anzubieten, säuberlich ausgebreitet unter einem riesengroßen Baum. Kaum hatte ich bei der ersten etwas gekauft, rückte schon die nächste den Schemel zurecht, auf den ich mich zum Aussuchen hinsetzen mußte. Sie zeigte mir wunderschöne Türkis-Ohrringe und hielt mir dabei einen winzigen Spiegel – in Nepal eine Rarität – vors Gesicht. »Guck mal«, sagte sie – ich traute meinen Ohren nicht – und wieder »guck doch mal!«. Wir mußten herzlich lachen und alle freuten sich.

Wie jeder bisherige Tag war auch dieser voll von unvergeßlichen Erlebnissen, und wir vergaßen darüber die Zeit. Auf dem Rückweg ins Hotel war es stockfinster, so daß wir Mühe hatten, überhaupt den Weg zu finden. Es tat uns aufrichtig leid, daß wir den Portier aus dem Schlaf reißen mußten, um in unser Zimmer zu kommen.

13. Mai Die Temperaturen waren in der Nacht kaum niedriger als bei Tage. Auch die täglich in den Nachmittagsstunden niedergehenden Gewitter brachten kaum eine Abkühlung. Wegen der Hitze konnte ich erst in den Morgenstunden einschlafen und beschloß deshalb, mir mit einem Buch im Hotelpark die Zeit zu vertreiben, während die anderen zum Schwimmen fuhren. Ich hielt es nicht lange aus, so allein in dem riesigen Garten. Vielleicht gab es irgendeine Neuigkeit.

Während ich im Zimmer die Rufnummer unseres Hotels in Kathmandu suchte, klopfte es an der Tür. Der Hotelboy erklärte mir umständlich, ein Mister sei am Telefon. Ich rannte, daß die Füße kaum den Boden berührten, die Treppen hinunter zur Rezeption. Es war Roland Losso. In der Nacht war er unter großen Schwierigkeiten von Gurkha nach Kathmandu gekommen und hatte dort erfahren, wir seien in Pokhara. Er würde das nächste Flugzeug nehmen und nachkommen. Ich war so aufgeregt und nicht imstande, auch nur eine Frage zu stellen. Voller Ungeduld wartete ich auf Christine und Denise. Die Zeit schien stehenzubleiben. Inzwischen war auch schon das übliche Gewitter im Anzug. Wenn nur der Flug nicht gestrichen wird! Mit diesen kleinen Maschinen wird ja nur auf Sicht geflogen. Ein Stoßgebet nach dem anderen schickte ich zum Himmel. Endlich würde ich eine verläßliche Information über Friedl und den weiteren Verlauf der Expedition erhalten.

Christine und Denise freuten sich natürlich riesig, Roland endlich wieder in Armen zu halten. Er hatte am 8. Mai mit Albert Brugger, der inzwischen Vater geworden war, das Basislager verlassen. Die anderen wollten noch einen Gipfelanstieg versuchen. Sie kannten inzwischen die Wetterlaunen des Manaslu, die ihnen bis jetzt keine Chance ließen. Von Gurkha aus telefonierte er ins Hotel nach Kathmandu, weil er Frau und Tochter dort vermutete. Leider verstand die Dame an der Rezeption kaum Englisch und konnte ihm folglich nicht mitteilen, daß wir in Pokhara waren; das lag 200 Kilometer abseits der Strecke Kathmandu – Gurkha. Wir waren dorthin gefahren, weil es uns als schöner Ort empfohlen wurde und eine Flugverbindung hatte. Notfalls konnten wir von dort in kurzer Zeit zurück in die Hauptstadt kommen.

Wir mußten es als glückliche Fügung betrachten, daß Roland uns noch hier antraf. Seit zwei Tagen versuchten wir bereits, ein Taxi aufzutreiben, das uns nach Gurkha bringen sollte. Es sei zu gefährlich, hieß es, unterwegs wäre man vor Überfällen nicht sicher. Anscheinend war der Ausgang der Wahlen der Grund dafür. Es gab auch in unserem Hotel geheime Zusammenkünfte. Den ganzen Tag wurde das Radio belagert, alle Mitteilungen eifrig notiert. Gestern waren wir auf dem Weg ins Hotel unversehens in einen bewaffneten Aufstand geraten. Es war bereits so finster, daß wir nur mit Mühe den richtigen Weg erkennen konnten. Plötzlich zischte es an unseren Ohren: »It's dangerous, go back, go back!« Da waren wir schon mitten drin in einer Menschenmenge, ohne zu begreifen, was das alles zu bedeuten hatte. Kein Laut war zu hören, aber es knisterte vor Spannung und eine bedrohliche Stimmung war zu spüren. Für ein Zurück war es zu spät, so bahnten wir uns, die Gefahr ignorierend, einen Weg durch die finsteren, schweigenden Männer. Im Hotel hatten sie sich schon Sorgen um uns gemacht und legten uns nahe, bei Nacht nicht auszugehen. Wir hatten uns nur so verspätet, weil wir zwei Stunden aufs Essen warten mußten. Am nächsten Tag erfuhren wir, daß es einen Toten und mehrere Verletzte gegeben hat.

14. Mai Soeben erhielt ich vom Taxifahrer die Mitteilung, daß er uns nicht vor morgen nach Gurkha bringen könne; und wenn überhaupt, dann nur gegen Aufpreis, eine Art Gefahrenzulage. Wir waren damit einverstanden. Zuerst hatte ich schreckliche Angst, allein dorthin fahren zu müssen, jetzt, wo sich die Familie Losso glücklich gefunden hatte. Das käme nicht in Frage, meinten alle einstimmig.

15. Mai   Um 5 Uhr früh starteten wir mit dem Taxi nach Gurkha. Die Fahrt verlief ohne Zwischenfälle, ein junger, fescher Bursche brachte uns in seinem blitzsauberen Auto sicher und schnell ans Ziel. Wir quartierten uns im Hotel ›Gurkha Bisauni‹ ein. Über die Expedition war leider auch hier nichts in Erfahrung zu bringen. Also blieb uns nichts anderes übrig als zuzuwarten. Den Begriff ›Zeit‹ gibt es in Nepal nicht; das hatten wir inzwischen mitbekommen.

Nachdem wir unseren Rucksack voll Süßigkeiten für die Kinder unterwegs gepackt hatten, schlugen wir denselben Weg ein, wo vor sechs Wochen die Expedition den Anmarsch zum Basislager begonnen hatte. Denise mit ihren schönen langen Haaren und den nach Tibeter Art darin eingeflochtenen roten Schnüren erregte überall Aufsehen. »A little tourist«, schrien die Kinder und holten aus ihren Hütten alles raus, was Augen hatte und sehen konnte.

Nach ein paar Stunden kamen wir zu einer Wasserstelle, wo wir eine Rast einlegten. Vielleicht konnten wir von Leuten, die aus der anderen Richtung kamen, Neuigkeiten erfahren. Die Zeit wurde uns nicht lang, es war ein buntes Treiben an diesem Platz. Eine Frau brachte in einem Korb zwei kleine Kinder, hielt sie mitsamt den Kleidern unter den Wasserstrahl; eine andere klopfte ihre Wäsche mit Steinen sauber, Mädchen füllten das kostbare Naß in schöne große Messingkrüge, die sie auf dem Kopf balancierend davontrugen. Alle hatten etwas gemeinsam: ihre Fröhlichkeit. Wie reich waren sie und wie wenig hatten sie doch zum Leben.

Am späten Nachmittag kehrten wir ins Hotel zurück. Immer noch keine Nachricht. Ich rief im Trekking-Büro an und gab unsere Telefonnummer durch, falls es dort Neuigkeiten gäbe.

16. Mai   Tausend Stufen ging es hoch zur Gurkha-Festung, die noch streng bewacht wurde, und wo das Fotografieren verboten war. Tausend Stufen ging es auf der anderen Seite wieder hinunter. Denise und ich hatten sie gezählt. Dann setzten wir uns an einen schattigen Ort und ließen dabei den Weg auf der gegenüberliegenden Seite nicht aus den Augen. Dort mußte die Expedition vorbeikommen. Wir warteten vergebens.

17. Mai   Freitag. Schlachttag. Um 6.30 Uhr ging ich zum Hauptplatz, wo der Bus abfuhr, ohne zu wissen, was ich mir davon versprach. Auf dem Weg dorthin drehte sich mir mehrmals der Magen um. Ein riesiges Schwein, mit knalliger oranger Farbe überpinselt, lag tot neben der Straße, wo sich bereits eine Schlange von Käufern angestellt hatte. Etwas weiter wurden Hühner fast bei lebendigem Leib gerupft und dann nach und nach in Stücke gehauen, einfach von vorne nach hinten. Bis jetzt war mir der Ort nie so dreckig vorgekommen; es war grauenvoll.

Ich beeilte mich, zurück ins Hotel zu kommen, wo inzwischen die anderen das Frühstück bestellt hatten. Um 8.30 Uhr brachen wir wieder gemeinsam auf. Bald schon brannte die Sonne erbarmungslos auf uns nieder. An einem schattigen Platz, wo die vorbeikommenden Träger ihre Lasten absetzten und ein wenig verschnauften, ließen wir uns nieder und warteten. Von hier aus konnten wir eine weite Strecke des Weges überblicken. »Heute werden sie sicher kommen«, meinte Roland. Ich versuchte mir immer wieder vorzustellen, welches Gesicht Friedl machen wird, wenn er mich sieht; es wollte und wollte mir nicht gelingen. Mit angewinkelten Beinen saß ich bewegungslos da – ich hatte aufgehört zu denken.

Stunden vergingen. Niemand kam.

Beim Abstieg blieb Christine immer wieder stehen und schaute zurück. Eben hatten wir einen steilen Abhang hinter uns, als sie uns nachrief: »Wartet doch, da kommen Leute, zwei ›Weiße‹ – es sind unsere!« Ich sah hinauf, konnte sie aber nicht erkennen. Mir war wie in einem Alptraum: man möchte weglaufen und kommt nicht von der Stelle. Die beiden – Hans Kammerlander und Hans, mein Schwager – blieben oben stehen, ratlos. Sie hatten uns erkannt, aber nicht hier erwartet. Nach einer Ewigkeit kamen sie näher. Warum Hans? Mein Herzschlag setzte aus. Mit wenigen Worten teilte dieser mir das Unfaßbare mit. Friedl ist tot.
Wie die Salve eines Maschinengewehrs trafen sie mich. R a t t a t t a t t a ...

Warum fiel ich nicht tot um? Jemand hielt mich fest. Hans Kammerlander erzählte die ganze Tragödie. Weit entfernt hörte ich ihn reden und reden und reden. Es wollte kein Ende nehmen. Die Strecke bis Gurkha legte ich zurück, als hätte ich keinen Boden mehr unter den Füßen. Es kam mir alles so unwirklich vor, ohne Anfang und Ende. Später schloß ich mich im Hotelzimmer ein. Ich hatte einen wahnsinnigen Druck in mir und suchte verzweifelt nach einem Ventil. Nur nicht den Verstand verlieren, dachte ich mit erschreckender Nüchternheit. Ich sah die toten Fliegen zwischen den Fenstergittern, hörte den tropfenden Wasserhahn. Einer plötzlichen Eingebung folgend drehte ich die Dusche auf, stellte mich mitsamt den Kleidern unter den Wasserstrahl, und alles rann an mir hinunter: Schweiß und Schmutz und Tränen und Wasser und Tränen. Wie erlöst legte ich mich auf den Schlafsack und wurde ganz ruhig.

Meine Gedanken und meine Seele, mein Atem und meine Liebe sind hinaufgezogen zum Manaslu und das starke Gefühl, daß Friedl in dem Land ist, das er ersehnt hat, wird mich tragen durch meine Tränen und meinen Schmerz.

In der Nacht spürte ich Friedl ganz dicht neben mir; es war, als ginge all seine Stärke, die er jetzt nicht mehr brauchte, auf mich über. Ich spürte eine innere Nähe wie nie zuvor.

> Wenn ich einst tot bin, geh nicht an mein Grab!
> Den kleinen Hügel laß von Gras umwehen.
> Du sollst das bunte Leben wieder sehen,
> das dir und mir so manche Freude gab.
>
> Ich selbst bin zwar woanders, nein, nicht weit,
> wie könnte ich mich jemals von dir trennen?
> Du wirst mich nur mit andern Namen nennen.
> Was ich verlor? Ein abgelegtes Kleid.
>
> Vielleicht, an einem heißen Sommertag,
> werd' ich im Windhauch deine Stirne kühlen,
> wirst du auf einmal meine Nähe fühlen
> wie meine Hand, die oft auf deiner lag.
>
> Vielleicht, wenn du im Winter stehst und frierst
> und kalte Schauer durch die Glieder drangen,
> bin ich der Sonnenstrahl auf deinen Wangen,
> bin ich die Wärme, die du plötzlich spürst.
>
> Vielleicht bin ich die Schutzkraft, die dich hüllt,
> die Liebe, die dich hält und heilt und segnet,
> die dir verwandelt überall begegnet
> und unser Leben hier und dort erfüllt.
>
> (Marianne Junghans)

Christian Rier

Gesang der Geister

Still legt der Tag sich zur Ruhe. Nur von der Küche, die ihren Platz unter einem großen Mangobaum hat, kann man noch vereinzelt Geräusche vernehmen. Schon vor Stunden hat es in Arugat Bazar, am Weg zum Basislager des Manaslu, zu regnen begonnen. Aus weiter Ferne durchbrechen gelegentlich Blitze und Donnerpauken das abendliche Singkonzert der Vögel. Und da ist dieser Junge, der mit seinen schon oft zusammengeflickten Kleidern, barfuß und mit gefalteten Händen auf uns zukommt und leise fragt: »You have a pen?« Seine dunklen Augen strahlten. Nach einer mit Mund, Händen und Zeichen geführten Unterhaltung hat uns dieser Junge zu verstehen gegeben, daß es für ihn ohne Schreiber unmöglich sei, die Schule zu besuchen. Als er nun gleich zwei Schreiber in die Hand gedrückt bekommt, läuft er dankend davon. Ein warmer Wind zieht noch vom Tal herauf, als wir uns müde in die Zelte verkriechen.

Begonnen hat alles an einem Abend im Februar '91 in Ahornach, dem Heimatort des Hans Kammerlander, der diese Südtiroler Expedition zum Manaslu unter Mithilfe seiner Frau Brigitte und seines Freundes Sigi ins Leben gerufen hat. Und so kam es, daß wir nun am 2. April von München aus startend über Frankfurt nach Karatschi in Pakistan flogen und schließlich in Kathmandu, der Hauptstadt Nepals, zur Landung ansetzten. Tage der Vorbereitung vergingen, bis wir dann am Montag, dem 8. April, nach einer anspruchsvollen, mehrstündigen Busfahrt in Gurkha ankamen. Der Anmarsch, unterstützt von ungefähr 90 Trägern, konnte beginnen.

Am folgenden Tag werfen wir den ersten Blick ins prachtvolle Gebirgsmassiv des Himalaya. Es war ein beinahe unwirklicher Anblick: der schneebedeckte Ganesh Himal, dessen majestätische Gipfelzone wir vom Dorfe Labubesi aus bei einbrechendem Sonnenuntergang tief violett herunterstrahlen sahen. Wo sonst als hier kann man sich besser der Mythologie und der Philosophie dieser Bergvölker nähern. Sie begreifen Meditation als einen Weg zum Übergang von einem Geisteszustand zum anderen und das harmonische Zusammenarbeiten zwischen Hand und Herz gibt diesem Himalaya-Volk die nötige Besonnenheit und Kraft, die es braucht, um in so karger, spartanischer Lebensweise ein ausgeglichenes menschliches Dasein zu führen.

Brücken, nicht nur Bindeglied einer Talseite zur anderen, sondern auch Bindeglied zwischenmenschlicher Beziehungen, prägen von nun an das tägliche Erscheinungsbild in den immer enger und steiler

Am Weg zum Manaslu-Basislager, besonders auf Anhöhen und an markanten Kreuzungen, stehen unzählige, kunstvoll angefertigte Manisteine. Unter der Buddha-Figur wird die Bittschrift eingemeißelt.

werdenden Tälern unserer Wanderung zum Basislager. In Fels eingehauene Pfade wechseln mit blühenden, leuchtend grünen Reisfeldern, durch die sich unser Weg zieht wie eine Schlange. Frauen mit ihren pechschwarzen Haaren verrichten die tägliche harte Feldarbeit, auf dem Rücken ihre Kinder.

Am siebten Tag des Anmarsches kommen wir ins Grenzgebiet zu Tibet. Nepalesische Dorfstrukturen geben nun den charakteristischen Merkmalen der Tibeter-Siedlungen den Vorrang. Während man bei den Nepalesen vorwiegend Streusiedlungen vorfindet, prägt bei den Tibetern der fest zusammenhängende Dorfkern das Ortsbild. Ihre Tempel und Klosteranlagen legten sie meist an markanten Plätzen ihrer Dörfer an; hier werden ganztägige, mit Musik begleitete Gebetszeremonien abgehalten.

Inzwischen haben wir schon eine Höhe von etwa 3400 Meter erreicht. Rauch steigt zwischen den mit Steinplatten bedeckten Dächern des Dorfes Namrun auf, das frisch geschlagene Holz ist überall zu riechen. Die Temperaturunterschiede zwischen Tag und Nacht werden spürbar größer, die schneebedeckten Berge geben Zeugnis davon.

Auf dem Weg in Richtung Samagaon hallen regelmäßige Trommelschläge aus großer Höhe zu uns herab. Weit, weit oben, in einem steilen, sehr unwegsamen Gelände, oberhalb eines großen Wasserfalls, dessen Wasser wie Seide herunterschwebt, werden wir fündig: eine zierliche goldene Zwiebelkuppel schmückt das Haupt einer kleinen Klosteranlage, in der die Mönche in sich gehen.

Als wir gegen Abend in Samagaon ankommen, trennen wir uns schweren Herzens von den liebgewonnenen und geschätzten Trägerinnen und Trägern – allerdings nicht ohne deren Versprechen, daß sie uns beim Abmarsch vom Basislager in etwa einem Monat unterstützen würden.

Dienstag, 16. April. Tibetische Trägerinnen und Träger begleiten uns nunmehr von Samagaon aus bis ins Basislager unterhalb des Manaslu auf etwa 4000 Meter Höhe; die letzten Gebetstafeln – Kunstwerke in Stein gehauen, die Buddha, seine Lebensform oder auch nur Gebete zeigen – lassen wir hinter uns. Hier, zwischen der Waldgrenze und dem ewigen Schnee, bestellen die Tibeter mit Yakgespannen und Holzpflügen ihre Kartoffeläcker, auf Terrassen zumeist, die bis weit über 3000 Meter Höhe hinaufreichen. Den kargen Boden haben sie freigesammelt von Steinen, und damit ihre Hütten und Mauern errichtet.

An allen Orten begegnet man der tiefen Religiosität der Tibeter und der Hindus, wie hier im Bild.

Seit jeher haben Tibets Geheimnis und die Unendlichkeit seiner windgepeitschten Hochebenen die Menschheit zum Träumen verführt. Das Land des Himmels mit der Welt zu seinen Füßen ist eine unendliche Symphonie der Lichter, der Farben und des Raumes, die den Geist in ihren Bann schlagen. Überall sind die Flüsse und die Berge, ist der Himmel, an dem die Wolken aneinanderjagen, von Leben erfüllt, und die ständige Energie scheint sich bei jeder Biegung des Weges wie die Ausstrahlung einer göttlichen Präsenz zu offenbaren.

Die ganze Landschaft befindet sich in ständiger Bewegung, hier ein Berg, weiß und felsig wie von der Zeit vergessen. Grauweiße Wolken schweben Schaumflocken gleich am türkisfarbenen Himmel. Braune Anhöhen ziehen sich unter langgestreckten öden Gebirgskämmen dahin bis zu einer schmalen, dicht bewachsenen Ebene. Sama und seine unermeßlich schöne Klosteranlage bilden den Schluß dieser Ebene. Talauswärts säumen zwei aufeinanderfolgende Gebetshäuschen, innen mit Gebetsmühlen bestückt, den Weg. Ihre weißen Anstriche leuchten bei Sonnenuntergang hell auf. Hier erst begreift man, warum die Spiritualität das Herz des tibetischen Volkes ist. Tibet als Dach der Welt und der Menschen, zugleich aber auch als Schauplatz der Götter.

Ab und zu besuchen uns Bewohner des Dorfes Sama im Basislager. Schwere Wollkleidung, sonnenverbrannte Gesichter, Zöpfe mit rotgefärbten Yakhaaren verziert, die auf dem Rücken hängen oder auf dem Kopf zusammengerollt sind, Ohrgehänge, große Halsketten aus Türkisen, Korallen und Xi-Steinen – jeder Tibeter trägt seine kulturelle Eigenart in seiner Haltung. Oberhalb unserer Zelte hissen sie Gebetsfahnen, auf daß die Winde die Gebete für die Erlösung aller Wesen von Leiden, Unwissenheit und Leidenschaften in alle Täler tragen. Nicht ohne Grund steht darüber der ständig wiederholte Aufruf des Dalai Lama zur Barmherzigkeit, zur Meditation über sich selbst und den ständigen Kampf gegen die eigene Unwissenheit und die eigenen Leidenschaften, welche die Quelle aller Übel, Gewalt, Selbstsucht und Egozentrizität sind. Nur so kann das tibetische Volk dem Sturm des Wahnsinns, der China und Tibet während der Kulturrevolution 1966 – 1976 tief erschüttert hat, mit Achtung und Vernunft entgegentreten.

Das Wetter im Gebiet um Sama ist launisch, cholerisch, wild, und am Himmel mit den sturmzerrissenen Wolken spielt sich eine nicht enden wollende pathetische Symphonie ab – Sonne, Wind und Wolken stehen in einem ständigen Widerstreit zueinander. Geier und Krähen schweben im Wind, stoßen ihre schaurigen Schreie aus und setzen sich auf Felsvorsprünge oder auf das mit Gebetsfahnen behängte Seil beim Basislager. Es ist, als würde man sich in diesem Ballett der Wolken, des Schnees und der Vögel, des Windes und der Stille verlieren; niemand wird sich so ganz dem eigenartigen Bann dieses Schauspiels entziehen können.

Und inmitten dieses Freilufttheaters mit den sich ständig wechselnden Bühnenbildern steht er: der Manaslu, der ›Berg der Geister‹. An der Oberfläche wirkt er untätig, vor Kälte erstarrt. Nur die Wellen des Windes und der Widerschein der Wolken, die an den Gipfel herangedrückt werden, überziehen seine Flanken, Wände und Gletscher mit einem düsteren Glanz. Es ist ein sonderbarer Schimmer, der sich in allen Farben und Schattierungen über die Schneemassen legt, blau, grau oder gar schwarz, nur nicht weiß. – Nun sind sie also für die Nachwelt ins ewige Eis des Himalaya gelegt, die verheerenden Folgen, die Krieg und Terror haben: Maiskorngroße Rußpartikel und ein öliger Film über dem aus Neuschnee genommenen, abgekochten Wasser geben Zeugnis einer für Mensch und Natur niemals wieder gutzumachenden Wahnsinnstat eines totalitären Regimes im Irak.

Donnerstag, 9. Mai. Am Horizont durchbricht ein gebündelter Sonnenstrahl den vom Tal heranziehenden Nebel und läßt das letzte weiß gestrichene Gebetshaus hell aufleuchten. Ein Schwall feuchtwarmer Talluft zieht über den Gletscherbruch herauf und schleicht, vom aufkommenden Wind umhergepeitscht und dem Relief der Bergkämme folgend, in die Höhen des Manaslu auf. Die übliche Wetterverschlechterung in den frühen Nachmittagsstunden vertreibt nicht nur uns in die Zelte, sondern auch den Geier, der noch vor kurzem seine Flugkünste am türkisblauen Himmel vorführte.

Am Abend gibt sich Hans zuversichtlich; er will zusammen mit Friedl und Carlo von Lager III aus einen letzten Versuch wagen, den Gipfel des Manaslu zu ersteigen.

Wenig später unterbrechen laut hallende Donnerpauken unser gemütliches Beisammensein. Das Feuer vor dem Küchenzelt flackert und wird vom aufkommenden Wind erfaßt, weit verzweigte, hell aufleuchtende Blitze lassen die eingebrochene Dunkelheit vergehen und es kurzzeitig Tag werden. Erschrocken und staunend blicken wir hinauf zu unserem Thron der Götter. Wie winzig sind doch wir Menschen im Vergleich zu diesem alles beherrschenden Gebilde aus Fels, Eis und Schnee.

Der folgende Morgen beschert uns einige Zentimeter Neuschnee im Basislager. Strahlender Sonnenschein läßt die schneebedeckte Gipfelzone mit ihren bizarren Eisformen rötlich schimmernd zu uns herableuchten. Während des Frühstücks können wir die zügig aufwärts steigende Gruppe mit dem Fernglas beobachten. Sie kommt gut voran. Optimismus und Freude machen sich unter uns breit. Unterbrochen wird unsere Euphorie erst, als sich der Sirdar mit gesenktem Haupt und einem sonderbaren, ungewohnten Ausdruck in den Augen nähert. Vorsichtig und wohlüberlegt in der Wahl seiner Worte, macht er auf die losgerissene, über die Felsen herabhängende Gebetsfahne aufmerksam.

Gebetsfahnen mit dem Manaslu im Hintergrund. Sie sollen die bösen Geister fernhalten und die Gebete zu den Göttern hinaustragen.

Schmale, langgezogene, vom immer stärker werdenden Wind aufgebrauste Schneefahnen zieren schon bald den Gipfelgrat. Immer häufiger klammern sich feine Wolkenfäden an den Berg, vernetzen sich und verschleiern die Hänge. Innerhalb weniger Minuten ist alles dicht; schwarze Wolkenfelder, von den umliegenden Tälern und Graten aufgestiegen, begleiten das Schauspiel.

Erleichtert nehmen wir dann den Funkspruch von Hans auf, als er uns über den Abbruch des Aufstieges zum Gipfel informiert. Zu diesem Zeitpunkt verdeckt ein großes Wolkenfeld das Lager III, in dessen Schleier sich Friedl und Carlo schon befinden...

Samstag, 11. Mai. Eine schlaflose, ewig lang andauernde Nacht neigt sich ihrem Ende zu, als wir in der Morgendämmerung schweren Schrittes über den Neuschnee bergauf steigen. Die melancholische Ausstrahlung dieser Landschaft mit all ihren Ausschweifungen, die tragischen Ereignisse des vergangenen Tages, die Aufrichtigkeit unserer Gefühle, alles das läßt unsere Stimmung in den Abgrund fallen.

Spärlich durchbrechen die ersten warmen Sonnenstrahlen eine dünne, den Berg umhüllende Wolkenschicht. Die glänzenden, von den nächtlichen Niederschlägen vereisten Felswände über uns gleichen im morgendlichen Licht einem übergroßen Spiegel, der die natürliche Vergänglichkeit auf dieser Erde widergibt. Neuschneelawinen, vermischt mit kleineren Steinen, rauschen die Felswände herab. Wir sind erleichtert, als wir weit oberhalb einen abwärts gleitenden Punkt erblicken. Nur wenige Minuten verstreichen bis Hans bei uns ist – und mit ihm der Gesang der Geister. Nach einer kurzen Schilderung des vorhergehenden Tages gibt uns Hans ein silbernes tibetisches Armband, das wir dem Friedl als ein Zeichen der ewig währenden Verbundenheit um den Arm legen sollen, auf daß es ihn in den ewigen Frieden begleitet.

Verbittert setzen wir den Aufstieg fort. Mit jedem Schritt wird diese Tragödie für uns unverständlicher, und trotzdem nähern wir uns Schritt für Schritt mehr dieser traurigen Wirklichkeit. Mit Tränen in den Augen stehen wir dann fassungslos da. Gedanken ziehen vorbei, bleiben stehen, verweilen und lösen sich dann wieder auf. Und während er das Leben lernte, lernte er das Sterben; dieser traurigen Gewißheit mußten wir Zeuge sein.

Langsam steigt vom Tal herauf der Nebel, das Gewölk über uns wird dichter, der letzte Weg talauswärts konnte beginnen.

Hans Kammerlander

Die Tragödie am Manaslu

Zur Vorgeschichte

Die ewig währende und tief verwurzelte Bergkameradschaft ist mit Sicherheit die Erfindung einer längst überholten Zeit, und immer wenn sie heute, im Zeitalter des Wettkampfkletterns und des Extrembergsteigens, wieder irgendwo ausgegraben wird, ärgere ich mich.

Andererseits: Ich war es auch leid, jedesmal nach passenden Partnern Ausschau zu halten, das Risiko einzugehen, deren Kondition, Kletterfähigkeit und sonstige Verträglichkeit richtig einzuschätzen. Improvisation ist gut und recht, aber die Partnerwahl ist mit der wichtigste Faktor für eine erfolgreiche Expedition und oft von überlebenswichtiger Bedeutung. Meine Erfahrungen mit einigen bunt zusammengewürfelten Mannschaften, mit unterschiedlicher Sprache und Mentalität, weckten den Wunsch nach verläßlicher und vertrauter Partnerschaft, einer Partnerschaft, wie ich sie mit Reinhold Messner in den letzten Jahren hatte.

Damals – 1989, auf dem Rückweg vom Mount Everest – marschierten in meinem Kopf Dutzende von Namen und Gesichtern vorbei, die alle etwas mit Berg und mit Kameradschaft zu tun hatten.
Bei drei Versuchen am Everest war ich jedesmal in Höhen über 8000 Meter im Neuschnee steckengeblieben und mußte die Expedition erfolglos abbrechen.
Nicht allein der Gipfel interessierte mich, obwohl sich wahrscheinlich kein Bergsteiger der Wirkung des höchsten Punktes der Erde ganz entziehen kann. Mich faszinierte der Berg. Der Normalweg über den unfallträchtigen Khumbu-Gletscher war mir zu wenig Erlebnis. Von Norden, von China her, besaß der Everest Reiz, bot er die Chance zu einem großen Ziel. Und diese Herausforderung wollte ich annehmen. Aber: Mir fehlte nicht nur die Genehmigung – die erhielt ich erst wieder für das Jahr 1992 –, sondern mir fehlte auch der Partner. Und weit und breit kein Freund mit einer Everest-Genehmigung, dem ich mich hätte anschließen können.

Also doch auf die Suche nach dem Bergkameraden machen?

Bergkamerad gesucht

Ich tat, was ich schon lange tun wollte.
Noch vor dem Rückflug nach Europa sicherte ich mir in Kathmandu – wenigstens mündlich – Besteigungsgenehmigungen für zwei Achttausender, den Kangchendzönga und den Manaslu, und nach mei-

ner Heimkehr genügten ein paar Hinweise im Freundeskreis und eine kurze Notiz im Veranstaltungskatalog der Alpinschule, um meinen Plan einer Südtiroler Achttausender-Expedition publik zu machen. Das Echo war beeindruckend.

Es war für die Südtiroler Bergsteiger immer schwierig, kostengünstig an größeren, subventionierten Expeditionen teilzunehmen. Bei Unternehmungen, die vom CAI, dem Italienischen Alpenverein, durchgeführt wurden, blieben die Italiener im Vorteil. Der AVS, der Südtiroler Alpenverein, wiederum war wirtschaftlich zu schwach, um umfangreichere Expeditionen zu finanzieren. Die Angebote der kommerziellen Veranstalter lassen inzwischen zwar kaum noch einen Gipfel aus, sind aber meist so teuer, daß damit für viele junge und hoffnungsvolle Südtiroler Kletterer das Tor zum Dach der Welt verschlossen bleibt.

Auf dieser gemeinsamen Skitour im März 1990 faßte Friedl Mutschlechner den Entschluß, Hans Kammerlander auf seiner Manaslu-Expedition zu begleiten.

1982 war es Reinhold Messner, der mir bei seiner Cho-Oyu-Expedition die Chance gab, die großen Berge kennenzulernen, und der meinem bergsteigerischen Tun eine ganz neue Richtung verlieh. So war es auch ein Stück Dankbarkeit, wenn ich jetzt diese Möglichkeit an andere weitergeben wollte. Und vielleicht war einer dabei...

Eine Idee wird Wirklichkeit

Die Ausrüstung und Finanzierung der Südtiroler Manaslu-Expedition war eine aufregende Sache. Ich setzte meinen Ehrgeiz daran, die Belastung für die Teilnehmer möglichst gering zu halten. Sie sollten sich ausschließlich ihrer körperlichen Verfassung widmen, von allen organisatorischen und bürokratischen Dingen wollte ich sie ebenso fernhalten wie von der unangenehmen Aufgabe, Sponsoren zu finden.

Obwohl ich dank meines Bekanntheitsgrades inzwischen von einigen Firmen als werbewirksames ›Zugpferd‹ eingesetzt wurde, war es nicht einfach, die Ausrüstung zu organisieren. Zum einen handelte es sich doch um eine relativ große Gruppe, und andererseits gehört der Manaslu nicht eben zu den spektakulärsten Achttausendern. Umso erfreulicher dagegen die Unterstützung durch einheimische Firmen und – erstmalig – auch durch das Land Südtirol.

Es hat Spaß gemacht, mit den verschiedenen Sponsoren zu verhandeln und anschließend meinen Kameraden mitzuteilen, um wieviel es wieder billiger geworden ist. Schlußendlich sind 5 Millionen Lire pro Teilnehmer übriggeblieben, aber da war alles dabei, inklusive der ganzen Ausrüstung: von den Schuhen bis zur Mütze.

Meine Idee einer rein Südtiroler Expedition, die in erster Linie Erfahrungs- und Erlebnischarakter versprach, und das Kennenlernen der großen Himalaya-Berge ermöglichen sollte, hatte sich schnell herumgesprochen und war für viele Kletterer attraktiv genug, andere Vorhaben zurückzustellen und bei uns mitzumachen.

Außer Friedl Mutschlechner hatte ich niemanden persönlich angesprochen oder eingeladen, aber im Nu war die auf 10 Mann geplante Gruppe voll.

Carlo Großrubatscher hatte bereits bei einer anderen Himalaya-Expedition mündlich seine Zusage gegeben. Trotzdem wollte er zu uns wechseln, denn für den Cho Oyu, den er ›gebucht‹ hatte, wären ihm nicht nur die doppelten Teilnahmekosten entstanden, sondern er hätte auch die komplette Ausrüstung selbst beschaffen müssen. Ich habe ihm gesagt, »Carlo, wenn du mit den anderen klarkommst, wirst du bei uns aufgenommen, das ist gar kein Problem, aber ich will dich nicht überreden.« Ich hatte die ersten Plätze nach den Anmeldungen vergeben, mir aber vorsichtshalber zwei Plätze vakant gehalten. Zusätzlich war ein Platz für Friedl reserviert und ein weiterer für den Mannschaftsarzt, den ich für diese Unternehmung dabei haben wollte.

Friedl war dabei

»Ach, ich glaub, ich laß die Berge sein, ich möcht eigentlich nimmer, und ich weiß nicht, ob ich mich motivieren kann«, so reagierte Friedl Mutschlechner auf meine erste Anfrage 1989 nach meiner Rückkehr vom Everest. – Erst als er sah, daß die Gruppe aus lauter Südtirolern bestand, die er zum Teil sehr gut kannte, daß auch sein Bruder Hans dabei war, faßte er nach einer gemeinsamen Skitour im März 1990 doch den Entschluß mitzukommen. Vielleicht hat er auch ein bißchen das Gefühl gehabt, die Gruppe braucht ihn.

Gewogen und für gleich schwer befunden: Friedl Mutschlechner und sein Bruder Hans bei Klimmzügen am Anmarschweg.

Seine Zusage war für mich eine große Erleichterung; ich wußte genau, daß der Friedl für mich eine echte Entlastung und Hilfe bedeutete, daß wir drüben jetzt alles zu zweit machen konnten. Auch im Tal drunten, beim Organisieren, beim Zusammenstellen des Gepäcks für die Träger. Da kannte sich der Friedl aus, da war er unwahrscheinlich präzise, schnell und genau. Er wußte, daß die Träger zwar liebe Kerle sind, aber bei jeder Rast die Container rücksichtslos von den Schultern werfen, und wehe du hast das beim Packen vergessen...

Der Friedl ist immer gefragt worden, wenn Reinhold oder ich eine neue Idee hatten. Wir wußten beide um seine Fähigkeiten, um seine Erfahrung. Aber bei einigen Aktionen hat er von vornherein gesagt, »da bin ich nicht dabei, das riskier ich nicht, das brauch ich nicht mehr.«

Ich glaube, für ihn waren die Achttausender nicht mehr das ganz große Ziel. Er hatte nach dem Makalu 1986 für viele Jahre mit den großen Bergen ausgesetzt, sie nur noch bei Trekkingfahrten aus der Ferne gesehen. Und ab einem gewissen Moment geht dann auch die Motivation verloren, dieser unbedingte Wille, der notwendig ist, um so strapaziöse Ziele zu verwirklichen.

Trotzdem – vielleicht hätte er mit dem Höhenbergsteigen wieder angefangen. Schönes Wetter, eine super Mannschaft, ein relativ leichter Anstieg – und Friedl hätte wieder Lust bekommen. Ich wußte, daß der Everest auch für ihn noch ein Ziel war, der einzige Achttausender, von dem er immer wieder gesprochen hat. Vielleicht wäre eine erfolgreiche Manaslu-Expedition der erste Schritt dazu gewesen. Ganz abgesehen davon: Ein Bergsteiger wie er hat diesen Gipfel einfach verdient.

Zudem hat der Friedl nie den Anschluß verloren. Er war körperlich fit, ständig im Training, und auch sonst immer auf dem laufenden. Als engagierter Bergführer wollte er sich in alpinen Dingen weder theoretisch noch praktisch von jemand anderem etwas vormachen lassen. Und deshalb steckte viel Wissen und eine riesige Erfahrung in ihm. Man hat unterwegs immer wieder etwas bei ihm gesehen, was man noch nicht kannte. Er kam öfters beim Klettern daher und sagte »paß mal auf, das geht so und so viel besser«; ich glaube, man konnte schon von ihm lernen, wenn man ihm nur zuschaute, wie er ein Zelt auf- und zumachte. Er kannte auch ganz genau seinen Rhythmus. Das ist beim Höhenbergsteigen sehr wichtig, man braucht weniger Kraft und hat Reserven für die entscheidenden Momente.

Friedls ›Problem‹ war das Führen. Er war ein sehr beliebter, ein sehr gefragter Bergführer. An schönen Tagen war er ausgebucht, mußte er führen, das war finanziell wichtig, denn der Sommer ist kurz. Und an schlechten Tagen konnte er nicht klettern. So ist er viele Sommer lang an seinen Traumbergen vorbeigelaufen, hat immer wieder die Wände hinaufgeschaut und hatte nie die Möglichkeit – oder besser gesagt, sich nie die Zeit genommen – hinaufzuge-

160

hen. Er hat gemerkt, daß ihm da etwas abgeht, daß er immer seltener seine eigenen bergsteigerischen Ziele und Wünsche verwirklichen konnte. Wenn wir über die Alpen geredet haben, dann sagte er schon mal »pah, jetzt muß ich doch endlich mal die Eiger-Nordwand gehen...« und ich habe ihm geantwortet »Friedl, fahr hin, das wird für dich eine lockere Tour«, und er sagte »wenn ich mal a bisserl Zeit habe...«.

Viele Menschen hat er durch die Berge geführt, ihnen geholfen, ihre Ziele und Wünsche zu erfüllen – und hatte immer weniger Zeit für sein eigenes Bergsteigen.

Gerade am Manaslu haben wir uns oft über Alternativen zum Bergführerberuf unterhalten. Die meisten Expeditionsbergsteiger finanzieren sich über Werbeverträge, Vorträge und Diashows. Friedl war kein Mann der großen Worte und der spektakulären Veranstaltungen, er mochte keine festen Verpflichtungen und keinen Termindruck. Trotzdem hatte er selbst einen tollen Vortrag über den Kangchendzönga zusammengestellt, mit dem er auch in Deutschland unterwegs war. Er konnte mit der Kamera umgehen, hatte stets eine gute Ausrüstung und fotografierte bei den Expeditionen, glaube ich, fast fleißiger als Reinhold und ich.

Dann hatte er plötzlich damit aufgehört. Er war ein paar Jahre unterwegs, und im Rucksack war keine Kamera. »Ich brauch nicht noch mehr Bilder, ich habe bereits den ganzen Keller voll. Die Kamera ist bloß überflüssiges Gewicht.« Vielleicht war ein bißchen Enttäuschung dabei, daß – wie das halt so geht – manche Vorträge nicht so gut besucht waren. Da war er ziemlich deprimiert, glaubte dann, daß die Leute ihn nicht hören wollten, daß er etwas falsch machte und vor allem, daß er immer etwas Neues bieten müßte.

Aber Friedl war auch zu begeistern. Langsam, nicht so von heute auf morgen. Wenn er etwas anpackte, dann flaute das nicht mehr so schnell ab, dann war schon ein hartes Fundament da, dann stand er hinter der Sache. Und immer wenn er angefangen hat zu erzählen, dann wurde es interessant und man merkte, in ihm stecken jede Menge Ziele.

Was ihm in letzter Zeit zusätzliche Sorgen bereitete, waren seine Knie und der Rücken. Er war schon immer vorsichtig, ging von Anfang an, als ich mit ihm unterwegs war, bereits mit den Skistöcken ins Tal. Er ließ sein Mountainbike – mit dem er einige schöne Erfolge bei Wettbewerben einheimste – unberührt im Keller stehen, nachdem er von einem Mediziner erfahren hatte, daß Mountainbikefahren nachteilig für Kreuz und Bandscheiben sei. Er war sich im klaren, daß Verschleißerscheinungen das

Friedl Mutschlechner und Hans Kammerlander im Basislager bei der Besprechung des weiteren Ablaufs der Expedition, im Hintergrund der Manaslu.

Ende der Bergführertätigkeit bedeuteten. Und obgleich er nicht darüber sprach, bedrückte ihn die Vorstellung, wieder in seinen alten Installateurberuf zurückkehren zu müssen. Das wäre schlimm für ihn gewesen, und er wäre ein unglücklicher Mensch geworden.

Natürlich war es einfach dahergesprochen, wenn ich ihm gute Ratschläge gab und sagte: »Der Dauerstreß macht dich kaputt. Mach wieder mehr Expeditionen, dann brauchst du weniger führen und kannst dich stattdessen auf den Vortragsreisen erholen.« Ich spürte, daß Friedl auf der Suche nach Alternativen war. Vor dem Abflug zum Manaslu hat er sich noch eine neue Kamera gekauft, und er hat während der Expedition viele Bilder gemacht – wir haben öfters die Kameras ausgetauscht und uns gegenseitig fotografiert. Ich glaube, er war bereit, es nochmals zu packen.

Die Südtiroler Mannschaft (von links nach rechts): Stefan Plangger, Carlo Großrubatscher, Albert Brugger, Erich Seeber, Gregor Demetz, Hans Mutschlechner, Cristian Rier (verdeckt), Roland Losso, Werner Tinkhauser, Friedl Mutschlechner und Hans Kammerlander. Die Aufnahme entstand kurz vor dem Aufbruch der Fünfergruppe um Albert Brugger in Richtung Lager II. Zu diesem Zeitpunkt war der Expeditionsarzt Dr. Pavel Dolecek bereits abgereist.

Stimmung gut – Wetter mies!

Ich hatte mir zwar meine eigenen Vorstellungen über den Verlauf der Expedition gemacht, wußte aber aus Erfahrung gut genug, daß hier – im Basislager – eben die zweite, nicht kalkulierbare Phase beginnt. Nachdem Friedl dabei war, lag es nahe, zwei Gruppen zu bilden, eine Mutschlechner- und eine Kammerlander-Gruppe. So hatte ich die Chance, die stärksten Leute zusammenzufassen und zu beobachten. Die Hoffnung, einen zukünftigen Partner zu finden, hatte ich nie ganz aufgegeben. Aber durch das schlechte Wetter und häufige Erkältungen unter den Teilnehmern kristallisierten sich dann ganz andere Zusammensetzungen heraus.

Die meisten kannten sich untereinander, waren vorher als Seilschaften zusammen unterwegs und brachten neben dem Kletterkönnen reichlich alpine Erfahrung mit:

Die Grödner Bergführer und Skilehrer Gregor Demetz (30) und Carlo Großrubatscher (29) waren bereits im Himalaya und im Karakorum unterwegs, besaßen also Höhenerfahrung. Albert Brugger (35), der 1989 auf dem Cho Oyu stand, Werner Tinkhauser (30) und Hans Mutschlechner (37), Friedls Bruder, leben in Bruneck. Der aus Mühlwald stammende Erich Seeber (34) kann auf so illustre Gipfel wie den Elbrus, den Kilimandscharo, den Aconcagua und den Mount McKinley zurückgreifen. Christian Rier (28) aus Kastelruth kennt die klassischen Alpengipfel von Sommer- und Winterbesteigungen. Stefan Plangger (24), der jüngste der Gruppe, war schon bei einer Winterunternehmung im Himalaya dabei. Roland Losso (30) schließlich verdankt seine Himalaya-Erfahrung gemeinsamen Expeditionen mit Reinhold Messner.

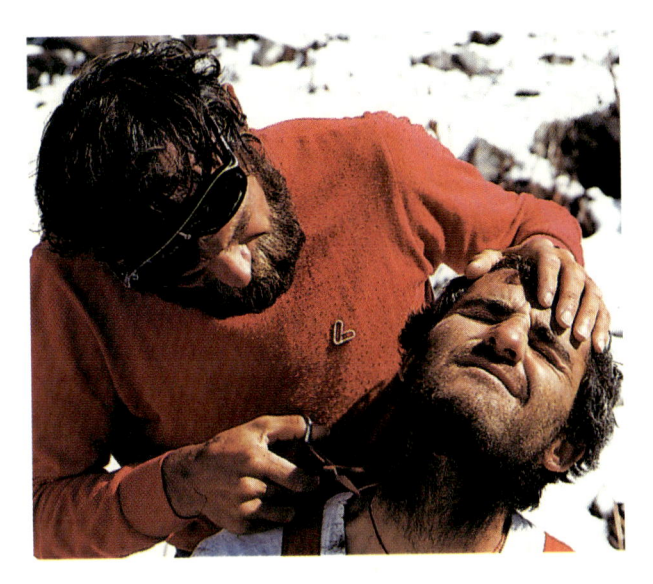

Friedl, das »Mädchen für alles«, barbiert Christian Rier.

Rechts: Letzte Vorbereitungen für den Gipfelversuch.

Mit Rücksicht auf die relativ große Gruppe habe ich einen eigenen Expeditionsarzt eingeladen: Dr. Pavel Dolecek, er war schon mit mir am Everest. Die Leute sollten die Garantie haben, daß ein Fachmann da ist, wenn Probleme wie Höhenkrankheiten auftreten. Ich kann zwar auch mit der Apotheke umgehen und ein bißchen bei Verletzungen helfen, das ist bedingt durch meinen Bergführerberuf und meine Tätigkeit als Bergrettungsmann, aber im Grunde genommen bleibt das doch nur Kurpfuscherei. Bei den eigenen, schwierigen Expeditionen nimmt man dieses Risiko in Kauf, da genügt eine gut sortierte Apotheke, denn welcher Arzt sollte mich, wenn ich irgendwo bei 8000 Meter im Alpinstil herumkraxele, noch herunterholen?

Es wurde sehr viel gefragt bei dieser Expedition und meine Befürchtung, daß die ehrgeizigen jungen Burschen beim Anblick des Gipfels vor lauter Übermut jedes Risiko eingehen würden, hat sich überhaupt nicht bewahrheitet. Im Gegenteil, sie haben vielleicht manchmal eine Spur zu vorsichtig gehandelt. Ohne Risiko aber ist kein Achttausender zu haben.

Untereinander waren die Leute sehr kollegial, die einzelnen Gruppen haben sich sehr gut ergänzt und gegenseitig unterstützt. Ich glaube, jeder hätte es jedem gegönnt auf den Gipfel zu kommen. Das hat mich doch überrascht. Mit Sicherheit war ich 1983 bei meinem ersten Achttausender viel fanatischer, viel egoistischer und habe dauernd den Gipfel vor mir gesehen.

Umso frustrierender war es, daß die Wetterlage einfach nicht mehr zuließ, als zwei Hochlager in 5500 und 6200 Meter Höhe zu errichten. Fast alle Teilnehmer hätten bei ein paar schönen Tagen eine reelle Chance gehabt, auf den Gipfel zu kommen. So waren die Tage geprägt von zermürbender Spurarbeit zwischen den Lagern, Ausgraben eingeschneiter Zelte, Kartenspielen, Gesprächen und Hoffen auf beständigeres Wetter.

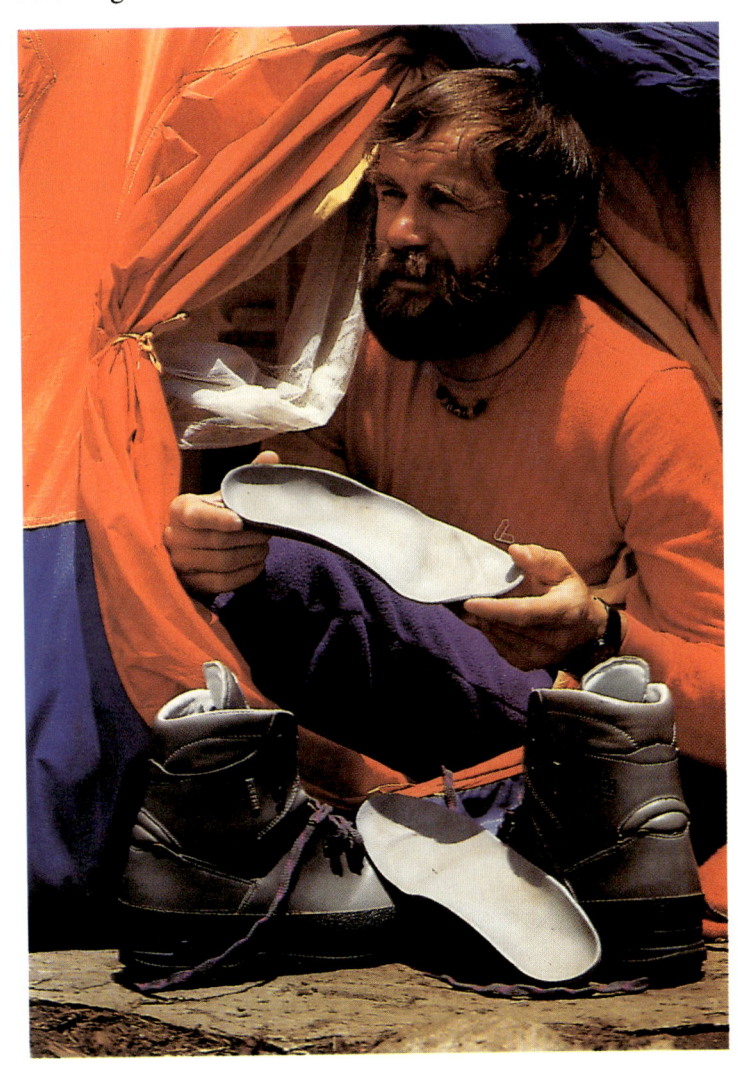

Friedl Mutschlechner, Hans Kammerlander und Carlo Großrubatscher in Lager I. Christian Rier, der dieses Foto schoß, trennte sich hier von seinen Kameraden und stieg wieder ab ins Basislager.

Etwas enttäuscht war die Lagermannschaft auch vom Verhalten des Expeditionsarztes, der Knall auf Fall das Lager verließ und nach Deutschland zurückflog. Er hatte sich extra einen Sherpa mitgenommen, den er aus eigener Tasche bezahlte, und wollte unbedingt auf den Gipfel. Nachdem er aber vergeblich versuchte Lager I zu erreichen, reiste er zur Überraschung aller ab.

Die letzte Chance

Die Zeit verrann, das schlechte Wetter blieb – ganze zwei Tage ohne Schneefall! Am Ende unserer Unternehmung, als schon die Träger angefordert waren, deutete sich eine leichte Wetterbesserung an und ich sah nochmals eine Chance für den Gipfel. Eine Sechsergruppe sollte diese letzte Möglichkeit wahrnehmen, sollte – angeführt von Carlo Großrubatscher und Albert Brugger – abwechselnd spuren. Immer einer 20 Meter, dann einen Schritt zur Seite, und der nächste spurt wieder 20 Meter. Friedl und ich wollten im Basislager bleiben, und sie dann beim Abstieg unterstützen. Ich hatte bereits vor der Abreise bei einer Pressekonferenz gesagt, daß alle auf den Gipfel kommen sollten, der Hans Kammerlander aber als letzter, und mehr als sechs Leute hätten in Lager I und II sowieso nicht Platz gehabt.

Am nächsten Tag hat Carlo abgewunken, er wollte nicht mehr mit und blieb im Basislager. Trotzdem habe ich dieser Gruppe gute Chancen eingeräumt,

164

und als sie losgezogen ist, habe ich sie fast schon am Gipfel gesehen.

Als wir am nächsten Morgen, kurz nachdem die fünf von Lager I aufgebrochen waren, den Funkspruch ›wir kehren um‹ erhielten, konnte ich das zuerst nicht glauben. Was war los?

Es war ein weiteres Pech hinzugekommen. Das Zugpferd der Gruppe, Albert Brugger, der schon mit einem entzündeten Innenknöchel zu kämpfen hatte, war nicht mehr optimal motiviert. Er hatte wenige Tage zuvor die Nachricht von zu Hause erhalten, daß er Vater geworden war. Die mitgelieferte Meldung, daß irgendetwas bei der Geburt problematisch verlaufen sei, beunruhigte ihn natürlich noch zusätzlich. Deshalb war es verständlich, daß er auf dem schnellsten Wege nach Hause wollte. Er ist zusammen mit Roland Losso, der sich mit seiner Ehefrau in Kathmandu verabredet hatte, dann sofort vom Basislager aus weiter abgestiegen.

Friedl Mutschlechner, Christian Rier, Carlo Großrubatscher und ich waren überrascht von dieser unerwartet schnellen Resignation. Irgendwie wollten wir das Ganze nicht so enden lassen und haben uns spontan entschlossen, der absteigenden Gruppe entgegen zu gehen. Im Lager I trafen wir uns. Christian Rier, der noch ganz unter dem Eindruck eines Traumes stand, stieg dann mit den anderen wieder ins

Lager I mit Friedl Mutschlechner bei einer der Hauptbeschäftigungen, dem Schneeschippen.

Das Gipfelteam (oben Friedl Mutschlechner, unten Hans Kammerlander und Carlo Großrubatscher) beim Aufstieg zu Lager II. Die ungewöhnliche Hitze, der Tiefschnee und die ständige Lawinengefahr in der Séraczone gestalteten den Anstieg zwar anstrengend, warfen aber keine unüberwindbaren Probleme auf.

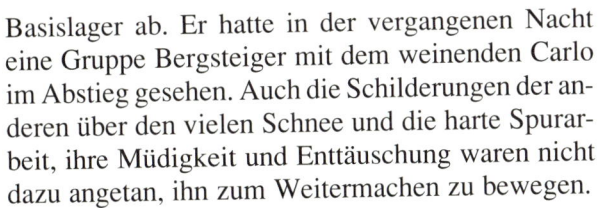

Basislager ab. Er hatte in der vergangenen Nacht eine Gruppe Bergsteiger mit dem weinenden Carlo im Abstieg gesehen. Auch die Schilderungen der anderen über den vielen Schnee und die harte Spurarbeit, ihre Müdigkeit und Enttäuschung waren nicht dazu angetan, ihn zum Weitermachen zu bewegen.

Das Unmögliche versuchen

Es war nun doch soweit gekommen, wie es eigentlich nicht hätte kommen sollen: Die ›alten Hasen‹ bildeten zusammen ein Gipfelteam. Ich hatte gerade diese Situation ausschließen wollen, denn mir klingelten die Vorwürfe, die Reinhold Messner früher immer hören mußte, noch allzudeutlich in den Ohren. »Ja, ja, die Mannschaft rackert sich ab, damit der Meister locker zum Gipfel schreiten kann.« Jeder, der die Expeditions-Situation kennt, weiß, daß sich so einfach nicht planen läßt. Wetter, Kondition und Konstitution beeinflußen vor Ort und tagtäglich die Kombination der Seilschaften und deren Programm.

Was tun? Konnten, durften wir uns noch einen Ver-

165

Das Lager II – es hatte ursprünglich nur die Funktion eines Depots. Unten das Lager III – die beiden Spezialzelte (je 1 kg!) wurden am Fuß eines mächtigen Séracs aufgestellt.

such erlauben?

Ich glaube, daß vor allem der imponierende Zusammenhalt in der Gruppe letztlich den Ausschlag gegeben hat. Es wäre ein Erfolg für alle gewesen, denn kein einziger hatte ja auf seine Chance verzichten müssen.

Vielleicht glaubten wir drei durch diese nicht geplante Aktion auch deutlich machen zu müssen, daß wir selbst die letzte, die allerletzte Chance nutzen – oder wenigstens noch einen ernsthaften Versuch unternehmen wollten.

Carlo, Friedl und ich gingen also weiter ins Lager II, eine ziemlich kurze Etappe, und übernachteten dort.

Der nächste Tag war anstrengend. Das komplette Material für Lager III auf dem Rücken, spurten wir schwerbeladen fast 1000 Höhenmeter durch knietiefen Neuschnee nach oben. Es war so heiß, daß uns der Schweiß unter unseren Fleeceanzügen literweise in die Plastikschuhe floß. Und dabei ist gerade in der Höhe jeder Flüssigkeitsverlust äußerst problematisch.

Schon beim Aufstieg haben wir gesehen, daß es nur einen vernünftigen Platz für Lager III gibt, und das war bei einem Sérac, der mitten aus einer großen Flanke herausragte, auf ziemlich genau 7000 Meter. Das wußten wir auch aus Erzählungen von anderen Expeditionen und wie zur Bestätigung fanden wir in der Nähe auch Reste eines alten Zeltes. Das Aushacken eines einigermaßen ebenen Platzes für unsere beiden Spezialzelte war nochmals recht schweißtreibend. Wir haben die ausgehauenen Schollen immer wieder unten angemauert und so einen kleinen, geschützten Biwakplatz geschaffen. Anschließend bin ich seitlich auf den Sérac hochgeklettert, um nachzuschauen, ob nicht irgendwelche losen Eisbrocken oder Steine herumliegen, die uns in der Nacht aufs Zelt fallen könnten. Direkt oberhalb der Zelte fand ich Reste eines alten Fixseiles und ein paar ausgeschmolzene Eisschrauben. Damit konnten wir die Zelte gut verankern – was auch notwendig war.

Es war eine schlimme Nacht. In einem winzigen Zelt verbrachten Friedl und ich ein typisches Höhenbiwak. Carlos Zelt war direkt an unseres drangebaut. Das Zelttuch knatterte und knisterte im Sturm, der ständige Schneefall wehte die Zelte ein, und wir wurden in unseren Schlafsäcken immer stärker zusammengedrückt. Dadurch wurde uns immer kälter. Damit kein Schnee ins Zelt eindringen konnte, hatten wir es so dicht wie möglich verschlossen. Das bedeutete aber Sauerstoffmangel, und das wiederum hieß Kopfschmerzen.

Am nächsten Morgen brauchte niemand geweckt zu werden, da keiner geschlafen hatte. Gegen 4 Uhr früh habe ich ins andere Zelt hinüber gerufen »Carlo, machen wir uns einen Tee und probieren's, der Wind ist ein bißchen flacher geworden; wie geht's dir?«

Aufstieg zu Lager III (oben kurz vor Lager II, unten kurz vor Lager III).

Abbildung folgende Doppelseite: Das Schlechtwetter ließ nur selten einen solch schönen Blick auf den Manaslu zu. Der Aufstieg erfolgt im rechten Séracbereich, oberhalb der Séracs folgt eine Linksquerung bis nahe an die Gipfelfallinie, wo eine Schneeflanke zum Grat rechts vom Gipfel hinaufführt.

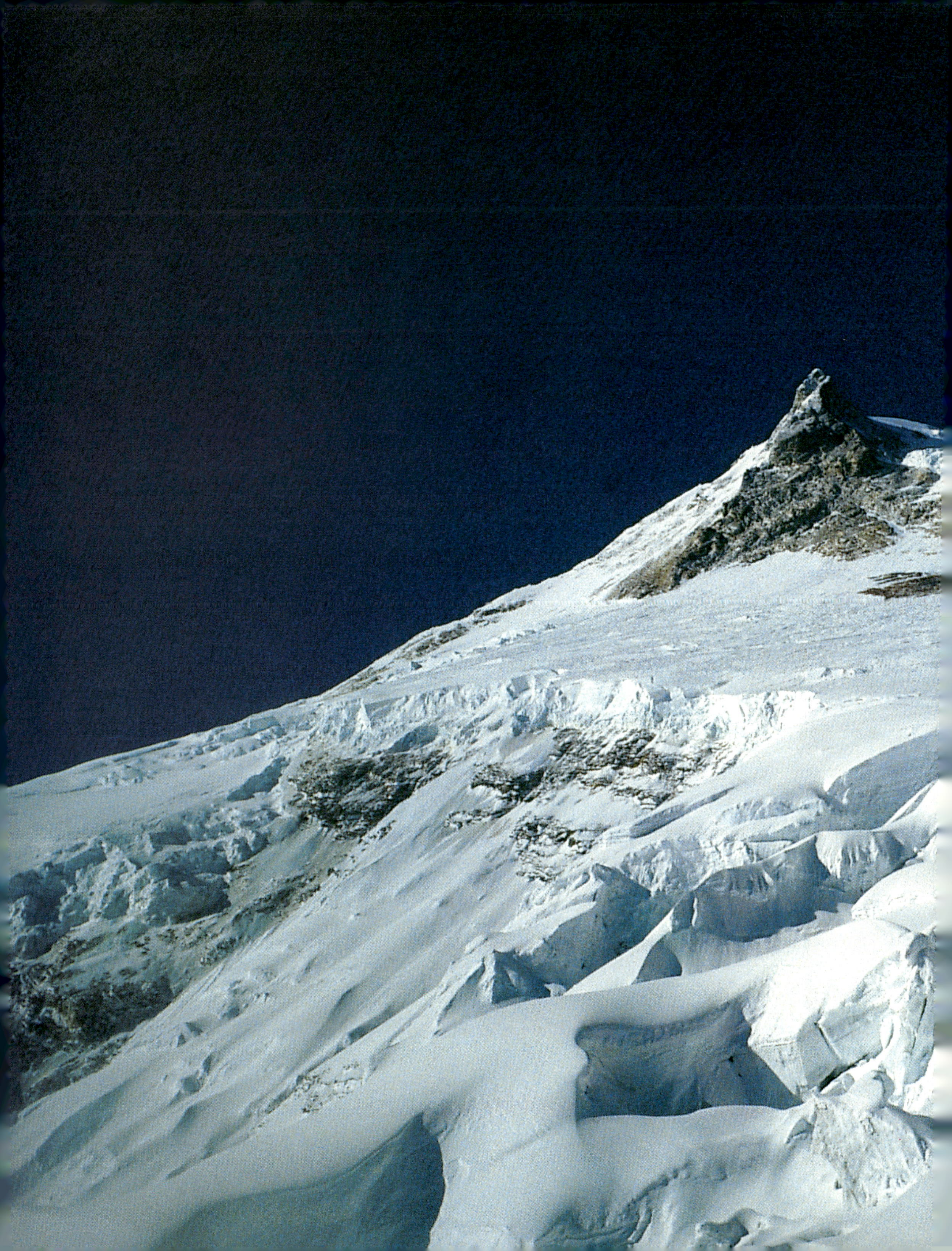

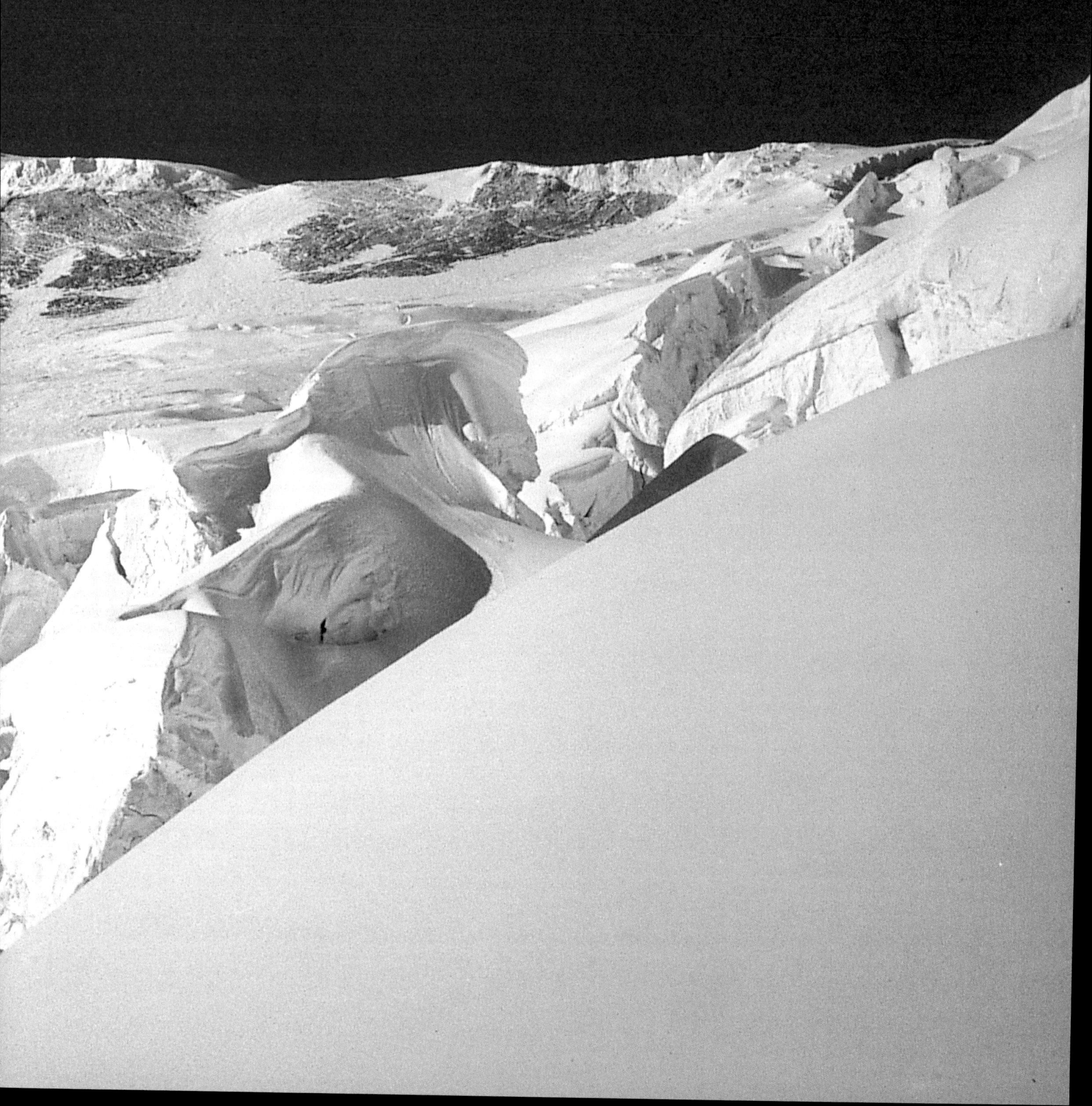

Und der Carlo ruft in bestem Grödner Dialekt zurück »Ah, tadellos, tadellos«. Das Wetter schien sich zu bessern, es war nur unwahrscheinlich kalt. Wenn man mit der Hand Eisschollen für Teewasser hereinholen wollte, klebte sie sofort richtig fest, die Finger waren total gefühllos.

Friedl hat auch erste Bedenken angezeigt, »kalt ist's und windig«, meinte er und rieb sich Finger und Füße. Seine Erfrierungen, die er sich am Kangchendzönga zugezogen hatte, machten ihn sensibel und vorsichtig gegen allzu große Kälte. Aber dann wurde es plötzlich heller, und ein wunderschöner Sonnenaufgang half uns über unsere Startprobleme in dem engen und ungemütlichen Zelt hinweg. Hinein in die an der Gasflamme aufgewärmten Schuhe, die Steigeisen untergeschnallt und los ging's. Es war 6 Uhr.

Die Route am Manaslu ist weitgehend Gehgelände, Skistöcke sind ausreichend und ein Eispickel eigentlich nur dann notwendig, wenn man in der Gipfelregion auf Blankeis stößt. Ich nahm meinen Pickel nur mit, weil er vollständig aus Plastik war, mich gewichtsmäßig nicht behinderte, und damit wenigstens einer die anderen notfalls ein bißchen sichern konnte. Wegen der verschneiten Spalten hatten wir uns mit einem 8-mm-Seil verbunden.

Wir gingen sehr schnell los, ich voraus, Carlo in der Mitte und Friedl zum Schluß. Wir wußten, daß wir die restlichen 1000 Höhenmeter schaffen könnten, wenn am Nachmittag nicht wieder das typische Manaslu-Schlechtwetter kommen würde.

Umkehr – die Vernunft siegt

Wir waren kaum 20 Minuten gegangen, da ruft mir Friedl, ich soll einen Moment warten, er will sich aushängen und zum Zelt zurückgehen, ihm sei es zu kalt. Wenn Friedl sich zu etwas entschlossen hatte, brauchte darüber nicht diskutiert zu werden. Er sagte, er habe Angst um seine Finger. Tatsächlich hatte es mittlerweile sicher um die minus 50 Grad, ein eisiger, schneidender Wind fegte uns ins Gesicht. Ohne sich auf ein weiteres Gespräch einzulassen, hängte er sich aus und ging zurück.

Ich ging mit Carlo weiter, wir stiegen sehr rasch hinauf. Plötzlich sagt Carlo, daß er vielleicht zu schnell gestartet sei. Ich schlage ihm vor langsamer zu gehen, er soll seinen Rhythmus gehen und rasten, wann immer er will. – Das miteinander am Seil gehen hat den Nachteil, daß alle gezwungen sind, denselben Rhythmus zu gehen, und das ist nicht gut. Ich bin deshalb, gegen alle Vernunft, auf den Achttausendern oft ohne Seil unterwegs.

Carlo atmet schwer, er bleibt oft stehen, stützt sich auf seine Skistöcke, und bald meint er auch, daß es vielleicht doch besser gewesen wäre, den Pickel mitzunehmen, so flach sei das Gelände gar nicht. Ich will ihn noch einmal motivieren, aber er sagt mir, daß das nicht gutgeht, daß er zu langsam sei und daß wir in den Schneesturm kommen, wenn wir in diesem Tempo weitergehen würden. »Ich kehr um, heute ist nicht mein Tag.«

Er hatte recht. Zu zweit hatten wir absolut keine Chance, den Gipfel rechtzeitig vor Eintreffen des Schlechtwetters zu erreichen. Ich schwankte innerlich: Sollte ich es entgegen meinen Vorsätzen doch noch allein probieren? Ich fühlte mich gut, war bisher noch nicht richtig gefordert. Andererseits: Hat ein Alleingang bei diesen Verhältnissen überhaupt Sinn? Es war eine halbherzige Entscheidung, die ich Carlo mitteilte. »Geh du langsam zurück, ich versuche jetzt in einer blitzschnellen Attacke zum Grat hinaufzukommen. Wenn mir der Wind dort zu stark ist, kehre ich sofort um. Läßt's der Wind zu, probier ich zum Gipfel zu gehen.« Carlo war einverstanden. Er war zu schnell losgegangen, er war müde und wollte sich nicht grundlos weiter hinaufquälen. Während ich weiter aufstieg, ging Carlo langsam zum Zelt zurück. Er drehte sich oft zu mir um, wir hatten die ganze Zeit Sichtkontakt. Nur die Zelte des Lagers III unter dem Sérac konnte ich von oben nicht sehen.

Ich schaffte ziemlich rasch etwa 400 Höhenmeter, aber der Wind oben am Grat war so stark, daß ich nicht mehr aufrecht gehen konnte und Angst haben mußte, aus dem Gleichgewicht geworfen zu werden. Beim Zurückschauen sah ich auch die langsam hohersteigende Wolkenfront. Die ersten Wolkenfetzen hatten schon die Höhe von Lager III erreicht.

Jetzt war's genug. »Warum, was ist los?« Die Enttäuschung auf meinen Funkspruch war deutlich herauszuhören, denn vom Basislager aus war fast der ganze Anstieg zu verfolgen, und nachdem wir so

rasch vorwärts gekommen waren, glaubten sie, daß wir den Gipfel schaffen. »Der Carlo ist schon umgedreht, und ich allein hab' gegen den Wind hier oben keine Chance. Wir kommen runter.«
»Gut, verstanden, ihr steigt ab.« Jetzt war Erleichterung zu spüren.

Entspannung mit Kräuterzucker in Lager III – spätnachmittags nach dem Aufstieg von Lager II.

Ich bin ziemlich rasch abgestiegen, teilweise fast laufend, mit dem Gesicht talwärts, und fand Friedl, der sich nach seiner Rückkehr noch etwas schlafen gelegt hatte, schon mit dem Abbau der Zelte beschäftigt. Während er herumhantierte, sprachen wir über den starken Wind am Grat, den Gipfel und daß er schon vermutet habe, daß das heute nichts wird, und – ob der Carlo auch bald komme. »Der ist doch bald nach dir zurückgegangen, der liegt sicher in seinem Schlafsack und ruht sich aus«, antwortete ich. »Ach so, und ich dachte die Metallgeräusche, die ich vorhin im Halbschlaf gehört habe, wären von den Eisschrauben gekommen, die vor dem Zelt hängen.« Und Friedl machte Carlos Zelt auf, um ihm zu sagen, daß er sich langsam auf die Socken machen soll – aber das Zelt war leer.

»Wo ist Carlo?«

Auf einen Schlag war mir ganz komisch. Ich hatte von oben alles überblickt, er mußte zu den Zelten gegangen sein. Das einzige, was er hätte machen können, wäre weiter abzusteigen. Doch das war nicht denkbar, Carlo hätte uns nicht sein Zelt, die ganze Ausrüstung zurückgelassen – schon gar nicht ohne Friedl Bescheid zu sagen.

Da! Sechs, sieben Meter neben den Zelten liegt ein Pickel. Mit einem Handschuh in der Schlaufe! Es ist Carlos Pickel.

Jetzt wird uns heiß im Kopf, jetzt wissen wir beide, irgendetwas ist nicht in Ordnung.
Wir beginnen das Umfeld der Zelte abzusuchen, gehen ein paar Schritte nach vorne, um besser nach unten sehen zu können und erschrecken. Hundert Meter tiefer liegt etwas – ein Mensch? Tausend Gedanken schießen in den Kopf. Sitzt der? Nein, der liegt – regungslos und ganz eigenartig!
Wir holten sofort einen Schlafsack aus dem Zelt, setzten uns auf den leeren Rucksack und rutschten auf dem Hintern den Hang hinunter. Der harte, rippige Firn hatte eine leichte Pulverschneeauflage und so konnten wir deutlich eine Schleifspur sehen, und dazwischen Blutflecken, nicht viele und nur ganz schwach.

Es war Carlo. Er lag auf einer teilweise schon eingebrochenen Schneebrücke, die in einer riesigen Gletscherspalte hing. Ich habe mich auf den Bauch gelegt, bin soweit es ging zu ihm hingerobbt und habe auf diese Weise das Seil, das er zu unserer Verwunderung immer noch am Körper trug, in die Finger bekommen. Friedl hat mich gesichert, und wie über eine Art Klettersteig gelangte ich dann zu ihm hinüber.

Schon beim ersten Blick in Carlos Augen habe ich gesehen, da ist alles vorbei. Alles um ihn herum war unberührt. Carlo lag so, wie er nach dem Rutschen zum Stehen gekommen war, die Spur hörte auf ohne Anzeichen von Bewegung. Sein Kopf war unnatürlich stark zur Seite verdreht. Nach kurzer Vergewisserung war uns klar: Carlos Genick ist gebrochen.

Wir standen wie vor einem Rätsel, unfaßbar, »das gibt's doch nicht«; wir begannen wie wild zu diskutieren, obwohl das sicher nicht der richtige Moment dafür war. Wir suchten Erklärungen, Gründe, aber nichts war einsichtig, nichts war logisch.

Abstürzen, hier, wo man noch nicht einmal richtig abrutschen konnte, unmöglich, jederzeit hätte er anhalten können, man hätte Bewegungsspuren im Schnee gesehen. Und dann gerade er, einer der besten und talentiertesten Südtiroler Kletterer – unsere Gedanken fanden nirgends Halt.

171

»Schau, Carlo hat nur ein Steigeisen an den Füßen« ruft Friedl plötzlich. Also doch ein Absturz. Wir überlegen fieberhaft. Der Sérac! Die einzige Möglichkeit abzustürzen ist der Sérac. Carlo muß im Zelt seinen Pickel geholt haben, vielleicht wollte er über dem Sérac fotografieren, vielleicht wollte er meinen Aufstieg von dort oben verfolgen. Dabei muß er ein Steigeisen verloren, abgestürzt und sich beim Aufprall auf die ausgehauenen Eisschollen das Genick gebrochen haben. Nur das war möglich. Aber was nützte das alles: Carlo war tot.

Ich war deprimiert. Wie sollte ich das denen unten beibringen, ohne daß sie einen Schock kriegen? Friedl versuchte mich zu trösten, und in der den Mutschlechners eigenen Härte sagte er »klar, es wird eine ziemlich harte Zeit auf uns zukommen, aber der Carlo ist tot, und du brauchst dir deshalb keine Vorwürfe zu machen, jeder wußte, daß er für sich selber verantwortlich ist, niemanden trifft eine Schuld.«

Die Zeit drängt

Kleine Schneeflocken bleiben in unseren Bärten hängen; das erwartete mittägliche Schlechtwetter hat sich inzwischen bis zu uns hochgearbeitet. Was soll ich jetzt tun? Ich muß irgendetwas tun. Wir können ihn nicht mitnehmen, und bald wird der Gletscher seinen toten Körper aufnehmen. Carlos Goldkette kommt mir in den Sinn, ich nehme Carlos Goldkette mit, wenigstens ein Andenken für seine Familie, seine Freundin. Aber Friedl sagt: »Ach, laß ihm alles, es ist besser so.« Gut, daß Friedl bei mir ist. Er bleibt ruhig und überlegt, wenigstens scheint es so, und das allein wirkt schon beruhigend auf mich.

Wir mußten weiter absteigen, es begann stärker zu schneien. Ich stapfte mechanisch hinter Friedl her, immer wieder die Frage im Kopf wälzend »Wie war das möglich?«, und es dauerte eine ganze Zeit, bis ich in der Lage war, das Funkgerät zu nehmen und die schreckliche Nachricht ans Basislager durchzugeben. Ich weiß nicht mehr, was ich gesagt habe, ich weiß nur noch, daß ich sofort gefragt wurde »Was sollen wir tun?« – »Nichts«, antwortete ich, »ihr könnt nichts tun. Bei uns schneit's und wir kommen jetzt runter und nehmen das Lager II so weit mit, daß ihr es morgen vom Basislager aus holen könnt, alles andere ist sinnlos.«

Die Mitteilung, daß es im Basislager bereits stark schneie, beschleunigte unseren Abstieg, wir kürzten ab und wollten so auf dem direktesten Weg ins Lager II kommen. Mitten in einem Hang, den wir beim Aufstieg umgangen hatten, wurden wir unsicher – Lawinengefahr.

Ich wollte weitergehen, aber dem Friedl hat das nicht gepaßt. So stiegen wir wieder auf und fanden mit Mühe die alte, weitausholende Aufstiegsspur – dieser ›Verhauer‹ kostete uns viel Zeit und Nerven.

Abfahrt im Nebel

Im Lager II waren zwei Paar Ski deponiert, denn Carlo, ein ebenso begeisterter Skifahrer wie ich, nahm seine Bretter auch fast überall hin mit. Wir wickelten alle Gegenstände in Zelt und Schlafsäcke ein und banden das Ganze mit Reepschnüren zusammen. Dieses Bündel nahmen wir – wie einen Rettungsschlitten – in die Mitte. Ich fuhr voraus, Friedl bremste hinten. Das war notwendig geworden, weil die Sicht inzwischen sehr schlecht und die Aufstiegsspur völlig verweht und zugeschneit war. Die Bambusfähnchen, die wir beim Anstieg in regelmäßigen Abständen gesteckt hatten, waren kaum mehr zu erkennen. Immer wieder waren wir gezwungen anzuhalten und kurze Aufhellungen abzuwarten, um das nächste Fähnchen zu sehen.

Ich spürte – auch Friedl stand jetzt unter Hochspannung. Er tat sich beim Abfahren ungewöhnlich schwer. Eigentlich ist er ein hervorragender Skifahrer, trotzdem ist er immer wieder hingefallen, hat geflucht und sich über sich geärgert. Wir hatten beide keine Skitourenschuhe dabei, sondern lediglich normale Plastikbergschuhe, die zum Skifahren nicht optimal taugen. Und Friedl hatte zusätzlichen Ärger mit seinen Übergrößen, die er wegen seiner Erfrierungen trug.

Nachdem wir das steilere Gelände hinter uns hatten, deponierten wir den mitgeschleppten Zeltsack an einem markanten Punkt. Zum besseren Auffinden fixierten wir das Bündel mit einer Eisschraube gut sichtbar an einem Sérac. Der Platz war etwa eine halbe Stunde oberhalb von Lager I.

Ohne Ballast fuhren wir weiter. Um ein bißchen vor den Gletscherspalten geschützt zu sein, haben wir

Friedl Mutschlechner im Schneesturm – bei der Abfahrt zu Lager I. Die Aufnahme entstand wenige Minuten vor dem Blitzschlag; aufgrund der schlechten Lichtverhältnisse schaltete sich automatisch das Blitzlicht des Fotoapparates zu.

uns mit einer kurzen Reepschnur zusammengebunden. Wir kamen einigermaßen flott voran, obwohl die Sicht ständig schlechter wurde und ich im Schneepflug fahren mußte. Mit dem Skistockteller habe ich immer einen Schneebatzen nach vorne geworfen, um zu sehen, ob Spalten kommen. Plötzlich hielt mich Friedl am Seil an. »Paß auf, ich hab das Gefühl, wir sind zu weit rechts.« Ich war mir nicht sicher, bei diesen Nebelaktionen bleibt das meiste Gefühlssache, aber Friedl glaubte, sich anhand der Windrichtung orientieren zu können. Auf einmal machte es kurz auf, und wir sahen, daß wir falsch gefahren waren. Langsam querten wir zurück bis zu der Stelle, wo wir nach links abgebogen waren, und nach wenigen Metern Weiterfahrt stießen wir auf eine Bambusmarkierung.

Wir wissen beide, daß es die erste Markierungsfahne oberhalb vom Lager I ist. Endlich! Nur noch wenige Meter bis zum Zelt: Über einen flachen Rücken, dann sogar einen leichten Gegenanstieg hinauf und schließlich eine Steilstufe zwischen Wächte und Felsen hinab. Das war bei diesen Sichtverhältnissen noch eine heikle Stelle.

Ich wollte sofort weiterfahren, aber Friedl stoppte mich nach wenigen Metern abrupt. »Halt mal, du hast was verloren.« Er kam nach und hob das Funkgerät auf, das mir aus der offenen Deckeltasche vom Rucksack herausgefallen war. »Das können wir noch brauchen«, sagte er und steckte es ein.

Nach dem kurzen Gegenanstieg war die Sicht absolut null. Nichts, rein gar nichts war zu sehen. Wir standen nebeneinander und überlegten. Ich wollte weiterrutschen, aber Friedl meinte, daß wir jede Menge Zeit hätten, denn bei dem Scheißwetter würden wir sowieso nicht mehr ins Basislager abfahren, sondern im Lager I übernachten. Also warten bis es etwas aufhellt. Um nicht ganz untätig herumzustehen, habe ich bei dieser Warterei ein Bild von Friedl gemacht. Weil es so düster war, hat sich automatisch der Blitz zugeschaltet. Irgendwann hatte ich das Gefühl, es sei heller geworden, und habe zu Friedl gesagt, er soll das Seil halten, ich will etwas weiterfahren. Ich bin dann langsam vorgestiegen, denn nicht einmal seitliches Rutschen war durch den vielen Neuschnee mehr möglich.

Friedl Mutschlechner nach dem Blitzschlag, fotografiert am Tag danach vom Dreiertrupp, der ihn im ewigen Eis bestattete.

Die Angst im Nacken

Plötzlich, nach einigen Metern, spüre ich wie es mich im Ohr zwickt. Genau dort, wo mein Ohrring sitzt, hat es mich leicht elektrisiert. Ich ruf zum Friedl zurück, »du, spürst du auch den Strom in der Luft?« und Friedl antwortet, »ja, mein Pickel singt schon ganz schön.« Dieses ›sssssss‹ machte mich nervös. »Wir müssen weg hier, es kommt zum Blitzen.« Friedl beruhigte mich, »in der Höhe heroben ist das kein Problem, wir sind auf keinem Gipfel, nur auf einem flach ausgeprägten Hügel, da kann nichts passieren.« Ich traue der Sache nicht, will weiterrutschen, aber Friedl läßt das Seil nicht nach, »nana, wart a bisserl, es hat keinen Sinn, man sieht ja nichts!« Er hatte ja recht, aber dieses ständige Zwicken im Ohr – ich war verunsichert.

Möglicherweise kommt es von den Steigeisen her, die auf den Rucksack geschnallt waren. Ich nahm den Rucksack ab und legte ihn neben mich. In dieser gebückten Haltung spürte ich das Zwicken nicht mehr, also legte ich mich bergwärts in den Schnee, um den Kopf aus dem Spannungsfeld herauszubringen.

In diesem Moment gibt es einen dumpfen Knall, als wenn ein Riese direkt neben mir mit einem Brett voll in den Schnee haut, und eine enorme Druckwelle fegt über mich hinweg. Der Stromschlag ist so stark, daß ich im ersten Augenblick ganz benommen bin.
Mitten im Schneesturm wird mir hell vor Augen.

Ich war völlig durcheinander und mir schoß nur ein Gedanke durch den Kopf: »abhauen«. Das war brutal knapp, das war gefährlich. In gebückter Haltung rutschte ich etwas weiter, zwei, drei Meter, dann spannte plötzlich das Seil. Ich konnte überhaupt nichts sehen, der Schnee wehte einem direkt ins Gesicht.

Ich gebe dem Friedl das Zeichen, ziehe dreimal, »Mensch, komm, nichts wie weg hier.«

Aber der Friedl kommt nicht. Ich ziehe nochmals, recht hart. Das Seil bleibt gespannt. Mir wird ganz unheimlich, vor allem beginnt mein Ohr wieder zu summen, jetzt, wo ich aufgestanden bin. Es zwickt noch viel stärker. Ich reiße nochmals am Seil: »Los, komm!«. Nichts. Den Friedl wird der Blitz doch nicht umgehauen haben, daß er vielleicht bewußtlos geworden ist durch den Stromstoß? Ich drehe mich um und gehe am Seil entlang die paar Schritte zu ihm zurück.
Ganz undeutlich sehe ich, daß er liegt, aber nicht bergwärts, wie ich mich zuvor hingelegt habe, sondern er liegt komisch da, die Skier oben, die ausgestreckten Hände nach unten. Er muß voll umgefallen sein, denn der Schnee ist dort, wo er liegt, richtig weggestaubt. Ich schreie, muß schreien, damit ich das Heulen des Sturms übertöne, aber Friedl rührt sich nicht. Ich versuche, ihn am Seil zu mir herzuziehen, will ihn zu einer Reaktion zwingen – nichts. Erst als ich ganz nahe bei ihm bin, seinen Kopf zu mir drehen und ihm direkt in die Augen schauen kann, sehe ich, der ist vollkommen weg, der ist nicht bloß bewußtlos: Das sind tote Augen.

Ein scharfer, beißender Geruch dringt mir in die Nase: Verbranntes Fleisch, es riecht nach verbranntem Fleisch. Um Himmels willen, der Blitz hat Friedl getroffen! Ich spüre, daß die elektrische Spannung wieder zunimmt, in seiner Nähe summt alles. Jetzt erfaßte mich die Panik, ich rutsche sofort wieder weg von ihm, so weit das Seil reicht, und drücke mich in den Schnee, denn überall summt es und die Blitze zucken und es beginnt wieder fürchterlich zu knallen. Ich fühle mich wehrlos, ausgeliefert, warte nur darauf, daß mich der nächste Blitz trifft. Ich öffne die Skibindung, schleudere die Ski weg und beginne nur mit den Händen ein Loch in den weichen Schnee zu graben. Wie eine Maus verkrieche ich mich in diese Schneehöhle, immer darauf gefaßt, daß mich jeden Moment der Blitz trifft.

Es war das totale Inferno. Im Nu hatte es mich zugeschneit, und dann, als ich aufgehört hatte zu graben, kamen sofort wieder die Gedanken: Friedl. Vielleicht ist er doch nur bewußtlos, vielleicht kann ich ihm mit einer Herzmassage helfen?

Die Zweifel treiben mich wieder aus dem Loch, und sobald ich beim nächsten Blitz etwas sehen kann, robbe ich auf allen Vieren zu ihm hin und schaue ihn ganz genau an. Nein, Friedl ist tot, da gibt es keine Zweifel mehr.

Ich kannte mich nicht mehr aus, draußen das Chaos, im Innern eine unerträgliche Spannung. Vieles was ich jetzt tat, geschah fast nur mehr instinktiv.
Ich löse Friedl vom Seil, vielleicht kann ich mich damit bis zum Zelt abseilen; irgendwie, die Ski in den Schnee stecken, das Seil festbinden und dann hinunter über die Wächte, egal wie. Aber kaum halte ich die Ski aufrecht in der Hand, beginnen die Stahlkanten Funken zu sprühen, als ob jemand mit einer Flex an der Kante rauf- und runterfährt. Ich werfe die Ski in hohem Bogen weg und krieche in meine Höhle zurück. Dort hole ich meinen Pickel aus dem Rucksack, befestige das Seil daran und vergrabe beides noch tiefer in meinem Loch. Vielleicht kann ich mich damit runterlassen, wenn die Sicht ein wenig besser wird.

Ich mußte etwas tun, und ich durfte nicht durchdrehen. Rausstürzen und abhauen wäre mein sicherer Tod gewesen, ich wäre entweder über die Wächte oder über die Felsen hinausgelaufen. Ich bin geblieben, vielleicht zwanzig Minuten lang, es war eine Ewigkeit, es war vielleicht die härteste Zeit meines Lebens.

Ein Gedanke kam mir: Funken! Aber das Funkgerät, ... Friedl hat ja das Funkgerät eingesteckt. Ich bin wieder hinaus in den Sturm, habe das Funkgerät aus seinem Anorak herausgenommen und bin in meine Höhle zurückgekrochen. Aber dann habe ich keinen Mut gehabt zu funken. Ich traute mich nicht, die Antenne auszufahren. Ich wollte doch den Leuten im Lager unten nur sagen, was passiert ist, daß ich mich hier heroben nicht mehr auskenne, daß ich nicht weiß, ob ich dieses Inferno überlebe, sie sollten wissen, was passiert ist... aber ich konnte nicht.

Allein im Lager I

Plötzlich hat das Wetter etwas aufgehellt, und wie in Trance, mehr kriechend als gehend, fast auf dem Bauch, bin ich in wenigen Minuten beim Zelt unten gewesen.
Es waren nur ein paar Schritte, den kleinen Rücken hinunter, links hinausqueren unter die Wächte – wo ich Angst hatte herunterzufallen – und schon war ich im Lager.

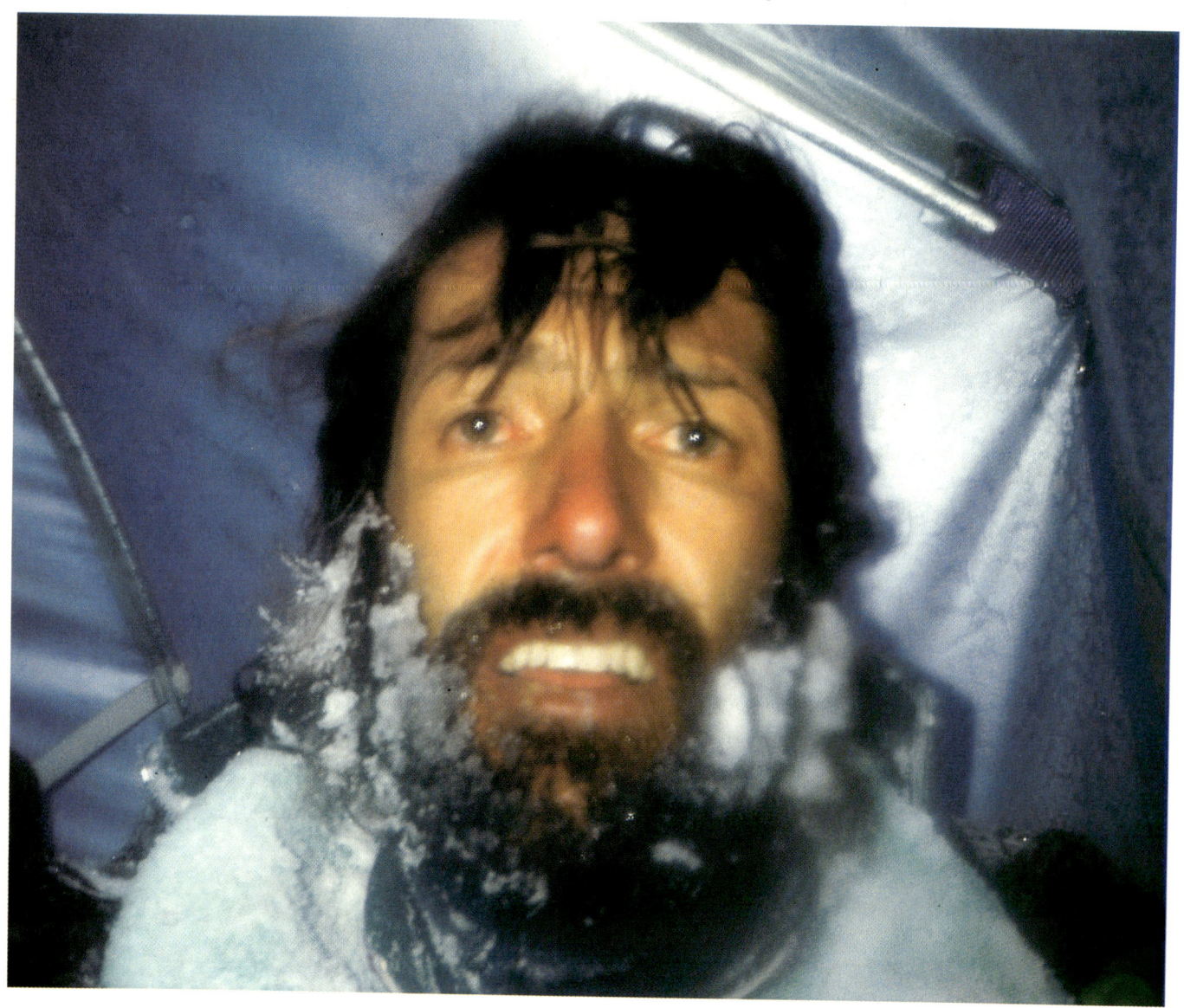

Hans Kammerlander nach der Tragödie, im Zelt von Lager I.

Und dann machte ich etwas, was man hinterher nicht mehr versteht, was keinen Sinn gibt, was man selbst nicht mehr erklären kann. Beim Hinlegen drückt mich etwas in die Rippen, die Fotokamera. Ich hatte eine kleine, automatische Kamera in der Jackentasche. Ich nahm sie raus, hielt sie mit ausgestrecktem Arm von mir weg und drückte auf den Auslöser. Auf diesem Bild kenne ich mich selbst nicht mehr.
Ein Wahnsinn, wenn du merkst, daß du nicht mehr du selbst bist.

Der langsam aufkommende Gedanke, daß ich lebe, daß ich im Zelt in relativer Sicherheit bin, versinkt in einer grausamen, inneren Leere. Ich habe keinen Willen, keine Energie mehr. Mein Körper liegt völlig erschöpft und total apathisch da, während in meinem Kopf alles durcheinanderwirbelt.

Ich hatte das Funkgerät mitgenommen, aber ich brauchte viel Zeit, um mich soweit zusammenzureißen, daß ich eine Nachricht ins Lager durchgeben konnte. Hans, Friedls Bruder, war am Empfang. Er nahm die Hiobsbotschaft ziemlich gefaßt zur Kenntnis. Wieder die Frage: »Was sollen wir tun?« »Nichts. Hier oben ist die Hölle los. Ihr müßt unten bleiben.« Ich schaltete wieder ab, ich brauchte Ruhe, wollte mich später wieder melden.

Es war nicht auszuhalten allein – ich brauchte einen Ansprechpartner. In unregelmäßigen Abständen sprach ich mit den Kameraden, mit meiner Frau Brigitte. Ich hatte sie gebeten, ihr Funkgerät in Betrieb zu lassen, damit ich sie jederzeit anfunken konnte. Ich brauchte Beschäftigung. Wir machten einen Plan für den nächsten Morgen: Ein paar sollten mir, wenn es das Wetter zuläßt, aus dem Basislager entgegengehen, Friedl bestatten und das Lager I abbauen.

Das Schlechtwetter mit Sturm und Gewitter hielt weiter an. So gegen 22 Uhr suchte ich in den Zelten nach Schlaftabletten. Gottseidank zeigten die Tabletten keine Wirkung. Während der Nacht mußte ich dreimal in das Unwetter hinaus und das Zelt wieder freischaufeln. Mindestens ein Meter Neuschnee fiel in dieser Nacht und mein Zelt war innerhalb kurzer Zeit völlig eingeschneit. Hätten die Tabletten gewirkt, wäre ich mit Sicherheit erstickt, weil der Sauerstoff im Zelt fehlt.

Gegen Morgen, etwa 4 Uhr, hörte es auf zu blitzen. Ich kochte mir Tee um mich zu beschäftigen, um nicht nachdenken zu müssen. Bevor ich aus dem Zelt herauskroch, funkte ich das Basislager an und erfuhr, daß Christian Rier, Werner Tinkhauser und Stefan Plangger mit ein paar Sherpas schon auf dem Weg zum Lager I sind. Vor dem Zelt blickte ich hoch zum Platz wo Friedl lag. Ganz weiß und friedlich lag der Berg da. Ich machte noch ein Bild, zu mehr reichte es nicht. Die Kraft nochmals hochzugehen war nicht da. Ich schnallte mir die Ski an und fuhr ab Richtung Basislager.

Eine bittere Rückkehr

Auf halbem Wege kamen mir die anderen entgegen – schneeweiß, das Entsetzen ins Gesicht geschrieben. Es wurde nichts geredet, nur kurze, sachliche

Friedl Mutschlechners Mütze – deutlich sichtbar die durch den Blitzschlag eingebrannten Löcher.

Anweisungen. Ich beschrieb ihnen genau, wo Friedl lag. Dann zog ich mein Armband herunter und gab es ihnen mit. »Gebt es Friedl. Und bringt mir seinen Xi-Stein mit. Für Marianne.«
Ich hatte sie auch gebeten, ein paar Bilder zu machen. Jetzt, am Tag danach, funktionierte der Verstand wieder einigermaßen. Es war besser, Beweise zu haben, um allen Mutmaßungen vorzubeugen.

Aufnahme von der Stelle oberhalb Lager I, an der Friedl Mutschlechner ums Leben kam: das Unglück passierte am Durchschlupf zwischen der etwa 20 Meter hohen, überhängenden Wächte und dem rechten Rand der Felsen – nur 50 Meter Luftlinie von den Zelten entfernt.

Es war eine bedrückende Rückkehr. Alle waren schockiert, waren am Boden, auch die Sherpas waren total fertig.

Wenige Stunden später kamen die anderen bereits zurück. Sie hatten Friedl, der vollständig zugeschneit war, nur durch Zufall gefunden, weil eine Schlaufe seines Rucksacks aus dem Neuschnee ragte. Er war tatsächlich vom Blitz getroffen worden. In Friedls Hinterkopf stellten sie drei, durch die Mütze eingebrannte Löcher fest. Sie hatten ihn fotografiert und dann im Eis bestattet.

Ich war froh, daß mich der Abbau des Basislagers und die damit verbundenen organisatorischen Arbeiten ablenkten. Aber mit jeder Stunde wurde mir bewußter, was mir bevorstand: Marianne, Friedls Frau, wartete auf uns, wartete auf Friedl.

Mariannes fragender Blick

Zwei Tage nach meiner Rückkehr kamen die Träger, und wir konnten aufbrechen. Die ersten drei Tagesetappen gingen wir zusammen, dann rannte ich mit Hans Mutschlechner der Gruppe voraus. Wir hatten unterwegs gemerkt, daß in den Dörfern schon die wildesten Gerüchte umgingen. Am Tage als ich von oben ins Basislager funkte, war ein Tibeter im Lager, der frische Lebensmittel gebracht hatte. Er muß von den Sherpas etwas erfahren und es dann unten im Tal weiter verbreitet haben. Und eine russische Expedition, die vor uns auf einem anderen Weg am Manaslu erfolgreich gewesen war, hat diese Nachricht aufgenommen und an die Presse weitergegeben.

Als mich nach zweitägigem Eilmarsch Mariannes fragender Blick traf, wühlte es die vergangenen Erlebnisse wieder in mir auf. Ich mußte etwas mir Unverständliches, etwas ganz und gar Unbegreifliches erklären ... warum war ich hier und nicht Friedl ... es war doch seine Überraschung...

Niemals werde ich jene Zeit vergessen können, die ich allein – in der Nähe der toten Freunde – in meinem Schneeloch verbringen mußte. Hundertprozentig sicher war ich mir, daß mich niemals mehr ein Achttausender sehen wird, wenn ich diesen Platz lebend verlasse. Ich wollte wieder auf den Bau gehen, wieder als Maurer arbeiten, aber nie wieder auf einen Berg...

Ich habe lange gebraucht, bis ich wieder zu mir selbst gefunden habe.

Eine Nachbemerkung

Noch heute bekomme ich vor Wut manchmal feuchte Hände, wenn ich an Friedls Tod denke.

Fachleute vermuten, daß das schlechte Wetter in Nepal auf die Auswirkungen des Golfkrieges zurückzuführen ist. Von den brennenden Ölfeldern am Golf ist eine Menge dreckiger, rußiger Luft in den Himalaya, besonders in den Westen, geströmt. Wir konnten nicht einmal den Neuschnee unbesehen als Teewasser verwenden, so rußig ist er gewesen. Ständig ist uns beim Wasserkochen am Rand des Topfes ein öliger Streifen geblieben und manchmal sind Ölaugen oben drauf geschwommen.

Durch die Schmutzpartikel wurde die Luft außergewöhnlich erhitzt und dadurch die Bildung von Gewittern in Höhen ermöglicht, in welchen dies bisher für undenkbar galt. Meines Wissens ist Friedl der erste Blitztote in solcher Höhe.

Selbst die Einheimischen fürchteten, wegen der vielen unzeitgemäßen Hitzegewitter und Schneefälle könnte der Monsun ausbleiben. Und für die Menschen in den Hochtälern der großen Berge ist das eine Frage auf Leben und Tod.

Friedl hatte Respekt vor den Bergen. Und weil er um die Gefährlichkeit seines Tuns wußte, handelte er mit Vorsicht und Vernunft. Er war nicht chancenlos gegen die Macht der Natur, aber er war wehrlos gegen die Folgen menschlichen Wahnsinns – und es ist erschütternd zu sehen, daß es davor nicht einmal mehr in den Weiten des Himalayas Schutz und Sicherheit gibt.

Gregor Demetz

Carlo – Ende einer Zukunft

Über Funk höre ich Hans' Stimme »...wir geben auf, es isch zu kolt, mir kehren um«.
Erleichtert gehe ich ins Zelt, beginne unsere Sachen zu packen. Vom Basislager hatten wir den Aufstieg verfolgt, hatten die Windböen beobachtet und gesehen, wie Carlo sich auf den Rückweg gemacht hatte. Kein Gipfelerfolg also, aber wenigstens würde das bange Warten bald ein Ende haben.
Ein weiterer Funkruf, es ist wieder Hans, mit der Schreckensmeldung: »...Heps enk fest, es geht um en Carlo, vom Lager III isch er a kloanes Wantl oergrutscht und war auf der Stelle tot«.

Ich sacke zusammen, kann es nicht wahrhaben, will es nicht wahrhaben. Sie hatten die gesamte Aktion doch abgebrochen, waren schon auf dem Rückzug! Hans kann keine genaue Erklärung geben, wie das in so leichtem Gelände hatte passieren können. Vielleicht wußte Friedl etwas näheres darüber, wollte aber unter den gegebenen Umständen nichts sagen. Es wird uns ein Geheimnis bleiben.

Als Carlo mir zum ersten Mal von dieser Achttausender-Expedition erzählte, sah ich in seinen Augen schon das langersehnte Ziel – ein Achttausender –, er war überglücklich. Er war ein Mann, der das Zeug zum Höhenbergsteiger hatte: Zähigkeit, Ausdauer, äußerste Willenskraft und kein bißchen wehleidig.

> Die Berge waren Dein Leben,
> sie waren Dein Ziel,
> Du hast viele gerettet
> doch zuletzt bist Du alleine
> zurückgeblieben
> in Deinem Paradies.
> Kein Gruß, kein Wiedersehen,
> nur ein großer Schmerz
> ist uns geblieben,
> doch im Herzen
> bleibst Du unvergeßlich,
> denn zu sehr haben wir
> Dich geliebt.
>
> Thea

Zusammen mit dem Friedl und Hans bildeten sie sicher das perfekte Gipfelstürmer-Trio.

Schon sein Tourenbericht gibt Aufschluß über seine herausragenden alpinistischen Fähigkeiten: Mit dem Bergsteigen fing er relativ spät an, denn als Automechaniker waren seine Gedanken tief in den Motoren – bis wir ihn zu einer Klettertour überreden konnten. Er war ein Senkrechtstarter, nach wenigen Routen kletterte er bereits den VI. Grad mühelos voraus.

Das Kletterfieber hatte ihn seitdem nicht mehr losgelassen. 1982 wurde er Mitglied der Klettergilde ›Catores‹, zugleich trat er dem Bergrettungsdienst bei. Als Rettungsmann war er oft mit Leben und Tod konfrontiert, Vorsicht war deshalb sein oberstes Gebot. Ich war auf vielen Klettertouren mit ihm am Seil. Zusammen machten wir auch 1983 unsere erste Himalaya-Erfahrung – mit den ›Catores‹ wollten wir den 7135 Meter hohen Nun Kun besteigen. Auch damals war uns der Wettergott nicht wohlgesonnen, der Wind hatte uns den Gipfeltraum verblasen. Carlo war damals erst 21 Jahre alt.

Nach der großen Kälte des Himalaya suchten wir gemeinsam mit zwei anderen Freunden die warme Sonne Kaliforniens. Carlo mußte frühzeitig zurückkehren – er hatte sich bei einem Steinschlag im Yosemitetal das Schien- und Wadenbein gebrochen. Dieser Unfall machte ihm ein ganzes Jahr lang zu schaffen.

Später durchstieg er alleine die Langkofelgruppe – Langkofel, Fünffinger-, Grohmannspitze, Innerkofler, Zahnkofel und Plattkofel in 10½ Stunden! Die erste Winterbegehung der Messnerroute am Langkofel ging auch auf sein Konto.

Das größte Aufsehen erregte er mit der Besteigung des Cerro Torre in Patagonien: Gemeinsam mit Stefan Stuflesser gelang ihnen 1987 als erster Südtiroler Seilschaft der Gipfelsturm. Sehr stolz war er auf die schnelle Besteigung gewesen – nur 48 Stunden vom Basislager und zurück.

1989 war er nochmals mit den ›Catores‹ auf Himalaya-Expedition, diesmal am Olibiahotower an den Trangotürmen. Ein Jahr darauf war er mit seiner Freundin Thea am Kilimandjaro. Zu dieser Zeit beendete er seine Ausbildung als Bergführer – in Friedl war ihm ein großer Lehrmeister begegnet. So war die Zeit für ihn herangereift, sich auch einmal einem Achttausender zu nähern. Der Plan steckte eigentlich schon lange in seinem Hinterkopf, doch seine Arbeit stand ihm im Weg – er führte inzwischen die gut besuchte Bar ›Stua da Carlo‹, die ihm nur mehr wenig Zeit zum Bergführen ließ.

In einer schlaflosen Lagernacht erzählten wir uns Vergangenes und schmiedeten Zukunftspläne. Er war schon lange Zeit nicht mehr so locker, von allen Lasten befreit, wie in diesen Tagen am Manaslu. »Was willst du mehr vom Leben«, sagte er, »ich habe eine nette Freundin, eine eingerichtete Wohnung und eine gutgehende Bar, die mir erlaubt, noch einige solcher Expeditionen mitzumachen, ... welchen Achttausender suchen wir uns aus, um das 40jährige Bestehen der ›Catores‹ zu feiern?« An Zukunftsplänen hätte es nicht gefehlt.

Carlo Großrubatscher knapp unterhalb von Lager II am Manaslu. Er war einer der großen Südtiroler Hoffnungsträger in Sachen Extrembergsteigen und wies trotz seiner relativ jungen Jahre bereits ein beachtliches Tourenbuch auf. Im Bild wird auch seine Vorliebe für Skitouren und -abfahrten deutlich: wann immer möglich, hatte er die ›Bretter‹ dabei.

Brigitte Kammerlander

Vorahnung im Basislager

10. Mai 1991 – Manaslu Basislager.

Um 5 Uhr morgens wache ich auf, draußen ist es noch ziemlich kalt, ich krieche tiefer in den Schlafsack. Ich mag diese ein bis zwei Stunden vor Sonnenaufgang, der Schlafsack ist so gemütlich warm, während das Zelt noch ganz starr ist vor Frost.

Ich höre, daß die Sherpa schon aufgestanden sind, wahrscheinlich sind sie am Tee kochen. Hin und wieder hört man Pema, den Küchenjungen, laut lachen. Um halb sechs kommt Hans Mutschlechner zu meinem Zelt und sagt, man könne die drei mit dem Fernglas bereits sehen. Die drei sind Friedl, Carlo und Hans, die heute den dritten Tag am Berg sind und den Gipfel versuchen wollen.

Ich öffne das Zelt, der Reißverschluß ist noch ganz vereist. Der Manaslu leuchtet heute gelb und rot in der Morgensonne, richtig einladend sieht er aus. Komisch, so lieblich und freundlich, wie er mich im Moment anlächelt, so furchterregend und gewaltig erdrückt er mich, wenn es schneit, blitzt und donnert.

Ich nehme das Fernglas, sehe aber nichts, weil die Gläser in der Kälte sofort beschlagen. Ich lege mich zurück in den Schlafsack, stecke das Fernglas hinein und warte zehn Minuten. Dann stehe ich auf, ziehe Jacke und Schuhe an und krieche aus dem Zelt. Ich gehe zu Hans Mutschlechner, der weiter unten an einem Stein hockt und hinauf in die Wand schaut. Er erklärt mir genau, in welcher Flanke des Berges ich die drei suchen soll, und bald darauf erkenne ich sie auch als drei Punkte, die sich aufwärts bewegen. Um sechs Uhr erwarten wir einen Funkspruch. Es meldet sich niemand, was uns nicht weiter beunruhigt, da wir die drei ja beobachten können. Plötzlich erkennen wir deutlich, daß sich ein Punkt wieder abwärts, in Richtung Lager III, bewegt. Die anderen zwei steigen weiter, bei öfterem Hinschauen sehen wir deutlich, wie schnell sich die beiden nach oben bewegen. Die müssen gut drauf sein heute. Mittlerweile ist die ganze Mannschaft aufgestanden, und abwechselnd beobachten wir die Kletterer oben am Manaslu. Um halb acht Uhr gibt es Frühstück.

Plötzlich ein Funkspruch von Hans: Friedl sei umgekehrt wegen seiner Finger, Carlo wisse noch nicht, er würde wahrscheinlich auch zurückgehen, da er keinen Pickel dabei habe. Er, Hans, würde noch ein Stück weitergehen, vielleicht bis zum Grat. Es sei sehr kalt und windig, so daß er sich teilweise am Pickel festhalten müsse, um nicht aus der Wand geschleudert zu werden. Er würde sich später wieder melden.
Carlo können wir nun durch das Fernglas Richtung Lager III absteigen sehen, Hans klettert weiter nach oben, er ist schnell, schneller als es vor drei Tagen die Russen im Abstieg waren.

Ich mag nicht mehr nach oben schauen, es macht mir Angst. Die anderen beobachten weiterhin und halten mich auf dem laufenden. Carlo sei bei den Zelten angelangt, gehe aber nicht hinein, sondern würde sich dort auf und ab bewegen. Wir nehmen an, er fotografiert.

Hans klettert weiter aufwärts, plötzlich wieder ein Funkspruch von ihm, es sei bitterkalt, der Wind sei jetzt fast orkanartig. Hans sagt, er würde sich wohl auch zum Umkehren entscheiden. Wir beobachten anschließend mit dem Fernglas, daß er sich noch etwa 20 Meter aufwärts bewegt, stehen bleibt, er überlegt wohl, und dann sehen wir ihn absteigen. Ich muß zugeben, ich bin erleichtert.

Der Sirdar bei der Opferzeremonie, die unmittelbar vor dem ersten Aufbruch zum Berg abgehalten wird – sie soll die Götter gnädig stimmen. Bei dieser Gelegenheit werden auch die Gebetsfahnen aufgehängt.

Die Expedition ist damit zu Ende. Schade, kein Gipfel, aber eine große neue Erfahrung. Jeder hatte seine Chance, jeder hat seine Erfahrung gemacht. Die Stimmung ist gut, keine hängenden Köpfe. Hans, Erich und ich sitzen bei Sherpa Tham, der lustige Geschichten erzählt, die er in Europa erlebt hat. Gregor sitzt im Zelt und schreibt Tagebuch, Werner ist drüben am Bach, Stefan fotografiert, und Christian liest im Zelt. Hans und ich überlegen, daß wir am Abend Friedl sagen werden, daß seine Frau Marianne in Gurkha wartet, damit er gleich absteigen kann. Wir beschließen, die Flasche Wein, die ich mitgebracht hatte, am Abend zu trinken, zusammen mit dem Kaviar, den uns die Russen geschenkt hatten.

Oben in der Manaslu-Wand kommt der übliche Nebel, an diesem Tag früher als sonst. Wir können nichts mehr beobachten, was nicht weiter schlimm für uns ist, wir wissen ja, daß sich die drei im Abstieg befinden.

Plötzlich um halb elf wieder ein Funkspruch von Hans, wir sollen gefaßt sein, eine schlechte Nachricht: Er und Friedl hätten Carlo 150 Meter unterhalb der Zelte tot aufgefunden. Wahrscheinlich Genickbruch. Sie könnten sich das nicht erklären, es sei zu flach hier abzustürzen. Ich höre noch etwas von »... Friedl im Zelt geschlafen ... Steigeisen verloren ... abgerutscht ...«. Dann Ende des Funkspruches.

Wir sind wie gelähmt, das kann doch gar nicht sein, die Expedition ist doch schon so gut wie zu Ende. Gregor stammelt immer wieder, mein Gott, mein Gott, Carlo tot?! Carlo war sein bester Freund. Wie konnte das passieren, wir sahen ihn doch sicher bei den Zelten ankommen. Vielleicht können uns Hans und Friedl doch noch etwas mehr darüber sagen, wenn sie wieder im Basislager sind. Wir lassen das Funkgerät auf Empfang, damit sich die beiden jederzeit bei uns melden können.

Wir sitzen im Zelt, die Sherpa bringen das Mittagessen. Keiner spricht. Plötzlich fängt Gregor an zu erzählen, von Carlos Bar, von seiner Freundin Thea, davon, daß er bald heiraten wollte, von den zahlreichen Touren, die sie gemeinsam gemacht hatten. Gregor tut mir so leid, wie er dasitzt und redet und redet, als könne er Carlo wieder lebendig reden.

Das Wetter wird schlecht wie jeden Tag um die Mittagszeit. Mir ist ziemlich elend, ich warte auf einen Funkspruch von den beiden. Doch wir hören nichts, den ganzen Nachmittag lang, ich werde zusehends nervöser, ich habe wahnsinnige Angst und weiß nicht wovor. Hans und Friedl brauchen nur ins Basislager abzusteigen, ein Weg ohne Probleme, ein Weg, den sie gut kennen, eine Kleinigkeit. Ein Abstieg wie zahlreiche vorher am Makalu, am Lhotse, am Dhaulagiri. Warum also diese Angst?

So sehr ich mich auch bemühe, alles logisch und objektiv zu betrachten, ich habe Angst, aber wovor und warum? Ich bin doch sonst nicht so zimperlich.

Gibt es so etwas wie Vorahnung? Ich glaube eigentlich nicht daran.

Mittlerweile schneit es sehr stark, schon bald ist das ganze Basislager weiß. Ich setze mich in die Sherpa-Küche ans Feuer, Pema bringt mir Tee. Um halb vier Uhr nachmittags zieht ein Gewitter auf, es blitzt ununterbrochen. Während meines Anmarsches ins Basislager hatte mir Tham einmal erzählt, daß er von Friedl und Hans geträumt hätte, er wirkte bedrückt. Tham sagte mir, das Manaslu-Basislager sei kein guter Platz. Ich wollte nicht weiter fragen. Damals lag ich müde in der warmen Nepalsonne, ein schöner Wandertag lag hinter mir, ich wollte keine negativen Gedanken aufkommen lassen. Jetzt muß ich dauernd daran denken.

Mein Gott, warum melden sich die beiden denn nicht? Ich schaue ins Freie; plötzlich sehe ich, daß die Gebetsfahnen gerissen sind. Zufall? Ich setze mich wieder zu den Sherpa ans Feuer, habe jedoch Angst, mit ihnen über den Vorfall zu sprechen; ich weiß, daß sie es auch gesehen haben. Keiner spricht darüber, bedeutet dies in den Augen der Sherpa doch großes Unheil. Ich weigere mich, daran zu denken.

Hans Mutschlechner setzt sich zu mir. Wir sind ganz still, wärmen uns Hände und Füße am Feuer.

Plötzlich um 17 Uhr rauscht das Funkgerät. Wir stürzen ins Freie, um besseren Kontakt zu bekommen. Wir hören Hans: »Bei uns ist die Hölle los, ich trau mich fast nicht, es auszusprechen, aber gerade hat den Friedl der Blitz erschlagen.« Hans Mutschlechner antwortet: »Hans, Hans, ich habe verstanden, der Friedl ist vom Blitz erschlagen worden.« Dann weiß ich nichts mehr. Irgendwann merke ich, daß mich Werner in den Armen hält, ich weine laut und schreie nach Friedl. Und Marianne, mein Gott, ich hatte Marianne dazu überredet, nach Nepal zu kommen. Ich kann mich nicht mehr beruhigen, ich weine, weine und weine. Und Hans, mein Hans ganz alleine da oben in dem Gewitter und neben ihm sein toter Freund.

Ich glaubte das nicht mehr aushalten zu können.

Nach einer Viertelstunde funkt Hans erneut: es sei ein furchtbares Gewitter, dazu Nebel und Schnee. Ich schreie ins Funkgerät, er solle doch endlich von dem Scheißberg herunterkommen. Er kann mich nicht verstehen. Gregor nimmt mir schließlich das Funkgerät aus der Hand und redet vernünftig mit Hans. Hans wünscht, daß am nächsten Tag einige von der Gruppe aufsteigen, um Friedl zu begraben.

Ich gehe wieder zurück zu den Sherpa, Tränen laufen und laufen über mein Gesicht. Friedl war doch unverwundbar, genauso unverwundbar, wie Hans und Reinhold es in meinen Augen immer waren. Hans Mutschlechner versucht mich zu trösten, ich höre nicht zu, ich kann nur weinen.

Welchen Sinn hat das alles? Ist der Manaslu dieses unendliche Leid wert?

Die folgende Nacht liege ich wach im Schlafsack, es wird mir klar, daß Hans genauso hätte tot sein können. – Wieviel Glück hat der Mensch? Unzählige Male war es auf seiner Seite: im Eisfall des Khumbu-Gletschers, am Ortler, am Nanga Parbat, in den Dolomiten, oft haarscharf an der Katastrophe vorbei, und jetzt wieder am Manaslu. Wann ist das Potential des Glücks erschöpft? Es wird keinen Sinn haben, wenn ich mit klaren und nüchternen Argumenten versuche, Hans vom Bergsteigen abzubringen. Die Berge werden sein Leben bleiben und damit wohl meines auch.

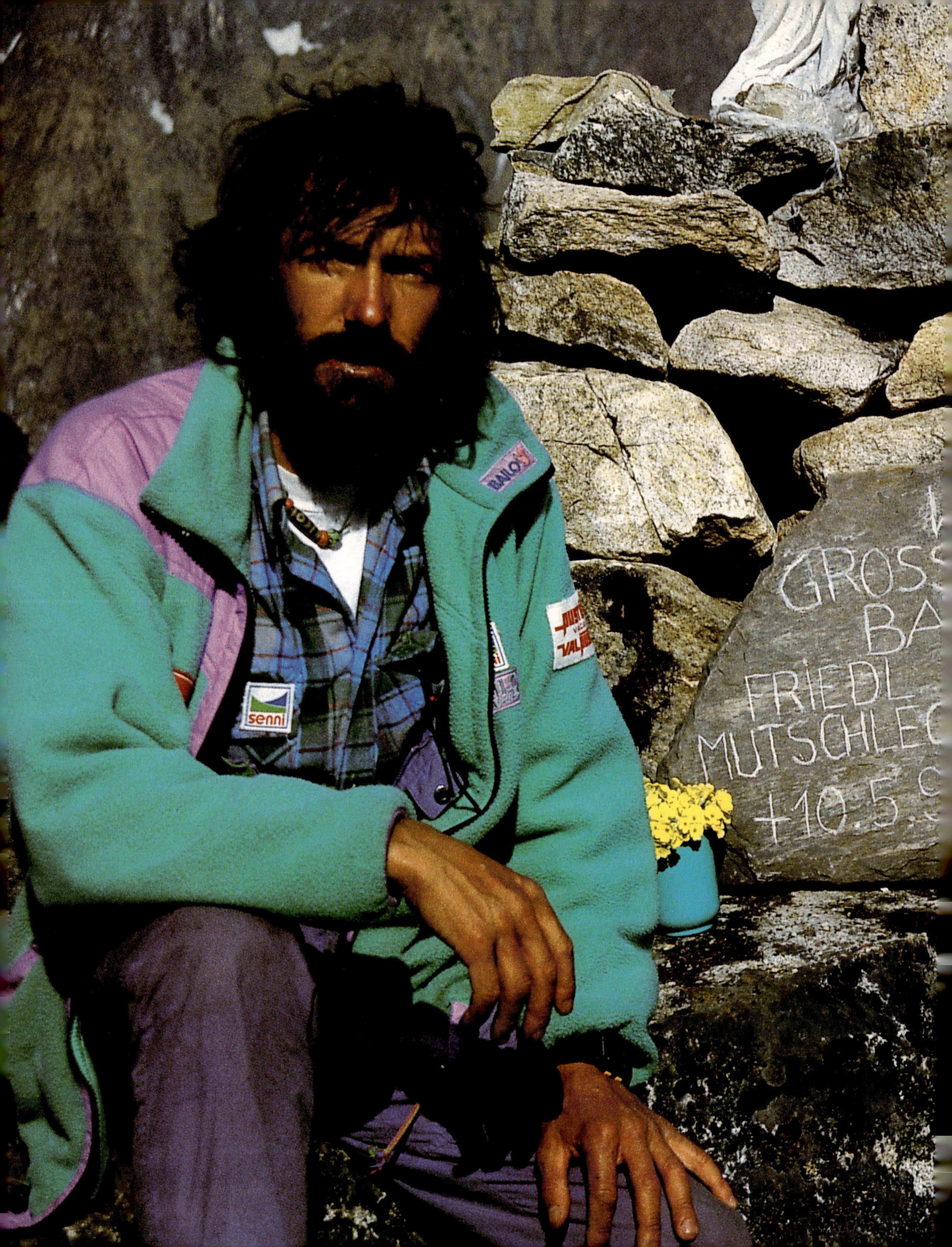
BAILO
senni
GROSS
BA
FRIEDL
MUTSCHLEC
+10.5.9

ARL
RU-
TSCHER

HNER
1
G

Reinhold Messner

Einem Freund anvertraut

Wenn der Friedl mit mir auf Expedition ging, waren die Daheimgebliebenen beruhigt. Sie wußten, daß wir uns mochten, und das Vertrauen in ihn war groß. Auch das meine. Nicht nur sein Name, auch sein Charakter hatten etwas mit Frieden zu tun. Obwohl wir uns alles sagten, was wir dachten, waren wir ein harmonisches Team. Oder gerade deswegen.

Als ich 1986 zu einem allerletzten Versuch aufbrach, die beiden Achttausender zu besteigen, die ich noch nicht in meiner ›Erfolgsliste‹ führte (Makalu und Lhotse), war meine Mutter skeptischer als je zuvor. »Muß das sein?«

Ich gab ihr eine ausweichende Begründung und das Versprechen, mit den Achttausendern aufzuhören, sollte ich sie alle bestiegen haben. Beruhigt war sie erst, als ich ihr erzählte, daß Friedl Mutschlechner dabei sein sollte. »Dem Friedl kann ich dich anvertrauen«, meinte sie, und ich wußte, daß ich ihren Segen hatte.

Es war eine gute Zeit am Makalu, und wenn wir als drei eigenwillige Südtiroler auch die Taktik nicht darauf anlegten, gemeinsam zum Gipfel zu kommen, das Schicksal wollte es so: Hans, Friedl und ich standen nach Wochen anstrengender Spurarbeit, nach Rückschlägen und Versuchen zu dritt am höchsten Punkt des fünfthöchsten Berges der Erde.

Es war Hans Kammerlanders sechster Achttausender, Friedls dritter, mein dreizehnter. Es gab keinen Zweifel, gemeinsam würden wir auch den Lhotse schaffen, obwohl es schon spät im Jahr war. Friedl kam mit, obgleich er seiner Familie versprochen hatte, nach dem Makalu nach Hause zu fahren. Sein Dabeisein gab mir Mut, die innere Ruhe, die für schwierige Touren noch wichtiger ist als Wille und Zielstrebigkeit. Zu keinem Bergsteiger hatte ich damals so viel Vertrauen wie zu ihm. Wir kannten uns seit über zehn Jahren.

Bei unserer ersten gemeinsamen Expedition, 1979 am K2, waren wir anfangs zusammen geklettert. Bei einer Erkundung, mitten in der Südwand des zweithöchsten Berges der Erde, lernte ich Friedls Vorsicht schätzen. Obwohl die direkte Route zum Gipfel machbar schien, bestärkte er mich in der Erkenntnis, daß die Lawinengefahr zu groß war. Seine Vorsicht war stärker als sein Ehrgeiz.

Nach der Expedition – Friedl war nicht bis zum Gipfel gekommen – lernte ich seine Treue und Dankbarkeit kennen. Einzelne Journalisten und Bergsteiger versuchten Keile zwischen uns zu treiben. Der zurückhaltende Friedl schien für viele Sensationsberichterstatter das geeignete Medium, die angeheizte Stimmung gegen den »Egoisten« Messner publikumswirksam und effektvoll weiterzutreiben. Friedl – so dachten oder hofften viele – würde sich als weiterer Beweis für die Unkameradschaftlichkeit des Seilpartners Messner verwenden lassen. Aber Friedl war nicht der Typ, der für eine positive Schlagzeile seinen Partner verkaufte. Spektakuläre Kommentare und Richtigstellungen waren ihm ebenso zuwider wie all die Trittbrettfahrer, die Worte aus dem Zusammenhang rissen oder Aussagen umdeuteten, um sich neben mir zu profilieren. Titel wie »Der Herr und sein Knecht« oder »Der Stille im Lande« hat er gelassen zur Kenntnis genommen. Er war zu sehr Menschenkenner, um das Spiel der Me-

Friedl Mutschlechner am K2.

dien – Sieger und Verlierer, Helden und Antihelden, Ausbeuter und Unterdrückte – mitzuspielen. Friedl war im Mißbrauch von Kameradschaft, im Ausschlachten von Erfolgen, von Tragödien nicht zu gebrauchen. Damit konnte man mit ihm keine Geschäfte machen. Er war ein Freund, und Freundschaft war für ihn Bekenntnis.

Als wir 1981 von Tibet aus den Shisha Pangma bestiegen, waren alle Kräfte gegen uns: die Chinesen, der überraschend früh hereingebrochene Monsun, die Wind- und Schneeverhältnisse im Gipfelbereich. Nur meine Freunde Dr. Oswald Oelz, ›Bulle‹ genannt, und Friedl waren für mich. Jeder ordnete sich meiner Besessenheit unter. Wir hatten vielleicht dasselbe Ziel, aber ich war gipfelbesessener. Bulle blieb allein im Schneesturm zurück, und Friedl ging mit mir im Schneesturm zum Gipfel – gegen alle Vernunft. Es war sein eindeutiges Bekenntnis zu meiner Person, zu unserer Zusammengehörigkeit.

Friedl und ich waren damals ein Paar. Wie ein pubertierendes Duo hielten wir zusammen. Wenn wir auf einen Berg stiegen, mußte es über die schwierigste Route sein; wenn wir ein Fest feierten, kam Langeweile nicht vor. Als wir 1981 im Herbst anläßlich der Hans-Ertl-Feier durch die Königsspitze-Nordwand stiegen, hatten wir vorher bis in die Morgenstunden getanzt, geblödelt und getrunken.

Von Sulden aus brachen wir auf, obwohl es viel zu spät war, zu warm und vor allem nicht notwendig. Das Notwendige aber interessierte uns viel weniger als das Mögliche.

Später wurde Friedl ernster. Die Band ›Almenrausch‹, in der er die Teufelsgeige spielte, löste sich auf. Friedl war daheim selten anzutreffen, hatte viel zu viel zu tun. Wie ich auch.

Friedl Mutschlechner war als Bergführer so erfolgreich, daß zum Bergsteigen wenig Zeit blieb. Seine Gäste und Schüler mochten seine Überlegtheit, seinen trockenen Humor, auch seine Strenge. Da es ihm nicht lag, auf der Bühne zu stehen und von »seinen Bergen« zu berichten, ging er immerfort hinauf: zweihundert-, dreihundertmal im Jahr.

Trotzdem blieb er zwischendurch für ein Lausbubenstück zu haben. Nein, er dachte sich die verrücktesten Dinge aus. So die »Drei Achttausender auf einen Streich«, 1982. Als wir nach dem ersten Gipfel, im Abstieg vom Kantsch, unsere Habe verloren hatten, rettete er mir das Leben.

Wir waren mehr als 8000 Meter hoch, geschwächt, das Zelt zerrissen. Im Orkan und bei 40 Grad Kälte konnte ich meine Steigeisen nicht anziehen. Die Finger waren erfroren, und der Wind zerrte mich immer wieder aus dem Gleichgewicht. Friedl war vorausgegangen. Er stand unterhalb des Grates im Windschatten. Sein Rufen hörte ich nur in Wortfetzen, ich verstand sie nicht. Mit dem Sturm nahm meine Ungeschicklichkeit zu. Panik erfaßte mich. Friedl stand immer noch da, mit weit aufgerissenen Augen in seinem wutverzerrten Gesicht. Er würde bald absteigen und mich zurücklassen in diesem Chaos aus Eis, Kälte und Sturm.

Diese Ohnmacht lähmte mich. Du kannst keinen einzigen Handgriff mehr tun, wenn die Kälte dich schüttelt und der Wind dich bei jedem Tritt aus dem Gleichgewicht wirft.

Friedl stand immer noch da. Weil ich ihn nicht hören konnte, beschwor er mich mit den Fäusten. Das Vertrauen des Freundes, in der Todesverachtung des Wartens deutlich geworden, ließ mich hoffen. Endlich saßen die Steigeisen. Ich stand auf. Der Orkan stieß mich zur Seite. Ich versuchte es nochmals.

Friedl stand unter mir, bereit, mich aufzufangen wie der Vater das springende Kind. Es muß gehen! Ich ließ mich gegen den Sturm fallen, als könnte ich fliegen. Im Wirbel flog ich zurück auf den Grat. Die Tränen der Verzweiflung gefroren zu Eisstücken im Bart. Wieder robbte ich zurück zur Stelle des Absprungs. Friedl war immer noch da. Seine Gesten, Ausdruck von Ungeduld, Hoffnung und Wut, wirkten unkoordiniert, gleichzeitig wie eine Beschwörung. Geduckt, Füße voraus, kroch ich zu ihm hinab. Vorsichtig. Bei ihm war es nicht windstill, aber ruhiger. Friedl sagte nichts. Er faßte mir nur kurz an den Arm. Dann ging er weiter voraus.

Beide kamen wir durch. Die Erfrierungen, die Friedl an Händen und Füßen erlitten hatte, waren so schlimm, daß er schnellstens nach Europa mußte, in eine Klinik. Seine Idee des Achttausender-Hattricks war damit verspielt. Daß ich sie allein realisieren